〔宋〕張元幹 著

曹濟平 箋注

蘆川詞箋注

修訂本

上海古籍出版社

圖書在版編目(CIP)數據

蘆川詞箋注 /（宋）張元幹著；曹濟平箋注.
修訂本. -- 上海：上海古籍出版社，2024. 11.
（中國古典文學叢書）. -- ISBN 978 - 7 - 5732 - 1417 - 1

Ⅰ. I222.844

中國國家版本館 CIP 數據核字第 20249T8B74 號

中國古典文學叢書

蘆川詞箋注（修訂本）

〔宋〕張元幹　著

曹濟平　箋注

上海古籍出版社出版發行

（上海市閔行區號景路 159 弄 1 - 5 號 A 座 5F　郵政編碼 201101）

(1) 網址：www. guji. com. cn

(2) E-mail：guji1@guji. com. cn

(3) 易文網網址：www. ewen. co

上海展强印刷有限公司印刷

開本 850×1168　1/32　印張 10.5　插頁 6　字數 201,000

2024 年 11 月第 1 版　2024 年 11 月第 1 次印刷

印數：1—1,000

ISBN 978 - 7 - 5732 - 1417 - 1

Ⅰ · 3881　精裝定價：68.00 元

如有質量問題,請與承印公司聯繫

電話：021-66366565

文史哲研究叢刊

《儀禮》經文研究

張弓 著

上海古籍出版社

圖書在版編目(CIP)數據

《儀禮》經文研究 / 張弓著. —上海：上海古籍
出版社，2020.5
（文史哲研究叢刊）
ISBN 978-7-5325-9547-1

Ⅰ.①儀… Ⅱ.①張… Ⅲ.①禮儀－中國－古代②《
儀禮》－研究 Ⅳ.①K892.9

中國版本圖書館 CIP 數據核字(2020)第 055860 號

文史哲研究叢刊
《儀禮》經文研究
張 弓 著
上海古籍出版社出版發行
（上海瑞金二路 272 號　郵政編碼 200020）
（1）網址：www.guji.com.cn
（2）E-mail：guji1@guji.com.cn
（3）易文網網址：www.ewen.co
上海惠頓印務科技有限公司印刷
開本 890×1240　1/32　印張 10.875　插頁 2　字數 244,000
2020 年 5 月第 1 版　2020 年 5 月第 1 次印刷
ISBN 978-7-5325-9547-1
G・725　定價：48.00 元
如有質量問題,請與承印公司聯繫

目　録

緒　　論

　　《儀禮》爲儒家十三經之一，且被稱爲禮之本經，自西漢立爲學官以來，歷來備受關注，爲其作注作疏的研究者代不乏人。特別是鄭玄、賈公彥、敖繼公、凌廷堪、胡培翬、曹元弼等人，他們的研究成果爲後人進一步研究《儀禮》提供了極大的幫助，打下了堅實的基礎。綜核前人治《儀禮》的成就，其研究範圍和視域主要集中在《儀禮》文本考察方面，即《儀禮》經注文字疏釋，《儀禮》名物制度考察，《儀禮》本經成書年代、撰作者。這些成果主要描述《儀禮》經書的表層資訊，爲探尋《儀禮》的深層意藴提供了穩固的平台。前人在此基礎上也對《儀禮》的深層内容作出了研究。以朱熹爲代表的宋學家，他們的研究成果反映出前人嘗試對《儀禮》作出詮釋。此外，歷代禮典的制訂、實施，也在一定程度上折射出相關時段社會對《儀禮》的認識。這些成果都是前人治《儀禮》留下的豐厚成果，值得後來研究者珍視。

　　進入 20 世紀，隨着傳統經學體系的崩潰，學術體系得到了重新的建構。《儀禮》研究也從傳統的經學體系下解放出來，研究者可以從更多的視點考察《儀禮》，也取得了很大的成就。陳夢家、沈文倬先生利用新出土文獻對比《儀禮》經文，對《儀禮》成書年代、形式作出了深入探討。楊寬先生從古代史學的角度審視禮的源頭，提出了禮源於先民民俗生活這一不同於以往學者的新觀點。一些研究者將社會學、人類學方法納入《儀禮》研究中，爲考察禮的起源，《儀禮》成書之前，禮典在社會實施的狀況作出了相關程度上的描繪。臺灣學者還在前人研究的基礎上嘗試《儀禮》復原的研究，爲考察禮典的具體實施提供了直觀的參照物，《儀禮》研究愈發深入。但是自 20 世紀 50 年代開始，中國大陸《儀禮》研究日趨停滯，直至改革開放，儘管情況得到了極大改善，《儀禮》的研究成果與十三經中其他諸經之研究成果比較起來，仍然顯得略爲單薄。這主要表現在對比儒家其他諸經，《儀禮》目前尚無通貫古今之研究成果。這使得研究者不易從縱線上把握《儀禮》自形成文本之前、形成文本的過程、成爲經典的過程及經典地位消解後的狀態，不便從全面上考察《儀禮》學的發生、發展過程。這一點目前學術界已深刻認識到，禮學相關通史、斷代史的研究成果也逐步推出。但相對於儒家其他典籍，《儀禮》學史的撰寫是遲滯的。另一方面，《儀禮》作爲禮的本經，由於缺乏通貫性研究成果，因此禮的相關狀態也變得晦暗不明，需要加以疏解。

當前的《儀禮》研究，雖然在前人的基礎上取得了可觀的成就，但是這些研究成果多是對前人研究成果的發展。或作文獻梳理，或就某一具體禮典立論，探討禮學問題。這些成果都有自己獨特的地方，也解決了許多問題。但是《儀禮》在儒學體系中的地位，《儀禮》究竟如何詮釋，其中蘊含了什麼樣的思想，探討得較少。今後的《儀禮》研究如何突破，以新的視角考察《儀禮》，從而得出更爲全面、立體的研究成果，亟待學界着手解決。

再次，進入數字時代以來，科技對人文學科的衝擊越來越大，有些方面甚至顛覆了過去人文學者的認識。這就促使人文學者在研究方法上需要更新，運用時代帶來的新理念、新工具對以往研究作出新的考察。在《儀禮》研究方面，前人以社會學、人類學的方法進行考察，實際上是對上世紀的時代回應。但是學術界跨學科體系形成的狀態下，《儀禮》研究方法仍然没有突破性進展，這與《易》《詩》《書》《春秋》《論語》《孟子》有多學科、多角度、多重研究方式的狀況比較起來，仍有很大不足，尚待學界引起重視。

總之，在全球尋根熱的語境下，回歸傳統成爲風靡全球的潮流。這既是一種對時代的回應，又對人文學者如何正視時代提出了考驗。尋根與傳統熱不是要復古，國學、經學研究不是在於簡單地設立國學專業，恢復經學體系，而是在新的時代下，以科學的眼光與方法去衡量、考察傳統文化，客觀公正地認識傳統文化，從而對時代作出回應與詮釋。《儀禮》研究也是如此，不能像過去那樣局限於文本研究、經學研究，也不能將《儀禮》研究局限在禮的社會學、人類學視域，這些都是片面與不科學的。

基於上述現狀，對《儀禮》本書作出全面考察十分必要。選擇《儀禮》進行研究，既是參與時下傳統熱的大環境下的對話，又是期待以一種客觀的態度表達對《儀禮》、經學乃至傳統文化的思考。

第一節　研究史綜述

《儀禮》，古名《禮》《士禮》《禮經》《禮記》，至魏晋南北朝時始名《儀禮》，是一部成書於戰國時期，記録先秦時期有關冠、婚、饗、射、朝、聘、喪、祭等各種禮典儀式的文獻。按照中國古文獻的一般文本體例來推測，《儀禮》最初應該是各篇單行，[①]起初應該不止 17

---

① 見余嘉錫《古書通例》，上海：上海古籍出版社，2001 年，第 238—242 頁。

篇。按今本《儀禮》僅具冠、婚、饗、射、朝、聘、喪、祭諸禮，不能涵蓋社會生活的各個方面，如涉及帝王即位、天子巡狩、朝貢、朝儀、明堂、昭穆、奔喪、遷廟等禮典，《儀禮》均缺載，故推測早期禮經或不止 17 篇之數。孔子爲教育弟子習禮，宣揚"禮治"，開始有目的地收集整理禮典，待孔子殁後，其弟子將收集、講習的禮典予以整理成爲文字，亦以單篇形式流布於世。荀子重禮而輕《詩》《書》，且著作每引今本《儀禮》之文，足顯至荀子時禮已有文本出現，但是否與現存 17 篇一致則不可考。加上秦焚詩書，文獻大壞，及漢武帝蒐集圖書時，書缺簡脱、禮樂殘破已昭昭在目。時有魯高堂生所傳 17 篇，即今文經（以別於後出淹中、孔壁、河間之古文經），此本初應爲單篇流布，見後戴勝、戴德、劉向所傳各本篇目不一，可見當時《儀禮》仍是單篇傳授，否則漢人極重師法，豈有同傳自高堂生而二戴篇次不一？今文經自高堂生以來，傳習不絶，且漢武帝時立於學官，備受重視，至有蕭奮以禮而爲淮陽太守，漢代重視禮的程度於此可見一斑。至於古文禮經，因未立爲學官，僅行於民間，不爲人知，逐漸散佚，現在僅可於後人輯本中略窺其貌。既然禮在漢代備受矚目，那麼漢代的《儀禮》研究應該是一門顯學。考《漢書・藝文志》，《易》有十三家，294 篇；《書》九家，412 篇；《詩》六家，416 卷；《禮》十三家，555 篇；《樂》六家，165 篇；《春秋》二十三家，948 篇；《論語》十二家，229 篇，六藝經傳中涉及《禮》的文獻數量僅次於《春秋》類。另清人馬國翰、王仁俊等人輯有何休《冠禮約制》、鄭衆《鄭氏婚禮》、戴德《喪服變除》、馬融《喪服經傳》、鄭玄《儀禮音》；《隋書・經籍志》載有劉表《新定禮》一卷，鄭玄《喪服譜》一卷，加上現存的鄭玄《儀禮注》，足見當時《儀禮》研究的盛況。鄭玄《儀禮注》以劉向《別録》本爲主，兼采古今學説，訓解經文，闡述禮義，讎正文字，是現存《儀禮》研究最早、最完整的專著。

今文《儀禮》在漢代傳授脈絡清晰：高堂生傳徐生，徐生傳蕭奮，蕭奮傳孟卿，孟卿授后蒼及閭丘卿，后蒼授聞人通漢、戴德、戴聖、慶普。至光武帝立經學十四博士時，大小戴禮均與於其中，慶氏等其他家禮均已不傳。20世紀出土的武威漢簡，學界有人即認爲是失傳之慶氏禮。這樣一來，在漢代《儀禮》之傳本有戴德本、戴聖本，劉向在整理文獻時又輯録了一個篇目順序異於二戴的傳本，稱爲《別録》本，鄭玄注《儀禮》即採納《別録》本之篇目順序。鄭玄爲漢代經學之集大成者，其全面研究《儀禮》的成果體現在《儀禮》注中，爲後世推重。鄭玄作爲古文派經學大師，卻不囿於古文學派之藩籬，治經博采今古，唯善是從。關於鄭玄打通今古文之門户局限的治經特點，《四庫全書總目》中作出了描述："其從今文而不從古文者，則今文大書，古文附注，《士冠禮》'闑西闑外'句注'古文闑爲槷，闑爲蹩'是也。從古文而不從今文者，則古文大書，今文附注，《士冠禮》醴辭'孝友時格'句注'今文格爲假'是也。"[1]具體於《儀禮》鄭注而言，鄭玄確定《儀禮》之篇目，即以《別録》本順序爲正，加以簡潔之提要，使閲者在獲知《儀禮》之篇章順序的同時還能對各篇樞要有一初步印象。張舜徽先生在《鄭氏經注釋例》[2]中歸納出鄭玄注經之凡例二十條，每一條皆詳細舉例予以説明，通過這

①　【清】永瑢等著：《四庫全書總目·經部·禮類二》卷二十，北京：中華書局，1983年，第158頁。

②　見張舜徽《鄭學叢著》，武漢：華中師範大學出版社，2005年。此外還有楊天宇、李雲光兩先生之專著對鄭氏注禮之凡例研究甚詳，可以參看。見楊天宇：《鄭玄三禮注研究》，天津：天津人民出版社，2007年。李雲光：《三禮鄭氏學發凡》，上海：華東師範大學出版社，2012年。

些例證分析，可以看出鄭玄對於《儀禮》之研究具有相當高的價值，對於後世理解相關名物詞、禮典、史實提供了極大的幫助。如鄭玄經常在注釋中以"古者"句式進行描述上古實施相關禮典的史實，對於今天考察古史提供了一個明確的坐標。① 從學術方法的角度看，這種研究方法可取，但是由於鄭氏不守今古師法，又遍注群經，使得今古文之界線逐漸消亡，今天考察漢代今古文經已難見其原貌，對於學界研究漢代學術史造成了一定程度上的困難。《儀禮》一經在鄭玄以前，《四庫全書總目》認爲"絕無注本"，即無人爲其作注，這是符合史實的論斷，②因爲鄭玄之前之《儀禮》注幾乎全部亡佚，今天已無法考察其原貌。但若據此以爲鄭玄之前没有人研究《儀禮》，這一觀點以今天的學術眼光來審視恐怕不確。作爲儒家之禮經，至少經過了歷代儒家學者的詮釋、闡述，荀子在《禮論篇》《王制篇》《王霸篇》《議兵篇》等中對禮的某些闡釋也可以看作是對禮經的研究成果。鄭玄遍注群經，成就非凡，在他之後有王肅踵其跡亦遍注群經。後世有人認爲王肅因嫉妒鄭氏之名望，故仿效其做法以求超越鄭氏。王氏的真實心態今天已不可考，從王氏處處與康成立異，嫉鄭氏之名或真有其事。但從學術發展的角度看，學術界仍然歡迎這樣的嫉妒者，如果這些嫉妒者都想超過以往的研

---

① 如《儀禮·士冠禮》"主人戒賓，賓禮辭許"，鄭注："古者有吉事，則樂與賢者歡成之，有兇事，則欲與賢者哀戚之。"很明顯這是鄭氏對古代史實的一種描述，這個描述之根源於什麼今天已不可考，但是這種描述對於瞭解上古群體生活提供了一個直觀的記敘。

② 鄭玄之前亦有馬融、盧植等學者爲三禮作注，《後漢書·馬融傳》："注《孝經》《論語》《詩》《易》《三禮》……"（見【宋】范曄著、【唐】李賢等注，宋雲彬點校：《後漢書》，北京：中華書局，1995年，1972頁。）《後漢書·盧植傳》："作《尚書章句》《三禮解詁》。"（同上書，第2116頁。）書缺有間，其注原貌已不可考。鄭氏曾因盧植求學於馬融，二氏治禮之學或爲鄭玄採納、發展，亦可於鄭注中偶見馬、盧之觀點。

究,并踏實進行每一項研究,最終實現超越前人之成果,學術也因此而得以進步,豈不美哉！只是王肅之《儀禮》注十七卷今天已佚,[①]《隋書·經籍志》中有過著錄,到唐代賈公彥爲《儀禮》作疏時已不見王注,可能亡於隋末唐初之戰亂。東漢亡後中國即陷入長達四百餘年之分裂格局,雖然其間有西晉之統一,亦僅維持三十七年之統一局面。政局的壞亂對學術的發展産生了較大的衝擊,因此儘管魏晉南北朝時期學術發達,思想活躍,但許多學術成果亡於戰火兵燹,得以流傳下來之文獻十不存一。據《隋書·經籍志》記載,魏晉南北朝時期禮學研究著作多達 211 部,2 186 卷,至隋代就只存 136 部,1 622 卷,且存者多爲後人輯本,到了唐代這個數字又要打個折扣。《四庫全書總目》對文獻亡佚之情況也作出了描述:"《儀禮》一經,最爲難讀,諸儒訓詁亦稀。其著錄於史者,自《喪服》諸傳外,《隋志》僅四家,《舊唐志》亦僅四家,《新唐志》僅三家。今惟鄭玄《注》、賈公彥《疏》存耳。"[②]也即至清代四庫館臣編《四庫全書》之時常見的《儀禮》研究著作只有鄭注賈疏。今天要瞭解這一時期之《儀禮》學研究面貌,只能從《玉函山房輯佚書》等輯佚類著作及後世注疏中窺得一鱗半爪。今案《玉函山房輯佚書》中輯有魏晉時期《儀禮》研究著作有:

　　　　《喪服經傳王氏注》一卷　　　　【魏】王肅撰

---

①　臺灣學者李振興對王肅之經學成就、注經體例等有過專深之研究,對王氏《儀禮》注亦作過輯佚,可於是書中得見原書之一鱗半爪。見李振興:《王肅之經學》,上海:華東師範大學出版社,2012 年。

②　【清】永瑢等著:《四庫全書總目·經部·禮類二》卷二十,北京:中華書局,1983 年,第 160 頁。

《王氏喪服要記》一卷	【魏】王肅撰
《喪服變除圖》一卷	【吳】謝慈撰
《喪服要集》一卷	【晉】杜預撰
《喪服經傳袁氏注》一卷	【晉】袁準撰
《集注喪服經傳》一卷	【晉】孔倫撰
《喪服經傳陳氏注》一卷	陳銓撰
《喪服釋疑》一卷	【晉】劉智撰
《蔡氏喪服譜》一卷	【晉】蔡謨撰
《賀氏喪服譜》一卷	【晉】賀循撰
《葬禮》一卷	【晉】賀循撰
《賀氏喪服要記》一卷	【晉】賀循撰
《喪服要記注》一卷	謝徽撰
《葛氏喪服變除》一卷	【晉】葛洪撰
《凶禮》一卷	【晉】孔衍撰
《集注喪服經傳》一卷	【宋】裴松之撰
《略注喪服經傳》一卷	【宋】雷次宗撰
《喪服難問》一卷	【宋】崔凱撰
《喪服古今集記》一卷	【齊】王儉撰

幾乎全部涉及喪禮，這與魏晉時期經學特重禮學之研究特點密切相關，而此時期經學重禮學之特點學界已多有論述，不必贅述。除喪禮之外，是書尚輯錄了一部分通論三禮的著作，亦移錄於下：

《問禮俗》一卷	【魏】董勛撰

《雜祭法》一卷	【晉】盧諶撰
《祭典》一卷	【晉】范汪撰
《後養議》一卷	【晉】干寶撰
《禮雜問》一卷	【晉】范寧撰
《雜禮議》一卷	【晉】吳商撰
《禮論答問》一卷	【晉】徐廣撰
《禮論》一卷	【宋】何承天撰
《禮論條牒》一卷	【宋】任預撰
《禮論鈔略》一卷	【齊】荀萬秋撰
《禮義答問》一卷	【齊】王儉撰
《禮統》一卷	【梁】賀述撰
《禮疑義》一卷	【梁】周舍撰
《三禮義宗》四卷	【梁】崔靈恩撰

細核這些輯文，可見其中都不乏精義。如王肅《喪服經傳王氏注》："喪服。斬衰裳，苴絰、杖、絞帶，冠繩纓，菅屨者：傳曰：絞帶者，繩帶也。菅屨者，菅菲也，外納。"王注："絞帶如要絰。"[1]喪服傳雖然提到"絞帶者，繩帶也"，但是後文亦言及"要絰"，關於這二者之關係，馬融、鄭玄都沒有予以解釋，雷次宗之解釋過於繁瑣且不當，故賈公彥以王説爲是。按鄭注曰："凡服，上曰衰，下曰裳，麻在首、在要皆曰絰。絰之言實也，明孝子有忠實之心，故爲製此服焉。首絰象緇布冠之缺項，要絰象大帶，又有絞帶，象革帶。齊衰以下用

---

① 【魏】王肅撰，【清】馬國翰輯：《玉函山房輯佚書·喪服經傳王氏注》，《續修四庫全書》第1201册，上海：上海古籍出版社，2001年，第593頁。

布。"鄭玄認爲繫在頭上和腰間均爲絰,且以實詮釋經之義,認爲頭上腰間繫絰可以表達充溢於心中的哀悼情感。這一詮釋是否恰當無法判斷,但鄭説必有所本,暫不評論。下文鄭玄又認爲繫在腰間的絰爲大帶,或者認爲腰圍闊於頭,故徑釋要絰爲大帶,而釋絞帶爲革帶以相區别,是斬衰繫要絰與絞帶? 而齊衰以下繫布帶? 那是腰間既繫要絰又繫絞帶,還是何種斬衰繫要絰,何種情況繫絞帶? 經文沒有明言,而鄭注於此亦陷入兩難之境地,實不如王肅之説干脆,且鄭已明言無論頭上、腰間之帶均爲絰,何繫於腰間之絞帶不能爲絰? 故此處王注"絞帶如要絰"爲貼切經意之解釋。又王肅在《王氏喪服要記》中提到:"禮有親喪而君來弔,則免絰,貫左臂,去杖,迎拜於大門之外,見馬首,不哭,先入門右,庭中北面。君升自東階,南面哭,主人乃哭。君出,又拜送大門外。又按禮,三年之喪,終服不弔。期之喪,既練而弔。大功之喪,既葬而弔。"[1]《喪服》不言弔,惟"大夫弔於命婦,錫衰。命婦弔於大夫,亦錫衰。"涉及大夫與命婦之間的弔唁行爲。《士喪禮》言君遣士弔、大夫弔之禮典,但均有不全之嫌,王肅所言的情景即不能涵蓋在内,這也是上文提到今存之禮不能涵蓋社會生活之各方面之例證。王肅闡述了君親弔時之禮,這些禮典鄭氏均未涉及,故王説可補《儀禮》之闕,正因爲如此,王氏之言被後世《通典》採納,成爲喪禮之一部份。除王肅之外,雷次宗之禮學成就亦頗值矚目,皮錫瑞在論述南北經學時即對雷氏禮學成就作出了評價:"南學之可稱者,惟晉宋間諸儒善説禮服。宋初雷次宗最著,與鄭君齊名,有雷、鄭之稱。當崇

---

① 【魏】王肅撰,【清】馬國翰輯:《玉函山房輯佚書·王氏喪服要記》,《續修四庫全書》第1201册,上海:上海古籍出版社,2001年,第597頁。

尚老莊之時，而説禮謹嚴，引證詳實，有漢石渠、虎觀遺風，此則後世所不逮也。"①《北史·儒林傳》亦曰："其《詩》《禮》《春秋》，尤爲當時所尚，諸生多兼通之。"②可見這一時期禮學研究之盛，禮學研究成果水平之高亦略見一斑。下附從《南史》、《北史》儒林傳中檢出其學涉及《儀禮》者并其籍貫、禮學成就，於此亦可對此時期禮學昌明之狀態有直觀之把握：

姓　名	禮　學　成　就	出　處
梁越，字玄覽，新興人。	博通經傳。魏初，爲《禮經》博士。	
劉獻之，博陵饒陽人。	魏承喪亂之後，《五經》大義，雖有師説，而海内諸生，多有疑滯，咸決於獻之。撰《三禮大義》四卷，《三傳略例》三卷。	《北史·儒林傳》上
張吾貴，字吳子，中山人。	從酈詮受《禮》……詮粗爲開發而已，吾貴覽讀一遍，便即別構户牖，世人競歸之。	
劉蘭，武邑人。	受《春秋》《詩》《禮》于中山王保安。	

① 【清】皮錫瑞著，周予同注釋：《經學歷史》，北京：中華書局，2009年，170頁。周予同先生在這一段的注釋中説道："禮服指《儀禮》中之《喪服傳》。晉宋諸儒説《禮服》之書，其目詳見《隋書·經籍志》一經部禮類。如晉袁準、陳銓各注《喪服經傳》一卷，晉孔倫、宋裴松之、蔡超宗各撰《集注喪服經傳》一卷或二卷。宋雷次宗撰《略注喪服經傳》一卷。晉杜預撰《喪服要集》二卷，衛瓘撰《喪服儀》一卷，環濟撰《喪服要略》一卷，蔡謨、賀循各撰《喪服譜》一卷，葛洪撰《喪服變除》一卷，孔衍撰《凶禮》一卷，賀循又撰《喪服要記》十卷。按以上各書，皆其著者；《隋志》自注所録及已亡者，尚不在其内。"（見該書第172頁。）這也可證魏晉南北朝時代禮學之盛況。
② 【唐】李延壽著，陳仲安點校：《北史·儒林傳》上，北京：中華書局，2012年，第2708頁。

續表

姓　　名	禮　學　成　就	出　處
孫惠蔚，武邑武遂人。	年十九，師程玄讀《禮經》及《春秋三傳》。	《北史·儒林傳》上
孫靈暉，孫惠蔚族曾孫。	得惠蔚手録章疏，研精尋問，更求師友，《三禮》《三傳》，皆通宗旨。	
徐遵明，字子判，華陰人。	詣平原唐遷，居於鹽舍，讀《三禮》。	
董徵，字文發，頓丘衛國人。	於博陵劉獻之遍受諸經。帝令孫惠蔚問以《六經》。	
李業興，上党長子人。	天平四年，使梁。與梁君臣討論經意，涉及禮學。	
李鉉，字寶鼎，勃海南皮人。	年十六，從常山房虯受《周官》《儀禮》。撰《三禮義疏》及《三傳異同》《周易義例》等。	
馮偉，字偉節，中山字喜人。	多所通解，尤明《禮》《傳》。	
鮑季詳，勃海人。	甚明《禮》。	
鮑長暄，鮑季詳從弟。	兼通《禮》《傳》。	
邢峙，字士峻，河間鄭人。	少學通《三禮》《左氏春秋》。	
劉晝，字孔昭，勃海阜城人。	李寶鼎授其《三禮》。	
馬敬德，河間人。	隨徐遵明學《詩》《禮》，略通大義，而不能精。	
權會，字正理，河間鄭人。	少受《詩》《書》《二禮》，文義該洽。	
張雕武，中山北平人。	遍通《五經》，尤明《三傳》	

續表

姓　名	禮學成就	出　處
沈重，字子厚，吳興武康人。	著《周禮義》三十一卷、《儀禮義》三十五卷、《禮記義》三十卷、《喪服經義》五卷、《周禮音》一卷、《儀禮音》一卷、《禮記音》二卷。	《北史·儒林傳》下
熊安生，字植之，長樂阜城人。	從陳達受《三傳》，從房虯受《周禮》，事徐遵明，服膺歷年，後受《禮》於李寶鼎，遂博通《五經》。	
樂遜，字遵賢，河東猗氏人。	從徐遵明於趙、魏間，受《孝經》《喪服》《論語》《詩》《書》《禮》《易》《左氏春秋》大義。	
辛彥之，隴西狄道人。	撰《六官》一部、《祝文》一部、《禮要》一部、《新禮》一部、《五經異義》一部。	
包愷，字和樂，東海人。	其兄愉，明《五經》，愷悉傳其業。	
房暉遠，字崇儒，恒山真定人。	明《三禮》。	
馬光，字榮伯，武安人。	尤明《三禮》，爲儒者所宗。山東《三禮》學者，自熊安生後，唯宗光一人。	
劉焯，字士元，信都昌亭人。	問《禮》於阜城熊安生，皆不卒業而去。著《稽極》十卷，《曆書》十卷，《五經述議》。	
劉炫，字光伯，河間景城人。	著《五經正名》十二卷。	
褚暉，字高明，吳郡人。	以《三禮》學稱於江南。	
張沖，字叔玄，吳郡人。	撰《喪服義》三卷。	
王孝籍，平原人。	遍習《五經》，頗有文翰。	

續表

姓　名	禮　學　成　就	出　處
伏曼容,字公儀,平昌安丘人。	爲《喪服集解》。	《南史·儒林傳》
伏暅,字玄曜,伏曼容子。	梁武帝踐阼,兼五經博士,與吏部尚書徐勉、中書侍郎周舍總知五禮事。	
何佟之,字士威,廬江灊人。	少好三禮。仕齊,國家吉凶禮則皆取決焉。梁武帝踐阼,百度草創,佟之依禮定議,多所裨益。	
嚴植之,字孝源,建平秭歸人。	少精解《喪服》。及長,遍習鄭氏《禮》。撰《凶禮儀注》四百七十九卷。	
司馬筠,字貞素,河內溫人。	博通經術,尤明《三禮》。	
司馬壽,司馬筠子。	傳父業,明《三禮》。	
卞華,字昭岳,濟陰宛句人。	遍習五經。	
崔靈恩,清河東武城人。	遍習五經,尤精《三禮》《三傳》。集注《周禮》四十卷,制《三禮義宗》三十卷。	
孔僉,會稽山陰人。	少師事何胤,通五經,尤明《三禮》。	
孔元素,孔僉兄子。	善《三禮》,有盛名。	
盧廣,范陽涿人。	遍講五經。	
沈峻,字士嵩,吳興武康人。	博通五經,尤長《三禮》。梁武時掌朝儀。	
沈文阿,字國衛,沈峻子。	通《三禮》,紹泰元年,兼掌儀禮。自太清之亂,禮度皆自之出。撰《儀禮》八十餘條。	

續表

姓　　名	禮 學 成 就		出　處
孔子袪，會稽山陰人。	續何承天集《禮論》一百五十卷。		
皇侃，吳郡人。	尤明《三禮》，撰《禮記講疏》五十卷。		
沈洙，字弘道，吳興武康人。	通《三禮》，陳武帝入輔，與沈文阿同掌儀禮。		
戚衮，字公文，吳郡鹽官人。	少受《三禮》於國子助教劉文紹。撰《三禮義記》，《禮記義》四十卷。		
鄭灼，字茂昭，東陽信安人。	尤明《三禮》。		
張崖，晉陵人。	傳《三禮》於同郡劉文紹。廣沈文阿《儀注》，撰《五禮》。	張崖、陸詡、沈德威、賀德基，俱以禮學自命。	《南史·儒林傳》
陸詡，吳郡人。	少習崔靈恩《三禮義宗》。		
沈德威，字懷遠，吳興人。			
賀德基，字承業，會稽人。	世傳禮學，《禮記》稱爲精明。		
顧越，字允南，吳郡鹽官人。	掌儀禮，著《喪服》。		
沈不害，字孝和，吳興武康人。	敕修五禮，著《五禮儀》一百卷。		
王元規，字正范，太原晉陽人。	少從吳興沈文阿受業，通《喪服》，著《禮記音》兩卷。		

　　然時值亂世,這些涉及《儀禮》的文獻絕大多數都散佚了。今天除了可以從輯佚著作中看到這些文獻的片言隻語,於《隋書·經籍志》中可見其目之外,要考見這一時期的禮學特徵,恐唯有依靠唐代賈公彥之疏文。賈公彥《儀禮疏》五十卷,原刻本已佚,清人黃丕烈有影抄本,清汪士鍾有影宋本,藏於北京圖書館,《四部叢刊續編》所收之《儀禮疏》據汪士鍾本影印,使今人得窺是書原貌。而在賈公彥疏之前,鄭玄作注後,《儀禮》只有經注本,無單經本行世。據王靜安先生考證:“六朝以後行世者,只有經注本,無單經本。唐石經雖單刊經文,其所據亦經注本。如《周易》前題王弼注,《尚書》題孔氏傳,《毛詩》題鄭氏箋,《周禮》《儀禮》《禮記》均題鄭氏注,《左傳》上題春秋經傳集解,下題杜氏,《公羊》上題春秋公羊經傳解詁,下題何休學,《穀梁》題范寧集解,《孝經》題御制序及注,《論語》題何晏集解,《爾雅》題郭璞注;又注家略例、序文,無不載入。是石經祖本本有注文,但刊時病其文繁,故存其序例,刊落其注耳。”①證以《隋書·經籍志》:“《儀禮》十七卷,鄭玄注。”②《郡齋讀書志》:“《儀禮》十七卷,右鄭氏注。”③《直齋書録解題》:“《古禮經》十七卷、《古禮注》十七卷,漢大司農北海鄭康成撰。相傳以爲高堂生所傳者也。”④皆言《儀禮》有經注本的存在,而不言單經本,由此可見,王靜安先生所言不虛,六朝後,只有經注本《儀禮》流傳。

　　① 王國維:《五代兩宋監本考》,《王國維全集》第 7 册,杭州:浙江教育出版社,2009 年,第 199 頁。
　　② 【唐】魏徵等著,鄧經元整理:《隋書》,北京:中華書局,2011 年,第 919 頁。
　　③ 【宋】晁公武撰,孫猛校證:《郡齋讀書志校證》,上海:上海古籍出版社,1990 年,第 70 頁。
　　④ 【宋】陳振孫著,徐小蠻等點校:《直齋書録解題》,上海:上海古籍出版社,2015 年,第 41 頁。

《儀禮注》最早刻於五代後漢隱帝乾祐元年(948)五月，至後周太祖廣順三年(953)板成。張淳《儀禮識誤》序："此書初刊於周廣順之三年，複校於顯德之六年，本朝因之，所謂監本者也。"可見《儀禮注》最早刻成於廣順三年。[①]　入宋不久，即翻刻五代監本，南宋渡江後，又依北宋監本加以翻刻，然北宋監本源自五代監本，按照王國維先生的考證，五代監本經採石經經文，注取經注本之注以加之，字體多有訛缺，而南宋監本又翻自北宋監本，故皆非善本。岳珂《九經三傳沿革例》云："九經本行於世多矣，率以見行監本爲宗，而不能無訛謬脱略之患。蓋京師胄監經、史，多仍五季之舊，今故家往往有之，實與俗本無大相遠。紹興初，僅取刻板於江南諸州，視京師承平監本，又相遠甚，與潭、撫、閩、蜀諸本互爲異同。"[②]岳珂以當代人記當代事，其言必有所根據，足見當時監本經注文訛脱衍倒者繁多，時人病之。五代監本、北宋監本及南宋監本《儀禮注》今皆不存，宋本存且最佳者，當爲宋刻嚴州本《儀禮注》。據黃丕烈介紹：嚴州本《儀禮》鄭氏注十七卷。每半葉十四行，每行大廿五字，小卅字不等，居士嘗跋其後云："張忠甫校《儀禮》，有監、巾箱、杭、嚴凡四本，今所存《識誤》稱嚴本者十許條，以此驗之，無一不合，其爲嚴本決然矣"云云。亭林顧氏言："十三經中《儀禮》脱誤尤多，《士昏禮》脱'壻授綏'云云一節十四字，賴有長安石經據補，而其注疏遂亡。"又言："《鄉射》脱'士鹿中'云云七字，《士虞》脱'哭止'云云七字，《特牲》脱'舉觶者祭'云云十一字，《少牢》脱'以授

①　具體可參見王國維：《五代兩宋監本考》，《王國維全集》第7冊，杭州：浙江教育出版社，2009年，第195—201頁。
②　【宋】岳珂：《九經三傳沿革例》，《叢書集成初編》本，上海：商務印書館，1936年，第1頁。

尸'云云七字。"以爲此秦火之未亡而亡於監刻,今考嚴本則各條儼然具存也。其餘補正注文者尤不可枚舉。① 由黃蕘圃的描述,嚴州本《儀禮》較諸本更爲完善,的確爲不可多得之善本。明人徐氏曾翻印嚴州本《儀禮注》,阮元重刊《十三經注疏》,其中《儀禮注》亦以此本爲主,清黃丕烈亦重刻此本。1936 年商務印書館據黃氏士禮居叢書本排印出版,收入《叢書集成初編》中,爲學界利用《儀禮注》提供了便利。只是限於當時技術,或排校者之水準,《儀禮注》原書不誤者,排印本反誤,如士昏禮:"御袵於奧,媵袵良席在東,皆有枕,北止。"排印本"止"作"上",他本皆作"止";且鄭注曰:止,足也。古文"止"作"趾"。顯然此處應爲"止"。又士昏禮:請期,曰:"吾子有賜命,某既申受命矣。惟是三族之不虞,使某也請吉日。"排印本"請期"竟誤爲"爲期"。如此錯誤不可枚舉,嚴重限制了排印本的使用。至於宋以來《儀禮注》版本具體源流及存佚狀態可參考王鍔《鄭玄〈儀禮注〉版本考辨》一文。②

賈公彥《儀禮疏》問世後,《儀禮疏》與《儀禮》經注亦單獨別行。關於《儀禮疏》的刊刻年代,王靜安先生亦作出了考證:《玉海》:"至道二年,判國子監李至請命李沆、杜鎬等校定《周禮》《儀禮》《公羊》《穀梁傳疏》……咸平三年三月癸巳,命祭酒邢昺代領其事,杜鎬、舒雅、李維、孫奭、李慕青、王煥、崔偓佺、劉士元預其事。凡賈公彥《周禮》《儀禮疏》各五十卷,《公羊疏》三十卷,楊士勳《穀梁疏》

---

① 【清】顧廣圻著,王欣夫輯:《百宋一廛賦》,《顧千里集》,北京:中華書局,2014 年,第 3 頁。顧氏之賦亦收入黃丕烈之藏書題跋集中,見【清】黃丕烈著,余鳴鴻等點校:《黃丕烈藏書題跋集》,上海:上海古籍出版社,2015 年,第 939—964 頁。

② 王鍔:《鄭玄〈儀禮注〉版本考辨》,《圖書與情報》,1995 年第 3 期,第 56—57 頁。

十二卷,皆舊本而成之。……四年九月丁亥以獻,十月九日命杭州刻板。"又:景德二年六月庚寅,國子監上新刻《公》《穀傳》《周禮》《儀禮正義》印板。先是唐長興中雕九經板本,至是皆備。案:宋初淳化中,國子監刊五經正義,不知命何地鏤板。至咸平中,七經正義則刊於杭州。《儀禮疏》後有經進校勘官銜名,其王煥結銜中有"杭州監彫印板"字樣,足爲《玉海》之證。咸平刊本今皆不傳,惟《儀禮》《公羊》《爾雅》三疏尚有南宋重刊本。《儀禮疏》每頁三十行,每行二十七字。[①]　由此可知,《儀禮疏》從宋至道二年(996)開始校定,咸平三年(1000)三月改由邢昺等人校定,至宋咸平四年十月校定完畢開始刻板,至遲於宋景德二年(1005)夏已刊印成書。現在看《四部叢刊》本《儀禮疏》後有"大宋景德元年六月"字樣,可知《儀禮疏》的最早刊印時間是宋景德元年六月。《四部叢刊》本《儀禮疏》是據清道光十年(1830)汪士鍾藝芸書舍影宋本《儀禮疏》影印,而此本爲汪氏據南宋覆刻之本,非北宋原刻,這也印證了王國維先生"咸平刊本今皆不傳,惟《儀禮》《公羊》《爾雅》三疏尚有南宋重刊本"之斷言。

由於經注疏分行的狀態不利於閱讀,因此逐漸出現了將經注疏及陸德明釋音合刻的經書,這種體例的經書至南宋時開始出現。但在南宋時,十三經中注、疏合刊最早有八行本、十行本,均不見有《儀禮》之注疏合刻本。王紹楹引《玉海》曰:"唐以《禮記》《春秋左氏》《詩》《周禮》《儀禮》《易》《尚書》《春秋公、穀》爲九經。國朝方以三傳合爲一,又舍《儀禮》而以《易》《書》《詩》《周禮》《禮記》《春

---

① 王國維:《兩浙古刊本考》,《王國維全集》第7册,杭州:浙江教育出版社,2009年,第5—6頁。

秋》《論語》《孝經》《孟子》爲九經。"因此他認爲"《儀禮》《爾雅》二經,多不刊行。岳刊《九經三傳沿革例》中亦不見《儀禮》《爾雅》。"①而考之其他目録著作,亦不見有《儀禮》經注疏之合刻本。阮元亦認爲《儀禮》之注疏在宋代"注疏各爲一書"。②《儀禮》之注疏合刻之最早時期,當在明代。顧千里《百宋一廛賦》:"弘文學士,悉情裁疏。陳李聞人,紛紜失路。官本複出,景德旦暮。列卷五十,面目呈露。標經題注,乃完乃具。尋馬序於《通考》,豁長夜而重曙。"黄丕烈注曰:景德官本《儀禮疏》五十卷,每半葉十五行,每行廿七字,每卷題"唐朝散大夫行太學博士弘文館學士臣賈公彦等撰"。"悉情裁疏"者,公彦等序中語也。陳(陳鳳梧)、李(李元陽)、聞人(聞人詮)散疏入注,而注之分卷遂爲疏之分卷。又去疏所標經文起止,蓋出於陳鳳梧,明正德時事也,而聞人詮、李元陽因之,萬曆監本、汲古毛氏本又轉轉因之,於是而馬氏《經籍考》所載《儀禮疏》五十卷。又載其先公序曰:"得景德中官本《儀禮疏》四帙,正經注語皆標起止,而疏文列其下"者,舉世無復識其面目者矣。先公,貴與父,名廷鸞,今與其所得者正同,末後名銜盈幅,案之《玉海》,悉符故事。居士屢誇此書在宋槧中爲奇中之奇,寶中之寶,莫與比倫者也。唯第三十二至第三十七凡缺六卷,僅從魏了翁《要義》中粗識其大略耳。③ 黄丕烈在《百宋一廛賦》注中認爲《儀禮注疏》最早由陳鳳梧、李元陽、聞人詮等人刻於明正德年間,是賦由顧

① 見汪紹楹:《阮氏重刻宋本十三經注疏考》,《文史》第三輯,北京:中華書局,1963 年,第 38 頁。

② 【清】阮元:《儀禮注疏》,《十三經注疏》,北京:中華書局,2009 年,第 2044 頁。

③ 【清】顧廣圻著,王欣夫輯:《百宋一廛賦》,《顧千里集》,北京:中華書局,2015 年,第 3 頁。

千里而作，黃丕烈作注，二人意見當一致。對此汪紹楹提出了反對意見，汪先生認爲："按陳氏刊於嘉靖五年，見《南雍志經籍考》。顧黃二氏以爲正德，似誤以所刊《儀禮鄭注》之年日，爲刊《儀禮注疏》之年日。待考。"①據顧黃汪所述，則《儀禮注疏》之最早刊印，始于明陳鳳梧。具體時間他們一主刊於明正德年間，一主嘉靖五年（1526）。傅增湘先生藏有《儀禮注疏》十七卷，漢鄭玄注，唐賈公彥疏，唐陸德明釋文，旁題"明正德十六年（1521）陳鳳梧刊本，十行二十字，注疏雙行，黑口單闌，次行題'後學廬陵陳鳳梧編校'"。②可知《儀禮注疏》最早刊印於明正德十六年（1521），惜此書不知現在何處。今查《中國古籍善本書目》，《儀禮注疏》僅有嘉靖應檟（1493—1553）刻本，北京圖書館、上海圖書館、湖南省圖書館等均有收藏。嘉靖中葉李元陽巡按閩中，刻十三經注疏，稱閩本。萬曆十四年（1586），北京國子監據以重刊，萬曆二十一年（1593）刊成，是爲北監本。明崇禎元年（1628），毛晉汲古閣翻刻北監本十三經注疏，崇禎十三年（1640）而事竣。此三次刻印，《儀禮注疏》均與其中，顧千里、黃丕烈認爲閩刻本《儀禮注疏》出自陳鳳梧本，是知嘉靖本、萬曆本及崇禎本《儀禮注疏》均以陳鳳梧正德本爲祖本。清乾隆時，武英殿翻刻《十三經注疏》，即武英殿本，據明崇禎本刻。嘉慶十一年（1806）顧千里爲張敦仁刻《儀禮注疏》五十卷，亦以宋單疏本爲主，而經取正於唐開成石經，注用宋嚴州單注本，疏用顧千里自藏之宋景德官刻本，所缺頁用魏了翁《儀禮要義》補足。阮元重刊《十三經注疏》時，《儀禮注疏》以宋刻單疏本《儀禮疏》五十

　　①　見汪紹楹《阮氏重刻宋本十三經注疏考》，《文史》第三輯，北京：中華書局，1963 年，第 52 頁。

　　②　見傅增湘《藏園群書經眼錄》第 1 册，北京：中華書局，1983 年，第 49 頁。

卷爲主，參以宋嚴州單注本，成《儀禮注疏》五十卷。阮氏言："大約經、注則以唐石經及宋嚴州單注本爲主，疏則以宋單行本爲主，參以《釋文》《識誤》諸書。"①阮本經注疏所采均與張本同，可見二本同源（張本先出，阮本承襲了張本的優點，也沿襲了張本之錯誤，儘管有些地方二本互有優劣），而張本世所鮮見，因此自阮氏刻十三經注疏後，阮本《儀禮注疏》成天壤間最爲通行之本，後《四部備要》所收《儀禮注疏》五十卷，即據阮元刻本。以上是《儀禮》文本流傳源流之大概。

上文言及魏晉南北朝時期《儀禮》研究成果大多亡佚，但一些研究成果也爲賈公彥《儀禮疏》所吸收，因此在考察了《儀禮》注疏之文本狀况后，賈疏之特點亦需要作出一番論述。《四庫全書總目》認爲"賈公彥僅據齊黃慶、隋李孟悊二家之《疏》，定爲今本。"②這一論斷點明了賈疏對六朝《儀禮》研究成果的繼承這一事實，但認爲賈公彥只是參考黃李二家之説則太過武斷。今翻查《儀禮疏》，賈氏爲申明鄭注於疏中引馬融、王肅等説者不勝枚舉，可見賈疏立論皆有所本，是在廣泛吸收前人研究成果之基礎上作出的論述。且遇到《儀禮》經文不明而鄭注亦未言及者，賈疏不吝筆墨援引它經以闡明《儀禮》經文之不明處，這些都説明賈公彥作疏態度的認真，因爲這樣的例子在《儀禮疏》中很多且直觀，此處不必贅引。賈公彥疏是建立在唐代經學統一之基礎上，因此其疏繼承了南北經學之特點，因《儀禮》鄭注在經學分立的時代都得到推崇，因此賈疏亦以鄭注爲根本，其疏基本上做到了申明鄭義，間有不合鄭

① 【清】阮元：《儀禮注疏》，《十三經注疏》，北京：中華書局，2009 年，第 2044 頁。
② 【清】永瑢等著：《四庫全書總目·經部·禮類二》卷二十，北京：中華書局，1983 年，第 159 頁。

義之處，亦以他説以補注之未備，對後世理解經文起到了很大的輔助作用。而且賈公彦之疏代表着唐代初期經學思想，因此可以從中挖掘這一時期之學術特點，且其中包含了大量已經散佚之文獻材料，是一個寶貴的學術資料庫，值得學界重視。就具體訓釋特色而言，程豔梅認爲賈疏注重聯繫具體語境解釋經注，在對賈疏特色作出論述的同時也表現出賈疏忠實經注這一特徵。① 當然賈公彦《儀禮疏》也有一些明顯的缺點，最爲顯著的一點即在於煩冗枝蔓，《四庫全書總目》即認爲："鄭《注》古奥，既或猝不易通。賈《疏》文繁句複，雖詳贍而傷於蕪蔓，端緒亦不易明。"② 阮元也曾在《儀禮注疏校勘記序》中批評賈氏這個缺點："賈疏文筆冗蔓，詞意鬱輵，不若孔氏《五經正義》之條暢。"阮元的批評是公允的，檢賈氏《儀禮疏》"喪服第十一"五字，竟以近三千字的篇幅予以訓釋，且内容有重複者，如前文既已解釋《儀禮》之篇目順序，此處復解釋《喪服》之順序爲何在《士喪禮》之前，前文既已對康成之事蹟作出解釋，此處又再次解釋鄭氏姓名字等等，這都是賈疏文筆冗繁之表現。再如賈疏於喪服第十一下引鄭《目録》后，不徑直解釋文題，而又引《禮器》"經禮三百，曲禮三千"之語以言今禮亡佚，無有天子、諸侯、卿大夫之喪服，僅有士之喪服，故無三千之數。這樣扯開話題去討論與文義關聯不大的問題，使得文氣斷割，難以卒讀。唐代《儀禮》研究熱度實不能與六朝時期相比，今僅存一部《儀禮疏》，且爲賈公彦私撰，就其質量而言不如賈氏《周禮》疏之精審，這也從一個側面體

---

① 見程豔梅《從〈周禮義疏〉、〈儀禮義疏〉看賈公彦的語境研究》，《廣東教育學院學報》2010 年 12 月第 30 卷，第 6 期，第 81—84 頁。

② 【清】永瑢等著：《四庫全書總目·經部·禮類二》卷二十，北京：中華書局，1983 年，第 160 頁。

現出唐代學術界對《儀禮》的關注度遠遜於魏晉時期。

宋代《儀禮》研究的情況，如果從現存文獻數量來看，似乎宋代之《儀禮》研究要強於唐代。《四庫全書總目》著錄了 24 部（包括附錄 2 部）《儀禮》研究文獻，宋代文獻有張淳撰《儀禮識誤》三卷；李如圭撰《儀禮集釋》三十卷；李如圭撰《儀禮釋宮》一卷；楊復撰《儀禮圖》十七卷、《儀禮旁通圖》一卷；魏了翁撰《儀禮要義》五十卷；車垓撰《內外服制通釋》七卷，共 6 部，占《儀禮》著錄文獻之 25％，數量上僅次於清代《儀禮》研究文獻。但是《儀禮》研究成果之時代分佈上又呈現出極爲不平均的局面，以《四庫全書總目》著錄之宋代《儀禮》研究文獻來看，全是南宋時期作品，如果聯繫到北宋時期王安石罷廢《儀禮》之史實，那麼針對這種分佈不平均的現象就不難得到理解。具體而言，《四庫全書總目》認爲張淳之《儀禮識誤》可以用來考察古《經》漢《注》之訛文脫句，是一部有功於《儀禮》之著作。但是朱子批評該書雖然"校《儀禮》甚仔細，較他本爲最勝。但株守《釋文》，往往以習俗相沿之字轉改六書正體。"①也就是説此書研究思路頗爲可取，②然實際研究成果則由於迷信陸德明《釋文》太甚而不盡可信。如是書第一卷《士冠禮誤字》："眡，注曰'天子與其臣玄冕以視朔，皮弁以日視朝；諸侯與其臣皮弁以視朔，朝服以日視朝。'按《釋文》云眡音視，本或作視，下同。陸既音視，正文非視字明矣，……從《釋文》。"③按照張淳的考證，此處"視"皆應

---

① 【清】永瑢等著：《四庫全書總目·經部·禮類二》卷二十，北京：中華書局，1983 年，第 159 頁。

② 彭林教授在《張淳〈儀禮識誤〉校勘學成就論略》一文中詳細分析了張著之長處與不足，甚詳可參看。見《北京圖書館館刊》1996 年第 3 期，第 68—74 頁。

③ 【宋】張淳：《儀禮識誤》，《景印文淵閣四庫全書》第 103 冊，臺北：臺灣商務印書館，1986 年，第 5 頁。

改作"眡"，理由竟然是《釋文》解釋有"眡音視"之語，因此下斷語認爲經文必不作"視"。從訓詁學的角度看，張氏的考證思路可取，被釋之字與訓釋之字的確不應該爲同一個字，但是所謂的訓詁原則只是在總結語言實際運用過程中歸納出的一般規律，既然是一般規律那必然有特例。今考《說文》，經常看到被訓之字與訓釋用字之間無異，按照張氏的思路，只要遇到這種情況即是原書有誤，恐怕這個論斷太過武斷。且《釋文》不能百分之百正確無誤，又豈能僅憑《釋文》之解釋音讀之字推測《儀禮》經文之用字？後文又有釋廟庿等字之區別，其根據仍然全來自《釋文》，似有尊信陸氏太過之嫌。不過在宋代理學發達的時代，張淳能拋開玄談而考察經典文字，其研究思路已開清人文字訓詁之風氣，故其思路有可取之處，也說明宋學之中並不是一味空談心性，仍然有考證經文字義之著作。

宋代研究《儀禮》之文獻，魏了翁所撰之《儀禮要義》五十卷精選鄭、賈之說，可爲今本《儀禮注疏》的提綱之作，便於初學者瞭解《儀禮注疏》之精華，但是從學術研究的角度審視這部作品，其價值不如李如圭、楊復之研究。而李、楊二人之研究，尤其以《儀禮釋宮》一卷與《儀禮圖》十七卷、《儀禮旁通圖》一卷最爲重要。按《儀禮》文辭晦澀，内容枯燥，如果純粹以文字考察，禮典繁瑣，方位紛擾忽東忽西，鼎鼏爵盃，特牲壯牧，令人眼花繚亂，故不對相關名物予以考釋則難以邃明經義之所述，而單純的文字敘述又不若以直觀之圖形表達，更能讓人一目瞭然，賓主之位，揖讓拜受一見即明。這一治禮之思路，今存《儀禮》研究著作中以李如圭之《儀禮釋宮》、楊復之《儀禮圖》爲最早。《儀禮釋宮》仿《爾雅釋宮》的體例，引經、記、注、疏參考證明，對《儀禮》經文中涉及的東房、西室、右房、左房、序、楹、楣、阿、箱、夾、牖、戶、當榮、當碑等等宮室名詞作出解釋，使讀《儀禮》者能夠瞭解經文所述之宮室式樣，只有這樣才能對賓主位置、禮器陳設、進退揖讓之方位有所瞭解。因此《四庫全書總目》盛讚此書："是編之作，誠治《儀禮》者之圭臬也。"①楊復之《儀禮圖》《儀禮旁通圖》則開後世禮圖著作之先。據說趙彥肅曾以其作《特牲、少牢二禮圖》向朱熹請教，朱子對其著作表示肯定，并認爲要是有《儀禮》其他篇章的禮圖就完美了。根據朱子的這一思路，他的學生楊復便作了這一部禮圖著作。雖然以今天的眼光審視楊氏之禮圖頗爲漏略，有一些圖也作得並不符合經義，但大部份禮圖的繪製上，楊復都能"依《經》繪象，約舉大端，可粗見古禮之梗概，於學者不爲無裨"。② 當然《四庫全書總目》著錄之宋代《儀禮》研究文獻數量並不能涵蓋所有宋代《儀禮》研究成果，許多《儀禮》文獻或由於文獻亡佚，或出於四庫館臣的價值取向緣故都沒有收錄進《總目》中，如在《經義考》中著錄的一些宋代《儀禮》研究文獻，陳祥道《注解儀禮》、陸佃《儀禮義》、張淳《校定古禮》、周燔《儀禮詳解》、黃士毅《類注儀禮》、葉味道《儀禮解》、劉熽《儀禮雲莊經解》等等皆未收入《四庫全書總目》，但從《四庫全書總目》之著錄狀態也基本反映出宋代《儀禮》研究之狀況。

以上論述《儀禮》在宋代之研究成果，可見宋學在發凡起例這一方面的確作出了不少開創性的研究，並不是如以往研究者論述的那樣，提到宋學便純粹是心性之談、理學之路，這一點當代一些學者也予以了糾正。值得注意的是，在考察《四庫全書總目》對宋

---

① 【清】永瑢等著：《四庫全書總目·經部·禮類二》卷二十，北京：中華書局，1983 年，第 160 頁。

② 同上。

代 6 部《儀禮》研究著作的提要時，①會發現一個共同現象，那就是無論哪一部著作，無論其質量好壞，《總目》都提到"近世久無傳本，或以爲已佚"，"世無傳本，故或云'俱未見'"，"今刻本不傳"等語，這都反映出《儀禮》研究在宋代的尷尬境地，即使南宋《儀禮》研究得到一定程度的改觀，其大體上呈不温不火之狀態也可從這些傳播不廣的文獻中得到表露。這是以《儀禮》專著而言，若其他著作中涉及到禮學之著作，有宋一代文化博興，這樣的著作自然不勝枚舉，當代已有許多學者看到了這一點，劉豐曾論述二程的禮學思想，②姜海軍亦於《二程經學思想研究》（北京師範大學出版社 2016 年版）一書中設專章討論宋初之三禮學的發展與演變，從而討論二程的禮學思想，這些論著都顯示出學界對宋代經學研究的關注，也只有宋代經學取得了突出成就才能引起學界的關注。今略舉一些涉及禮學著作之文獻，以示宋人研究禮學之成果。

張載：《經學理窟·禮樂》；

李覯：《李覯集·禮論第一》卷二；

程顥、程頤：《河南程氏文集·遺文·禮序》；

楊簡：《慈湖遺書·復禮齋記》卷二；

張九成：《横浦文集·克己復禮爲仁説》卷十九；

---

①　除此 6 部文獻之外，宋代尚有《儀禮經傳通解》。只是朱熹晚年之作《儀禮經傳通解》雖名爲"儀禮"，但以朱子之學問志向非《儀禮》一經能容納，是書打通三禮界線，是一部研究禮學之巨著，因爲此處討論《儀禮》研究專著，故《儀禮經傳通解》可備參考，但不計入《儀禮》類。

②　劉豐：《宋代禮學的新發展——以二程的禮學思想爲中心》，《中國哲學史》2013 年第 4 期，第 79—90 頁。

陳亮：《陳亮集・六經發題・禮記》卷十；

司馬光：《文集》卷六十六；

王安石：《王文公文集・禮》卷二十九；

蘇軾：《經進東坡文集・禮以養人爲本論》卷十；

鄭樵：《禮經奧旨・禮以情爲本》；

朱熹：《儀禮經傳通解》。

這些著作均涉及禮學問題，體現出學界對禮之重視，也反映出禮作爲儒學思想體系中一個重要維度具備研究的價值，而涉及禮學問題自然或多或少會涉及《儀禮》，朱子之《儀禮經傳通解》自不待言，以二程而言亦有一些談及《儀禮》之文字：“有門人問程頤‘如《儀禮》中禮制，可考而信否？’程頤回答曰：‘信其可信。如言昏禮云，問名、納吉、納幣皆須卜，豈有問名了而又卜？苟卜不吉，事可已邪？若此等處難信也。’”①此段文字體現出程頤對《儀禮》經文的態度即認爲可行者則可信，雖然具有一定道理，但禮豈能盡合乎人情？且上古之禮或合上古之人情，又豈能盡合宋代之人情？可見宋代禮學之特點依然考據少而發揮多，這一點若合理運用，對於研究《儀禮》是一個可資借鑒之方法。

元代被一些人稱爲漢文化沙漠化之朝代，但即使在漢化遲滯的時期，也有三部研究《儀禮》之文獻得以流傳下來，即爲吴澄撰《儀禮逸經傳》二卷、敖繼公撰《儀禮集說》十七卷、汪克寬撰《經禮補逸》九卷。《儀禮逸經傳》的作者吴澄認爲《儀禮》有殘缺，因此考察他經以補《儀禮》之闕，得《經》八篇。《四庫全書總目》列爲：“《投

① 【宋】程顥、程頤著，王孝魚點校：《二程集・河南程氏遺書》卷二十二上，北京：中華書局，2016 年，第 286 頁。

壺禮》、《奔喪禮》等，取之《禮記》。曰《公冠禮》，曰《諸侯遷廟禮》，曰《諸侯釁廟禮》，取之《大戴禮記》，而以《小戴禮記》相參定。曰《中霤禮》，曰《禘於太廟禮》，曰《王居明堂禮》，取之鄭康成《三禮注》所引逸文。"①吳氏此作體現出在其所處之時代《儀禮》已不能滿足社會各項禮典之需求，因此學界認爲《儀禮》有缺失，故有心補綴。至於補綴之禮典是否爲古禮，則仁者見仁智者見智，古禮實施之時代遙遠茫昧，文獻不足實難考證，從現存之文獻中或可窺見古禮一二，但要全部還原古禮幾乎不可能。吳氏以其時存在之文獻補充《儀禮》從實際運用角度出發，去考索社會實際生活中需要什麼禮典則儘量補充何種禮典，這種做法有功於禮學、亦有補於禮治，但是對於《儀禮》本經則意義不大，沒有直接材料可以證明吳氏所補之禮與《儀禮》具有直接關係，因此《儀禮逸經傳》一書嚴格來講是一部類似於朱子《儀禮經傳通解》類型之著作，而不是純粹的《儀禮》研究著作。

　　敖繼公在《儀禮集說·自序》中稱"鄭康成《注》疵多而醇少，删其不合於《經》者，意義有未足，則取疏記或先儒之説以補之。又未足，則附以一得之見"，表露出其著書之動機，即不滿意鄭注，又以疏、記及先儒之説以補充鄭注。敖繼公認爲《儀禮》一書原不止十七篇之數，他認爲："以經文與其禮之類考之，恐其篇數本不止是也。但經之言士禮特詳，其於大夫則但見其祭祀耳，而其昏禮、喪禮則無聞焉，此必其亡逸者也。《公食大夫禮》云'設洗如饗'，謂如其公饗大夫之禮也，而今之經乃無是禮焉，則是逸之也明矣。又諸

---

　　①　【清】永瑢等著：《四庫全書總目·經部·禮類二》卷二十，北京：中華書局，1983 年，第 160 頁。

侯之有覲禮，但用於王朝耳，若其邦交，當亦有相朝、相饗、相食之禮，又諸侯當亦有喪禮、祭禮，而今皆無聞焉，是亦其亡逸者也。然此但以經之所嘗言、禮之所可推者而知之也，而況其間又有不儘然者乎？由此言之，則是經之篇數本不止於十七亦可見矣。"①可見《儀禮》記錄之禮典不能涵蓋社會實際需要之現象已爲愈來愈多之學者所發現。又《四庫全書總目》對敖氏《儀禮集説》的評價爲："疑《喪服傳》違悖《經》義，非子夏作，皆未免南宋末年務詆漢儒之餘習。然於鄭《注》之中録其所取，而不攻駁所不取。無吹毛索垢、百計求勝之心。蓋繼公於《禮》所得頗深，其不合於舊説者，不過所見不同，各自抒其心得，初非矯激以爭名。故與目未睹《注》《疏》之面而隨聲佐鬥者，有不同也。且鄭《注》簡約，又多古語，賈公彦《疏》尚未能一一申明。繼公獨逐字研求，務暢厥旨，實能有所發揮。則亦不病其異同矣。卷末各附《正誤》，考辨字句頗詳，知非徒騁虛詞者。其《喪服傳》一篇，以其兼釋《記》文，知作於《記》後。又疑爲鄭康成散附《經》《記》之下，而不敢移其舊第。又十三篇後之《記》，朱子《經傳通解》皆割裂其語，分屬《經》文各條之下。繼公則謂諸篇之《記》有特爲一條而發者，有兼爲兩條而發者，有兼爲數條而發者，亦有於《經》義之外別見他《禮》者，不敢移掇其文，失記者之意，自比於以魯男子之不可學柳下惠之可。卷末特爲《後序》一篇記之。則繼公所學，猶有先儒謹嚴之遺，固異乎王柏、吳澄諸人奮筆而改《經》者也。"②今案《四庫全書總目》之評價不儘然，四庫館臣

---

　　①　【元】敖繼公著：《儀禮集説》，《景印文淵閣四庫全書》第105冊，臺北：臺灣商務印書館，1986年，第35頁。

　　②　【清】永瑢等著：《四庫全書總目·經部·禮類二》卷二十，北京：中華書局，1983年，第161頁。

以敖氏不疑鄭注，其實不然，敖繼公不僅敢於懷疑鄭氏注，甚至也不同意朱熹處理《儀禮》記之做法，這種敢於懷疑權威的精神，在今天看來是一種難能可貴的品質。但考察其書，則瑕瑜互見，并不如四庫館臣評價的那樣具備那麼多優點。如是書卷一"筮人執筴，抽上韇，兼執之，進受命於主人"條，敖繼公注："筴音筮，韇音獨。"鄭注沒有注明筴字的讀音，此不知敖氏據何以有是音。考賈疏："案《少牢》云：史左執筮，右抽上韇、兼與筮執之，東面受命于主人。得主人命訖，史曰：諾。西面於門西，抽下韇，左執筮，右兼執韇以擊筮。乃立筮。此云筴，彼云筮，一也。但筮法不殊，此亦應不異。"賈公彦以筮、筴爲一，或者敖繼公以此認爲"筴"音"筮"？此足見敖氏不明字學，強引賈疏以補鄭注之闕，此是其不足之處。該條后敖氏注曰："繼公謂筮人有司之共筮事者也。《少牢饋食禮》言爲大夫筮者史也，此爲士筮宜亦如之史。而云筮人者，因事名之也。"①對於史這一角色的描述，敖繼公深得古史之實，上古官制不發達，職官職能劃分並不明顯，稱爲史者，可以執筆記事，亦可參與祭祀，擔任禮官，因此敖繼公認爲"因事名之"這一原則很恰當地反映了上古職官制度的相關形式，從這個角度看是書又具備一定的價值。正因爲如此張萱曰："敖注多仍舊文，與朱子《通解》稍異。"②這個評價也如實反映出敖氏此書之相關特點。

明代經學成就一直爲清代學者所不齒，考《四庫全書總目·儀禮類》所收 24 種書即無明人著作，且明人《儀禮》研究著作今多亡

<hr>

① 【元】敖繼公著：《儀禮集説》，《景印文淵閣四庫全書》第 105 冊，臺北：臺灣商務印書館，1986 年，第 38 頁。
② 【清】朱彝尊著，林慶彰等編校：《經義考新校》第 6 冊，上海：上海古籍出版社，2010 年，第 2462 頁。

佚,實無從全面考察其經學成就。以現存的郝敬《儀禮節解》爲例,可見明人治經之特點。是書收於《四庫全書總目》存目中,四庫館臣認爲郝敬"好爲議論,輕詆先儒"。而《儀禮節解》一書"謂《儀禮》不可爲經,尤其乖謬",給郝敬扣上一個叛逆者頭銜,從這個基調出發目郝氏之研究爲"粗率自用,好爲臆斷";然亦認爲其書"其間有可取者⋯⋯敬之所辨,亦時有千慮之一得"。① 今按郝氏不以小學名家,故其考證或有疏漏者,但不應以一過而廢是人。《經義考》引郝敬自述曰,"《儀禮》較《周禮》切近。《周禮》懸空鋪張,《儀禮》周旋裼襲,合下有實地,雖止於十七篇,推而演之,三千三百皆可義起。內《鄉射》即《鄉飲酒禮》,《大射》即《燕禮》,《既夕》即《士喪禮》,《有司徹》即《少牢饋食禮》,其實止十有二篇,然不啻詳已。昔之作者舉所嘗聞,潤色補綴,使後世知禮之儀文如是,古人陳跡如是,非責後世一一拘守,亦非士大夫禮存,天子、諸侯禮亡之謂也。大抵冠、昏、喪、祭、朝、聘、燕、饗,禮之大端止此;飲食男女,養生送死,人生日用止此;升降進退,周旋規矩,行禮節文止此;天子諸侯,同此人倫,同此儀則,隆殺多寡,因時制宜,此皆行禮節目。朱仲晦欲以《儀禮》爲經,夫儀之不可爲經,猶經之不可爲儀也。經者,萬世常行;儀者,隨時損益。父子、君臣、夫婦、長幼、朋友,經也;禮儀三百、威儀三千,儀也,皆以節文斯五者。五者,三代相因,而儀者所損益。世儒耳食朱説,欲以《儀禮》爲經,割諸禮附之,嗟夫! 諸禮家言,雖聖人復生,不能盡合矣。虞、夏、殷、周,因革損益,尚不相襲,乃世儒欲彌縫新故不同之跡,以通之百世,就使補輯完備,能

---

① 【清】永瑢等著:《四庫全書總目·經部·禮類存目一》卷二三,北京:中華書局,1983 年,第 189 頁。

必一一可用之今日乎？學禮者，所以貴達也。"①這段文字可見郝氏長於論述而短於考據，論述中可見其思慮之雄而見識之卓，其站在歷史發展的角度上看待禮與儀之關係，并提出禮儀不相沿襲的觀點，這是很正確的。今天研究《儀禮》也應該以一種歷史發展的眼光去看待《儀禮》，不能認爲《儀禮》爲經學，則一絲一毫不敢革新，事實上中國歷史發展過程中，對於經學的改革時有發生，不拘於經書之言辭已成爲卓識者之共識，但輕率之病亦與此一念之隔，郝氏之弊亦在於此，以精確的考據得出之結論正確，故其識見卓越，論述精密，反之則爲詆毁先賢狂悖之辭。

以《儀禮節解·士相見禮第三》卷三郝敬之解釋爲例："摯，至也。見尊者無由達，因物自至也。士用雉，象文明在野也。腒，干雉也。執禽以頭向左曰某也以下，賓與主人擯者相對之辭。……按禮辭，即行禮之心，辭讓之心，人皆有之。作者以是道人心所本有，達其恭敬之意云爾。苟徒依倣其辭，無其心，是相習爲僞耳。故曰非禮之禮，大人弗爲，其人可與，何必三辭不可，雖謬爲恭敬，終弗屑也。賓五請然後一見，見又於大門内，不歷階，不升堂，不交一語輒出。既出，又請見，賓又反見。始何其難，而終何其亟也。鄭謂爲將與燕，然則始入不延之堂室，俟其出而后召之，此類煩複，於人情未可強通。大抵此節之儀，春秋戰國以來，士之抗節者，公卿大夫造門請見，其辭如此，苟士見於士，無貴爲此矣。"②摯，鄭玄認爲："所執以至者，君子見於所尊敬，必執摯以將其厚意也。"此義

①　【清】朱彝尊著，林慶彰等編校：《經義考新校》第 6 册，上海：上海古籍出版社，2010 年，第 2480 頁。

②　【明】郝敬：《儀禮節解》，《續修四庫全書》第 85 册，上海：上海古籍出版社，2001 年，第 580—581 頁。

甚明,不知爲何郝敬又生新解以釋此字。又以雉象文明在野,亦有故意求異於前人之嫌,疏已經對雉之用意作出闡釋,歷來儒生對此亦無意義,郝氏又以新釋釋之,而又不言根據爲何,難以使人信服。其下作出之解釋,實際上是對鄭、賈二人注疏之節解,亦無特殊之處,故此處引文予以省略。因爲其考證不嚴,故其得出的結論足以駭人,他認爲禮典繁瑣不近乎人情,因此推斷這是下級見上級時所操之禮典,若是平級相見則不需要這麼複雜的禮典,不知其論斷又有什麼根據。禮本用於交接,其源頭可以追溯到遠古宗教,本來沒有規定禮一定要近乎人情,祭神之禮需要通達人情嗎? 這説明郝氏由於考證不嚴密作出了錯誤之推斷,而又勇於任己,輕非經文,是故招致後世學界的責難。但是他在此處提出"按禮辭,即行禮之心,辭讓之心,人皆有之。作者以是道人心所本有,達其恭敬之意云爾。苟徒依做其辭,無其心,是相習爲僞耳。故曰非禮之禮,大人弗爲,其人可與,何必三辭不可,雖謬爲恭敬,終弗屑也。"張學智先生認爲"郝敬由重視禮之精神内涵而稱敍述外在儀節的《儀禮》爲'虛影',認爲只有掌握了禮的本質,外在的儀節才是有意義的",[1]可謂深得儒家行禮之義。禮雖然起源甚早,事涉神鬼,但儒家以禮詮釋德、仁,以禮爲治的用心是很明顯的。郝敬在這一段話中,闡明行禮的根源在於有一顆行禮的心,否則即是虛僞的表演,這是很到位的論述。

　　上論清代以前之《儀禮》學研究成果,實際上《儀禮》自鄭注賈疏后,研究成果多亡佚不傳,梁啓超先生甚至認爲"宋、元、明三朝,可以説是三禮學完全衰熄的時代了"。[2]《儀禮》研究的高潮在清

---

①　張學智:《明代三禮學概述》,《中國哲學史》2007 年第 1 期,第 16 頁。

②　梁啓超:《中國近三百年學術史》,北京: 東方出版社,2004 年,第 210 頁。

代,這一時代是中國古代學術總結期,許多經學上的問題都在這個時代得到了討論,并形成了一大批成果精良的學術著作,關於清人經學成就,學界早有定論,此處無需贅言。而關於清代之《儀禮》學研究成果、特色、成就,今人陳祖武、彭林、林存阳、鄧聲國等學者之一系列論著均有詳細論述,可以參看。清代《儀禮》學研究成果豐富,據王鍔先生統計,有清一代《儀禮》學研究著作多達 200 余部,其中比較著名的有張爾岐《儀禮鄭注句讀》、凌廷堪《禮經釋例》、胡培翬《儀禮正義》、曹元弼《禮經校釋》《禮經學》。此外毛奇齡、徐乾學、李光坡、方苞、萬斯大、吳廷華等一大批學者都投身於《儀禮》研究,形成了一大批傑出的《儀禮》學著作,爲今天進一步研究《儀禮》作出了重要貢獻。今略舉清人《儀禮》學研究中比較重要的著作予以敘述,以見清代《儀禮》研究之特色。

張爾岐撰《儀禮鄭注句讀》十七卷,《四庫全書總目》認爲該書"全録《儀禮》鄭康成《注》,摘取賈公彥《疏》,而略以己意斷之。因其文古奧難通,故並爲之句讀"。① 且引顧亭林先生之評價,對張氏著作作出了極高評價。就是書之具體特色,鄧聲國教授在《試論張爾岐的〈儀禮〉詮釋特色及其成就》一文中提道:"在清初禮學的復興運動中,張爾岐所著《儀禮鄭注句讀》在對《儀禮》的整體把握乃至局部禮儀的研究、治禮方法的探索等方面,都具有自身的獨到認知和特色,創見良多。"並由此論述《儀禮鄭注句讀》注釋内容和體例,分析其詮釋特點,對張爾岐之《儀禮》文獻校勘内容與成就作出了論述。②

---

① 【清】永瑢等著:《四庫全書總目·經部·禮類二》卷二十,北京:中華書局,1983年,第 162 頁。

② 鄧聲國:《試論張爾岐的〈儀禮〉詮釋特色及其成就》,《江西科技師範學院學報》2012 年 8 月第 4 期,第 61—66 頁。

張爾岐之句讀，將《儀禮》各篇予以劃分，使得篇章、禮典結構皆十分明晰，爲後世研究《儀禮》提供了極大的便利，爲後世所推崇，胡培翬《儀禮正義》即依張氏之句讀進行研究，可見張爾岐此書之價值確乎如顧氏所言"實似可傳"者。

凌廷堪《禮經釋例》與曹元弼《禮經學》都是考察《儀禮》義例之著作。凌書始撰於乾隆五十二年（1787），成於嘉慶十三年（1808），撰作時間長達二十二年，中間五易其稿，可見凌氏用力之深。是書卷首爲《復禮》三篇，闡明禮學宗旨，尤爲重要，其發揮儒家禮學思想頗爲深刻，道前人所未道。他認爲："夫人之所授於天者，性也；性之所固有者，善也；所以復其善者，學也；所以貫其學者，禮也，是故聖人之道，一禮而已矣。"①將禮與實現聖人之道聯繫起來，以禮貫徹學，使之成爲實現復性之方法與途徑。又引《記》曰："'仁者，人也，親親爲大；義者，宜也，尊賢爲大。親親之殺，尊賢之等，禮所生也。'此仁與義不易之解也。又曰'君臣也父子也夫婦也昆弟也朋友之交也，五者，天下之達道也'。"②接下來舉禮經中喪服禮典予以論述禮與仁、義、知等之關係，從而進一步闡明儒家之禮學思想。在《復禮》下中，凌氏還提出"以禮代理"之理論，"聖人之道，至平且易也。《論語》記孔子之言備矣，但恒言'禮'，未嘗一言及'理'也。"③將禮上升到本體論的高度以求替代理，也體現出凌氏身上烙上了清儒對宋明心學反動的時

① 【清】凌廷堪著，彭林點校：《禮經釋例·復禮上》，北京：北京大學出版社，2012年，第2頁。

② 【清】凌廷堪著，彭林點校：《禮經釋例·復禮中》，北京：北京大學出版社，2012年，第3頁。

③ 【清】凌廷堪著，彭林點校：《禮經釋例·復禮下》，北京：北京大學出版社，2012年，第5頁。

代印記。接下來爲全書目録。據《續修四庫全書總目提要·經部》介紹，"是書原名《禮經釋名》，凡十二篇，爲凌廷堪仿《爾雅》而作，後凌氏以爲《儀禮》之宏綱細目必以例爲主，非名物訓詁所能賅，治是經不得其例，雖上哲至聖亦苦其難"①，此尤見凌氏之卓識，《儀禮》研究若純粹陷入訓詁名物之考證中，爲考據而考據，古物距離著者時代遙遠，若無直接文物作爲參照，其考證的結果之可信度自然會有所降低，而凌氏探討《儀禮》經文禮例，遇到什麼情況該站、該坐，該祭，該飲，賓主位置的排列，禮器的陳設都通過通例、飲食之例、賓客之例、射例、變例、祭例、器服之例、雜例這八類禮例予以排列歸納，實際上是以結構主義之分析法分析禮典，因此在凌氏的分析下許多看似繁雜毫無頭緒的禮典，變得井然有序，而通過這種井然之禮典進一步考察其中蘊含的微言大義就變得相對容易了，這也是《續四庫提要》認爲是書"誠爲學禮治禮之一助"的緣由。

曹元弼《禮經學》分明例、要旨、圖表、會通、解紛、闕疑、流別七個部份，《續四庫提要》認爲"凌廷堪《禮經釋例》未及經例，而古之聖者作經皆有法，解經必明其法，治禮者必以全經互求，以各類各篇互求，以各章各句互求，而後辭達義明，故其據以鄭義及凌氏《釋例》，得五十經例等，不一而足，多有創獲。"②可謂在凌氏之基礎上進一步發展了禮學義例研究。曹元弼以禮經爲一個整體，探討經文之義例結構，對於理解《儀禮》經文大有裨益。今細考是書，《明例》第一曰："禮之大體曰親親、曰尊尊、曰長長、曰賢賢、曰男女有

①　單承彬主編：《續修四庫全書總目提要·經部·禮經釋例十三卷》，上海：上海古籍出版社，2015年，第188頁。

②　單承彬主編：《續修四庫全書總目提要·經部·禮經學七卷》，上海：上海古籍出版社，2015年，第194頁。

別。此五者五倫之道，而統之以三綱：曰君爲臣綱，父爲子綱，夫爲妻綱。長長統於親親，賢賢統於尊尊。三者以爲之經，五者以爲之緯；五者以爲之經，冠、昏、喪、祭、聘、覲、射、饗以爲之緯；冠、昏、喪、祭、聘、覲、射、饗以爲之經，服物、采章、節文、等殺以爲之緯。"①但曹元弼提出的"須臾不可離也，一物不可繆也"即綜貫這些環節方爲治禮之途徑的做法並没有得到很好的貫徹，許多研究者但知索緯而不曉求經，乃至於使禮學研究成爲支離破碎之學，名物考據辭章訓詁之學。這遠不能發明儒家禮治之用意與禮經之内涵。曹氏將《儀禮》十七篇親親、尊尊、長長、賢賢、男女有別五類，若此《儀禮》作爲一個整體，其主旨即統一於儒家之倫理體系中，而此五倫之道中前四者之用意甚明，對於考察社會日用亦頗爲有用，唯五倫中男女有別一條殊爲費解，當以他經予以解釋。按易分陰陽，人分男女，男女之道，陰陽之道，是後世儒家學者經常闡發之理論，故於此曹氏没有詳言。在《明例》篇中曹元弼還對每一篇之相關環節進行詮釋，有涉及職官者，如《士冠禮》釋有司、筮人、卦者、宰、宗人、鄉先生，《士昏禮》釋老、祝，《士相見禮》釋下大夫、宅者等等，皆就禮經而言職官，而不是如後世一些學者那樣，言職官必牽涉《周官》，須知《儀禮》方爲禮經，是記録上古禮典之文獻，其中之職官形式必然是上古職官制度的反映，不能以後世完備之職官制度去苛責《儀禮》中的職官形態。爲了便於直觀地理解經文大意，曹氏還吸取前人作禮圖的做法，繪製圖、表以使閱者對《儀禮》宮室、服物皆有一初步印象。在分步闡述《儀禮》經文之禮例后，曹氏

---

① 【清】曹元弼著，周洪點校：《禮經學·明例第一·禮經》，北京：北京大學出版社，2012年，第1頁。

還以會通之法探討《儀禮》與儒家其他經典之關係，雖然論述簡略，但其思路頗爲可取，爲今天進一步考察《儀禮》在儒家思想體系中的地位提供了一種新的方法。曹元弼另一禮學專著《禮經校釋》在前賢基礎上進一步闡明鄭注賈疏，或"明其是，或辨其訛，或申其隱，或補其闕"，又探討"《儀禮》之由來與功用，述禮學之源流，説《三禮》之消長，評各家之得失"①，體現出曹氏嚴密的禮學體系，也是其對清人禮學研究之總結與補充，因此可以毫不誇張地説，曹元弼因其一系列禮學著作而成爲清代禮學研究之殿軍。

　　梁啟超先生曾談到清代《儀禮》學研究之概況："清儒最初治《儀禮》者爲張稷若，著《儀禮鄭注句讀》，顧亭林所稱'獨精三禮，卓然經師'也。乾嘉間則有凌次仲的《禮經釋例》十三卷，將全部《儀禮》拆散了重新比較整理貫通一番，發現出若干原則。其方法最爲科學的，實經學界一大創作也。次則有張皋文的《儀禮圖》，先爲宮室衣服之圖；次則十七篇，每篇各爲之圖；其不能爲圖者則代以表，每圖每表皆綴以極簡單之説明。用圖表方法説經，亦可謂一大創作。道、咸間，則有邵位西《禮經通論》，專明此經傳授源流，斥古文《逸禮》之僞。這三部書振裘挈領，把極難讀的《儀禮》變成人人可讀，真算得勞苦功高了。其集大成者則有道光間胡竹村之《儀禮正義》，爲極佳新疏之一。"②梁氏此論實將他眼中的《儀禮》發展史作出了一個極爲簡略的勾勒。張爾岐、凌廷堪二人著作上文均有論述，張惠言《儀禮圖》詳細作圖，爲用甚巨，但其書全爲禮圖，人皆能見其用，故不必贅述。至於邵懿辰之考察《儀禮》源流，辨別今古

　　① 單承彬主編：《續修四庫全書總目提要・經部・禮經校釋二十二卷》，上海：上海古籍出版社，2015 年，第 193—194 頁。
　　② 梁啟超：《中國近三百年學術史》，北京：東方出版社，2004 年，第 211 頁。

文,實爲舊調重彈,論述雖精詳,但結論多爲人曉,故此處亦不言及。曹氏元弼之書及其在禮學研究上的地位,上文專門作出論述,雖有異於任公,想必亦能引起學界之共識。至於梁任公提出胡培翬之《儀禮正義》爲清代禮學之集大成者之論斷,今亦爲學界普遍接受。楊向奎先生在讀胡氏《正義》之後,對胡氏關於"士庶子"、"士庶人"、庶人、國人、衆人之階級成分問題的劃分,具體韠、韍韐等衣裳問題的解釋以及涉及古代詩樂形式制度問題的樂次與詩所三個方面作出的考察表示讚揚,楊先生甚至認爲胡氏取得的成就可以與戴震、王念孫父子、孫詒讓並列,"三君而下,可以步武者,胡培翬其選也",又曰"胡培翬固清代漢學家中之名家也。"①《正義序》著録此書大旨曰:"鄭注而後,惟唐賈氏公彦疏盛行,而賈疏或解經而違經旨,或申注而失注意,因參稽衆説,覃精研思,積四十餘年,成《正義》若干卷。先生自述其例有四:曰補注,補鄭君注所未備也。曰申注,申鄭君注義也。曰附注,近儒所説,雖異鄭旨,義可旁通,附而存之,廣異聞、袪專己也。曰訂注,鄭君注義偶有違失,詳爲辨正,别是非、明折衷也。"②則胡培翬是書以鄭注爲根本,蒐集各家之説以補充、申明、訂正鄭注,從而疏通經文,誠《儀禮》之大功臣。因其不滿意賈疏違背鄭注,因此是書幾乎不採納賈疏,而以折衷各家之説並斷以己意以爲疏,附於鄭注之後。通過胡氏新作之《正義》的疏解,經文中意義不明之處很多都得到了疏通。如《儀禮》中經常提到筮者、卜者居於西位,鄭注賈疏都没有言明神職者

---

① 楊向奎:《讀胡培翬的〈儀禮正義〉》,《孔子研究》1991 年第 2 期,第 119—126 頁。

② 【清】胡培翬著,段熙仲點校:《儀禮正義》,南京:江蘇古籍出版社,1993 年,第1 頁。

居於西位之原因，胡氏《正義》引吳廷華《儀禮章句》云："西面者，鬼神位在西。"這樣一來，疑問就得到了解釋，而由此亦可以進一步解釋各個方位之象徵意義。這樣的例子還有很多，在下文疏解經文還會大量援引胡培翬《儀禮正義》之説以證明相關問題，也可以進一步瞭解胡氏對於《儀禮》經文的研究成就，此處暫不贅論。總之，是著學界評價爲清代《儀禮》集大成之作是較爲公允的論斷。

以上列舉清代較爲著名的幾部《儀禮》學著作，清代經學發達，《儀禮》學相關研究著作還有很多，且許多著作都有自己特點和可取之處，《四庫全書總目》及《續修四庫全書總目提要·經部》對此有精闢的評價，要瞭解這一時期之《儀禮》學研究成果亦可參考。

對於清代經學作出總結性評價，不是此處考察的主要問題，而且這一問題學界已多有涉及，研究成果可資取用。清代《儀禮》學研究成果主要表現在以下兩個方面：首先針對經文文字進行訓釋，以求理解經文大意，而運用之方法則多爲文字、音韻、訓詁學方面知識。而爲了能夠全面把握經文大意，又需要綜合運用版本、目錄、輯佚等方面知識與方法。清人在這方面取得的成就巨大，今天研究《儀禮》許多字句的訓解仍然需要參考他們的研究成果，而這種研究方法則可稱爲文獻學研究法。第二種研究法爲史學研究法。通過研究《儀禮》經文的傳授淵源，今文古文之區別，鄭王優劣，以及後世儒家經師注釋體例，即主要從《儀禮》的流傳過程中着手，去考察《儀禮》經文在歷史發展過程中學界對其作出的反應。以今天的眼光看待這一研究方法，實際上是一種《儀禮》學史之研究。通過這一研究，可以瞭解《儀禮》經文的傳播歷史，對於經文在歷史過程中的地位有一清晰的瞭解。但是由於歷史觀之局限，清人這方面的著作多不盡人意。如考察《儀禮》發展源流，不是宗漢即爲崇宋，或陷入鄭王之爭、今古經文之爭；偶有跳出這個圈子的學者又認爲《儀禮》爲周公所作，要麼就歸結於夫子名下，這種歷史局限性很大程度上限制了清代學者從純粹歷史的視角去研究《儀禮》史。第三種研究方法爲典章制度研究法。即研究《儀禮》具體禮典，考察五服制度、朝聘制度等制度的根源、發展，以求實際政治之運用。這些研究都在各自範圍內作出了各自的成就，儘管由於歷史的局限，有些成就在今天看來難以讓人接受，然而要進行《儀禮》研究，這些研究成果都是可資參考的重要成果，特別是今天在經學體制崩潰后，學者研究《儀禮》不必再有諸多限制，綜合運用前人留下之方法與成果，可以使《儀禮》研究邁上一個新的臺階。

既然作爲儒家經典的《儀禮》在古代中國乃至整個儒家文化圈都較受重視，形成了一大批優秀研究成果，那麼進入 20 世紀以來，在傳統學術受到西方文化衝擊的大環境下，包括《儀禮》在內的"三禮"學又處於一種什麼樣的狀況，便是需要進一步考察的問題。由於西學的衝擊，經學體系的崩潰，《儀禮》研究成果在數量上遜於以往清代的《儀禮》研究。但 20 世紀上半期，還是有一大批治禮學者，如由清入民國者皮錫瑞、廖平、康有爲、劉師培、吳之英、曹元弼等人，他們的禮學研究繼續沿着清人治經的路子進行研究，並在前人研究的基礎上有所發展。錢穆、郭沫若、陳夢家等人則開始接受新的知識，開始運用新出材料，從不同角度出發，對"三禮"學作出研究。這時期的"三禮"學成果特點主要表現在以下幾個方面：

首先，運用傳統考證法，對"三禮"展開研究。這方面取得了較爲顯著的成績，而且是《儀禮》研究的主流。關於這方面《儀禮》研究的成果有：劉師培的《禮經舊説》；曹元弼的《禮經學》《禮經校釋》；吳之英的《儀禮奭固》《禮事圖》和《禮器圖》。曹氏著作已於清

代《儀禮》學研究成果中作出論述,毋庸再言。吳之英《儀禮奭固》
1920 年付梓,主要從今古文異同、經文文字訛脱等傳統經學角度
出發,闡述作者的思想。《禮器圖》一書亦刊行於 1920 年,其書與
《儀禮奭固》互爲表裏,相互參證,全書有圖 522 幅以闡明禮器形
制、禮典意義,對於理解《儀禮》經文、禮典亦有一定幫助。劉師培
雖參加革命活動多年,但其學術思路仍然是舊式的,就其《儀禮》研
究著作《禮經舊説》而言,亦分析區别今古文用字之别。《禮經舊
説·補遺》卷一《士冠禮》記"冠而字之敬其名也"條下注曰:"士冠
經曰:'冠而字之,敬其名也。'即據此經爲説。惟鄭注謂今文無
'之',《通義》兩引並有'之'字,《公羊》隱元年《解詁》引此記亦有
'之'字,或據大戴、慶氏本,或均後儒據鄭本誤增也。"①可見劉氏
之學仍爲傳統之文字訓詁之學,這也是 20 世紀上半期《儀禮》研究
的一大特色。

其次,開始運用新的方法進行研究。如 20 世紀前期,李安宅
利用社會學的研究方法對《儀禮》和《禮記》展開研究,著有《〈儀禮〉
與〈禮記〉之社會學的研究》一書,該書考察了禮的本質、功用、理
論,并分析了宗教與儀式,實際上即是從宗教的角度考察禮典,又
從社會關係的角度考察《儀禮》中的各種關係,别開生面,開闢出一
個新的《儀禮》研究方向。此書是第一本從社會學的角度研究《儀
禮》和《禮記》的專著,其研究方法對後來的學者產生了深遠的
影響。

新中國成立後,《儀禮》研究進一步發展並取得了新的成績。

① 劉師培著:《劉申叔遺書·禮經舊説》,南京:江蘇古籍出版社,1997 年,第
61 頁。

具體方面，有段熙仲的《禮經十論》；楊寬的《冠禮新探》《"鄉飲酒禮"與"饗禮"新探》；陳公柔的《士喪禮、既夕禮中所記載的喪葬制度》；沈文倬《對〈士喪禮、既夕禮中所記載的喪葬制度〉幾點意見》等，這些研究都以考古發掘作爲參考，積極利用新的考古發現以研究《儀禮》相關禮典，對於某些具體禮典的研究，取得了很大的成績，相關禮典的疑難問題得到了進一步疏通。1959 年，武威漢簡發現，學術界開始運用出土文獻對《儀禮》的成書作出研究，並利用武威漢簡進行經文校勘。陳夢家、沈文倬都對武威漢簡中收錄的《儀禮》作出了釋文與校記。並與傳世本《儀禮》進行比較研究，這些研究成果對於《儀禮》的繼續深入研究有着重要開創意義。

改革開放以來，中國大陸的《儀禮》研究主要是從以下幾個方面展開並取得了一系列成果：一是《儀禮》本經的注譯之作大量出現。如王宁主編的《評析本白話三禮》、許嘉璐主編的《文白對照十三經·周禮、儀禮、禮記》、陳戍國的《周禮·儀禮·禮記》、李景林的《儀禮譯注》、楊天宇的《儀禮譯注》、彭林的《儀禮全譯》等。這些著作爲瞭解和閱讀《儀禮》提供了方便，爲進一步瞭解《儀禮》作出了貢獻。

在具體禮典問題方面，首先是《儀禮》成書問題引起了學界極大的關注。沈文倬先生的《略論禮典的實行和〈儀禮〉書本的撰作》一文對此問題作了較深入的研究。沈氏通過考證認爲，周元王、定王之際是《儀禮》撰作時代的上限，《儀禮》撰作時代的下限在魯共公之世，即周烈王、顯王之際，公元前 4 世紀中期。這一結論得了學界較大的認可。李景林等人在其所撰《儀禮譯注》一書的前言中對《儀禮》的成書問題也作出了討論，認爲《儀禮》的形成有一個較長的過程，不是一人一時之作，形成時間大致是西周末、春秋初，編定者是孔子。

隨着學術研究的深入，學界開始自覺對《儀禮》研究作出總結。這類研究是《儀禮》研究中的另一基礎工作，這方面的成果也較爲顯著。彭林《論清人儀禮校勘特色》（《中國史研究》1998 年第 1 期，第 25—37 頁）初步探討、總結了清代學者《儀禮》校勘學的成就。鄧聲國《清代〈儀禮〉文獻研究》（上海古籍出版社 2006 年）對清代《儀禮》文獻既有全面概述，又有重點研究；其書對清代《儀禮》研究的歷史背景、清代《儀禮》研究階段的劃分、《儀禮》研究流派的劃分等概述性問題作了全面論述，使研究者對清代《儀禮》研究文獻有詳細的瞭解。王鍔《儀禮白文經版本考辨》（《古籍整理研究學刊》1998 年第 1 期，第 40—44 頁）詳細剖析了《儀禮》的版本源流、傳刻情況。楊天宇《〈儀禮〉的來源、編纂及其在漢代的流傳》（《史學月刊》1998 年第 6 期，第 28—33 頁）從源頭上探討了《儀禮》本經的來源和在漢代的基本狀況，爲研究《儀禮》提供了歷史背景。

《儀禮》所記名物、制度及思想研究一直是學界關注的熱點問題。新時期來出現了大量關於這些方面的研究成果，成績比較顯著。如丁鼎《〈儀禮·喪服〉考論》（社會科學文獻出版社 2003 年），通過對《儀禮·喪服》進行研究，考察中國古代喪服制度的形成和確立，並考證《儀禮·喪服》的作者與撰作時代。馬增強的博士論文《〈儀禮〉思想研究》（西北大學 2003 年），主要通過發掘《儀禮》中蘊含的陰陽五行思想，進而探討《儀禮》中的宗教思想、倫理思想、教育思想和政治思想等。荆雲波《文化記憶與儀式敍事：〈儀禮〉的文化闡釋》（南方日報出版社 2010 年），運用文化人類學理論與方法對《儀禮》進行闡釋，探討了《儀禮》經文中巫術、神話因素的作用及敍事模式。劉興均等《"三禮"名物詞研究》（商務印書館 2016

年),借鑒當代語言學等相關學科的前沿理論成果,對"三禮"名物詞作全面探討,發掘"三禮"名物詞的詞源義。這些研究都建立在傳統考證方法的基礎上,運用新興學科知識對傳統文獻文本進行考察,從而得出結論,代表了當代《儀禮》研究的最新成果。

除了從事《儀禮》本經研究外,一些學人還嘗試對《儀禮》學史作出梳理。如楊天宇《鄭玄〈三禮注〉中的漢史資料》一文從史料的角度對鄭玄的《三禮注》多有研究,其中包含了一些《儀禮》學史的內容。此外楊天宇的《儀禮譯注》"前言"對歷代《儀禮》學之演變均有論述。但目前尚未有一部嚴格意義上的《儀禮》學通史著作出現。

一些學者還對"三禮"作了綜合性的研究。如錢玄《三禮通論》對《周禮》《儀禮》《禮記》作了系統的介紹,並對禮書所涉及的名物、制度、禮儀分類作了說解。沈文倬先生的《宗周禮樂文明研究》、楊向奎先生的《宗周社會與禮樂文明》、金景芳先生的《古史論集》、李學勤先生的《李學勤文集》等皆於"三禮"有不少通論性文字。

新時期還有一些著錄"三禮"學文獻的目錄和辭典問世。如錢玄與弟子錢興奇合著的《三禮辭典》,是"三禮"研究最重要的工具書之一。王鍔《三禮研究論著目錄》(1900—1990)(後又擴充到1999年)是重要的"三禮"文獻目錄;該書下編收錄1900年至1999年國內外學者的"三禮"學論文2 123篇,每篇論文著錄篇名、作者、刊物名稱、發表時間、卷(期)號以及頁碼,對瞭解當代《儀禮》研究提供了極大便利。

綜上所述,中國大陸新時期《儀禮》研究呈逐步上升趨勢,湧現了一批像楊天宇、陳戍國、彭林、呂友仁、鄒昌林、常金倉、虞萬里、楊志剛、方向東、王鍔、丁鼎、楊華、鄧聲國、林存陽、陸建華、張煥君等等專門從事禮學研究的學者，他們的研究成果使得禮學日益得到學術界重視。但是由於諸多因素的限制，《儀禮》研究較其他儒家經典研究仍然顯得薄弱，①從上述列舉的研究成果也可以看出《儀禮》研究的局限比較明顯，有待學界進一步關注。如上述研究成果數量較清代少，而且純粹關於《儀禮》本經的研究成果數量更加稀少，一些成果甚至是體現在某部著作的序言部分，只是一種附帶品。楊寬、陳公柔、沈文倬等學術大家的研究精深專門，但禮歸根結底是社會歷史產物，這些研究沒有將研究與具體社會歷史背景結合起來考察，進一步探討禮與社會歷史的關係，也沒有將禮放在儒學體系裏予以考察，從而探索儒家禮樂文明的本質。武威漢簡的研究代表着當代出土文獻研究的基本模式，但是這類研究也與上述研究大同小異，局限於文字訓讀及與傳世文獻的比校對勘，間或涉及文獻思想義理，數量有限。且出土文獻的訓讀屬於新事物，訓讀結果取得定論還有待時間的檢驗。陳夢家先生對武威漢簡《儀禮》釋讀就被沈文倬先生指出許多問題。至於《儀禮》本經的注譯之作，只是《儀禮》研究的初級階段，談不上對《儀禮》的研究。沈文倬的《略論禮典的實行和〈儀禮〉書本的撰作》、丁鼎《〈儀禮·喪服〉考論》都是對《儀禮》文本進行研究的代表作。前者局限於《儀禮》成書年代考證，後者專研喪禮，代表了《儀禮》研究的一個趨向（個別禮儀研究，如軍禮、喪禮、射禮等），這些研究成果可資參

①　丁鼎、馬金亮認爲“1977 年到 2010 年，共發表《周禮》研究文章 370 餘篇，《儀禮》研究文章僅 120 餘篇，截至 2017 年 1 月，《儀禮》研究論文 190 餘篇。而《禮記》研究文章則多達 950 餘篇。由此可知，三《禮》研究本身也存在明顯不平衡：《儀禮》研究文章相對較少，而《禮記》研究文章較多，幾乎多達《儀禮》與《周禮》研究文章總和的兩倍。”見丁鼎、馬金亮：《新中國（大陸地區）三禮學研究綜述》，《齊魯文化研究》第十二輯，2012 年，第 280 頁。

考,但《儀禮》研究不能停留在文本考證的層面上。相比之下馬增強的博士論文《〈儀禮〉思想研究》則在上述研究成果的基礎上更進一步,涉及《儀禮》思想内涵的層面,但是該文主要發掘《儀禮》中蘊含的陰陽五行思想,旁涉《儀禮》中的宗教思想、倫理思想、教育思想和政治思想等。這種論斷本身就有商量的餘地,一部儒家奉爲經典的著作,竟然是一部以陰陽五行思想爲主的文本? 而且《儀禮》研究還是應該放在社會歷史背景中予以考察,才能接近真相,或者接近使《儀禮》成爲當前狀態的機制。至於楊天宇《鄭玄〈三禮注〉中的漢史資料》、《儀禮譯注》"前言"部分都對歷代《儀禮》學之演變有所論述,但屬旁涉而非專著。錢玄《三禮通論》亦屬於介紹、解說類著作,其《三禮辭典》則收録條目更豐富,没有深入研究。前輩學者沈文倬的《宗周禮樂文明研究》、楊向奎的《宗周社會與禮樂文明》則體現了那個時代對《儀禮》與社會歷史、儒家體系聯繫考察的嘗試,但是由於時代的局限,一些觀點没有展開討論,一些論點趨於保守,不能體現當代學術思潮。

　　相較於中國大陸《儀禮》研究的遲滯,中國臺灣及日本等地《儀禮》學研究則表現出承續、發展的特點。1949 年以後中國臺灣地區的《儀禮》研究基本上延續了民國時期的學術傳統,並取得了一些突出成果。如:一、孔德成、台靜農指導下的《儀禮》復原計劃。具體研究成果有施隆民的《鄉射禮儀節簡釋》、吳宏一的《鄉飲酒禮儀節簡釋》、張光裕的《儀禮士昏禮、士相見禮之儀節研究》、黄啟方的《儀禮特牲饋食禮儀節研究》、鄭良樹的《儀禮士喪禮墓葬研究》《儀禮宮室考》、曾永義的《儀禮車馬考、儀禮樂器考》、沈其麗的《儀禮士喪禮器物研究》、吳達藝、張光裕的《儀禮特牲、少牢、有司徹祭品研究》、陳瑞庚的《士婚禮服飾考》、章景明的《先秦喪服制度考》。

《儀禮》復原對於《儀禮》研究領域的拓展和研究方法的更新有着重要的啟發意義,可以對《儀禮》研究予以直觀的視覺支援。但是復原研究在思想上屬於理想主義,禮的形成是長期的歷史過程,禮在歷代所呈現的狀態又不一,《儀禮》歷史面貌較難全面復原。二、周何及其弟子對"三禮"思想所做的研究也取得了重大成就。周何所撰《古禮今談》《禮學概論》等著作,闡述各種禮儀典制的原意,以及内涵思想的發揮。三、武威漢簡本《儀禮》研究。武威漢簡本《儀禮》出土後,臺灣地區的一些學者如劉文獻、王關仕、張光裕等相繼作了研究。四、臺灣學者對《儀禮》相關儀節作出了細致的研究。比較突出的研究成果有吳宏一《鄉飲酒禮儀節簡釋》(臺灣中華書局,1973 年)、施隆民《鄉射禮儀節簡釋》(臺灣中華書局,1973 年)、徐福全《儀禮士喪禮既夕禮儀節研究》(臺灣師範大學國文研究所碩士論文,1979 年)、吳焕瑞《儀禮燕禮儀節研究》(文津出版社,1982 年)、汪中文《儀禮鄉射禮儀節研究》(《臺灣師範大學國文研究所集刊》,1982 年)、韓碧琴:《儀禮少牢饋食禮、特牲饋食禮儀節比較研究》(《中興大學學報》第 3 期,1997 年)、《儀禮有司徹、特牲饋食禮儀節之比較研究》(《文史學報》第 28 期,1998 年)。五、關於《儀禮》相關禮節的意義、内涵的探討,臺灣學者也作出了深刻的探索。如周何《家庭教育的畢業典禮——古代冠禮的教育意義》(《古禮今談》,國文天地雜誌社,1992 年)、林素珍:《淺論"禮"的人文精神——以〈儀禮·鄉飲酒禮〉爲主要探討範圍》(《政大文史哲論集》,政治大學文理學院,1992 年)、林素英《儀禮中爲繼父服喪的意義》(《漢學研究》第 17 卷第 2 期,1999 年)《喪服制度的文化意義:以儀禮喪服爲討論中心》(文津出版社,2000 年)、胡楚生《儀禮覲禮探析》《儀禮士昏禮闡義》《儀禮士冠禮闡義》(《經學研究論集》,臺灣學生書局,2002年)。六、《儀禮》考據學。臺灣學者也在繼承清代民國學人的傳統上有了進一步的發展。代表作有郭明昆《儀禮喪服考》(《日據時期臺灣儒學參考文獻》上册,臺灣學生書局,2000年)、姬秀珠《兩周盥器與盥禮考》(高雄師範大學國文學系博士論文,2000年)、鄭雯馨《論〈儀禮〉禮例研究法——以鄭玄、賈公彦、凌廷堪爲討論中心》(臺灣大學文學院中國文學系博士論文,2013年)等。而且臺灣學者在考據《儀禮》名物制度的同時,善於比較研究,這樣效果較爲突出。如李聖愛《儀禮、禮記喪禮與韓國喪禮之比較》(臺灣大學中國文學研究所博士論文,1988年)、韓碧琴《儀禮所見士、大夫祭禮之禮器比較研究》(《興大中文學報》第11期,1998年)、陳韻《敦煌寫本書儀之昏儀昏義研究(一)——新集吉凶書儀昏儀昏義與儀禮士昏禮昏儀昏義之比較》(《中正大學中文學術年刊》第2期,1999年)。七、臺灣還有對前人研究《儀禮》的新疏新注進行研究的作品出現。如由鄭卜五教授指導的一系列論文:王慧静《〈藝文類聚〉婚儀禮俗之研究》(高雄師範大學經學研究所碩士論文,2013年),主要通過類書《藝文類聚》記載的婚禮儀式對比傳統禮典,從而考察婚禮的某些變遷。鄭伊珊《張爾岐〈儀禮鄭注句讀〉研究》(高雄師範大學經學研究所碩士論文,2013年),從張爾岐的生平著手,聯繫其文集研究《鄭注句讀》,頗有特色。胡淑雅《胡培翬〈儀禮正義〉喪禮重服研究》(高雄師範大學經學研究所碩士論文,2014年),選擇胡培翬最早着手撰述的喪服篇入門,認爲喪服篇成書早,爲胡氏早期思想的代表,最能完全呈現胡培翬的禮學思想。鍾彩鈞博士指導的楊治平《朱熹的禮教世界》(臺灣大學文學院中國文學研究所博士論文,2015年)通過研究《儀禮經傳通解》,去探討朱熹的禮學觀等。另外李雲光《鄭氏三禮學發凡》、高明《鄭玄學案》、李振興《王肅之經學》，注重研究古注，從注着手，進行歸類考釋，對於《儀禮》學也多有探討。香港特區的劉殿爵、陳方正於上世紀 90 年代編纂《先秦兩漢古籍逐字索引叢刊》系列，對於古籍裏每一個字都作出索引，使讀者查找極爲便利。其中《儀禮逐字索引》（臺灣商務印書館，1996 年）對《儀禮》本經單字的數量、分佈、使用頻率都作出了介紹，便於學者對《儀禮》本經作出進一步研究。

　　日本《儀禮》研究狀況比較類似於中國的《儀禮》研究。即整體上《儀禮》研究較爲薄弱，不如儒家其他經典。但日本禮學研究也有自己的特色。由於日本與中國在社會、風俗、歷史、文化上有較大的差異，日本對中國的三禮認可度不如儒家其他經典。據工藤卓司《近一百年日本〈儀禮〉研究概況——1900—2010 年之回顧與展望》一文介紹，三禮之學在日本並不盛行，特別是《儀禮》。其一，《儀禮》和刻本較其他經書少；其二，日文版《儀禮》本經僅有兩種：川原壽市《儀禮釋考》（是書共 15 册，由京都朋友書店出版，從 1973 年 4 月第一册出版，到 1978 年 10 月第 15 册索引、贅語録全部出齊），除經文外，還包括了作者對《儀禮》的理解。池田末利《儀禮》（5 册，東京東海大學出版社 1973—1977 年出版）。由此可見《儀禮》在日本的大致狀況。至於《儀禮》研究，日本也與中國類似：一、文獻學研究。主要考察《儀禮》文本形成、《儀禮》傳播過程及《儀禮》注疏研究。這方面代表作有林泰輔《儀禮成立年代考》（見《周公と其時代》，東京：大倉書房，1915 年，第 825—849 頁），他認爲今本《儀禮》成於春秋初期，且沒有普及，難得一見，至春秋末年，孔子倡禮樂時才開始被實際運用。考據較爲詳細，結論也有別於中國學者的結論。川原壽市認爲《儀禮》是子游於孔子没後至戰國

前這段時間編寫而成。本田成之提出《儀禮》《周禮》爲荀子以後的
著作。林巳奈夫在《〈儀禮〉と敦》(《史林》第 63 卷,1980 年 11 月,
第 1—25 頁。)一文中利用考古發現,認爲《儀禮》成書於楚地,時間
約在西元前六到五世紀左右。這些研究成果考據精細,雖然結論
不一定全部符合史實,卻可以作爲研究《儀禮》文本的參考,也推動
了《儀禮》文獻學的進一步發展。但是借用工藤卓司的觀點,《儀
禮》是一個整體,還是單篇形式出現? 各單篇是否同時成書? 這些
都難以考察,這也決定了上述研究者的研究的局限性。二、《儀
禮》內容研究。比較著名的有後藤俊瑞《儀禮冠禮の道德的意義》
(上篇見《斯文》第 18 編第 3 號,1936 年 3 月,第 1—7 頁。下篇見
該刊第 4 號,1936 年 4 月,第 27—31 頁),探討了冠禮的思想內涵。
赤塚忠《士冠禮の構成及意義》探討了士冠禮的結構和意義。以上
根據工藤卓司介紹日本《儀禮》研究狀況,可以看出日本學者《儀
禮》研究從多角度出發,這些研究對研究《儀禮》經文和中國古代史
都有借鑒意義。

　　綜合當代國內外《儀禮》研究現狀,可以發現與其他儒家經典
相比,《儀禮》所受到的重視程度較爲欠缺。作爲中國傳統文化重
要承載者之一的《儀禮》,儘管取得了一些研究成果,但相關研究或
局限於傳統考據,或囿於方法,或者研究有足夠的深度而缺乏廣
度,這些都使得一些《儀禮》研究較難全面。也正是在這個背景下,
《儀禮》研究亟待獲得學界的關注。

第二節　主要內容與研究方法

　　本文主要圍繞《儀禮》本經爲中心,結合歷代注疏展開論述,第

一部分擬對《儀禮》文本的語言特色作出考察，具體分析《儀禮》用韻特點、方音特點，從語言特點考察《儀禮》時間地域特色，以研究《儀禮》的歷史背景，作爲進一步探索《儀禮》經文在歷代政治生活中的沿革、《儀禮》本身特點與儒家的關係的學術背景。此外《儀禮》經文之名物詞、方位詞包含着大量的信息，名物詞提供了一整套政治名物制度，特別是從一些象徵意味濃厚的名物詞中可以找到後世集權政治的某些源頭。方位詞之探討亦尤其重要，儒家之宇宙觀可借以得到闡發。總之對於《儀禮》文本的探討既可以對文本形式作出研究，又可以爲下文之《儀禮》義理價值研究作出基礎性研究。

在研究了《儀禮》之文本語言形式之後，進一步深入探討《儀禮》與後世禮典的關係，可以對《儀禮》在古代政治生活中的實際狀態作出考察。具體而言，一是通過比對《儀禮》與歷代禮典文獻，考察二者的禮儀系統，二是根據二者的文本分析《儀禮》的禮儀系統在後世禮典中的變化情況，哪些一直在用，哪些逐漸不用了，具體何時不用，哪些是後世新增的，新增的禮典與《儀禮》有何關係，通過廢棄的和新增的禮典來分析《儀禮》在後世政治生活中的應用與演變。

考察了《儀禮》之文本時間地域特色，其在歷代政治生活中的具體運用，接下來即可以考察《儀禮》之功能與價值。《儀禮》對後世禮典的影響，根據後世禮典與《儀禮》的比對，以説明《儀禮》的功能。《儀禮》爲儒家十三經之一，被稱爲禮之本經。那麼《儀禮》作爲承載禮典的基本文獻如何被儒者賦予如此豐富的意義？首先需要結合先秦史料探索禮典的初始狀態，以及此狀態下的禮典對儒家實施自己政治學術理想具有何種意義。在《儀禮》形成之後，如何被作爲官方經典，需要聯繫漢代的相關史料作出考察。而作爲三禮之一的《儀禮》在三禮中處於一種什麼位置？三禮之間的邏輯關係如何？作爲《儀禮》本體研究之一部分亦亟待予以考察。其次還需要將《儀禮》放入儒學體系中考察，這樣才可以能够完整地理解《儀禮》作爲儒家經典的意義。此一部分是爲《儀禮》經文的義理研究。一部儒學史，實際上是歷代儒生不斷對儒家經典作出自己的詮釋的歷史，因此儒學史也可以看成是一部儒學詮釋史，這一觀點目前已經有一些學者同意，但是有些學者雖然提倡此觀點，但是並没有真正聯繫詮釋學相關理論方法進行考察，因此在考察相關義理之時，還需要分清楚詮釋之《儀禮》義理與經文原始義理之區別與關係，從而爲構建《儀禮》義理内容作出嘗試。

《儀禮》首先是記載禮典的文獻，其次才是儒家經典。在這一層面上可知考察《儀禮》不能局限於傳統經學。首先需要理解《儀禮》記載的禮典究竟傳達了什麼訊息，可以運用人類學、社會學與政治學相關理論與方法進行考察，這樣可以全面地得出《儀禮》記載的禮典的社會意義，再聯繫相關歷史背景，可以在一定程度上還原《儀禮》的面貌。這一部分爲《儀禮》之人類學、政治學、社會學背景與意義。即將《儀禮》放入整個歷史中去考察其在歷代政治生活、社會生活中的實際面貌，去探討《儀禮》經文的歷史功能、價值，從而爲研究儒家思想中的《儀禮》作出一個歷史性的考察。通過上述研究説明《儀禮》作爲儒家禮儀制度的根本經典，及其體現出來的儒家思想對於中國古代社會的長期和深遠的影響。

綜上所述，本書在梳理《儀禮》經注文本内容的基礎上，運用多種方法考察《儀禮》文本，並運用比較聯繫的手段考察《儀禮》在横向與縱向等各個維度上與其他相關因素的關係。然後研究《儀禮》

的相關功能，聯繫歷史背景，這樣可以還原《儀禮》經傳本來面貌、成爲儒家經典的原因及其在儒家體系中的地位，並考察《儀禮》的接受史。從而使《儀禮》的研究多元化、立體化，得出不同於早前研究的結論。

　　由於《儀禮》經文晦澀，禮典瑣碎，所以首先須採取名物考證與文字訓詁的方法，這種方法屬於傳統手段，亦是研究古籍的基礎工作。此外還擬運用資料統計等新式方法，在對《儀禮》經傳相關文字進行統計的過程中發現問題，構建《儀禮》禮典相關模式，從而爲深層地理解《儀禮》打下基礎。其次，文獻比對的方法是當代學術史中時常運用的基本方法之一，對《儀禮》進行文本學梳理，并與歷代相關禮典禮制文獻進行比對，發現其間的聯繫與區別，有利於縱向上整體把握《儀禮》的發展脈絡，可以清晰地考察《儀禮》在歷代政治生活中的實際狀況。在這些成熟理論方法的指引下，對《儀禮》進行相關考察，有利於揭示禮與《儀禮》在古代社會生活與儒家學術體系中的實際狀態，從而爲禮學研究作出一個客觀的考察。

第一章　《儀禮》經文語言研究

　　《儀禮》最初被稱爲《禮》《禮經》《禮記》或《士禮》,①王國維先生認爲:"六朝以前,無'儀禮'之名,其書但謂之《禮》。或據其首數篇,謂之《士禮》,或謂之《禮經》,或謂之《禮記》。"②是記載先秦禮典的文獻,亦被稱爲禮之本經。禮,《説文解字》的解釋爲:"履也,所以事神致福也。從示,從豐,豐亦聲。"按照這個解釋,禮具有實踐性。《儀禮》所載禮典,均涉及具體禮儀之實施,其實踐性在十三經中首屈一指,且事涉宗教神靈,帶有濃厚的宗教色彩,至少在禮的實踐性與宗教色彩這一方面,許慎的解釋很到位。王國維先生認爲,《説文解字》中豊應作豐,隸變而爲豊。他引《説文解字》豐部:"豐,行禮之器也。從豆,象形。""垚"、"玨"同字,豐字從"玨",在"凵"中,從豆,乃會意字,而非象形字。禮

---

　　①　清人皮錫瑞亦認爲:"三禮之名起於漢末,在漢初但曰《禮》而已。漢所謂《禮》,即今十七篇之《儀禮》,而漢不名《儀禮》。專主經言,則曰《禮經》,合記而言,則曰《禮記》。許慎、盧植所稱《禮記》,皆即《儀禮》與篇中之記,非今四十九篇之《禮記》也。"見【清】皮錫瑞:《經學通論·三禮》,北京:中華書局,2011年,第1頁。

　　②　見王國維《經學概論》,《王國維先生全集》第6册,杭州:浙江教育出版社,2009年,第317頁。

字之意是盛玉以奉神人。[①] 但是若以"珏"在"凵"中而爲會意字之
豐,"凵"象承玉之器,下半部"豆"亦通常釋爲器,則是二器承玉,有
重複之嫌,反而字形作"✦"似較合理,因此下半部之"豆"當作別
解。郭沫若先生在《卜辭通纂》中將豐下半部之豆釋爲"壴",是
"鼓"之初文,如此則象徵祭祀樂舞,配以承玉奉神明,則禮之意義
非常明確。且後世恒以禮樂聯言,於此亦可找到字形上的證據。
因此豐隸化爲豊,而✦則隸化爲豐,此二字形音義本不一,應無疑
問。但是郭店楚簡中的"豊"均作"豐",試舉幾例:✦(五行)、✦
(語叢一)、✦(語叢二)、✦(語叢三)、✦(成之聞之)、✦(尊德
義)。可見在字體簡化的過程中"豊"、"豐"有相混之跡象,且郭店
楚簡中同一篇亦有作✦(語叢一)形之字,可見"豊"、"豐"二形在
楚簡中字形可互通。[②] 這樣一來,引發了學界對上古是否存在
"禮"字之爭論。王静安先生引《殷墟書契後編》"癸未卜,貞,醴
✦",並認爲"✦"即"豐"字。[③] 同樣一條卜辭,徐復觀先生卻將
"✦"釋爲"豐",並認爲"禮"由"豐"發展而來。徐復觀先生認爲
"豐"字不等於"禮",並據《商書》中不見"禮"字推測商代無禮,只有
祭祀儀節。

---

① 見王國維《觀堂集林·釋禮》,《王國維先生全集》第8冊,杭州:浙江教育出版
社,2009年,第190—191頁。
② 徐復觀先生在《中國人性論史·先秦篇》中引用《説文解字》禮"從示從豐"、徐
灝《説文解字注箋》"豐本古禮字",可見在他看來,"豊"與"豐"本就是一個字。見徐復觀
《中國人性論史·先秦篇》,上海三聯書店,2001年,第36頁。
③ 王國維:《觀堂集林·釋禮》,《王國維先生全集》第8冊,杭州:浙江教育出版
社,2009年,第190頁。

這個觀點稍顯武斷，按《說文解字》釋豐："豆之豐滿者也。從豆，象形。"豐字當爲會意字，而非象形字，且叔重已言之鑿鑿，豆之豐滿爲豐，"玨"之間再加一"丨"於"凵"中，的確顯得物品豐繁，此本與從"玨"從"凵"從"壴"之"豐"字爲兩字，因隸化而混。吳十洲先生通過考察大量甲骨卜辭，認爲"豐"是一常見字，且多與祭祀相關。如："丙午卜旅貞：翌丁未燮燎告，有豐……"（《合集》25962，出組）；"乙未卜……貞：告豐"（《合集》25885，出組）；"貞：其作豐……"（《合集》26054，出組）；"日于祖丁，其用茲豐……"（《屯南》2921，歷組）；"弜作豐"（《合集》31180，何組）；"其作豐，有正受佑"（《合集》31180，何組）。而豐字在甲骨卜辭中的用法較少，且與豐分別。如："甲寅卜：乙，王其田于豐，以戍擒？"（《懷》1586）"貞：勿往豐"（《合集》8262，賓組）。① 可見即使"豐"不是後世所言之禮，"豐"也與後世之禮無關。但是吳十洲在《兩周禮器制度研究》中認爲豐不能等同於東周文獻中之禮，這一判斷有一定道理，後世之"禮"肯定有異於造字階段之"禮"，但二者之間的關係卻不能簡單地加以無視。上文通過分析，豐字從"玨"在"凵"中，并配以象徵樂舞之鼓的初形"壴"，即已呈現出原始時期禮之面貌，即關涉祭祀事神，而上古時期祭祀即是政治之一部分。從這個角度看，東周文獻中的禮亦是承此而來，因此其政治意味較爲濃厚，乃至於由禮經而出現禮制，這在下文當繼續討論。上文通過字形分析，描繪出禮之初始狀態，爲下一步研究記錄禮之文獻《禮經》作出鋪墊。事實上，禮之初始狀態的研究還可以利用人類學、社會學知識、方法予以推測、描述。且這一方法在當代已運用成熟，對於考察原始社會人類

---

① 吳十洲：《兩周禮器制度研究》，北京：商務印書館，2016 年，第 3—7 頁。

生活的各方面作用巨大。比如,《儀禮》呈現出的階級之別一直爲後世詬病,甚至通過貶低女性以提高夫權,但是從人類學的視角來看待這一現象卻是再正常不過了。在半文明社會,男女角色的分開,是由於經濟政治因素,而不是階級壓迫。且儀式是伴隨社會成員每一階段,誕生、社會成熟期、結婚、爲人之父等等,儀式是聯繫神聖與世俗的鑰匙,而不是不合時宜的繁瑣舉止。這在下文探討《儀禮》儀節蘊涵的社會意義的時候還將進一步探討。知道了禮的特徵之後,記錄禮之文獻《儀禮》究竟是一部怎樣的文獻,具有什麼特徵,則需要對禮經文本作出進一步考察,這也是進一步研究《儀禮》的基礎。

第一節 《儀禮》經文用韻研究

《儀禮》經文全文字數 56809,單字字數 1529,按字數來分,在十三經中屬中經。[①] 但因其文辭晦澀枯燥,較其他經書而言,鮮有人問津。然而《儀禮》作爲禮之本經,蘊涵着豐富的思想内涵,體現了儒家獨特的社會、政治、教育理念,是孔子核心理念之支撐文獻。因此對《儀禮》本經進行文本研究非常必要,亦是一切研究的開端。涉及文本研究,語言研究即是首先需要考察的對象。但是語言現象是一個很複雜的問題,需要綜合各種要素來進行考察分析。而語言的表層即爲語音,在中國傳統學術中語音學一般被稱爲音韻

---

① 本文以據清嘉慶二十年(1816)江西南昌府學重刊之宋本影印之《儀禮注疏》(北京:中華書局,2009 年)爲根本文獻,參考同治十年(1871)廣東書局重刊武英殿本《儀禮注疏》、據張敦仁刻本整理之《儀禮注疏》(上海古籍出版社,2008 年)、據士禮居叢書本排印之黄丕烈校《儀禮》鄭玄注(商務印書館,1936 年)。

學,歷代學者對語音進行了深入研究,取得了卓越的成果,特別是清代乾嘉以來,許多學者以審音精確著稱,他們因聲求義,或審訂古文獻聲韻,爲文獻研究開闢了一個新的方向和方法。在前人研究的基礎上提出問題,《儀禮》經文是否可以音韻學方法進行分析,或者説《儀禮》經文本身具有什麼樣的語音特點,這是研究經文語言的一個途徑和前提,通過把握語言的表層特征才能對經文語言的形式、内容作出判斷。語言研究主要考察《儀禮》經文的用韻情況和方音特點,通過這兩個角度的審查,去挖掘《儀禮》經文具有的時空地域特色,爲研究《儀禮》文本確定一個大背景作出基礎。

中國古代文獻的傳播,在紙張大量使用之前,限於傳播媒介的材質,甲骨金石鏤刻極爲不便,竹木體積庞大,亦不便携带傳播,丝帛价格昂贵也限制了帛書的大量流通,因此在利用上述材质进行文化傳播的同時,仍需要依靠口耳相傳相辅。① 記憶這一能力在文獻傳播的過程中顯得尤爲重要,爲了便於記誦、傳播,古文獻多採用韻語的形式,十三經中的《詩經》《易經》《左傳》《論語》《孟子》、道家經典《老子》、楚地詩歌總集《楚辭》都是帶有韻律的文獻。又如《莊子·秋水》"野語有之曰:'聞道百,以爲莫己若'者",② "百"、"若"同屬鐸部;《荀子·勸學》"蓬生麻中,不扶自直;白沙在涅,與

① 張舜徽先生曾説:"書籍的傳播,在古代極爲艱難。最初用木簡,一册書多麼繁重。後來用縑帛和寫書,由簡册變爲卷軸,仍然不很輕便。特别是每檢一事,必須全卷展開,尤感麻煩。這都是用手抄寫的書籍。……都是熟讀成誦的。熟誦了的,恐其易忘,尚必手鈔一遍。"見張舜徽《中國古代史籍校讀法》,武漢:華中師範大學出版社,2004年,第269—270頁。此尤可見中國古代書籍傳播之難和古人對記誦之重視。

② 【清】郭慶藩著:《莊子集釋》,《諸子集成》本,北京:中華書局,2006年,第248頁。

之俱黑",①"直"、"黑"同屬職部。甚至連《尚書》這樣被認爲詰屈
聱牙的古文著作也是具有韻律的文獻。如《尚書·洪範》"無偏無
陂,遵王之義;無有作好,遵王之道"②這一組句子中,"陂"、"義"同
爲歌部,"好"、"道"同爲幽部。又《尚書·舜典》"明試以功,車服以
庸",③"功"、"庸"皆屬東部。《尚書》中這樣的例子還有很多。關
於這類研究,學界也有一些研究可供參考,④王力先生也提到先秦
文獻不但詩歌押韻,散文也有押韻,可見古人用韻是一個常見之行
文習慣,且文獻形成之前韻語即已經產生,因此不能因爲《儀禮》是
禮典文獻不是詩歌就認爲其不可能出現用韻情況。當然古人用韻
文的原因自然不能排除行文的需要,但爲便於記誦傳播而用韻恐
亦是古人有意之爲。下面考察《儀禮》用韻情況。⑤

中國古韻學在宋代即已經產生,不過以現在語言學的標準衡
量,宋人的古韻學其方法是錯誤的,但是宋人開始注意到用韻現
象,并開始歸納研究用韻並將其當做一門學問來進行研究,也是一
種進步。但是通韻現象應該起源更早,王力先生曾提出韻語產生
於文字之前的說法,應該是符合史實的推斷。王力先生曾這樣描
述一種語言現象:"古韻和唐韻不同,這是語音的實際演變;唐朝的
詩人不明此理,以爲古今的韻部都是一樣的,於是誤會古人某字與

---

① 【清】王先謙著,沈嘯寰等點校:《荀子集解》,北京:中華書局,2007年,第
5頁。
② 《尚書正義》,《十三經注疏》,北京:中華書局,2009年,第403頁。
③ 《尚書正義》,《十三經注疏》,北京:中華書局,2009年,第268頁。
④ 呂勝男:《今文〈尚書〉用韻研究》,《中國韻文學刊》2009年6月第23卷第2
期。此文即較爲仔細地分析了《尚書》之用韻情況,可以參看。
⑤ 考察《儀禮》經文用韻情況,而不涉及聲部,是因爲上古漢語語音研究中,韻部
研究相當成熟,爲避免涉及學術爭議問題,此處只以韻部作爲考察對象。

某字押韻爲鄰韻通押,……例如他們看見《詩經》裏'人'字和'田'字押韻,因而猜想古人的真韻和先韻完全相通,於是把隨便一個真韻的字和隨便一個先韻的字押韻起來,他們並不知道有些字依古韻卻是不通的。"①也就是説以近古時期語言標準去審視先秦時期的韻語作品,會發現許多並不押韻,這種情況在今天依然存在,在閱讀《詩經》的時候會發現許多地方讀起來十分拗口,似乎並不押韻。古人面對這種情況,認爲古今的韻都是一致的,當時讀起來不押韻的音,在古代押韻,那麼這種押韻現象亦可予以推廣,用到其他地方,於是押韻現象逐漸變得廣泛,致使有古人韻寬語緩的説法。近古時代的學者通過歸納上古押韻現象,得出通韻與合韻兩種押韻情況。傳統音韻學中將韻部分爲陰陽入三聲,具體見下面先秦韻部表:

陰　聲	入　聲	陽　聲
1. 之 部 ə	10. 職 部 ək	21. 蒸 部 əng
2. 幽 部 u	11. 覺 部 uk	(冬 部) (uŋ)
3. 宵 部 ô	12. 藥 部 ôk	
4. 侯 部 o	13. 屋 部 ok	22. 東 部 ong
5. 魚 部 ɑ	14. 鐸 部 ɑk	23. 陽 部 ɑng
6. 支 部 e	15. 錫 部 ek	24. 耕 部 eng
7. 脂 部 ei	16. 質 部 et	25. 真 部 en
8. 微 部 əi	17. 物 部 ət	26. 文 部 ən

① 王力:《漢語詩律學·古體詩的用韻(中)——通韻》上,北京:中華書局,2016年,第353頁。

續表

陰　　聲	入　　聲	陽　　聲
9. 歌 部 ɑi	18. 月 部 ɑt	27. 元 部 ɑn
	19. 緝 部 əp	28. 侵 部 əm
	20. 盍 部 ɑp	29. 談 部 ɑm

上表據王力先生理論所繪,冬部爲戰國時期韻部。在韻部元音相同的情況下,陰陽入三聲可以互相對轉,這種對轉的語言現象即爲通韻。而通韻現象理論上又可具體分爲陰入對轉、陰陽對轉、陽入對轉三種情況;據王力先生介紹,陰入對轉現象最爲常見,陰陽對轉現象就比較少見了,而陽入對轉則相當罕見。而合韻則指凡元音相近,或者元音相同又不屬於對轉,或者韻尾相同的語言現象,[①]這裏先考察《儀禮》經文中的押韻現象。

古書中用韻的現象,清代學者關注得較多,王念孫、江有誥二人便是代表。江有誥在《群經韻讀》中分析了十三經用韻之情況,在提到《儀禮》用韻時,他列舉了如下幾例:

(《儀禮・士冠禮》)始加,祝曰:"令月吉日,始加元服。棄爾幼志,順爾成德,壽考惟祺,介爾景福。"之部。

再加曰:"吉月令辰,乃申爾服,敬爾威儀,淑慎爾德,眉壽萬年,永受胡福。"之部。

三加曰:"以歲之正,以月之令。"耕部。

咸加爾服。兄弟具在,以成厥德。之部。

"黄耇無疆,受天之慶。"陽部。

① 見王力《詩經韻讀》,北京:中國人民大學出版社,2004年,第27頁。

醴辭曰："甘醴惟厚，嘉薦令㊖。拜受祭之，以定爾㊗。承天之休，壽考不㊟。"陽部。

醮辭曰："旨酒既清，嘉薦亶㊞，始加元服。兄弟具㊕，孝友時格，永乃保㊧。"之部。

再醮曰："旨酒既㊚，嘉薦伊脯。乃申爾服，禮儀有㊛。祭此嘉爵，承天之㊝。"魚部。

三醮曰："旨酒令芳，籩豆有㊡，咸加爾服，肴升折㊢。"魚部。

"承天之㊣，受福無㊤。"陽部。

字辭曰："禮儀既㊙，令月吉日，昭告爾㊥。"之部。

爰字孔㊦，髦士攸㊧。歌部。

"宜之於㊨，永受保之。曰伯某㊪。"魚部。①

江晉三先生審音精慎，於每一句均指出用韻之字，所押之韻部，使人一目瞭然，但是江氏所據之例子都是《儀禮》中祝辭、命辭，此類語言本身即爲用韻之句式，因此這些例子並不能全面體現《儀禮》語言的用韻情況。

事實上只要細心分析，會發現《儀禮》文字押韻者還有許多，首先以《儀禮》第一篇《士冠禮》之首段爲例："筮於廟門。主人玄冠，朝服，緇帶，素韠，即位於門東，西面。有司如主人服，即位於西方，東面，北上。筮與席，所卦者，具饌於西塾。布席於門中，闑西、閾外，西面。筮人執筴，抽上韇，兼執之，進受命於主人。宰自右少退贊命。筮人許諾，右還，即席坐，西面。卦者在左。卒筮，書卦，執以示主人。主人受眡，反之。筮人還，東面，旅占卒，進告吉。若不吉，則筮遠日，如初儀。徹筮席，宗人告事畢。"此段文字由 42 組短

---

① 江有誥：《儀禮韻讀》，《群經韻讀》道光刻本，第 51 頁。

語構成,爲使押韻之形式得到清晰之呈現,下面以表格形式將此段
文字之押韻之字與所屬韻部予以表達: ①

分句	韻讀	所屬韻部
筮於廟⾨	ən	文
主人玄冠	ɑn	元
朝服	ək	職
緇帶	ɑt	月
素韠	et	質
即位於門東	oŋ	東
西面	ɑn	元
有司如主人服	ək	職
即位於西方	ɑŋ	陽
東面	ɑn	元
北上	ɑŋ	陽
筮與席	ɑk	鐸
所卦者	ɑ	魚
具饌於西塾	uk	覺
布席於門中	uŋ	冬
闑西	ei	脂
閾外	ɑt	月
西面	ɑn	元

---

① 本文韻部採王力先生之説,而各字之所屬韻部以唐作藩先生之《上古音手册》
爲準。

分句	韻讀	所屬韻部
筮人執(筴)	ek	錫
抽上(韇)	ok	屋
兼執(之)	ə	之
進受命於主(人)	en	真
宰自右少退贊(命)	eng	耕
筮人許(諾)	ɑk	鐸
右(還)	ɑn	元
即席(坐)	ɑi	歌
西(面)	ɑn	元
卦者在(左)	ɑi	歌
卒(筮)	ɑt	月
書(卦)	e	支
執以示主(人)	en	真
主人受(眡)	e	支
反(之)	ə	之
進告(吉)	et	質
如初(儀)	ɑi	歌
宗人告事(畢)	et	質

　　上表顯示的各分句並没有按照句義來劃分,但是將各個分句之末字韻部標識出來,則此段文字之用韻特點自不難分析。如"筮於廟門。主人玄冠","門"韻部爲[ən],屬文部,"冠"之韻母音讀爲[ɑn],兩個字的韻母韻尾都爲[-n],可押韻。又"緇帶、素韠"之

"帶"、"韠"，它們的韻母音讀分別爲[ɑt]、[et]，其韻尾都爲[-t]，同樣屬於押韻。下面以句義劃分，考察《儀禮》句式之押韻特點。

1. 筮於庿⑪。[ən]

2. 主人玄冠，朝服，緇帶，素韠，即位於門東，西⑨。[ɑn]

3. 有司如主人服，即位於西方，東面，北⑤。[ɑng]

4. 筮與席，所卦者，具饌於西墊。

5. 布席於門中，闑西、閾外，西⑨。[ɑn]

6. 筮人執筴，抽上韇，兼執之，進受命於主⑧。[en]

7. 宰自右少退贊⑩。[en]

8. 筮人許諾，右還，即席坐，西面。卦者在左。

9. 卒筮，書卦，執以示主⑧。[en]

10. 主人受眂，反⑨。[ə]

11. 筮人還，東面，旅占卒，進告⑤。[et]

12. 若不吉，則筮遠日，如初⑩。[ɑi]

13. 徹筮席，宗人告事⑪。[et]

1、2句韻腳均含[-n]音，合韻；2、3句陽部與元部元音相同又不爲對轉而合韻；5、6、7、9句韻腳均含[-n]音，韻尾相同合韻；11、13句同屬於質部押韻。可見押韻之形式有：

一、韻尾、元音相同而押韻；嚴格來説這並不算是一個規律，傳統音韻學中通韻、合韻之情況經常包括押韻之字元音、韻尾相同這一現象，《儀禮》押韻之字較多也體現在元音、韻尾相同而押韻，因此將之列爲一條。上古典籍中因元音、韻尾相同而押韻的現象很多，現略舉幾例以證：

《周頌·潛》：有鱣有鮪[hiuə]，鰷鱨鰋鯉[liə]，以享以祀[ziə]，以介景福[piuək]。韻母皆因含有元音[ə]而押韻；

《小雅·節南山》：駕彼四牡，四牡項領[lyen]。我瞻四方，蹙蹙靡所騁[thieng]。韻母皆因含有元音[en]而押韻；

《商頌·玄鳥》：四海來假，來假祁祁[ei]。景員維河[ɑi]。殷受命咸宜[ɑi]，百禄是何[ɑi]。韻脚皆因含有[-i]音而押韻；

《衛風·碩人》：巧笑倩[en]兮，美目盼[ən]兮。韻脚皆含[-n]音而押韻；

《小雅·正月》：洽比其鄰[en]，婚姻孔云[ən]。念我獨兮，憂心慇慇[ən]。韻脚皆含[-n]音而押韻；

《豳風·七月》：黍稷重穋[uk]，禾麻菽麥[ək]。韻脚皆含[-k]音而押韻；

《大雅·生民》：載震載夙[uk]，載生載育[uk]。時維后稷[ək]。韻脚皆含[-k]音而押韻；

《魯頌·閟宮》：是生后稷[ək]，降之百福[ək]。黍稷重穋[uk]，稙稚菽麥[ək]，奄有下國[ək]，俾民稼穡[ək]。韻脚皆含[-k]音而押韻。

這樣的例子先秦典籍中還有很多，此處不必贅述，而《儀禮》中也有因元音、韻脚相同而押韻之用韻現象，這是《儀禮》用韻的特點之一。

二、同字而押韻；如上述例子中以"面"、"人"爲韻脚之句子。

三、句中元音接近而押韻；元音相近，[ə][u]、[u][o]、[ə][ɑ]這三組便是相近之元音；這在後文還會出現。

四、隔行押韻；這在上文已得到體現。

五、禮典變化即换韻，禮典同則韻可通。

如：1、2句言主人之行爲，3句言有司，第4、5句言筮之物，而6、7句言筮人之事，以下皆然。整段文字皆言筮日前之準備活動，於禮典而言皆是一禮,故此段文字毋庸換韻,且基本上韻部都可通。下引《儀禮》經文中其他用韻之例,以驗證《儀禮》之用韻特點。《士冠禮》在占筮日期之後開始邀請衆賓客,卜求正賓。句 1、句 2 均言筮求衆賓之禮典,故此處韻腳許、拜通韻。

1. 主人戒賓,賓禮辭,⟨許⟩。[a]魚

2. 主人再拜,賓答⟨拜⟩。[at]月

3. 主人退,賓拜送。

4. 前期三日,筮賓,如求日之儀。

又《士冠禮》約定行禮時間:

1. 厥明夕,爲期於廟門之⟨外⟩。[at]月

2. 主人立於門東,兄弟在其南,少退,西面,北⟨上⟩。[ang]

3. 有司皆如宿服,立於西方,東面,北⟨上⟩。[ang]

4. 擯者請⟨期⟩。[ə]

5. 宰告曰:"質明行⟨事⟩。"[ə]

6. 告兄弟及有⟨司⟩。[ə]

7. 告事⟨畢⟩。[et]

8. 擯者告期於賓之⟨家⟩。[a]魚

句 1、2、3 點明行禮之位置,賓主站立之位置,爲行禮前之行爲,句 4、5、6、7、8 則確定好行禮時間并通知賓客,爲行禮之主體。因此按照上文所言之規律,換禮典則換韻,前三句屬於同一禮典,外、上、上均含有相同之元音[a]爲合韻。期、事、司均屬於之部押韻,畢爲質部入聲字,與陰聲之部字通韻,而上古音中之魚合韻現象較爲常見,可見句 1、2、3 押韻,4、5、6、7、8 押韻。

再看《士冠禮》中記錄冠期陳設之器物的文字:

1. 夙興,設洗直於東榮,南北以堂深,水在洗⟨東⟩。[ong]東

2. 陳服於房中西墉下，東領北⊕。[aŋ]陽

3. 爵弁服：纁裳、純衣、緇帶、韎⊛。[əp]緝

4. 皮弁服：素積、緇帶、素⊛。[et]質

5. 玄端：玄裳、黃裳、雜裳可也，緇帶、爵⊛。[et]質

6. 緇布冠缺項、青組纓屬於缺、緇纚廣終幅長六尺、皮弁笄、爵弁笄、緇組紘纁邊，同⊛。[ap]盍

7. 櫛實於簞，蒲筵二，在⊛。[əm]侵

8. 側尊一甒醴，在服⊛。[ək]職

9. 有篚實勺觶角柶，脯醢，南上。

10. 爵弁、皮弁、緇布冠各一匴，執以待於西坫南，南面東上，賓升則東面。

這段文字爲記録冠禮之日器物的陳設，句 1、2 記録洗、水、服大概位置；句 3、4、5、6 具體記録服飾陳設；句 7、8、9 記録飲具、食具陳設；第 10 句則記録冠禮最重要之物——冠的陳放處所，因此單列一句。按照這個内在邏輯劃分句 1、2 應該押韻。按這兩句韻腳爲東、上，一爲東韻，一爲陽韻，這兩部在《詩經》中押韻的例子很少，僅見於《周頌・清廟之什・烈文》一例；到戰國時期此二韻有通假之例，特別是楚簡、馬王堆帛書、《老子》等南方音系之文獻，這二部互通之例尤多，而代表北方音系的《銀雀山簡》中則無二部通假之例，可見東陽互通押韻是戰國末期南方之方言現象之一。當然如果不承認此處爲押韻，也與文辭無礙，畢竟要搜尋《儀禮》經文之地域色彩是下文還要考證的問題，此處暫時不再論述。假設句 3、4、5、6 之韻腳爲韎、韠、韠、篋，對應緝、質、質、盍四部，實際上韎、韠元音相差較遠，且《詩經》《楚辭》中均不見其互相押韻之例。但是在《馬王堆帛書》中卻見到此二部之字相互通假的例子，如果上文

設定句 1、2 不押韻，那麼此處句 3、4 亦不押韻，但是句 1、2，句 3、4 按照楚地文獻考察則都可以押韻，若上文句 1、2 押韻可認爲是巧合，那麼同樣的巧合再次出現可否理解爲此處文字具有楚地語言的特色？這種語言現象下文再予以證明。因此這裏應不爲押韻現象。又盍部不能與質部押韻，但是卻可與緝部押韻，這在《詩經·大雅·蕩之什·桑柔》篇章可以找到例證，但這只能說明句 3 與句 6 可押韻，不能說明這四句都可以互相押韻，且從句子形式上看 3、4、5 句式一致，因此這三句應該劃歸一處，句 6 應歸爲下文。那麼句 6 是否與句 7 押韻則是接下來要考察的問題。

按盍、侵二部在《詩經》《楚辭》中均不見互押之例，而在馬王堆帛書中有通假之例，可見在戰國初期此二部尚不能通假押韻，且銀雀山簡中亦不見此二部有接觸的跡象，因此遲至戰國晚期的楚地出現的這一語言現象，可以初步定爲一種方言現象。按照上文分析句 1、2 押韻，句 3、4、5 押韻，句 6、7、8 押韻。

至於冠禮中主人即位的禮典經文中記錄得相對簡單，涉及的人物爲主人、兄弟、將冠者和衆擯者，此處押韻韻腳爲面、上、面，爲元陽合韻。

1. 主人玄端、爵韠，立於阼階下，直東序西⑨。[an]元

2. 兄弟畢袗玄，立於洗東，西面北⑨。[ang]陽

3. 擯者玄端，負東塾。

4. 將冠者采衣、紒，在房中，南⑨。[an]元

又如《士冠禮》主人迎賓及贊入廟之禮典，句 1、2、3 爲主人迎賓於門外，句末韻腳皆爲月部之韻。句 4 開始爲主人與賓揖讓入室故換韻，句 4、5、6、7 爲陽元合韻：

1. 賓如主人服，贊者玄端從之，立於外門之⑨。[at]月

2. 擯者告，主人迎，出門左，西面再拜。[at]月

3. 賓答拜。[at]月

4. 主人揖贊者，與賓揖，先入，每曲揖；至於廟門，揖入；三揖，至於階，三讓。[ang]陽

5. 主人升立於序端，西面。[an]元

6. 賓西序，東面。[an]元

7. 贊者盥於洗西，升立於房中，西面，南上。[ang]陽

下面再看《士冠禮》中涉及始加冠禮典的文字用韻情況：

1. 主人之贊者筵於東序，少北，西面。[an]元

2. 將冠者出房，南面，贊者奠纚、笄、櫛於筵南端。[an]元

3. 賓揖將冠者。[a]魚

4. 將冠者即筵坐。[ai]歌

5. 贊者坐，櫛，設纚。[e]支

從句義來看，句 1—5 交待相關位置，冠者、贊者即位，元部與魚部押韻的例子不見於《詩經》中，但是《楚辭·大招》中有兩部押韻之例。馬王堆帛書中亦有兩部之字通假的現象。至於魚部與歌部字押韻情況亦見於《楚辭·九辯》八，《詩經》中無此二部互押之例子。在戰國時期文獻中，銀雀山簡無魚歌二部通假押韻之例，但是在馬王堆帛書中二部之字關係較爲密切，可見這種押韻現象也體現出戰國末期南方音系的一些特點。同樣，歌部與支部在《詩經》中沒有押韻通假之例，《楚辭》中凡兩見，一見於《楚辭·九歌·少司命》，一見於《大招》。此外，銀雀山簡無此二部通假例，上博楚簡、郭店楚簡、馬王堆帛書中均有此二部通假之例，因此這也反映出《士冠禮》此處之用韻情況的時代色彩和地域特點。這些反映戰國時期用韻特點的例子還有很多，如下文二加冠之禮：

1. 賓揖之，即筵㊀。[ɑi]歌

2. 櫛，設㊁。[ei]脂

3. 賓盥正纚如初。

4. 降二等，受皮弁，右執項，左執前，進祝。加之如初，復位。

5. 贊者卒紘。興，賓揖之，適房，服素積、素韠，容，出房，南面。

這五句話中，1、2句言賓。贊請冠者坐整理頭髮準備第二次冠禮。坐、笄一屬歌韻，一屬脂韻，這兩部之韻銀雀山簡中不見有通假之例，而上博楚簡、《楚辭·遠遊》中見兩部通假之例，王志平等學者認爲這種現象"很可能是當時楚國方音特點"。① 《冠禮》記賓醴冠者大致可分兩步，其一爲醴冠者，其二爲以脯醢享冠者，此段禮共11句，1—5句爲醴冠者；6—11爲以肉食享冠者，前五句屬於同類禮典，故其韻可互通，具體如下：

1. 筵於戶西，南㊙。[ɑn]元

2. 贊者洗於房中，側酌醴，加柶，覆之，面葉。

3. 賓揖，冠者就筵，筵西，南㊙。[ɑn]元

4. 賓受醴於戶東，加柶，面枋，筵前北㊙。[ɑn]元

5. 冠者筵西拜受觶，賓東面答㊉。[ɑt]月

6. 薦脯㊊。[ə]之

7. 冠者即筵坐，左執觶，右祭脯㊊。[ə]之

8. 以柶祭醴三，興。筵末坐，啐㊋。[ei]脂

9. 建柶，興；降筵，坐奠觶，㊉。[ɑt]月

10. 執觶興。

---

① 見王志平、孟蓬生、張潔《出土文獻與先秦兩漢方言地理》，北京：中國社會科學出版社，2014年，第76頁。

11. 賓答⑭拜。［at］月

元、月通韻現象《詩經》、馬王堆帛書中均可找到相關例證；之、脂押
韻亦爲先秦較爲常見之語言現象，《詩經》、戰國楚簡中多有兩部關
係密切的例子。脂、月押韻或者通假現象在銀雀山簡中沒有發現，
而馬王堆帛書中有兩部通假的例子，王志平等學者據此認爲脂、月
通假亦爲楚地方言特色。① 又如冠者見君、卿大夫等人之禮典，按
照所見之人的地位分可分爲君與其他上層人士，以此這段文字分
爲 2 句，句末之字爲君、生，一爲文部，一爲耕部，見下文：

　　乃易服，服玄冠、玄端、爵韠，奠摯見於⑭君。［ə］文

　　遂以摯見於鄉大夫、鄉先⑭生。［eng］耕
此兩部之字在《詩經》《楚辭》中均不見有相聯繫的用法，可見在春
秋戰國早期文耕二部關係較遠，但是在馬王堆帛書中二部字相互
通假的現象大量存在，可見《儀禮》經文用韻的特點在時間上不能
早於戰國時期，又因其用韻特點多與代表北方音之《銀雀山簡》不
合而與代表南方音系的楚簡、帛書相合，故推測其具有南方地域色
彩。根據經文的語言特點至少可以證明今本《儀禮》經文最後成書
當爲戰國時期，整理者具有南方身份。再如《士冠禮》記醴賓之
禮節：

　　1. 乃醴賓以壹獻之禮，主人酬賓，束帛儷⑭皮。［ɑi］歌

　　2. 贊者皆⑭與。［ɑ］魚

　　3. 贊冠者爲⑭介。［at］月
此禮典中皮、與、介爲韻腳，歌魚押韻之例上文已予以論述其戰國

---

　　①　王志平、孟蓬生、張潔：《出土文獻與先秦兩漢方言地理》，北京：中國社會科學
出版社，2014 年，第 87 頁。

晚期楚地特點。此外魚部與月部之通轉規律在音韻學中屬於常見現象，王力先生曾對此作出論述，可以參考。[1]

下面再舉《士冠禮》中醮禮之例以考察《儀禮》用韻特點：

若不醴，則醮用酒。尊於房户之間，兩甒，有禁，玄酒在西，加勺南枋。洗有篚，在西，南順。

1. 始加，醮用脯(醢)。[ə]之

2. 賓降取爵於篚，辭降如(初)。[ɑ]魚

3. 卒洗，升酌。

4. 冠者拜受，賓答拜如(初)。[ɑ]魚

5. 冠者升筵坐，左執爵，右祭脯醢，祭酒，興，筵末坐啐酒。降筵拜，賓答(拜)。[ɑt]月

6. 冠者奠爵於薦東，立於筵(西)。[ei]脂

7. 徹薦爵，筵尊不(徹)。[ɑt]月

8. 加皮弁，如初(儀)。[ɑi]歌

9. 再醮，攝酒，其他皆如(初)。[ɑ]魚

10. 加爵弁，如初(儀)。[ɑi]歌

11. 三醮，有乾肉折俎，嚌之，其他如(初)。[ɑ]魚

12. 北面取脯，見於(母)。[ə]之

13. 若殺，則特豚，載合升，離肺實於鼎，設扃鼏，始醮，如(初)。[ɑ]魚

14. 再醮，兩豆、葵菹、蠃(醢)。[ə]之

15. 兩籩、栗(脯)。[ɑ]魚

---

① 王力先生在《同源字典》中說道："但通轉也有比較常見的，例如魚鐸陽和歌月元的通轉。"見《同源字典》，北京：商務印書館，1982年，第17頁。

16. 三醮，攝酒如再醮，加俎，嚌之，皆如初，嚌肺。

17. 卒醮，取籩脯以降，如㉚。[ɑ]魚

1—4 句爲始加冠之醮禮，爲之魚合韻；5—10 句爲再加冠之醮禮，脂月、歌月、歌魚通假皆是馬王堆帛書中常見的語言現象，這説明在楚地這幾個韻部之間的密切關係；11—17 句魚之通韻，這兩部在先秦時期的關係比較密切，因此押韻是較爲常見的語言現象，句 11—17 爲三加之醮禮。又如孤子冠法：

1. 若孤子，則父兄戒㉕。[uk]覺

2. 冠之日，主人紒而迎賓。拜、揖、讓，立於序端，皆如冠㊣。[o]侯

3. 禮於阼。

4. 凡拜，北面於阼階上。賓亦北面於西階上答㊗。[ɑt]月

5. 若殺，則舉鼎陳於門外，直東塾，北㊟。[ɑn]元

句 1、2 概述孤子冠禮之儀式，覺侯通韻；句 4、5 則言拜、殺牲之禮例，月元通韻。《冠禮》中禮辭暫時省略，因其爲明顯之韻文形式，故不需分析其用韻情況。以上分析了《儀禮·士冠禮》之用韻情況，以見《儀禮》經文之語言特色，因此經文中沒有用韻或者明顯爲韻語的例子均沒有納入考察對象。再見《儀禮·士昏禮》：

1. 擯者出請，賓告事㉕。[et]質

2. 入告，出請醴㊈。[en]真

3. 賓禮辭，㊚。[ɑ]魚

4. 主人徹几，改筵，東㊤。[ɑng]陽

5. 側尊甒醴於房㊥。[ung]冬

6. 主人迎賓於廟門外，揖讓如初，㊛。[əng]蒸

7. 主人北面再㊗。[ɑt]月

8. 賓西階上北面答拜。[ɑt]月

9. 主人拂几授校,拜送。

10. 賓以几辟,北面設於坐,左之,西階上答拜。[ɑt]月

11. 贊者酌醴,加角柶,面葉,出於房。[ɑŋ]陽

12. 主人受醴,面枋,筵前西北面。[ɑn]元

13. 賓拜受醴,復位。[ət]物

14. 主人阼階上拜送。

15. 贊者薦脯醢。[ə]之

16. 賓即筵坐,左執觶,祭脯醢,以柶祭醴三,西階上北面坐。[ɑi]歌

17. 啐醴,建柶興,坐奠觶,遂拜。[ɑt]月

18. 主人答拜。[ɑt]月

19. 賓即筵,奠於薦左,降筵,北面坐取脯。[ɑ]魚

20. 主人辭。[ə]之

21. 賓降,授人脯,出。[ət]物

22. 主人送於門外,再拜。[ɑt]月

此段文字記主人醴使者,由於句子較多,且句中存在轉換禮典的現象。因此按照上文歸納出來的用韻特點,凡轉換角色韻腳亦換,比較複雜。如句1、2為擯者請醴賓,質真通韻。句3—6為主人迎賓,魚陽通韻,陽冬押韻,這兩部之間的關係十分密切,但是按照王力先生的考證,冬部在戰國時期才由東部分出,因此冬陽押韻的現象在《詩經》中沒有發現,在《楚辭·九辯》九中有此二部押韻之例。此外在戰國時期的文獻馬王堆帛書及稍後的銀雀山簡中都有冬部出現之例,這些都是冬部在戰國獨立為一個韻部的例證。句7—10言賓主間之拜揖,涉及月部之間押韻現象;句11、12言贊

者爲主人酌醴酒的禮典，房與面爲陽元合韻；句 13—15 爲主人醴賓，涉及之物通韻現象；16—22 爲剩餘之禮典及禮典結束后送賓。歌月爲通韻，這兩部關係密切的現象在馬王堆帛書中有發現，但是不見於《詩經》《楚辭》，可見在戰國末期前，這兩部關係比較遠，這也再次證明《儀禮》經文在用韻上經常呈現出戰國晚期之特點。王力先生認爲陰聲韻中各部除歌微兩部以外，都分別和入聲各部通韻，①這説明月魚兩部有通韻的可能。又之部、魚部元音接近，兩部合韻的現象在先秦時期亦是常見現象，因此亦可以押韻。按照王力先生上述陰聲韻與入聲韻關係密切的言論，之部與物部都含有元音[ə]，因此也有押韻的可能。最後第 21、22 句涉及物月兩部押韻現象，這兩部押韻現象在先秦時期即較爲常見，在戰國後期至西漢則更爲密切，此兩部押韻之例，《詩經》中有 2 例，分別見於《小雅·鹿鳴之什·出車》《大雅·生民之什·生民》；《楚辭》中有 3 例，分別見於《九章·哀郢》、《九辯》八、《招魂》。此外馬王堆帛書、張家山漢簡中均有月物兩部通假之例，可見時間越往後此二部之關係越密切；但是值得注意的是在出土文獻《銀雀山簡》中卻找不到兩部有關係的例子，或者時間越往後在北方地區這兩部的關係變得越疏遠。

　　上文論述《儀禮》經文中用韻現象是一個常見的現象，不過值得注意的是，儘管《儀禮》經文中押韻是一個普遍的現象，卻不能隨意將押韻的規律擴大，使《儀禮》變成一部通篇押韻之韻書，這不科學也不符合實際情况。但是先秦時期典籍押韻確實是一個較爲普遍的現象，除了上文提到便於傳播這個緣由之外，用韻也符合當時

---

　　① 　見王力《詩經韻讀》，北京：中國人民大學出版社，2004 年，第 26 頁。

人用語習慣。特別是《儀禮》中的禮辭,因爲記録了當時行禮過程中需要念誦的語句,有些甚至直接對口語進行記録,而這些語言是《儀禮》押韻最爲普遍的部份,因此提到《儀禮》用韻,一般就會聯想到這些禮辭,這説明當時口語交流用韻是一個典型的用語習慣。另外,語言是特定歷史、環境的産物,某種語言都是某個特定時代的投影。從歷史文獻呈現出來的用語習慣,去分析歷史文獻本身折射出當時的歷史是學界慣常的研究手段。研究《儀禮》用韻,一方面對文本進行深入考察,一方面可以加深對古人行禮用韻現象的瞭解,還可以通過用韻的實際情況推測《儀禮》成書之時代,或者大致成書之時代。因爲根據經文用韻的習慣來分析,《儀禮》各篇顯得並不一致,這説明《儀禮》的成書是一個歷史過程,不是一朝一夕一蹴而就的。就以冬韻而言,作爲上古音,此韻部在《詩經》時代基本上歸於侵部,如《豳風·七月》"二之日鑿冰沖沖,三之日納于凌陰","沖"屬冬部,"陰"屬侵部,而"沖"、"陰"押韻;《大雅·公劉》"食之飲之,君之宗之","飲"屬侵部,"宗"屬冬部,"飲"、"宗"押韻。冬部從侵部中分化出來的時代較晚,王力先生歸納的上古韻部二十九部並不含冬韻,但是分析《儀禮》經文,出現了押屬於冬部之韻,①如:《鄉飲酒》:

1. 介右再拜⊛酒。[uŋ]
2. 介答拜。
3. 主人復阼階,揖⊛。[uŋ]

---

① 上古音韻部問題歷來研究者甚多,而冬部之分化歸屬也屬於較爲熱門之話題,這類研究亦較豐富,如李開《孔廣森古韻冬部獨立與〈郭店楚簡〉韻例評析》(《古漢語研究》2007年第2期,第31—38頁。),此文即對冬韻的分化提出了看法,並運用出土文獻予以分析,可以參考。

又:

  1. 主人坐奠爵於序端,阼階上北面再拜崇酒。[uŋ]

  2. 賓西階上答拜。

  3. 主人坐取觶於篚,降洗。[uŋ]

又《鄉射禮》:

  1. 主人坐奠爵於西楹南,

  2. 再拜崇酒。[uŋ]

  3. 大夫答拜。

  4. 主人復阼階,揖降。[uŋ]

又:

  1. 賓酢主人,

  2. 主人不崇酒,[uŋ]

  3. 不拜眾賓。[uŋ]

  4. 既獻眾賓,[uŋ]

  5. 一人舉觶,遂無算爵。

又:

  1. 侯道五十弓,

  2. 弓二寸以爲侯中。[uŋ]

  3. 倍中以爲躬,[uŋ]

  4. 倍躬以爲左右舌。

這些都是《儀禮》經文中押冬韻的例子,而冬部之韻最早出現在戰國時期,《楚辭》中冬部押韻現象則較爲多見,可見《儀禮》成書的時代不可能早於戰國,那些認爲《儀禮》成書時期在春秋時代的提法,顯然不成立。上文在分析《儀禮》經文用韻的情況時,經常遇到不見於《詩經》《楚辭》中押韻之例、卻見於戰國楚地簡帛文獻的情況,這種符合戰國用韻特點、又在春秋時期和戰國中期文獻中找不到例子的現象，只能説明《儀禮》用韻特點符合戰國末期的用韻習慣，由此推斷編輯《儀禮》文本者必然是戰國晚期之人而不可能爲春秋時期之人。許子濱認爲："《儀禮》成書於春秋之時，至今似乎成爲主流的看法，論者甚至認定《儀禮》是春秋時禮的實録。"①他還舉《左傳》中所載之聘禮與《儀禮·聘禮》可互相印證，《儀禮》未載之禮典，也可通過《左傳》得到補充説明，這在後文還有提及。這個意見有一定道理，但是從邏輯上推理，這個意見並不能完全成立，設《儀禮》成於戰國時期，《儀禮》就不能引用《左傳》予以概括禮典？並且《儀禮》從結構文體上推斷，並不是所有篇章都成於一時，因此以《左傳》《儀禮》相合之處斷定《儀禮》成於春秋時期並不合理，至少欠缺必要條件（若按照許子濱之推斷，《史記》亦有與《左傳》相合者，《史記》不備者，亦可以《左氏傳》補充，那麼司馬遷之書成於春秋時代？），具體文體研究、結構研究下文還要論及，暫且不表。此處僅從語言學的角度去考證《儀禮》之成書時間，可爲研究《儀禮》成書時間提供另一佐證。若僅以聲韻的角度去考察《儀禮》經文產生的時代還略顯單薄。當代考證一個古代物品是哪一個年代的產物，最直接的辦法是考古佐證，下文在探討名物詞時仍然會論及。

第二節 《儀禮》經文方音考察

上文以韻部研究探討《儀禮》用語習慣，並間接證明《儀禮》在時間上的特點，但是若需要研究《儀禮》在空間地域方面的特點除

---

① 許子濱：《〈春秋〉〈左傳〉禮制研究》，上海：上海古籍出版社，2012年，第4頁。

了考察出土文物之外,方音調查亦是一個較爲可靠的手段。

現存記録方音最權威之文獻爲漢代揚雄(前 53—18)《方言》,此書雖成於西漢,但考察西漢語音特點可知其與戰國時期語音特色比較接近,再者揚雄撰寫《方言》參考了大量周秦典籍,爲研究春秋戰國時期語言特色提供了極大的幫助,因此現在要考察《儀禮》經文之方音,《方言》是不可回避的豐碑。① 此外還需結合帶有明顯地域色彩的文獻《詩經》《楚辭》,綜合對比《儀禮》之用語特點,來推測《儀禮》之方音特點,②從而對考察《儀禮》地域色彩或《儀禮》編撰者之地域身份提供一個座標。

考察《儀禮》經文之方音特色,需比對上古韻部之一般規律,若在一般規律之外又恰好能符合其他方言文獻的用韻規律,則《儀禮》之方言特色可以得以彰顯。音韻學中是否用韻,除考察一般韻母是否相合,還有通韻與合韻這兩種情形。主要是指不同韻部之間互相押韻,這些音韻學規律前輩學者討論得很詳細,一些成果爲今天進一步研究音學問題提供了足够的支持。據王力先生研究,元音相同情況下,除歌微兩部之外,陰聲各部可與入聲各部對轉通韻。而當元音相近,或韻尾相同時之押韻則屬於合韻現象。當然由於語音現象的複雜性,不合規律的現象也時有出現。若就語言地域性而言,則方言亦屬於上述規律之特例。按照《方言》中記載的方言,粗略劃分,則有代表西北方音之秦語,代表中原音之晉言,

----

① 范常喜通過出土文獻分析《方言》的記音詞,也認爲漢人記録的方言材料是可靠的,因此這裏以《方言》等文獻作爲考察的對象。具體可參考范常喜《上古楚方言名物詞新證五則》,《語言科學》2016 年 3 月第 15 卷第 2 期。

② 在上古方言研究中,楚地方言研究之成果要較其他地域方言研究之成果更爲豐富,可利用的文獻材料也較多,因此《儀禮》經文語言研究採取比對楚地方言特色爲主、其他地域方言爲輔之辦法。

代表南方音之楚言,代表東北音之燕朝鮮言以及代表東方方音之齊語。既然是方言,則其各自具備其他地域不具備之語言特色,這在《方言》及其他典籍中已經得到了體現。若考察《儀禮》之用韻特點,再歸納其不符合上古用韻之基本特點之處,而又與某一區方音用韻特點相似相符,則《儀禮》之地域色彩可得到大致的勾勒。下面再列舉《儀禮》中的用韻之例子,先看《喪服》:

　　何以大㓛也?　　東[ong]

　　妾爲君之黨服,陽[ɑng]

　　得與女君同。　　東[ong]

　　此處"功"、"黨"、"同"三字押韻,東、陽二部合韻。劉寶俊認爲這兩部合韻是上古楚方言的特點,① 從現存的文獻資料反映出的語言現象來看,這兩韻部的相合出現的時間相對較晚,《詩經》中此二部合韻僅見一例,羅常培、周祖謨先生及劉寶俊等甚至認爲此二部在《詩經》中根本不合韻。② 據楊建忠介紹,直到《淮南子》時代楚方言中才明顯呈現出東、陽合韻的現象。③ 但是一個語言現象不是一朝一夕形成的,它必然有一個歷史過程。羅常培、周祖謨先生認爲東陽相押從戰國後才多起來,是楚方言的特點。④ 而這種特點這在《儀禮》中也得到了較爲充分的體現,如《士冠禮》:

––––––––––––

①　劉寶俊:《冬部歸向的時代和地域特點與上古楚方音》,《中南民族學院學報》(哲學社會科學版)1990 年第 5 期(總第 44 期),第 79—86 頁。

②　劉寶俊在《冬部歸向的時代和地域特點與上古楚方音》一文中認爲:"在先秦文獻中,《詩》沒有東陽相通的現象。"見《中南民族學院學報》(哲學社會科學版)1990 年第 5 期(總第 44 期),第 81 頁。

③　見楊建忠《秦漢楚方言聲韻研究》,北京:中華書局,2011 年,第 138 頁。

④　見羅常培、周祖謨《漢魏晉南北朝韻部演變研究》(第一分冊),北京:中華書局,2013 年,第 81 頁。

設洗直於東榮,南北以堂深,水在洗(東)。　　　　　東[ong]

陳服於房中西墉下,東領北(上)。　　　　　　　　　陽[ang]

又《燕禮》:

士立於西(方),　　　　　　　　　　　　　　　　陽[ang]

東面北(上)。　　　　　　　　　　　　　　　　　陽[ang]

祝史立於門(東),　　　　　　　　　　　　　　　　東[ong]

北面東(上)。　　　　　　　　　　　　　　　　　陽[ang]

《大射儀》:

射人告具於(公)。　　　　　　　　　　　　　　　東[ong]

公升,即位於席,西(鄉)。　　　　　　　　　　　陽[ang]

小臣師納諸公卿大夫,諸公卿大夫皆入門右,北面東(上)。

　　　　　　　　　　　　　　　　　　　　　　　陽[ang]

士西方,東面北(上)。　　　　　　　　　　　　　陽[ang]

大史在於侯之東北,北面東(上)。　　　　　　　　陽[ang]

士旅食者在士南,北面東(上)。　　　　　　　　　陽[ang]

小臣師從者在東堂下,南面西(上)。　　　　　　　陽[ang]

公降,立於阼階之東南,南(鄉)。　　　　　　　　陽[ang]

陽東二部在《儀禮》中合韻之現象還有很多,典型的如"東"與"上"這兩個字的大量出現,這一類似南方楚方言特點的形式,爲研究《儀禮》之地域特色提供了鮮明的證據。又《士冠禮》:

天子之元子猶(士)也,　　　　　　　　　　　　　之[ə]

天下無生而貴(者)也。　　　　　　　　　　　　　魚[ɑ]

《士婚禮》:

女子許(嫁),　　　　　　　　　　　　　　　　　魚[ɑ]

筓而醴(之),　　　　　　　　　　　　　　　　　之[ə]

稱字。　　　　　　　　　　　　　　　　之[ə]

再如上文所舉之例,《士冠禮》醮辭曰:

旨酒既清,嘉薦亶時,　　　　　　　　　之[ə]

始加元服。兄弟具來,　　　　　　　　　之[ə]

孝友時格,永乃保之。　　　　　　　　　之[ə]

再醮曰:旨酒既湑,　　　　　　　　　　魚[ɑ]

嘉薦伊脯。　　　　　　　　　　　　　　魚[ɑ]

乃申爾服,禮儀有序。　　　　　　　　　魚[ɑ]

祭此嘉爵,承天之祜。①　　　　　　　　魚[ɑ]

此處雖由之部換韻爲魚部,但之魚二部元音相近,《詩經》中之魚合韻現象亦偶有所見,如:

《大雅·常武》:

王命卿士,　　　　　　　　　　　　　　之[ə]

南仲大祖,　　　　　　　　　　　　　　魚[ɑ]

大師皇父。　　　　　　　　　　　　　　魚[ɑ]

又《鄘風·蝃蝀》:

朝隮於西,

崇朝其雨。　　　　　　　　　　　　　　魚[ɑ]

女子有行,

遠兄弟父母。　　　　　　　　　　　　　之[ə]

又《小雅·小旻》:

國雖靡止,　　　　　　　　　　　　　　之[ə]

或聖或否。　　　　　　　　　　　　　　之[ə]

---

① 【清】江有誥:《儀禮韻讀》,《群經韻讀》,道光刻本,第51頁。

民雖靡⬚（膴），	魚[ɑ]
或哲或⬚（謀），	之[ə]

又《小雅·巷伯》：

彼譖人⬚（者），	魚[ɑ]
誰適與⬚（謀）？	之[ə]
取彼譖人，	
投畀豺⬚（虎）。	魚[ɑ]

又《大雅·綿》：

古公亶⬚（父），	魚[ɑ]
來朝走⬚（馬）。	魚[ɑ]
率西水⬚（滸），	魚[ɑ]
至於岐⬚（下）。	魚[ɑ]
爰及姜⬚（女），	魚[ɑ]
聿來胥⬚（宇）。	魚[ɑ]
周原膴⬚（膴），	魚[ɑ]
堇荼如⬚（飴）。	之[ə]
爰始爰⬚（謀），	之[ə]
爰契我⬚（龜）。	之[ə]
曰止曰⬚（時），	之[ə]
築室於⬚（茲）。	之[ə]

特別是《綿》之押韻形式幾乎與冠禮醮辭之押韻形式完全相符。《詩經》中之魚合韻之例不多，僅見上述 5 處，可見在《詩經》時代此二部合韻並不常見。但是在出土的戰國時期南方楚地竹帛文書中，上述二部合韻的現象就較爲普遍了。如郭店楚簡《老子甲》：

萬勿（物）（作）而弗（始）也，	之[ə]

爲而弗志（恃）也，　　　　　　　　　　　　　　之［ə］

成而弗（居）。　　　　　　　　　　　　　　　　魚［ɑ］

天〈夫〉唯弗（居）也，　　　　　　　　　　　　魚［ɑ］

是以弗（去）也。　　　　　　　　　　　　　　　魚［ɑ］

在這裏"始、恃、居、去"押韻，且屬於之魚合韻現象。

又《老子甲》：

名亦既（又）（有），　　　　　　　　　　　　　之［ə］

夫亦（將）智（知）（止），　　　　　　　　　　之［ə］

智（知）止所以不（殆）。　　　　　　　　　　　之［ə］

卑（譬）道之才（在）天（下）也，　　　　　　　魚［ɑ］

猷（猶）少（小）浴（谷）之與江（海）。　　　　之［ə］

"又（有）"、"止"、"殆"、"下"、"海"押韻，屬之魚合韻。

《老子丙》：

大上下智（知）（又）（有）之，　　　　　　　　之［ə］

其即（次）新（親）（譽）之，　　　　　　　　　魚［ɑ］

其既〈即〉（畏）之，

其即（次）（侮）之。　　　　　　　　　　　　　之［ə］

"又（有）"、"譽"、"侮"押韻，屬之魚合韻。

《太一生水》：

倉（滄）然（熱）復相（輔）也，　　　　　　　　魚［ɑ］

是以成濕澡（燥）。

濕澡（燥）復相（輔）也，　　　　　　　　　　　魚［ɑ］

成（歲）而（止）。　　　　　　　　　　　　　　之［ə］

"輔"、"止"相押韻，屬之魚合韻。

《語叢四》：

佖婦禹⊙天，   魚[ɑ]

不智（知）其向（鄉）之小人、君⊙子。   之[ə]

"夫"、"子"相押，屬之魚合韻。

長沙馬王堆帛書《老子甲·德經》：

母（毋）聞（狎）其所居，

毋猒（厭）其所生。

又郭店楚簡《語叢四》：

及之而不可，必且以訑，

母（毋）命（令）智（知）我。

　　"毋"均寫作"母"，而"母"屬之部，"毋"屬魚部，此亦是戰國時期南方楚地之魚接近、相押之證。古文獻中因韻相押、相同而通假是一個常見的現象，長沙馬王堆帛書《周易六十四卦》中"悔"每作從"心"、從"母"之形，"每"與"母"皆屬之部，因此"悔"從"心"從"每"與從"心"從"母"這兩種寫法在古文獻中屬於常態，都是韻部相合、相押互通之例。又長沙馬王堆帛書《周易六十四卦》中字形從"心"從"母"之"悔"字，在郭店楚簡中通常被釋讀爲"謀"，分別見於《老子甲》《緇衣》《尊德義》《六德》《語叢二》《語叢三》《語叢四》，"謀"亦屬之部，再次可證楚地之魚兩部音近。此外，由於戰國時期非楚地文獻中之魚合韻現象并不明显，因此之鱼音近是戰國時期南方楚地方言的一種特点。即使現代方言中，一些保存部份古楚地方言地區之方言還存在之魚合韻的現象。如典型的黃孝片（今湖北黃岡、孝感地區方言），據趙元任先生研究，這一地區方言屬於"典型的楚語"[①]，至今這一地區方言仍可見之魚兩部音近之跡。

---

① 見趙元任等編《湖北方言調查報告》，上海：商務印書館，1948 年，第 1569 頁。

如本屬魚部之字去、胥、徐、絮、敘、緒、序、壻，在孝感地區這個字的韻母均發［i］音，與之部之起、喜、熙、理韻部音近，可見這些地區的方言中仍保留了戰國時期南方楚方言中之魚接近之特點。

這些例子都從語音的角度表露出《儀禮》語言帶有南方楚地方言的特點，顯示出濃厚的地域特色。《儀禮》用語是否具備地域特色，則需要結合典型的方言著作予以考察。《方言》中的南方楚地用語在《儀禮》經文中有大量體現，下一步需要考察其語義是否與《方言》楚語語義相符，若語義相符，則《儀禮》出現《方言》單字之處可以體現《儀禮》的地域特點。《方言》中與《儀禮》經文中共同出現的單字有：占、畢、端、箄、將、曲、薦、末、豚、㩦、鮮、濯、舒、掩、黨、獲、翿、闇、革、展、鞠、苦、緝、綦、知、寓、鬲、環、棘、茅、敖、筲、差、蔽、懷、獨。排除一些確定不含有楚方言字義單字占、差、黨、革、鞠、知。① 剩下的單字則需要進一步分析其語義，方能得出進一步判斷。

畢，《儀禮》經文中出現 24 次，作爲竟、終了之意共出現 14 次，分別爲："宗人告事畢"出現 5 次，"告事畢"出現 3 次，"賓告事畢"出現 4 次，"事畢"出現 1 次，"獻畢"出現 1 次。畢作爲盡、皆之意共出現 6 次，分別爲："兄弟畢袗玄"出現 1 次，"從者畢玄端"出現 1 次，"女從者畢袗玄"出現 1 次，"主人畢歸禮"出現 1 次，"堂下俎畢出"出現 1 次，"貳車畢乘"出現 1 次。《方言》："車下鐵，陳宋淮楚

---

① 占，《方言》曰："占，伺，視也。凡相竊視南楚謂之闚，或謂之占。"差，《方言》曰："南楚病瘉者謂之差。"黨，《方言》曰："知也。楚謂之黨。"革，《方言》曰："革，老也。"鞠，《方言》曰："養也。"知，《方言》義同"占"。考察《儀禮》經文，《方言》中上述義項與之相差甚遠。

之間謂之畢，大者謂之罼。"錢繹曰："《考工記·玉人》'天子圭中必'，鄭注云：'必，讀如鹿車縪之縪，謂以組約其中央，爲執之以備失墜。''圭中必'爲組，'鹿車縪'爲索，其約束相類，故讀如之。"①則畢有約束、維繫之意。《儀禮·喪服》"冠六升，外畢"，胡培翬曰："畢，《通典》作縪，《既夕》亦作外縪。……然則縪是縫合冠武之名。"②是畢有縫合之意，由約束、維繫而縫合，其意可通。又《儀禮·大射儀》"以弓爲畢"，胡培翬云："郝氏云：畢，竹簡，笏類，形如畢星，即今如意，執以止物曰畢，與躃通，止也。"③是取"畢"約束之意以用之警示、止物。又引申爲祭器，有指示器物位置之用，故有《儀禮·特牲饋食禮》"宗人執畢先入"之語。是《儀禮》中之畢除竟、終了、盡皆之常見意項之外，尚有如《方言》楚地方言之畢具有的約束、維繫之用法。

《方言》："耇，老也。"又曰"皆南楚江湘之間代語也。"《儀禮·士冠禮》："黃耇無疆，受天之慶。"注："耇，凍黎也，皆壽徵也。"又《方言》："一，蜀也。南楚謂之獨。"《儀禮·少牢饋食禮》："祝西面于主人之南，獨侑不拜。"一、單也，祝僅言侑而不言拜，亦爲單一之舉，故言獨。此皆《儀禮》用《方言》楚語之顯例。

《方言》："籅，陳楚宋魏之間或謂之簞。"錢繹《箋疏》曰："《說文》：'簞，笥也。''笥，飯及衣之器也。'是簞所以盛衣食。'籅'又名'簞'者，異物不嫌同名也。"④"籅"與"簞"雖謂異物，但均爲盛物之

---

①　【清】錢繹著，李發舜點校：《方言箋疏》，北京：中華書局，1991年，第308頁。

②　【清】胡培翬著，段熙仲點校：《儀禮正義》，南京：江蘇古籍出版社，1993年，第1360頁。

③　同上，第866頁。

④　【清】錢繹著，李發舜點校：《方言箋疏》，北京：中華書局，1991年，第177頁。

器。"羀"今蓋指瓢勺子之類器物，而"籩"爲竹、葦成之筐類器皿，楚人對這兩類器物概言之爲"籩"。《儀禮·士冠禮》"櫛實于簞"注曰"簞，笥也"，《儀禮·士喪禮》"櫛，於簞"、"幂奠用功布，實于簞"，《儀禮·士虞禮》"簞巾在其東"，《儀禮·特牲饋食禮》"簞巾，在門内之右"，《儀禮·少牢饋食禮》"小祝設槃、匜與簞、巾于西階東"，"一宗人奉簞、巾"，"坐奠簞"，"坐取簞"，是《儀禮》中"簞"皆作盛物之器之例。

又《方言》："緤，末，紀，緒也。南楚皆曰緤。或曰端，或曰紀，或曰末，皆楚轉語也。"是南方楚地言物之頭、緒爲緤、端、紀、末。考《儀禮·士冠禮》："主人升，立於序端，西面。""主人紒而迎賓，拜，揖，讓，立於序端，皆如冠主。"《儀禮·鄉飲酒禮》："司正退，立於序端，東面。"《儀禮·鄉射禮》："司正升，立於序端。"皆言站立於序之端。《儀禮》經文中以端爲物之頭、緒者共有 21 例之多，可見端字之南方語義用法在經文中是一種常見用法。

《方言》："燕之北鄙、齊楚之郊或曰京，或曰將。"將字在《儀禮》經文中出現 58 次，多作將欲之辭，言事未至，作爲南方楚語中大義之將則需要進一步分析經文。《儀禮·士昏禮》："某既得將事矣，敢辭。"鄭注曰："將，行。"鄭釋將爲行，蓋指其事未成，於使者而言則達主人之命爲大事，大事不成故辭醴。又《儀禮·士昏禮》："凡使者歸，反命，曰：'某既得將事矣，敢以禮告。'"使者達君之命而以昏期相告，於使者言君之事則爲大事，故將事可釋讀爲大事。《儀禮·聘禮》："若賓死，未將命，則既斂於棺，造於朝，介將命。"注："未將命，謂俟閒之後也。以柩造朝，以己至朝，志在達君命。"是使者歿，禮未成，則斂棺於朝以與其業，而以副使卒之。於使者而言，聘禮爲大，於事而言則爲未成之事。故將可釋爲大。《儀禮·聘禮》："既覿，賓若私獻，奉獻將命。"胡培翬《正義》曰："云猶以君命致之者，獻雖己物，必稱君命以致之，明不敢自私也。臣之於君，與子之於父同。"①是言賓以珍物私獻，亦需以君之名義，將命者，以君命致之，君命於賓而言爲大，故將皆可訓爲大，與南方楚方言之將意義符合。

《方言》："翿，翳也。楚曰翿。"錢繹《箋疏》："《説文》：'儔，翳也。'……引《王風·君子陽陽篇》：'左執翳。'今本作'翿'，毛傳：'翿，纛也。'鄭箋云：'翳，舞者所持，謂羽舞也。'《釋言》'翿，纛也'，《石經》作'翢'，郭注：'今之羽葆幢。'又云'纛，翳也'，注云：'舞者所以自蔽翳。''翢'與'翿'同。"②則翿、纛、翢、儔同，均有翳、遮蔽之意。錢繹《箋疏》亦引《儀禮·鄉射禮》"君國中射，則皮樹中，以翿旌獲，白羽與朱羽糅"爲例，則《儀禮》經文中翿字訓爲翳無疑，此又爲《儀禮》經文使用南方方言之一例。

《方言》："凡以火而幹五穀之類，自山而東，齊楚以往，謂之熬。"使物體脱水變乾，稱爲熬，當代亦有此稱。錢繹引《淮南子·本經訓》曰："煎熬焚炙，調齊和之適，以窮荆吳甘酸之變。"又引《楚辭·九思》："我心兮煎熬。"③是楚人言以火使五穀變乾爲煎熬。當然所謂乾五穀應爲相對概念，實際上即是當今所言之熬、炒、煎等烹飪方法。以火烘烤易使物體乾燥，故引申爲凡使物乾、水脱爲煎、爲熬。《儀禮·既夕禮》有"凡糗不煎"之語，煎即爲煎炒之意。《儀禮·士喪禮》："熬黍稷各兩筐，有魚臘，饌于西坫南。"又《儀

---

① 【清】胡培翬著，段熙仲點校：《儀禮正義》，南京：江蘇古籍出版社，1993年，第1161頁。

② 【清】錢繹著，李發舜點校：《方言箋疏》，北京：中華書局，1991年，第91頁。

③ 同上，第263頁。

禮・士喪禮》："設熬，旁一筐，乃塗，踊無算。"胡培翬《正義》曰："鄭注：熬者，煎穀也。"①並引《方言》爲證，并訓熬如《方言》之訓，爲以火幹五穀之意，此亦彰顯《儀禮》經文用南方楚語之地域特點。

《方言》："床，陳楚之間或謂之第。"《儀禮・士喪禮》有"床第，夷衾，饌於西坫南"，"設床第於兩楹之間"。《儀禮・既夕禮》有"設床第，當牖"，"御者四人抗衾而浴，禮第。"第皆訓爲牀。《方言》："展，信也。荆吳淮汭之間曰展。"展字古文從口從二工，二工當爲四工之省。丁山先生認爲四工與二工意義相同，都是善某事之意，字又從口，故丁山先生認爲展字可訓巧言如簧，善言。②《儀禮・聘禮》："史讀書展幣。""入竟。斂旝，乃展。""賈人北面，坐試圭，遂執展之。""又試璧，展之。""展夫人之聘享，亦如之。""有司展群幣，以告。及郊，又展，如初。及館，展幣于賈人之館，如初。"鄭注："展，猶校録也。"胡培翬《正義》曰："注云展猶校録也者，謂取幣一一校數也。"③由善言而爲信，之間的語義發展脈絡已不可考，但校録、校數之目的在求信實，二者之間的關係確十分密切。《儀禮》中史讀禮品清單以查驗是否與實物相符，單據是否可信。《聘禮》中剩下 7 處展亦作校録以求信實。

《方言》："寄也。齊衛宋魯陳晉汝潁荆州江淮之間或曰寓。"《儀禮・喪服》"寄公爲所寓。"鄭注："寓，亦寄也，爲所寄之國君服。"胡培翬《儀禮正義》曰："注云寓亦寄也者，《説文》《方言》皆云：

① 【清】胡培翬著，段熙仲點校：《儀禮正義》，南京：江蘇古籍出版社，1993 年，第 1758 頁。

② 見《古文詁林》第 7 册，上海：上海教育出版社，2002 年，第 673—674 頁。

③ 【清】胡培翬著，段熙仲點校：《儀禮正義》，南京：江蘇古籍出版社，1993 年，第 953 頁。

寓,寄也。是寓與寄義同,故寄公亦稱寓公。"①又《儀禮·喪服》:
"何以爲所寓服齊衰三月也?"胡氏《正義》亦曰"寄公"。此亦是《儀
禮》經文用南方楚語之例。

《方言》:"獲,奴婢賤稱也。荆淮海岱雜齊之間,罵婢曰獲。"則
獲爲南方楚地下人之賤稱。獲字在《儀禮》出現頻率較高,共出現
105次,如《儀禮·鄉射禮》"司馬又命獲者","獲者由西方,坐取
旌,倚于侯中,乃退","司馬命獲者執旌以負侯","獲者適侯,執旌
負侯而俟","獲者執旌許諾,聲不絶,以旌負侯而俟"。胡氏《正義》
引郝敬之説曰:"射中者獲,報中之人曰獲者。旌,獲者所執。矢中
揚旌唱獲。"②射場執旗唱中,賤役也,獲者,下人之賤稱。此又《儀
禮》用南方楚語之證。此外《方言》中記録的代表南方方言單字豚、
笐、冔、薦等,皆可在《儀禮》經文中找到使用的例子,此處不再
贅述。

以上文字論述《儀禮》經文符合戰國時期楚方言等南方音系之
處,爲了使論證嚴密,接下來擬以排除法考察《儀禮》經文與戰國時
期北方地區方言不合之處。以現在出土文獻的實際出土情況來
看,出土戰國時期竹帛文獻地區南方多於北方地區,這或許印證了
一句俗語"濕萬年,乾千年,不乾不濕就半年"。西北地區氣候乾
旱,文獻出土得較多,南方氣候濕潤出土文獻也較多;只有中國華
北等地區即先秦時期的北方地區,從氣候學上講,屬於溫帶季風氣
候,夏季高溫多雨,冬季則寒冷乾燥,這種氣候條件極不利於處於

---

① 【清】胡培翬著,段熙仲點校:《儀禮正義》,南京:江蘇古籍出版社,1993年,第
1460頁。

② 同上,第504頁。

自然狀態下的文獻保存。或者由於這個原因,今天出土文獻多談敦煌武威等西北文獻與戰國楚簡帛書,即是基於文獻的實際出土情況而言。儘管如此,在目前已知的北方出土文獻中,還是可以找出幾個富有代表性的文獻,通過分析他們的用語特色,再結合《方言》南方簡帛等文獻的用語特色,依然可以大致勾勒出戰國時期北方方言的相關特色。

首先看《侯馬盟書》中的例子:"自今以往,敢不率此明質之言而尚敢或内室者。"室字據考證爲奴隸單位,引申爲奴之義,内室者亦可爲入室者,其實就是在内室服侍主人的奴僕。"入"爲緝部,"内"爲物部,物緝合韻。物緝合韻的現象,見《詩經·小雅·節南山之什·雨無正》:

戎成不⟨退⟩,	[ət]
饑成不⟨遂⟩。	[ət]
曾我暬御,憯憯日⟨瘁⟩。	[ət]
凡百君子,莫肯用⟨訊⟩。	[ət]
聽言則⟨答⟩,	[əp]
譖言則⟨退⟩。	[ət]
哀哉不能言,匪舌是⟨出⟩,	[ət]
維躬是⟨瘁⟩。①	[ət]

王力先生認爲此處均押物韻,只有"答"屬於緝部,此處爲物緝合韻。但這種押韻現象在《楚辭》中就看不到。另外在北方出土的銀雀山簡中亦有物緝字通假之例,而這兩部在馬王堆帛書中僅見一

---

① 此據王力先生《詩經韻讀》中規定的韻腳、韻部,北京:中國人民大學出版社,2004年,第264—265頁。

例。綜合這些語言現象,可見物緝兩部關係密切是春秋戰國時期北方的一種通語,其不見於《楚辭》,一見於《馬王堆帛書》,説明這種語言現象在戰國時期南方地區是很稀少的語言現象。同時,在上文列舉的大量《儀禮》用韻情況,均不見物緝相押的現象。當然,《侯馬盟書》屬於春秋時期文獻,因此其用韻情況類似於《詩經》,並不能完全排除《儀禮》經文中不合北方方言的因素。

下面再以銀雀山簡爲例。此簡爲西漢文景至漢武帝早期竹簡,這個時期去戰國晚期不遠,一些語言現象與戰國晚期比較接近,因此可以用來比對參考。一般來説,如果在銀雀山漢簡中出現的語言現象,在其他富有地域代表性的出土文獻中找不到相符合的現象,或是非常稀少地出現,可以視爲是銀雀山簡中獨特的語言現象,也就是現在所説的方音。同理,如果在南方出土文獻中的語言現象,在北方出土的銀雀山簡中找不到相符合的用法,也可視爲該語言現象具有南方方言特點。

通過上文分析,郭店楚簡中之魚兩部字互通現象十分普遍,當然這不僅是郭店楚簡才具有的語言特色,王志平等先生認爲"母與魚部毋通假早在戰國楚簡中大量出現"①,可見在戰國楚簡中之魚兩部聯繫密切的現象大量存在。同樣《儀禮》中這樣的例子也有很多,試舉幾例:

1. 始加,醮用脯⚪。[ə]之
2. 賓降取爵於篚,辭降如⚪。[ɑ]魚
3. 卒洗,升酌。

---

① 王志平、孟蓬生、張潔:《出土文獻與先秦兩漢方言地理》,北京:中國社會科學出版社,2014年,第75頁。

4. 冠者拜受，賓答拜如㊣初㊣。[ɑ]魚

又：

1. 三醮，有乾肉折俎，嚌之，其他如㊣初㊣。[ɑ]魚

2. 北面取脯，見於㊣母㊣。[ə]之

3. 若殺，則特豚，載合升，離肺實於鼎，設扃鼏，始醮，如㊣初㊣。[ɑ]魚

4. 再醮，兩豆、葵菹、蠃㊣醢㊣。[ə]之

5. 兩籩，栗㊣脯㊣。[ɑ]魚

6. 三醮，攝酒如再醮，加俎，嚌之，皆如初，嚌肺。

7. 卒醮，取籩脯以降，如㊣初㊣。[ɑ]魚

這些例子都在上文説得較爲詳細了，此處就不再贅述了。但是如此豐富的語言現象在銀雀山簡中找到的僅有一例，這就不能再次簡單地歸爲巧合了。此外，在上文討論《儀禮》經文的用韻情況時經常提到銀雀山簡中不具備的語言現象而馬王堆帛書中具有，那些語言特例都可歸納爲楚地方言特色，而這些語言特例又都在《儀禮》用韻的特點中得到了體現。至此，通過分析《儀禮》用韻的特點知道其與南方方言非常接近，同時又與《侯馬盟書》、銀雀山漢簡等代表北方色彩的文獻相距甚遠，可見編《儀禮》者必然具有南方身份，這應該不難推理。在先秦時代，空間的局限，使得交流極爲不便，因此難以想象一個土生土長的齊國人會用大量接近楚語的語言去記録《儀禮》。日本人工藤卓司曾介紹林巳奈夫的研究，林氏根據《儀禮》經文中大量出現的敦，又在燕、三晉地區小型墓考古中毫無敦的蹤跡，而楚地墓中卻有敦，因此認爲，《儀禮》至少不是在燕、三晉地域成書。林泰輔與川原壽市都曾指出過，《儀禮》中多見南方方言，由考古學的觀點也可印證林、川原所言。他的結論稍有

模糊之處，但可參考考古學的研究成果。① 這些再次證明了《儀禮》之南方背景。至於《儀禮》的編者，川原壽市以爲是子游，並列出五個理由：一、子游對禮態度恭敬；二、《禮記・禮運》與《儀禮》之間多有共通點，而《禮運》與子游後學關係密切；三、《儀禮》多含南方方言，孔子弟子中只有子游出身於南方；四、依據《論語・先進》："文學，子游、子夏。"《儀禮》的文章枯淡簡古適稱子游所編；五、《儀禮》中的詞彙用法幾乎被統一，此意味著《儀禮》除《喪服》外成於一人之手。子游後獲《荀子・非十二子》相當高的評價，川原認爲，這也暗示《儀禮》與子游密切關連。② 關於《儀禮》中的南方方音特點，上文已有申述，加上林巳奈夫、王輝等先生通過考古證明，相信《儀禮》之編者具有南方背景應該較爲可信。至於編者是否爲子游，恐一時無法確定。但是前文認爲《儀禮》最終成書於戰國晚期，聯繫到禮在荀子思想體系中的地位，認爲荀子完全沒有參與編輯《禮經》恐怕也不合情理。但荀子不是楚人這一事實又與本文上述的結論相悖。考慮到荀子晚年投靠春申君，被封爲蘭陵令，春申君門下三千食客多爲楚人，必然有助荀卿整理《儀禮》者，這些助荀子整理《儀禮》者也可以稱爲荀子後學。荀子去世時爲公元前 238 年，十七年后秦統一天下，戰國結束。總之，通過《儀禮》用韻考、方言研究可以推測出《儀禮》最後成書的時間爲戰國晚期，而且成書不在一時，因此有些篇章早於這個時代，但絕不會在春秋時期。《儀禮》諸篇中只有《喪服》後人言爲子夏所作，日人根據子

---

① ［日］工藤卓司：《近一百年日本〈儀禮〉研究概況——1900—2010 年之回顧與展望》，見臺灣中研院編《中國文哲研究通訊》第二十三卷第三期，2013 年 9 月，第 153—154 頁。

② 同上，第 149—150 頁。

游與禮的密切關係和其南方身份,推測子游亦爲一個作者,但是言禮而不及荀子這是一個疏漏,荀子晚歲投靠春申君,可能在晚年荀子忙於整理文獻,傳遞文獻,這其中自然也包含他大力提倡的禮學的根本典籍。因此將荀子及其後學納入《儀禮》的編輯者應該是符合情理的。

第二章 《儀禮》經文詞語研究

　　詞語是構成儀禮的基本單位,若以單字而論,《儀禮》中的許多單字並不能形成一定意義,因此此處所謂的詞語是以意義來劃分的,即具有獨立語義、詞義又與《儀禮》相關的詞語,稱爲《儀禮》詞語。因此這種詞語在形式結構上可能是幾個單字簡單的疊加,而現代漢語中找不到用法的詞語,或者是由單字組合而成,現代漢語中仍然存在,但是語義已經發生了變化。另外,詞語是一個很大的概念,以現代漢語言,名、動、形、副、介、數等等可分爲多種,若要一一探討難度太大,也實在沒有這個必要,對這些詞語的考察並不是單純的語言學研究,而是涉及《儀禮》文本研究的基本要素。是否能夠體現《儀禮》獨特的地方,或者對後世產生重要影響的地方。如《儀禮》中的名物代表着相關時代的物質文化水平,考察這些名物詞既可以對相關時代的文化發展水平有一個直觀的把握,這既是名物學研究的範疇,也是史學研究的基本模式之一,又可以通過其體現出來的時代特色進一步定位《儀禮》經文的時代特色。此外《儀禮》中的色彩詞語、動植物詞語、方位詞都有很高的出現頻率,這是一個偶然因素,還是編纂禮典者有意爲之? 若是有意爲之,方位詞語是否體現着相關時代的宇宙時空觀? 動植物名詞代表的地域文化符號對後代的文化發展有什麽影響？色彩對於後世思想、政治的發展有什麽啟發？這些與禮作爲經國大典地位的形成又有什麽關聯？都是值得考察的問題。因此文本研究是在梳理文意的基礎上進行的深層研究，而不是孤立地解釋文本、考證文字。不過值得注意的是現在的研究也不能完全脫離前人的研究成果，對於前人的研究方法、研究成果應該吸取其長，慎戒其過，只有這樣才能在前人研究的基礎上繼續前進，也只有重視前人研究中的過失、不當之處，才能力保現在的研究不犯同樣之錯誤，少走彎路。

第一節　《儀禮》經文名物詞考

　　"名物"一詞最早出自《管子》一書，《管子·小稱》曰："此其變名物也，如天如地，故先王曰道。"①但這裏"名物"只是一個合成語，而不是一個單獨的詞語，"'名'指善惡之名，不是指特定的物的稱謂。'物'在這裏含有'外在事物'的含義，是在化物的命題意義上説的。……不是對物的稱謂，也不是一個詞"。② 而作爲專有名詞出現則見於《周禮·天官冢宰·庖人》："庖人掌共六畜、六獸、六禽，辨其名物。"又《周禮·天官冢宰·獸人》："獸人掌罟田獸，辨其名物。"《周禮·地官司徒·大司徒》："以天下天地之圖，周知九州之地域、廣輪之數，辨其山、林、川、澤、丘、陵、墳、衍、原、隰之名物。"那麽，名物這個詞該如何定義？或者説《儀禮》中哪些詞可納入名物詞的範疇？賈公彥對"名物"作出的疏曰："名號物色。"按照

---

① 　戴望：《管子校正》卷一一，《諸子集成》第 5 册，北京：中華書局，2006 年，第 181 頁。

② 　見劉興均等《"三禮"名物詞研究》，北京：商務印書館，2016 年，第 22—23 頁。

賈氏此説，則名物爲物體的名稱和具體特征，這個解釋大概指明了該詞的語義，但不具體。劉興均教授在綜合比較前人研究成果后給名物下的定義爲："名物是古代人們從顔色、形狀（對於人爲之器來説是指形制）、功用、質料（含有等差的因素）等角度對特定具體之物加以認識的結果，是關於具體特定之物的名稱。""'名物'的概念體現了先民對現實世界的感知領悟以及對萬物的類別屬性的把握。"①其實這個概念簡單地説就是專有名詞，而涉及《儀禮》的專有名詞則代表着當時的名物器物，是當時禮制的一部分。從這個角度出發，而不是專門從語言學的角度去探討名物詞的語義場、類別。古人爲何會重視名物？或者説瞭解名物有什麽作用？早在春秋時期，孔子就已注意到識別名物的獨特功能，至少是體現《詩經》的基本功能的一個要素。《論語·陽貨》："子曰：'小子何莫學夫《詩》？《詩》可以興，可以觀，可以群，可以怨。邇之事父，遠之事君；多識於鳥獸草木之名。'"代表孔子言行的《論語》以訓誡式的話語方式將"多識於鳥獸草木之名"與"興、觀、群、怨"等並列，但是孔子的《論語》並没有挖掘其中的緣由，這就留給後人極大的詮釋空間。施仲貞認爲"只有通過對名物的考察，才能有助於深入掌握一個民族的時代特徵和精神風貌"。② 具體到《儀禮》經文，不準確把握名物之含義，對於理解禮典是有困難的，更不用説進一步研究《儀禮》的思想價值。此外，通過《儀禮》中的名物與考古文物的對比，也可以加深對特定歷史時期社會面貌的瞭解。因此在考察《儀禮》經文之詞彙，首先考察名物詞，幸虧名物詞一直是學界關注的

---

① 見劉興均等《"三禮"名物詞研究》，北京：商務印書館，2016年，第34頁。

② 見施仲貞：《論〈離騷〉名物的表現特點》，《蘇州科技學院學報》（社會科學版）2013年3月第30卷第2期。

熱點,歷來治禮者都不乏名物詞之研究大家。從漢代鄭玄至清代學者都把名物詞納入訓詁研究的對象,當代禮學大家沈文倬也對相關名物詞作出了考證(一部分收在其個人學術文集《菊闇文存》中)。錢玄著有《三禮通論》,其中有名物詞之專門研究篇章;劉興均等人之專書《“三禮”名物詞研究》更是系統的名物詞研究專著;加上其他散見在期刊雜誌上的學術論文,如丁鼎、于少飛《“冕無後旒”説考論》①等等,都爲研究名物詞提供了幫助。

　　因而此處名物詞主要以沈文倬、錢玄、劉興均三位前輩學者的分類,結合前人訓詁成果作出考察。前人研究透徹合理的不再贅述,前人或者千慮一失偶有不及論述者,則多加申述,但這裏研究名物詞是爲後文研究儀禮義理、儀禮在歷史上的狀態、儀禮對後世的影響作出基礎,因此不必對所有名物詞再重加訓詁,因此名物詞主要選擇具有時代性、空間地域特色等等名物詞,以便後文之論述。

　　劉興均教授在其著作中認爲《儀禮》名物詞一共有 1216 個,具體分析了 103 個單音節詞,3 個雙音節詞;錢玄先生於《三禮通論》中分析了 180 多個名物詞;沈文倬先生收在《菊闇文存》中的一些考證,雖不盡爲名物詞的研究範疇,但也涉及一些名物考證方面的内容,這些研究成果或從考古文物的比對入手,或從傳統小學訓詁立論,或從語義學、詞彙學、同源詞的角度着眼,爲進一步研究名物詞提供了範例。現在以劉、沈、錢三人的分析歸納爲基礎,再參考其他散見於其他刊物上的研究成果,綜合運用訓詁學知識和新出文獻、文物對《儀禮》相關名物詞作出研究。

---

① 丁鼎、于少飛:《“冕無後旒”説考論》,《中國文化研究》,2015 年春之卷。

　　（1）日、月

　　《儀禮》中日、月之詞義較易理解，一爲日期、月份；一爲自然天體。訓作日期者較爲普遍，如《儀禮·士冠禮》："若不吉，則筮遠日，如初儀。"又："前期三日，筮賓，如求日之儀。""始加，祝曰：'令月吉日，始加元服'。"這些句子中，日都可訓爲日期，月可訓作月份。日月訓爲天體之義項應早於訓作月份、日期。人類開始認識到月份日期應該是在長期的農業生産過程中通過觀察物候現象天體運行總結出來的自然規律，這應該是一個長期的過程，而將最常見的天體日、月加以命名，這個起源應該非常古老。《儀禮·覲禮》："天子乘龍，載大旂，象日月、升龍、降龍，出，拜日於東門之外，反祀方明。"鄭玄注曰："大旂，大常也。王建大常，綴首畫日月，其下及斿交畫升龍、降龍。"賈公彦疏曰："云'王建大常，綴首畫日月，其下及斿交畫升龍、降龍'，知義然者，以其先言日月，後言龍，故知綴首畫日月。依《爾雅》説，旌旗云正幅爲綴，'長尋曰旐'，謂旌旗身也，其下屬斿，乃畫日月交龍。案《左傳》云：'三辰旂旗。'服注云：'三辰，謂日、月、星。'孔君《尚書傳》亦云畫日、月、星於衣服旌旗。鄭注《司服》亦云：'王者相變，至周而以日、月、星辰畫於旌旗，所謂三辰，旂旗昭其明也。'若然，大常當有星，所以《司常》及此直云日、月，不云星者，既言三辰，則日月星俱有。"這是以日月天體象征天子權威之始，起源當較遲，亦不排除有後世之添改。日月作爲天體，直觀之程度遠甚於星，且日月居於中天而衆星拱之，又明於星辰。經言"首畫日月"，當以日月之明象征天子之權威，何必以《左氏傳》《尚書》之"日月星"强求儀禮以合？按照目前具備的考證知識，《尚書》《左傳》與《儀禮》均不是同一時期之文獻，《尚書》雖然起源甚早，號稱記載着堯舜禹時期的史實，《左傳》則記東周一代，但《僞古文尚書》摻雜後人之作品已爲學術界所公認,《左傳》亦有後人補記的痕跡。不過先秦文獻經過後人篡改是一個共同現象,《儀禮》也不能避免,以常理而推,後出之理論比較前更爲嚴密,故象征君王威權的天體由最初的"日月"而增爲"日月星",再往後則愈發增多,或者改變,但《儀禮》在這裏提出以日月象征君王權威的禮則儀式,則爲後世繼承。《儀禮·覲禮》還載有天子祭日月等之禮曰:"禮日於南門外,禮月與四瀆於北門外,禮山川丘陵於西門外。"鄭注以方位配季節,以南配夏,北配冬,西配秋,即所謂"會同以夏、冬、秋者也"。賈疏亦曰"上經禮日於東門之外,已是春會同,明知此是夏、秋、冬也。既所禮各於門外爲壇,亦各合於其方"。這是否符合經文原意暫不作評論,至少經文没有言及四季,但與方位有關卻很明顯。但無論日月與季節有關,還是與方位有關,抑或與帝王權威有關,這都是後起之義,與日月之本意相差甚遠。許慎《説文解字》對"日"字的解釋曰:"實也。太陽之精不虧。"此亦爲后起之義。從口,從一,是許慎就其見到之字形所作之解釋。于省吾先生對此提出了批評,他認爲早期漢字的寫法並不固定,日字口中無一之字形也很常見,不能因有一就將日解釋爲實,"日"應爲象形字,象日之形,由日而聯想到光芒四射。至於"口"中之"一",林義光先生認爲是"以别於口",這個見解從文字的實際使用角度入手,應該能反映一定的實際情況。由日而孳乳爲光亮、恒久、充實,最初君王祀日,不一定在乎確立權威,或者在與日的交往中追求日代表的這些特質。至於"月"字,情況與"日"字差不多,皆爲象形字。于省吾先生即提到"月本有形可象",①但是應該注意的是,作爲歲

---

① 見《古文字詁林》第6册,上海:上海教育出版社,2004年版,第496頁。

月之"月"與天體之"月",字的初形並不是一致的,羅振玉先生對此有過論述,可以參見。

（2）川

"川",《儀禮·覲禮》:"禮日於南門外,禮月與四瀆於北門外,禮山川丘陵於西門外。"鄭注:"盟神必云日月山川焉者,尚着明也。《詩》曰:'謂予不信,有如曒日。'《春秋傳》曰:'縱子忘之,山川神祇其忘諸乎?'此皆用明神爲信也。"疏曰:"云'盟神必云日月山川焉'者,爲其著明也者,以山川是著見,日月是其明,故同爲盟神也。"又《儀禮·覲禮》:"祭天,燔柴。祭山、丘陵,升。祭川,沈。祭地,瘞。"按"川"爲大河,故《說文解字》曰:"貫穿通流水也。"自甲金文至今字形變化不大,且詞義變化亦不大。至於爲"大河"之義,鄭注已注明祭祀取其"著名"。蓋上古自然物崇拜,名山大川必是尊崇的對象,且後文明言祭祀川則以"沈",疏又言川即四瀆,則祭祀川是根據祭祀的對象特徵而來。

（3）雁、雉、隺

"雁"是婚禮中採用的一種禮品性動物,至於雁究竟爲何,歷來學者爭論不休,有人説就是大雁,王引之認爲是鵝。他認爲:"鴻雁野鳥,不可生服,得之則死。若以鴻雁爲摯,則是死物也,而記曰'摯不用死',則非鴻雁可知。又《士相見禮》曰'摯冬用雉,夏用脯',是四時皆有執摯之禮。鴻雁孟春北去,仲秋始來,夏月無雁之時下大夫將何以爲摯乎? 由是言之,所用必非鴻雁矣。"[①]王氏的觀點從實際情況類推,他認爲家鵝易得,若婚禮必用雁,一旦大雁

---

① 【清】王引之:《經義述聞·儀禮》卷十,南京:江蘇古籍出版社,1985年,第235頁。

不得,是婚禮不全。且雁爲候鳥,南方冬季時候,北方之雁南下過冬,此時容易捕獲,除此之外雁不常見,照此而推古人只能冬季成婚?反駁王氏觀點的也有很多,致使這一看似微小的問題,卻成爲經學史上爭論不休的老話題,①這裏不再轉述。《儀禮·昏禮》:"昏禮。下達,納采用雁。"鄭注曰:"用雁爲摯者,取其順陰陽往來。"賈疏:"《周禮·大宗伯》云:'以禽作六摯,卿執羔,大夫執雁,士執雉。'此昏禮無問尊卑皆用雁,故鄭注其意云取順陰陽往來也。順陰陽往來者,雁木落南翔,冰泮北徂,夫爲陽、婦爲陰,今用雁者,亦取婦人從夫之義,是以昏禮用焉。"鄭玄與賈公彥都對婚禮用雁作出了解釋,但都有不盡完整之嫌。鄭言順陰陽往來,是欲夫妻順陰陽往來?故賈公彥在此基礎上提出夫爲陽、婦爲陰,用雁取婦人從夫之義。《白虎通義》中也提到:"摯用雁者,取其隨時而南北,不失其節,明不奪女子之時也。又是隨陽之鳥,妻從夫之義也。又取飛成行,止成列也。明嫁娶之禮,長幼有序,不相踰越也。"②胡培翬引江筠《讀〈儀禮〉私記》曰:"方氏苞獨指爲舒雁,夫雁不再偶,是以取之。蓋《郊特牲》所謂一與之齊、終身不改之義也,舒雁則無所取矣。"③從這個解釋出發,婚禮用雁的確可以取得很好的象徵意義,當前學術界也有學者從這一角度繼續進行探討。武宜娟引用

---

① 直至當前,學術界也有人對此問題進行研究。宋潔、陳戍國即認爲雁爲家禽鵝。具體可見宋潔、陳戍國《〈士昏禮〉用雁問題及上古家、野禽之分野考論》,《求索》2014年第2期。也有人持相反之意見,胡新生認爲周人具備短期飼養鴻雁的能力,婚禮又多在秋末春初舉行,且將婚禮用雁與射技聯繫起來,因此他認爲雁爲鴻雁而非家鵝。見胡新生《〈儀禮·士昏禮〉用雁問題新證》,《文史哲》,2007年第1期。

② 【清】陳立著,吳則虞點校:《白虎通疏證·嫁娶》卷十,北京:中華書局,1994年,第457頁。

③ 【清】胡培翬著,段熙仲點校:《儀禮正義》,南京:江蘇古籍出版社,1993年,第150頁。

《定興縣誌》《揚州府志》所載的故事説明雁是貞禽烈鳥，①因此婚禮以雁作爲獻禮，是表達婚姻長久、夫妻感情堅貞不渝的最好祝願。按"鴈"字許慎《説文解字》亦訓爲䳵。鴈鵝雙聲轉注字，其在漫長的歷史過程中互用的情況應該存在，《儀禮》用鴈，蓋爲鴻雁，一時不得以鵝代替亦未可知，林義光先生認爲"鴈"從"人"，蓋取人蓄養之義。禮典之使用過程中實際上並不是時時遵從禮典，"禮之用，時爲大"的説法即體現了這一點。且以鵝代雁也是確有其事，前人多所征引的李涪《刊誤》中記載的一則材料："夫展禮之夕，女婿執雁入奠，執贄之義也。又以雁是隨陽之鳥，隨夫所適。雁是野物，非時莫能致，故以鵝替之者，亦曰奠雁。《爾雅》云：'舒雁，鵝。'鵝亦雁之屬也。其有重於嗣續、切於成禮者，乃以厚價致之。既而獲，則曰：'已有鵝矣，何以雁爲？'是以雁爲使代鵝爲禮。雁爲長物，典故將廢，何不正之！"②可見禮本以雁爲用，不易得之物更顯珍貴，而實在無雁可用時，也有以鵝爲替代物者，這則材料即是上述禮的時效性的一個極好之註解，也可以平息雁鵝之争。

"雉"，《儀禮・士相見禮》曰："摯，冬用雉，夏用腒。"鄭注："士摯用雉者，取其耿介，交有時，別有倫也。"雉具有耿介的特質恐不實，但雉耿介，"不可生服"難生擒，這一特點已成爲古人的一個固定思維。因此《白虎通》中也講到："士以雉爲摯者，取其不可誘之以食、懾之以威，必死不可生畜，士行威守節死義，不當移轉也。"又

---

① 見武宜娟《雁的文化意藴探微》，《文史天地》2014 年第 10 期。
② 李涪：《刊誤》，《文淵閣四庫全書》第 850 册，臺北：臺灣商務印書館，1986 年，第 176 頁。

《説苑》："雉者,不可指食籠狎而服之。"①正是古人以雉爲耿介之代表物,故士相見則以之爲禮物進獻給主方,按照上文分析的文體格式,主方在辭讓一番后應該接受禮物,在行禮結束後再遣人送還。羅振玉先生運用殷墟甲骨卜辭分析雉的字形,認爲此字"蓋象以繩繫矢而射。所謂矰繳者也。雉不可生得,必射而後可致之,所謂二生一死者是也。"②"萑",《儀禮·公食大夫禮》："司宮具幾,與蒲筵常,緇布純,加萑席尋,玄帛純,皆卷自末。"鄭注："萑,細葦也。"疏曰："云'萑,細葦'者,以類言之,其實全別。是以《詩》云'葭菼',注云:'葭,蘆菼。'則葦一名蘆,一名蒹,一名萑,一名菼。此萑又與莞席之莞不同,彼莞謂蒲也。""萑"字《説文解字》曰："艸多貌。從艸,隹聲。"因此甲骨文字形或有從三"中"之形。"薙"亦爲"艸多",馬敍倫先生認爲此二字爲一義之轉注字。③ 則"萑"在此處指一種草席。而"萑"本蘆葦類植物,《爾雅》"葭蘆"郭璞注："葦也。"又云"菼薍",郭注："似葦而小,實中。"《詩經》："八月萑葦。"毛傳："八月薍爲萑,葭爲葦。"今文以"萑"爲"莞",胡培翬《正義》引胡承珙説以此爲二物,且駁凌廷堪以莞萑聲近可通之説。莞席、萑席,前者多見於《周禮》,萑席則《儀禮》之經文言及。又《詩經·小雅·斯干》："下莞上簟",鄭箋："莞,小蒲之席也。"可證胡承珙之説。

(4)龍、狗、羊、貝

"龍"《儀禮·鄉射禮》："楅,長如笴,博三寸,厚寸有半,龍首,其中蛇交,韋當。"注："蛇龍,君子之類也。"疏曰："云'蛇龍,君子之

---

① 【清】胡培翬著,段熙仲點校:《儀禮正義》,南京:江蘇古籍出版社,1993年,第238頁。

② 《古文字詁林》第4册,上海:上海教育出版社,2004年,第98頁。

③ 《古文字詁林》第1册,上海:上海教育出版社,2004年,第417頁。

類也’者,《易》云:‘龍戰於野,其血玄黄。’鄭注云:‘聖人喻龍,君子喻蛇。’是蛇龍總爲君子之類也。”“龍”在《儀禮》中有二義,一爲馬,鄭玄曰:“马八尺以上爲龙。”二即爲此處之神秘生物,龍本來是什麽生物,文獻不足,無法窺其原貌。但隨着傳説的不斷演變,龍演化爲蛇身,上附鱗甲,故龍蛇並稱。龍之神秘還在於其爲動物之始祖,《淮南子·地形訓》云:“寏生海人,海人生若菌,若菌生聖人,聖人生庶人,凡寏者生於庶人。羽嘉生飛龍,飛龍生鳳皇,鳳皇生鸞鳥,鸞鳥生庶鳥,凡羽者生於庶鳥。毛犢生應龍,應龍生建馬,建馬生麒麟,麒麟生庶獸,凡毛者生於庶獸。介鱗生蛟龍,蛟龍生鯤鯁,鯤鯁生建邪,建邪生庶魚,凡鱗者生於庶魚。介潭生先龍,先龍生玄黿,玄黿生靈龜,靈龜生庶龜,凡介者生於庶龜。”①五類動物每一種動物的傳承譜系中都有一種“龍”,可見龍的確是多種物種的祖先式的物種,包括中國人也常稱自己爲龍的子孫、龍的傳人。英人胡司德(Roel Sterckx)在分析了譜系的傳承之後,還引羅願《爾雅翼》對此進行總結曰:“萬物羽毛鱗介,皆祖於龍。”②他還在其著作中描繪“古代中國的靈禽瑞獸,極變形之能極變形之能事的是龍。大家描寫龍和其他龍形動物,有個核心意思,是它們善於變形”。③《管子·水地》對於龍的善變特徵也有詳細的描繪:“龍生於水,被五色而遊,故神。欲小則化如蠶蠋,欲大則藏於天下,欲上則凌於雲氣,欲下則入於

_____

① 劉文典著,殷光熹點校:《淮南鴻烈集解》卷四,合肥:安徽大學出版社,1998年,第152—153頁。

② [英]胡司德著,藍旭譯:《古代中國的動物與靈異》,南京:江蘇人民出版社,2016年,第108頁。

③ 同上,第230頁。

深泉;變化無日,上下無時,謂之神。"①總之,作爲神獸形象出現的龍應該綜合了人們對各種神聖物的想象,是神聖物的集合體。以此神聖物象徵聖人天子自然是恰當的,也可以説是相得益彰的。但是既祭祀天地日月山川四時,又以龍爲神聖物,這種雜亂的信仰體系,以人類學的視角來看相當原始,在禮典發達的時代,怎麽會將原始的理念予以保留并加以發揮以求得更爲合理的解釋? 這也是禮學思想的一個獨特之處,在探討《儀禮》義理時再進一步論述,這裏只需要明白一點,在儒家十三經中提到龍這種被後世當做神聖生物的大概只有《易》《禮》和《春秋》,而將龍納入神聖祭祀體系、帝王威權系統最早應該爲《儀禮》。《周易》雖提到龍,而卦辭玄渺,並不直接涉及具體政治體系和禮學系統,《易》卦辭中龍的形象更多與社會生活聯繫緊密而不涉及禮制禮典,且多是一種象徵性符號而不是具體動物。《左傳》之龍偶爾爲二十八宿之一,並不是作爲生物體的龍;《孟子·滕文公下》言及龍,曰:"當堯之時,水逆行,泛濫於中國,蛇龍居之,民無所定,下者爲巢,上者爲營窟。《書》曰:'洚水警餘。'洚水者,洪水也。使禹治之,禹掘地而注之海,驅蛇龍而放之菹。"這裏將龍蛇並舉,卻並不是《儀禮》及後世所言的神聖生物,而是作爲害獸形象出現,這並不是中國傳統文化體系中的龍形象,因此也不能將其作爲記録龍的文獻,但是這種龍形象的另類記載卻是實實在在存在於歷史文獻中,甚至是儒家經典文獻中,如何縮小這二者之間的鴻溝,或者怎樣架起橋樑,將二者納入一個完整的文化系統中,是後文進行探討的内容。從

---

① 《管子校正·水地》第十四卷,第 237 頁。同時,胡司德亦在其著作《古代中國的動物與靈異》中引用此段,見該書第 230 頁。

字形上看，甲骨文龍作 〔圖〕、〔圖〕、〔圖〕之形，已漸呈蛇形，結合《説文解字》對此字的訓解："鱗蟲之長，能幽能明，能細能巨，能短能長。春分而登天，秋分而潛淵。"給這個生物蒙上了一層神秘色彩。唐蘭先生根據一些青銅彝器刻畫的 〔圖〕〔圖〕形，認爲其"象龍蛇之類，而非龍蛇字，漸變而爲 〔圖〕，則爲'云'字。雲之本字也，似古人以此爲能興雲"。① 這樣從字形的角度解釋了龍興云吐霧之來源，可備一解。

　　"狗"，《儀禮·鄉飲酒禮》："其牲，狗也。"又《儀禮·鄉射禮》："其牲，狗也。"鄭並注曰："狗取擇人。"疏曰："《鄉飲酒》《鄉射》義取擇賢士爲賓，天子已下，燕亦用狗，亦取擇人可與燕者。"徐中舒先生認爲："狗，甲骨文作 〔圖〕、〔圖〕，金文作 〔圖〕、〔圖〕，從苟之敬作 〔圖〕、〔圖〕。甲骨文及早期金文只以兩筆勾勒狗的兩耳上聳、前後肢踞地有所伺察之形。甲骨文用爲地名，讀狗讀敬，還不能肯定，金文則已分化爲敬的專用字。狗爲人守夜，又隨獵人追捕猛獸，經常要作儆戒或警惕的準備，有時還要發生驚恐，敬就是從這些意義引申出來的。②"徐中舒先生的見解與郭沫若先生的意見近似，這些分析都認爲狗、敬同源，因此《儀禮》牲用狗，則象徵敬意，因此疏曰"義取擇賢士爲賓"，蓋以狗爲牲以饗賢士。

　　"牛"、"羊"皆爲家畜，爲人馴服應已相當久遠。"羊"，《説文解字》曰："祥也。孔子曰：'牛羊之字以形舉也。'"又《银雀山漢簡》："六畜，牛羊陰也；馬犬豕雞，陽也。夫牛羊者貴……狗馬豕貴前而

① 《古文字詁林》第 9 册，上海：上海教育出版社，2004 年，第 419 頁。
② 《古文字詁林》第 8 册，上海：上海教育出版社，2004 年，第 571 頁。

膏。雞者屯(純)赤,故其同陽尤精。"①以羊爲陰,羊,祥、陽也,多爲陽性物之代表,故有三羊開泰之語。漢簡之語,蓋齊地風俗異於他處,亦可證戰國時各諸侯間經過西周、春秋時期的發展文化已各具特色。

"貝",《士喪禮》:"貝三,實於笲。"鄭注曰:"貝,水物。古者以爲貨,江水出焉。"笲,竹器名。又疏云:"'貝,水物'者,按《書傳》云:'紂囚文王,散宜生等於江淮之間,取大貝如車渠以獻於紂,遂放文王。'是貝水物,出江水也。又云'古者以爲貨'者,《漢書·食貨志》云:'五貝爲朋。'又云:有大貝、壯貝之等,以爲貨用。是古者以爲貨也。"《儀禮正義》:"《爾雅》舍人注云:貝,水中蟲也。《尚書大傳》云:散宜生之江淮之浦,取大貝如大車之渠。《白虎通》:江出大貝。是貝爲水物出於江也。《説文》:古者貨貝而寶龜。《詩》:錫我百朋。箋云:古者貨貝,五貝爲朋。《漢書·食貨志》:王莽貨貝有大貝、壯貝、幺貝、小貝之名。是古者以爲貨也。"②以貝爲貨幣最早恐因其不易得,偶一見則寶之,后漸漸居水濱,而遠方貢物日多,故可以之爲貨。説明内陸與水濱之交流日益頻繁。周卣銘:錫貝卅鋝。可見在周代貝已經作爲寶物,可供賞賜之用,又"鋝"是質量單位,一鋝爲六兩,説明當時已有衡量貝之規制,此亦可作以貝爲貨之間接證明。

(5) 目、耳、髮、眉、齒、手、首、面

"目"、"耳"、"口"、"眉"、"鼻",後世所謂五官者。《儀禮》經文

---

① 吳九龍:《銀雀山漢簡釋文》,第993、1246、4917號簡,北京:文物出版社,1985年版,第68、82、228頁。

② 【清】胡培翬著,段熙仲點校:《儀禮正義》,南京:江蘇古籍出版社,1993年,第1687頁。

中不見"口"、"鼻",若"目"則《儀禮·士相見禮》曰:"若父,則游目,毋上於面,毋下於帶。"目字古文作多種形狀,大抵皆似"目"之形,《説文解字》:"人眼,象形。"但是甲金文中臣與目形極爲相似,致使有學者混淆二者,或區分過細,矯枉過直,致有豎"目"與橫"目"之別。目最初應爲象形字,以象人眼,至於臣形似目,以具體語境判斷即可,若論二者形似,則或臣服者必眉眼順從,故作豎目之形以別於平常之橫目。"目"在先秦一般作人眼講,或有條目之意,但"眼"字較少見,按照王力先生的介紹,"眼"字在兩漢之後才逐漸多起來。

《儀禮·既夕禮》:"瑱塞耳。"于省吾先生列舉一系列金文中耳字之形 乙、月、月 等,他分析:"此均係耳字,外象耳之外廓,内象耳之内廓。"①《説文解字》:"主聽也,象形。"有學者分析《説文解字》中"耳"的解釋爲何與"目"字的解釋形式不同,可能是"耳"字的解釋本意脱去,"主聽者"是註解混入正文。這個見解有一定道理,但是爲文謀篇,不求千篇一律,亦忌諱毫無波折,一味平鋪直敘。按"目",人眼,人皆知其主視者也,何必贅述? 耳若再言一時無詞可替,則言主聽也,人見即曉是言耳,故可參差行文。又張舜徽先生曰:"《玉篇》耳字下引《説文》云:'主廳也。象形。'與今二徐本同,蓋原文如是矣。"②以《儀禮》言,"目"、"耳"皆用其本意,作爲人之面部器官,眉、眼、耳、鼻、口即後世所謂五官,這個概念的形成應該有一個過程,《荀子·天論》以耳、目、口、鼻、形爲五官,《鍼灸甲乙經·五藏六腑》以鼻、目、口、舌、耳爲五官,《隋書·劉炫傳》以兩

---

① 《古文字詁林》第 9 册,上海:上海教育出版社,2004 年,第 566 頁。

② 張舜徽:《説文解字約注》,武漢:華中師範大學出版社,2009 年,第 2920 頁。

手、口、耳、目爲五官，因此在《儀禮》之時代尚無以眉、目、耳、鼻、口爲五官的概念。若細核經文則面部之器官尚有眉、髮、齒，"眉"則後世五官之器官，而"髮"、"齒"則不與矣。

"髮"，《儀禮·聘禮》："出，袒括髮。"又《儀禮·士喪禮》："主人髽髮，袒。"《儀禮·既夕禮》："既馮尸，主人袒，髽髮，絞帶。"金文作□形，睡虎地秦簡作□、□，又古文作□，許書訓作根，從髟，犮聲。因從犮得聲，故多有學者釋髮爲拔。又因眉訓爲目上毛，須訓爲頤下毛，故段玉裁訓髮爲頭上毛，慧琳《一切經音義》卷六十四作"頂上毛"。按髮作毛髮之義當爲后起之義，而作拔義則起源較早，以金文字形考察，其字從"犬"，似寓意拔犬之毛。《儀禮》中多用犬服，即狗皮，或以拔去犬毛之皮爲之。又從犮得聲，故多有言髮爲拔者，《山海經》有窮髮之山，髮者拔也，意指此地草木稀少，無拔之物，故曰窮髮。后則孳乳爲人毛髮，則有括髮、髽髮之語。

"眉"，甲骨文作□、□、□、□等形，金文多作□、□形。許慎《説文解字》："目上毛也，從目象眉之形。上象額理也。"《儀禮·士冠禮》："淑慎爾德，眉壽萬年。"又《儀禮·少牢饋食禮》："眉壽萬年，勿替引之。"鄭注於上注曰"古文'眉'作'麋'"，而於後者則注曰"'眉'爲'微'"。鄭玄言經古文作"麋"、"微"，是"眉"與上二字音同可通，此是古文獻中之常見現象。王國維亦曰："古'眉'、'微'二字又通用……《春秋左氏》莊廿八年傳'築郿'，《公》《穀》二傳作'築微'。由是觀之，'眉'當即周初之'微'。"① 或曰人老則有

---

① 王國維：《散氏盤考釋》，《王國維全集》第 11 册，杭州：浙江教育出版社，2009年，第 305 頁。

長眉，故《詩經・小雅》《儀禮・士冠禮》《儀禮・少牢饋食禮》皆言
“眉壽萬年”，是眉本義作目上毛，且字形象人之眉形，傳言長壽者
眉毛長於常人，故長壽恒稱“眉壽”。

　　“齒”，《説文解字》曰：“口齗骨也。象口齒之形，止聲。”許慎以
齒爲人之牙齒而未作細分，故張舜徽先生引《急就篇》顏注曰：“齒
者，總謂口中之骨主齰齧者也。”蓋統言則齒與牙無別，故牙部獿，
或體作齞，是齒牙通也；析言則在輔車曰牙，當脣者曰齒。[①]　甲骨
文“齒”多爲 𦥑 、𦥑 等形，象口露齒之形狀，后字形加“止”爲聲符
而變爲形聲字，蓋爲別於它字。“齒”本指排列於前排之牙齒，牙指
牙床後面的大牙，故《左傳》僖公五年有“脣亡齒寒”之説，泛指牙
齒。《儀禮・士喪禮》：“楔齒用角柶。”此處爲防止屍體僵硬口腔緊
閉不能放置珠玉於其口腔，故用角質的匙楔入牙齒之間，“齒”在此
即指牙齒。王力先生認爲人的牙齒的生長與脱落，標幟着年齡的
增長，所以“齒”又引申爲歲數、年齡。《孟子・公孫丑下》：“鄉黨莫
如齒。”庾信《哀江南賦》序：“藐是流離，至於暮齒。”《儀禮・鄉飲酒
禮》：“樂正與立者，皆薦以齒。”又《儀禮・鄉射禮》：“樂正與立者
齒。”又因牙齒排列整齊有序，故“齒”含有排列、並列、次序之意。
吳其昌先生即曰：“物之排列整飭，可以次序者，近取諸身，宜莫如
口齒矣。故從口齒之義，轉衍而爲齒列、次序、編次……諸義，此亦
在殷時已然。”[②]《儀禮・特牲饋食禮》：“佐食，於旅齒於兄弟。”胡
培翬引盛氏言云：“案下記云私臣獻次兄弟，則其於旅可知也。此
不次於兄弟而與之齒，以其接神，故尊之也。然則佐食以私臣爲之

---

① 張舜徽：《説文解字約注》，武漢：華中師範大學出版社，2009 年，第 447 頁。
② 《古文字詁林》第 2 册，上海：上海教育出版社，2004 年，第 557 頁。

信矣。若本是兄弟，何必以是爲寵異之而記之邪？”①胡培翬氏贊同盛氏的説法，認爲佐食是私臣，但是爲了抬高私臣的地位，讓其齒於兄弟而不是次於兄弟，則此處之“齒”當訓爲並列，方足顯佐食地位之高。否則，復是以年歲排列，則是文當釋爲“次於兄弟”，而不是“齒於兄弟”。

“手”，《説文解字》曰：“拳也，象形。”段玉裁曰：“今人舒之爲手，卷之爲拳，其實一也，故以手與拳二篆互訓。”張舜徽先生曰：“手之言收也，謂以收取持握爲用也。因之以手持物亦曰手，莊公十二年《公羊傳》‘手劍而比之’是已。”②張先生以聲訓之法訓手，是從語用之角度出發審查“手”之含義，故以收訓手。古文獻中以手訓收、取之例尚有：《詩·小雅·賓之初筵》“賓載手仇”，毛傳曰：“手，取也。”又《管子·地員》“其立後而手實”，《集校》引陳奐云：“手，取也。”若從字形結構來看，此字金文多作 𠂤、𤌍、𠂇 等形，林義光先生認爲象掌及五指之形。是“手”本象形字，象人之手，故《儀禮·既夕禮》曰：“男子不絕於婦人之手，婦人不絕於男子之手。”疏曰：“僖三十三年冬，公薨於小寢，《左氏傳》曰‘即安’，服注云：‘小寢，夫人寢也。’禮，男子不絕於婦人之手，今僖公薨於小寢，譏其近女室，是男子不絕於婦人之手，備褻也。”則手用其本義，作人手解，《儀禮》經文中“手”多用如本義。如，《儀禮·有司徹》：“宰授幾，主人受，二手橫執幾，捭尸。”“主人西面，左手執幾，縮之。”“尸還幾，縮之，右手執外廉，北面奠於筵上，左之，南縮，不

①　【清】胡培翬著，段熙仲點校：《儀禮正義》，南京：江蘇古籍出版社，1993 年，第2210—2211 頁。

②　張舜徽：《説文解字約注》，武漢：華中師範大學出版社，2009 年，第 2933 頁。

坐."等等,此用法幾乎佔《儀禮》經文手之用法的絕大多數,段玉裁曰:"《儀禮》古文假借'手'爲'首'"①,是"手"的又一用法。按"手"與"首"在上古均爲書母、幽韻、上聲,字音完全相同,可以通用。宋世犖《儀禮古今文書證》上云:"後首,注:古文'後首'爲'後手'。《士喪禮》'左首進鬐',注:古文'首'爲'手'。《小戴記·檀弓》'斂首足形',陸本作'手足'。《春秋》成二年'曹公子首',《公》《穀》並作'手'。又《左》宣二年傳'見其手',《釋文》'手'本作'首'。《穀梁》定十年傳'首足異處',《史記·孔子世家》作'手足'。《莊子·達生》'則捧其首',《釋文》'首'本作'手'。《漢書·人表》'鷇手',《説文》作'鷇首'。"②清人徐養原之《儀禮古今文異同》卷二亦有類似論述,③足見《儀禮》中"手"與"首"通用之用法是經文中常見之現象。

　　"首",甲骨文通常作 𦣻、𦣻、𦣻 等形,金文作 𦣻、𦣻 形,似爲獸之頭,古人祭祀以獸首爲獻祭之福物,因此"首"之本義似指獸首,後漸引申爲一切物之頭之義。《儀禮·士冠禮》"將加布於其首"、"某將加布於某之首",此兩處之"首"作將冠者之頭解。《儀禮·鄉飲酒禮》:"相者二人,皆左何瑟,後首,挎越,内弦,右手相。"此處之"首"則爲琴之頭。古文獻中"首"作頭義之例甚蕃,《公羊傳》莊公十二年"碎其首",何休注即曰:"首,頭也。"《楚辭·九章·涉江》"接輿髡首兮",王逸注亦言:"首,頭也。"又因頭爲始,漸而衍

---

① 【清】段玉裁:《説文解字注》,上海:上海古籍出版社,2008 年,第 422 頁。
② 【清】宋世犖:《儀禮古今文疏證》,《續修四庫全書》第 91 册,上海:上海古籍出版社,2002 年,第 303 頁。
③ 【清】徐養原:《儀禮古今文異同》,《續修四庫全書》第 90 册,上海:上海古籍出版社,2002 年,第 301 頁。

出開端、始之義。張舜徽先生曰："首、始雙聲，實即一語。始者，人之初生也。《禮記·檀弓》：'君子念始之者也。'鄭注云：'始猶生也。'是已。人初娩時，其首先出，故首自有始義。始即生也，因之首亦謂之生。《方言》十三云：'人之初生謂之始。'"①《易·比卦》"比之無首"，李鼎祚《集解》引虞翻曰："首，始也。"《説文解字》："𦣻同，古文百也。𡿺象髮，謂之鬊。鬊即𡿨也。"這個解釋應該是基於金文 首 字形作出訓解，由此形演化而爲𦣻。又"百"，《説文》釋爲"頭也，象形。"段玉裁曰："自古文首行而百廢矣。《白虎通》、何注《公羊》、王注《楚辭》皆云：首，頭也。引申之意義爲始也，本也。"②按上文分析，首之本義實爲獸首，頭則爲後起之義矣。

"面"，《説文解字》曰："顏前也，從𦣻，象人面形。"甲骨文作 面、面、面 等形，口中具眼，象人之側面之形，漸演化而從𦣻，簡帛文字中之首即作 面、面、面、面 之形。張舜徽先生《説文解字約注》："桂馥曰：'顏，領也。面在領前，故曰顏前。'王筠曰：'顏前者，謂自領以下通謂之面也。面是大名，顏是小名。'面即兒之語轉，面之轉爲兒，猶𠆤之轉爲㒼耳。蓋面之言丏也，謂不能自見也。人身惟不能自見其面耳。面、丏雙聲，其實即一語。"③《説文解字》曰："丏，不見也。"林義光先生認爲此字"象人頭上有物蔽之之形"。因此張先生言不能自見，是以聲訓之法解面。又因顏前之義而引申出前之義，故《儀禮·士冠禮》有"加栖覆之面葉"之語，鄭注曰："面，前也。"是面在《儀禮》經文中有此用法。又《儀禮·士相見禮》

---

① 張舜徽：《説文解字約注》，武漢：華中師範大學出版社，2009 年，第 2185 頁。
② 【清】段玉裁：《説文解字注》，上海：上海古籍出版社，2008 年，第 422 頁。
③ 張舜徽：《説文解字約注》，武漢：華中師範大學出版社，2009 年，第 2186 頁。

"結于面",《儀禮·鄉射禮》"何瑟面鼓",鄭均注:"面,前也。"《儀
禮·聘禮》"宰夫實觶以醴,加栖于觶,面枋",胡培翬《正義》:"面,
前也。凡主人授賓醴者,皆面枋,賓迎受之皆面葉。"①又以甲骨文
之字形言,則"面"應具見之義,《儀禮·聘禮》:"主人不筵幾,不禮,
面不升,不郊勞。"鄭注:"面,猶覿也。"而覿即是見、相見、觀察、察
看之義。又由面朝之方向引申爲朝向、面向。這個義項是面在《儀
禮》經文中使用最爲廣泛的一個義項,使用八百余次之多,特別是
與方位詞配合,構成東面、南面等方位名詞,是《儀禮》中"面"之最
常見用法。

第二節 《儀禮》經文方位詞研究

　　方位詞亦是《儀禮》經文中大量出現的語言現象,但是如果僅
僅將其納入詞彙研究的範疇,《儀禮》方位詞並不具備突顯於其他
經文方位詞之處,但是如從超越方位詞本身,去探討方位詞這個符
號背後蘊含的意義,那麼這之間可以挖掘的内容卻很豐富。方位
從表層意義上看可以使人聯想到空間位置,《儀禮》經文大量地使
用方位詞規定空間位置,這種近乎偏執的定位背後多少體現了相
關時代的空間觀念,甚至宇宙觀念。若從方位詞代表的政治符號
角度出發,例如坐北朝南一般被認爲是天子所處的位置,北斗所處
的位置歷來被人們認爲是正北方,這也是一種權力中樞的象徵符
號,這些方位體現的政治權力符號如何糅合在一起形成一個完整

---

① 【清】胡培翬著,段熙仲點校:《儀禮正義》,南京:江蘇古籍出版社,1993年,第
1033頁。

的權力體系，又如何在《儀禮》中得到彰顯，也可以通過研究方位詞得到某些線索。此外，如果忽視過分詮釋的批評，甚至可以由《儀禮》方位詞蘊含的權力符號上去探討其更多的所指，進而研究《儀禮》的治理理念和儒家政治思想之間的關係。

若單純考察方位詞，則表方向或位置的詞均可視爲方位詞，最常見的有：上、下、前、後、左、右、東、西、南、北、裏、外、中、內、旁。這些方位詞都可以在《儀禮》經文中找到使用的例子（裏除外，《儀禮》經文中雖然有"裏"，但其並不是作爲方位詞出現，因此在討論方位詞的時候並沒有將"裏"納入考察對象。）

若以空間位置作爲出發點，上、下則代表着垂直方向，前後左右則體現着在水平面上各個方向位置，與之相同的則是東西南北這四個方位詞，它們也體現了同一平面的各個方向位置。內外旁這三個方位詞不同於上述方位詞，內外是從物體的本身出發，旁則是考察物體的外部位置，中則是體現一個原點位置，這個位置具有特殊意義，因爲上述方位詞之參照物，經常是以中作爲視角。如若以中作爲原點，或者説一個人站在一個位置，那麼自然呈現出上、下、前、後、左、右這六個方位，或者前、後、左、右可以換成東、西、南、北，這些方位都可以看做是從中這個位置作出的判斷。這一個現象是值得深思的，儘管這是一種常見的現象，但是這種常見的自然現象卻常常投射到其他方面，從而基本上構成了《儀禮》時代人們的空間觀念。

以中爲原点，前→後→左→右這四個方位之間連線構成一個十字型圖案，將"前→後→左→右"換成"東→西→南→北"之後，仍然呈現出十字型模式。特別是東、西、南、北這四個方位，後人常見則爲東→南→西→北之順序，將四個方位位置聯繫起來，則呈現逆

時針圓形模式。還有兩種排列順序：南→北→西→東，南→北→
東→西。這兩種仍然呈現出十字型模式，這是偶然現象還是古人
刻意爲之？實際上可以作出推測。古人刻畫符號、文字於龜甲金
石器物之上，楔刻圓形符號遠遠難於十字形符號，如果人們在長期
的生活實踐中習慣刻畫豎形、橫形，則以之連線之端點方位勢必在
潛意識中形成了一種定勢方位順序。此外"前→後→左→右"這個
平面方位之順序後世幾乎没有出現更換，是一種十分穩定的方位
結構，致使當位置高低被引申到象徵權力大小的同時，前後左右這
一最初代表位置的方位詞也開始具有權力高低的意義。

　　一般情況來説前這個位置代表權力大、政治地位高的位置，左
在古代一般地位低於右，《儀禮·鄉射禮》"當左物，北面揖"，鄭玄
注："左物，下物也。"可見左代表卑下，是象徵高、尊的對立面。但
也有例外，如在車上則左位表示尊貴之位，《史記·魏公子列傳》：
"公子從車騎，虛左，自迎夷門侯生。"從事理上判斷，駕車者以雙手
控制轡繩，但常人使用右手要遠遠順於左手，《增韻·哿韻》："左，
手足便右，以左爲僻，故凡幽猥皆曰僻左。"尊者居左，可避開馭者
右手，既便於馭者駕駛車輛，又不會妨礙居左者，故在車上以左位
爲尊。同樣由於常人使用右手順於左手，因此用"左手爲僻，故以
偏僻之地爲僻左。三國魏曹丕《與朝歌令吴質書》：'足下所治僻
左，書問致簡，益用增勞。'宋王禹偁《躬弩》詩：'罷郡在僻左，時清
政多閑。'章炳麟《中華民國解》：'獨西藏爲僻左。'"①因此在歷史
上左往往與象征反面色彩的詞彙聯繫在一起，如以左帶象徵戎狄
之服。《文選·劉峻〈辯命論〉》"左帶沸脣"，張銑注："左帶，戎狄之

---

① 見《漢語大詞典》第 1 册，上海：上海辭書出版社，1986 年，第 1707 頁。

服也。"以左道象徵歪門邪道。《禮記·王制》"執左道以亂政"。孔穎達疏引廬云："左道,謂邪道。"《漢書·郊祀志下》"挾左道,懷詐僞",顔師古注："左道,邪辟之道。"《漢書·杜欽傳》"是背經術惑左道也",顔師古注："左道,不正之道也。"《後漢書·靈帝宋皇后紀》"構言皇后挾左道祝詛",李賢注引《禮記》鄭玄注云："左道,若巫蠱也。"以左遷爲貶官,《漢書·周昌傳》"吾極知其左遷",顔師古注："貶秩位爲左遷。"李白《自漢陽病酒歸寄王明府》"去歲左遷夜郎道",王琦輯注引《演繁露》："古人得罪下遷皆曰左遷。"左字從工,右字從口,工象人有規榘,與巫同意,故《儀禮·士冠禮》《儀禮·士喪禮》《儀禮·特牲饋食禮》皆有"卦者在左"之語,《儀禮·少牢饋食禮》亦有"卦者在左坐";"口"人所以言食也,似寓發號施令之義,從字形上看"左"、"右"均有輔佐之義,但"右"字蘊含之權力意義似高於"左"。"右",《説文解字》:"助也,從口從又。"徐楷曰:"言不足以左復手助之。"則古人理念中恒以言爲先,《詩·周南·關雎·序》:"情動於中而形於言,言之不足故嗟歎之;嗟歎之不足故詠歌之;詠歌之不足,不知手之舞之足之蹈之也。"復證從口之"右"先於從工之"左"。林義光先生認爲"右"字"義取手口相助並作也。"周法高引散氏盤:"乎左執緩(要)史正中農。"郭氏云:"乃下款,謂其左執券乃史正之官名仲農者所書也。舊説此八字上泐去半行,非是。緩叚借爲契要之要。"案古時的契券,分爲左右兩片,兩方面的當事人各執其一……古代以右爲上,所以右邊的一半便往往爲地位較高的一方所存執。古代的符信也是如此。①

前後左右既然與權力大小地位高低相關,則同樣處於平面位

---

① 《古文字詁林》第2册,上海:上海教育出版社,2004年,第76頁。

置的東西南北亦當如此。郭沫若先生根據甲骨卜辭認爲："古人以東爲左，西爲右，'示左'蓋謂巡視東方也。示讀爲視。"①若如郭沫若先生所言，則西如右，東如左，《儀禮》經文中是否西尊於東則需進一步考察經文。《儀禮·士冠禮》："主人玄冠，朝服，緇帶，素韠，即位於門東，西面。""賓如主人服，出門左，西面再拜。主人東面答拜。"疏曰："此主人將欲謀日之時，先服，即位於禰廟門外，東西而立，以待筮事也。"賈疏但言"東西而立"未言東西之尊卑高下，胡培翬《正義》引吳氏廷華《儀禮章句》云："西面者，鬼神位在西，鄉之。"②在古代鬼神尊貴，故西尊於東，這恰好與右高於左吻合，這種結構的出現似乎具有戲劇性而實際上也摻雜了人爲有意識的改動在内。查《儀禮》經文，除去以鬼神之位爲西而尊之外，尚有分賓主之站位。《儀禮·士冠禮》："有司如主人服，即位於西方，東面，北上。"有司位置在西；"乃宿賓，賓如主人服，出門左，西面再拜。主人東面答拜。"賓在東，主人位置在西；"主人立於門東，兄弟在其南，少退，西面北上。有司皆如宿服，立於西方，東面北上。"有司在西，主人在東；"主人迎，出門左，西面再拜。"鄭注："左，東也，出以東爲左，入以東爲右。"則主人位置在東；"主人升，立於序端，西面，賓西序，東面。"主人位置在東，賓位置與之相對，然則此五句中主人位置在東者三例，僅一例主人居西，余一例未明言主人之位，但亦點明有司居西位，若以西尊於東，則主人居下位者五分之三四，而有司群賓居上位者亦五分之三四，在尤重尊卑之時代如此排列位置豈不有非禮之嫌？因此後世每有學者予以立言以求彌合經文

---

① 《古文字詁林》第4册，上海：上海教育出版社，2004年，第735頁。
② 【清】胡培翬著，段熙仲點校：《儀禮正義》，南京：江蘇古籍出版社，1993年，第9頁。

之不合常理者，皮錫瑞乃有"古禮多不近人情"之論。皮氏曰："古人制禮坊民，不以諧俗爲務，故禮文之精意，自俗情視之，多不相近。"①皮錫瑞在後文詳細列舉了一些《儀禮》中不合常理之處，並分析了導致這些現象的原因，儘管某些解釋並不恰當，但是皮錫瑞認爲這些現象的出現"皆有深義存焉"之論斷卻是其眼光卓識之處。《儀禮》經文有一個很大之特色，即在於以尊者處卑位，行卑下

---

① 【清】皮錫瑞：《經學通論》，北京：中華書局，1954年，第38頁。又皮錫瑞於此節論曰："士冠禮北面坐，取脯，降自西階，適東壁，北面見於母，母拜受，子拜送，母又拜，鄭注，婦人於丈夫，雖其子猶俠拜，冠義見於母，母拜之，成人而與爲禮也，是母之拜子，一爲受脯，一爲成人而與爲禮，猶嗣舉奠，以父拜子，所以重宗祠，凡此等皆有深義存焉，杜佑《通典》乃以爲瀆亂人倫，以古禮不近人情也。昏禮女家告廟，婿家無告廟之文，《白虎通》明解之，曰，娶妻不告廟者，示不必安也。蓋古有出妻之事，故恐其不安，不先告廟，後人乃引曲禮戒以告鬼神。文王世子五廟之孫，祖廟未毀，雖爲庶人，冠娶妻必告，《左氏傳》先配而後祖，及圍布幾筵，告於莊共之廟而來等語，以證告廟，不知齊戒告鬼神，不云告祖禰，當即卜日卜吉之類，冠娶妻必告，鄭注明云於君也，五廟乃天子諸侯之制，豈有疏族士庶，得自告天子諸侯廟者。楚公子圍因聘而娶，大夫出聘，本應告廟，並非專爲娶妻，先配後祖，當從賈服以祖爲廟見，大夫以上，三月廟見，乃始成昏，讖先配也。昏禮是士禮，當夕成昏，鄭謂大夫以上皆然，不如賈、服之合古禮夫娶不告廟。又大夫以上三月廟見乃成昏，皆不近人情之甚者。喪服父在爲母期，以父喪妻止於期也，嫂叔之無服，蓋推而遠之也，婦爲舅姑期，傳曰，何以期也，從服也，女子不適人者，爲其父母期，傳曰，何以期也，婦人不貳斬也，然則婦爲舅姑期亦不貳斬之義，自唐以後，母與舅姑服加至三年，嫂叔亦有服，正禰無量所謂俗情膚淺者，蓋疑古禮制服不近情也。古祭禮必有尸，自天子至於士，皆有筮尸宿尸之禮，杜佑《理道要訣》謂周隋蠻夷傳，巴梁間爲尸以祭，今郴道州人祭祀，迎同姓伴神以亭，則立尸之遺法，乃本夷狄風俗，至周未改耳，杜不知外裔猶存古法，反以古法未離夷狄，是疑立尸不近情也。古士大夫無主以不禘祫無須分別。少牢饋食，束帛依神，特牲饋食，結茅爲蒩，即以代主。許君鄭君同義，孔疏賈疏，謂大夫士無木主，以幣主其神，徐邈元懌引《公羊》大夫聞君之喪，攝主而往，不知何休《解詁》明云宗人攝行主事而往，不謂木主，又引逸禮饋食設主，不知逸禮不可據，故鄭不用，亦不爲注，舍許鄭之明説，從疑似之誤文，是疑無主不近情也。……古今異情若此甚夥，今欲反古，勢所難行，然古有明文，非可誣罔，若沈溺俗説，是今人而非古人，不可也，或更傅會誤文，強古人以從今人，更不可也。"此論詳細道出古禮不能以今人常識推斷之種種事例，與此亦可證古人以象徵下層地位之位置歸於上層士人之上。

之事，而以卑下者處尊位所行之事無異乎尊者，此等現象在《儀禮》經文中屢見不鮮，給歷來治《禮》經者造成了極大的困惑，一方面古禮實施的時代與當時之時代相去甚遠，或文獻不足，不足以徵詢考證，另一方面古禮實施之背後意蘊亦不易爲人知曉，故造成了理解上之困難。這需要在以往文獻考證的基礎上跳出單純文獻考據之藩籬，將《儀禮》納入整個儒家思想體系中予以考察，則禮典實施中之種種不合理現象可窺見一二，亦可知古禮實施之難與儒者推崇之積極之間的反差形成之緣由。如《儀禮・士相見禮》中含有方位詞"上"與"下"之句："若父，則游目，毋上于面，毋下於帶。"又："始見於君，執摯至下，容彌蹙。"又："若君賜之爵，則下席，再拜稽首受爵，升席祭，卒爵而俟。大夫則辭退下，比及門三辭。""父"，不當單純解讀爲父親，古之父尚含有君主、成年男子之意。顯然此類句子中之"父"與"君"之意義更爲接近，皆爲具有權威之個體。社交過程中，應該採取何種措施、方式，《儀禮》之記錄乃至於詳細到對目光投放之範圍作出規定："毋上於面，毋下於帶"。以現在之理念審視，這種社交禮節規定讓人難以接受。然以動物學之角度審視，被支配的動物不能直視擁有支配權的頭領，因此對目光提出要求是十分普遍的現象。人亦爲動物界的一份子，《儀禮》的這種規定顯然是先民原始記憶的一種反映。

在《儀禮》中記錄之禮典實施的時代，先民們規定了下級見上級應該保持何種儀態，此儀態是社會交往的第一步，儀態正確合理，方能行下一步之交往，才可能對社會事務作出進一步的判斷與治理，可見禮的運用實際上體現了先民面對實際事務的治理能力。而所謂的國家、社會治理能力則是一個後起的複雜概念。"國家治理能力則是運用國家制度管理社會各方面事務的能力，包括改革發展穩定、內政外交國防、治黨治國治軍等各個方面。"①儘管治理能力的概念出現較晚，但是治理能力的思路卻在《儀禮》中時有體現。《儀禮》不僅記錄了先民對人們在社交過程中的目光儀態作出的規定，在其他社交活動中，《儀禮》也有詳細的記錄。如在社交聚餐宴會中也體現着鮮明的階層色彩，顯示出先民運用權威穩定社會的種種嘗試。如《儀禮·士相見禮》中有："君命之食，然後食。""若有將食者，則俟君之食，然後食。""凡燕見於君，必辯君之南面。"但是，禮的社會治理色彩與治理能力不僅僅體現在禮規定的鮮明的秩序性上，還體現出富有特色的互動原則。《儀禮·士相見禮》中含有方位詞"外"的句子："出迎於門外，再拜。""主人送於門外，再拜。""主人送於門外，再拜。"這些主人迎、送、拜、再拜的行爲（即上文皮錫瑞提出古禮之不近人情之處），體現了一種上層對下層的禮貌與尊重，這使得下階層的群體在社交過程中與上層人有一種良好的互動，在上層人失禮時，下層可以因此而提出批評，從而限制上層的威權。在這種由禮規範的秩序與互動中，體現了中國古代先民（特別是儒家）獨特的社會治理思路與實際治理能力。② 而含有方位詞之句式較爲明確地體現了上述思想，如《儀禮·覲禮》中包含方位詞的句子："同姓西面北上，異姓東面北上。"爲了維護最高統治者的權威，對待同姓諸侯與異姓諸侯，儀禮的規定是不同的。同姓是最高統治者天子的宗親，儀禮可以允許其立於東方，朝向西面，異姓諸侯則站在西方。從這一規定體現了宗法

---

① 習近平：《切實把思想統一到黨的十八屆三中全會精神上來》，《人民日報》2014年1月1日第2版。

② 關於禮典與儒家治理之關係，亦可參見張弓《禮典與儒家文化中的社會治理思想》，《學習與實踐》2016年第3期，第120—125頁。

制社會中鮮明的秩序。但是東方被設置爲低於西方（這個設置是否合理，下文再予以討論，此處暫時假設這個設置合理），則仍然體現出《儀禮》經文以親貴居下位，而以異族處上位之良性互動原則。又《儀禮·鄉飲酒禮》："賓西階上當楣北面答拜。""賓西階上疑立。""賓西階上拜，主人少退。""賓西階上北面坐，卒爵，興。""賓西階上拜送爵。""賓西階上答拜。""賓西階上答拜。""賓西階上疑立。""主人實觶酬賓，阼階上北面坐奠觶，遂拜，執觶興。""賓西階上答拜。""賓西階上答拜。""賓西階上立。""賓西階上拜。""介西階上立。""介西階上北面拜，主人少退。""司正洗觶，升自西階，阼階上北面受命於主人。""主人阼階上再拜，賓西階上答拜。""介降席，西階上北面。"這一系列的賓客、介西階上或立或坐，都體現了賓客相對於主人的地位，若東卑於西，則突顯了主人對賓介之尊重，這種尊重的具體實施過程就是禮典，而這些禮典實施的原則即爲君使臣以禮，只有當君上的行爲恰當地體現了這種尊重精神，才會獲得下級的報答，即"臣事君以忠"。《儀禮》正是通過設置一系列的方位去維繫、規範政治秩序，也通過這些方位的規定使個體認識到他屬於的社會群體，同時也認識到作爲群體成員帶給他的情感和價值意義，從而使得社會保持穩定。而在禮壞樂崩的春秋戰國時期，儒者往往以這些禮典制約上層人士的非禮行爲，其政治實質則是在德治危機的大環境下以《儀禮》記載的禮典維繫政局的穩定，從而有效地治理社會。

維繫政局穩定使政府能有效地運轉，這是社會治理的一個重要因素。《儀禮》方位詞中體現出來的協作互動原則，充分體現了先民社會治理理念的先進性。《儀禮·公食大夫禮》："大夫立於東夾南，西面北上。""士立於門東，北面西上。""宰，東夾北。""賓，西階東,北面答拜。""大夫長盥,洗東南,西面北上,序進盥。""宰夫自東房授醢醬,公設之。""宰夫自東房薦豆六,設於醬東,西上。""公辭,賓西面坐奠於階西,東面對,西面坐取之。"從上文可以看到,相對於主位的賓、介都處在西面,而主位爲東。爲了達到一種良性的互動,《儀禮》規定了尊位的不確定性原則,可以由賓、僕役、士等相對於主人的下層人士處於尊位。因此才有了上文的一系列主人立於東、賓介立於門西等等記錄。這種規定使得下層人士的尊嚴得到了保障,打破了社交過程一味地由上層人士高高在上,充滿着窒息的味道,從而表達出合理治理社會的願望。

此外《儀禮》還廣泛地規定了主人對臣下應該表現出的禮儀。如《儀禮·公食大夫禮》中:"公如賓服,迎賓於大門内。""公立於序内,西鄉,賓立於階西,疑立。""公送於大門内,再拜。"在這裏,處於上位的公甚至還要迎送賓客,這在等級森嚴的古代社會是不可想像的。儒家正是利用《儀禮》的這一互動原則繼續發揮禮對君主威權的限制作用,使得君臣之間保持一種良性的互動關係。儘管這只是一種儀式上的互動,但是儀式的背後意義卻是具有社會善治意味的。

《儀禮·士冠禮》對受冠者的方位也做了如下規定:"冠者奠觶於薦東,降筵,北面坐取脯。""降自西階,適東壁,北面見於母。""冠者奠爵於薦東,立於筵西。""將冠者采衣、紒,在房中,南面。""將冠者出房,南面,贊者奠纚、笄、櫛於筵南端。""冠者興,賓揖之,適房,服玄端爵韠,出房,南面。""賓揖,冠者就筵,筵西,南面。""賓揖,冠者立於西階東,南面。"對於冠禮的重視,《儀禮》的記載給人相當深刻的印象。冠者未冠之前需要身穿童子未冠者之常服,南面待在房中,出房後,仍需要南面,南面的意義,是立於君位,因此冠者興,則賓需要作揖。從這一細節不難看出古人對冠禮的重視，但是冠者在冠禮完成之前，只是一個不具備成人權利的童子，冠禮中讓童子處於南面之尊，又服玄端爵韠，欲使其明白身爲成人的責任之重大。成人是社會生產的主力，在遠古時期，民生艱難，原始人壽命極短，許多人只活到十三四歲便去世了。[①] 這樣，成年的意義對於原始群體來説意義十分重大，每一個成年人的存在就意味着族群的生存與發展得到一份保障，因此先人十分重視成人禮。《儀禮・冠禮》便是先民對上古成人禮的一種集體記憶。儒家將《士冠禮》納入自己的思想體系具有深刻之寓意，而方位詞正是其體現此意義之介質。

　　上文假設東西之尊卑高下是否成立，仍需進一步考察。東字的字形，自甲骨文開始至今演變似不大，如　、　、　三種字體分別爲甲骨文、金文和睡虎地秦簡文字。但以之爲日在木中，則近來多有學者質疑。毛公鼎有　，散氏盤有　，丁山先生以爲皆借爲“橐”。而徐復先生認爲東字中並不從日，字形中之　形實際上象韋束之形，與　同意，因此徐先生解“東”爲“束”；他還從西、南、北都是假借字類推，認爲“東”字應該也是假借字。唐蘭先生根

---

① 《儀禮・冠禮》賈公彦疏：若諸侯則十二而冠，故《左傳》襄九年晉侯與諸侯伐鄭，還，公送晉侯，以公宴於河上。問公年，季武子對曰：“會於沙隨之歲，寡君以生。”注云：沙隨在成十六年。晉侯曰：“十二年矣，是謂一終，一星終也。國君十五而生子，冠而生子，禮也。君可以冠矣。”是諸侯十二而冠也。若天子，亦與諸侯同十二而冠，故《尚書・金滕》云“王與大夫盡弁”，時成王年十五，云王與大夫盡弁，則知天子亦十二而冠矣。又《大戴禮》云：“文王十三生伯邑考。”《左傳》云：“冠而生子，禮也。”是殷之諸侯十二而冠。若夏之天子、諸侯與殷天子亦十二而冠。賈公彦疏提出了上古十二歲、十三歲舉行冠禮的説法實際上在某種程度上更爲接近遠古社會的事實。這也可以從一個側面反應先人壽命短暫，冠禮因此提前的史實。

據金文中 ⊗、⊕ 之形，認爲這都是象包束後施以約縛，"束"與"東"爲一字，但"東"應該讀爲透母字。① 東作爲方位詞之義項無疑由假借而來，因造字之初近觀遠取，一切字形均有所象，有所指，若抽象之物則必須假他詞以爲用，方位詞若此，色彩之詞亦復如是。張舜徽先生對於東西方位詞的解釋從語用學的角度出發，認爲："東之言彤也，謂日在木中其色彤彤赤也。許君以動訓東，二字雙聲也。人早起見紅日由下而上，升動不已，因指其方曰東，東即動也。猶之黃昏日落，群鳥棲巢，因指日之所在曰西，西即棲也。故東西二字之義，皆取於日之出入以爲名。"②此論唐蘭先生亦曾提及，然未加以詳論，張先生從語用的角度出發，避免了對東字之初形作出探討，蓋因爲字之初形源流甚遠，期間磨滅者亦復不少，其中發展之脈絡實不易考察，不若從語用之環節着手省去不少枝節。又因日生之方向爲一天之開始，故漸而引申爲一年開始之際春爲東，漢人復因之附以五行，故東方爲生氣勃勃之方位。而與之相對之西方，是日落之處，日沉則一天結束，故西方與之相對而爲鬼神之位。由此而論西尊於東，然由天道遠，人道邇，故俗多尊東而賤西，是主人居東，賓介多處西者。又主者，一切之所宗所緣，引申而有始義，《大戴禮記·曾子立事》"言必有主"，王聘珍《解詁》曰："主，本也。"則主復有本之意，本，始也。《莊子·庚桑楚》"出無本，入無竅"，陸德明《釋文》："本，始也。"又《莊子·則陽》"言之本也"，成玄英疏："本，猶始

① 以上諸家意見均見《古文字詁林》第 6 册，上海：上海教育出版社，2004 年，第 4—5 頁。

② 張舜徽：《説文解字約注》，武漢：華中師範大學出版社，2009 年，第 1505 頁。

也。"又《論語・八佾》"林放問禮之本",劉寶楠《正義》曰:"本者,萬物之始。"故主有始意,與東之意義相符合。故主人居東位,今亦常以主人爲"東道主",或本乎此與!

"西",甲骨文字形作 █、█ 等形;金文作 █、█ 形;包山楚簡作 █、█。許慎曰:"鳥在巢上。象形。日在西方而鳥棲,故因以爲東西之西。"按上文所述,西之本義當爲它義而不當爲西方之西,假借爲方位之西。孫詒讓、唐蘭先生認爲西字本當爲㢴,唐蘭先生以爲音變而爲西。又由方位之詞衍生出其他義項,如《太玄・減》"利用登于西山",司馬光《集注》:"西者,物之成也。"①又《吕氏春秋・序意》"以日倪而西望知之",高誘注曰:"西望,日暮也。"由日西沉而自然聯想到日暮,故西亦含有終了之意。若一年中之終,即爲收成之時,故秋爲西。《廣韻・齊韻》:"西,秋方。"《史記・五帝本紀》"便程西成",裴駰《集解》引孔安國曰:"秋,西方,萬物成也。"《管子・四時》:"西方曰辰,其時曰秋,其氣曰陰。"秋天是作物大成之際,以西配以大成,則由東之生而至西之成,是一條線性結構。《儀禮・士冠禮》中涉及方位詞西者:"有司如主人服,即位於西方,東面,北上。""筵與席,所卦者,具饌於西塾。""賓如主人服,出門左,西面再拜,主人東面答拜。""主人立於門東,兄弟在其南,少退,西面,北上。""有司皆如宿服,立於西方,東面,北上。""陳服於房中西墉下,東領北上。""賓西序,東面。""贊者盥於洗西,升立於房中,西面,南上。""興,降西階一等,執冠者升一等,東面授賓。""筵於户西,南面。""賓揖,冠者就筵,筵西,南面。""冠者筵西

---

① 【宋】司馬光著,劉韶軍點校:《太玄集注》,北京:中華書局,1998 年,第117 頁。

拜受觶，賓東面答拜。""降自西階，適東壁，北面見於母。""賓降，直西序，東面。""尊於房戶之間，兩甒，有禁，玄酒在西。""洗有篚，在西。""冠者奠爵於薦東，立於筵西。""賓亦北面於西階上答拜。""冠者母不在，則使人受脯於西階下。"幾乎涉及方位西者皆爲非主人，若名物則有玄酒、洗在西方。按"洒"從"西"，此字甲骨卜辭中亦有出現。"洒"即是"洗"，《孟子·梁惠王上》"願比死者壹洒之"，焦循《正義》曰："洒、洗古通。"《資治通鑒·隋紀二》"王若洒心易行"，胡三省注："洒，讀曰洗。"又《玉篇·水部》："洒，今爲洗。"《學林》卷一："洒與洗同，洒亦有潔淨之意。"從"西"之"洒"當與"西"有某種關聯，故"洗"在西。又"玄"，《初學記》卷三引梁元帝《纂要》："九月季秋亦曰玄月。"《爾雅·釋天》："九月爲玄。"《文選·郭璞〈江賦〉》："于以玄月。"李善注引《爾雅》曰："九月爲玄。"是"玄"本與象徵西方之秋有極深之聯繫。又《文選·張衡〈東京賦〉》："玄謀設而陰行。"薛綜注："玄，神也。"《太玄·玄告》："玄者，神之魁也。"①《太玄·中》："神戰於玄。"范望注："心藏神內爲玄。"②上文言西方爲鬼神之位，而玄可訓爲神，故二者之間亦有關聯。"玄酒"，《禮記·禮運》："故玄酒在室，醴醆在戶，粢醍在堂，澄酒在下。"疏曰："玄酒，謂水也。以其色黑謂之玄。而大古無酒，此水當酒所用，故謂之玄酒。"又曰："作其祝號，玄酒以祭，薦其血毛，腥其俎。"疏曰："此一節明祭祀用上古中古之法也。'玄酒以祭，薦其血毛，腥其俎'，此是用上古也，……'玄酒以祭'者，謂朝踐之時，設此玄酒

---

① 【宋】司馬光著，劉韶軍點校：《太玄集注》，北京：中華書局，1998 年，第215 頁。

② 【漢】揚雄著，范望注：《太玄經》，《四部叢刊》初編，北京：商務印書館，第5 頁。

於五齊之上，以致祭鬼神。此重古設之，其實不用以祭也。"是以玄酒爲祭祀之用，用以致祭鬼神，故《儀禮》曰"玄酒在西"。至於賓處西位，拋開上文主立卑位以謙和待賓之詮釋，純粹以賓當立於西位，則東爲始、爲宗、爲生，西爲歸、爲成、爲神，宗爲主，始、生一切，故主人立於是位，亦象徵禮之緣乎是，無主人則無禮之發起者。西爲歸，則象徵賓至，爲成，則禮需待賓至方成，爲神，則禮以事鬼神，故西方者多賓介之位。《儀禮·公食大夫禮》："賓之乘車，在大門外西方，北面立。"胡培翬《正義》曰："西方，賓位也。"①

下面再考察《儀禮》中南北這一對方位詞。"北"字象兩人相背離之形，《説文解字》："乖也。從二人相背。"張舜徽先生曰："方名之起皆有所因。東、西繫於日之出没，南北則定於室之嚮背。古者營造房屋，自帝王以至臣民，皆面陽背陰，故前爲南而後爲北，北即背也。《詩·衛風·伯兮》：'言樹之背。'毛傳云：'背，北堂也。'是已。普天之下，室皆南嚮，惟極南臨海，乃轉而北嚮。故史稱疆域之無遠弗届，恒言'南至北嚮户'，亦即以此。北本義爲二人相背，因引申爲凡背之稱。北方一名，猶常語所稱後面耳。"②張先生常因語用而立論，故與經典中之常見用法往往能切中要領。若就日光而言，背光則爲北，這當爲北之引申意義之一。但北之本義如何演變而爲方向、方位詞，學界亦多有論述。蓋隨着生活經驗之積累，先民漸漸認識到因南北向而筑室之利，蓋面南便採日光，背北

① 【清】胡培翬著，段熙仲點校：《儀禮正義》，南京：江蘇古籍出版社，1993 年，第 1252 頁。
② 張舜徽：《説文解字約注》，武漢：華中師範大學出版社，2009 年，第 2005 頁。

可避寒風，背之所指之方向爲北，背、北聲同可通。按北字甲金文作 〳〵、朴、犾、北 等形，似人相背，本義當解爲背。商承祚先生亦認爲 北、𠈌 形之字是背之本字，因此北含二義，一爲背，二爲方位之北。《儀禮》中東西之位常以賓居西而東爲主，至若南北則賓主之位涇渭分明，南多爲主，而北常爲賓。《儀禮大射儀》："卒射，北面揖。"鄭注："不南面者，爲不背卿。"胡培翬《正義》引盛氏曰："此北面者，執臣禮也。"①可見《儀禮》於君臣之禮劃定了十分嚴格之疆界。《儀禮·公食大夫禮》僅一見主人居南北嚮，"公當楣北鄉，至再拜，賓降也，公再拜"此是一例，其他主人居南面北者有《儀禮·有司徹》："主人東楹東，北面拜至，尸答拜。""尸北面拜受爵，主人東楹東，北面拜送爵。""主人實爵酬尸，東楹東，北面坐奠爵，拜。"《儀禮·士虞禮》："尸拜受爵，主人北面答拜。"《儀禮·少牢饋食禮》："主人降，洗爵；升，北面酌酒，乃酳尸。"第一例主人居南北嚮者下文再予以論述，此處主句南北面，則爲《儀禮》中涉及祭祀者，尤於主人與尸交接之時，均處於南而面北，蓋上文胡注北面者執臣禮，此爲一般對北面的解讀，而尸之身份一般爲亡故之父、祖，於主人而言亦爲君父，故主人北面而事之，《儀禮》經文凡涉及祭祀，主人皆北面，蓋以敬事君父上帝鬼神。若第一例，則《儀禮》經文中復有多處類似之例，茲列舉如下：

《大射儀》："主人北面盥，坐取觚，洗。""主人北面拜受爵。"《燕禮》："主人北面盥，會取觚洗。""賓辭降，卒盥，揖升，酌膳，執冪如初，以酢主人於西階上，主人北面拜受爵，賓主人之左拜送爵。""主

---

① 【清】胡培翬著，段熙仲點校：《儀禮正義》，南京：江蘇古籍出版社，1993 年，第857 頁。

人降自西階，阼階下北面拜送爵。"《鄉射禮》："主人阼階上北面奠爵，遂答拜，乃降。""主人阼階上北面拜，賓少退。""主人降席自南方，阼階上北面。"《鄉飲酒》："主人阼階上當楣北面再拜。""主人坐奠爵於序端，阼階上北面再拜崇酒。""主人實觶酬賓，阼階上北面坐奠觶，遂拜，執觶興。""主人降席，阼階上北面。"《士昏禮》："主人阼階上，北面再拜。""升。主人北面再拜。"《士喪禮》："主人皆出，戶外北面。""主人降，拜大夫之後至者，北面視律。"《士冠禮》："凡拜，北面於阼階上。賓亦北面於西階上答拜。"這些均不涉及祭祀，或者不爲主人上拜君父鬼神，然主人亦北面行臣禮，當如何詮釋？審核經文會發現，儘管主人有北面拜之記載，但找不到於此同時賓南面之記録，這一現象是值得注意的。若同時主人北面，賓南面，是主人對賓執臣禮，自然不符合禮典設置之原則及當時之政治習俗。但是以主人降而與賓介等一致，均北面而行禮，則在倫理上是尊者對卑下者之極大尊敬，抬高了賓介之地位，代表一種政治互動原則的傾向。這種傾向並不是一種主動的意願，而是一種對原始行爲的集體記憶之體現。禮典之設置本源於原始社會生活，在遠古時期，部落與部落之間爲了更好地生存，不得不採取結盟之方式應對自然及其他敵對部落之威脅。在生產力低下之遠古時代，人面臨着自然界極大的威脅的同時，還要與其他群體競爭食物、水源即生活環境等基本生活資料。這種競爭如果只以戰爭的形式進行，沒有群體能有十足之把握戰勝一切競爭對手。"兩個獨立族群，兩種內聚而排他的文化，敏感的領土佔有意識，'以眼還眼，以牙還牙'的族群血親復仇意識，兩個緊張對峙的'我'，衝突仍然隨時可能發生，每一次衝突都可能由於'技術'的實效而愈演愈烈，最終導致雙方都不願意接受（至少在頭腦清醒的情況下不願接受）的惡性結果。"①因此以卑下謙和之儀式對待其他部落群體被認爲是一種釋放善意的符號。因此不僅僅是弱小的部落會釋放善意符號,尋求強大部落之庇護,那些強大的部落也會表達善意争取更多的盟友以應對更爲強大的敵對群體,這種釋放善意的儀式可以贈送禮物,通婚,將自己的圖騰與他族之圖騰相結合,結合成一種新的圖騰生物,也可以將自己部落平時祭祀之儀式運用起來,再雜糅一些與之交往群體之祭祀儀式,即是禮典之源頭。因此"豊"之本義在於以玨奉天以與天交往,交往即是禮之重要原則之一。當記録禮典之《儀禮》出現高高在上的主人會同賓介處於同一層面,互相拜揖,或者處於尊重,或者就是先民對於原始記憶的一種反應,因爲禮典要求賓主都處於同一層面互相拜揖,儒家學者對此有着不同的解釋,他們認爲揖讓周旋這些就是禮,禮就是仁的體現,表現在政治上那就是德治,是理想政治的最高標準。

　　禮典作爲遠古之記憶之標識,還可以從《儀禮》中如下幾個例子中得到體現。《儀禮·少牢饋食禮》:"主婦西面於主人之北受祭,祭之。""主婦答拜於主人之北。"以傳統觀念審視,婦人一般皆留於房中不能接見外賓,《儀禮·士冠禮》即有將冠者拜母於房中的記載。但是此處婦人不僅可以受祭、祭祀、答拜賓、祝,還能居於主人之北,儘管經文没有提出主人北面,而且強調主婦西面,則主婦居東處於主人之右後方實施禮典。上文言右爲尊位,東爲主位,且婦人居於主人之北,若主人欲見婦人則須北面,這些跡象分明顯示婦人之地位尊於主人。鄭玄於此認爲"夫婦一體",言外之意則夫婦均爲尊者,故可受禮,亦不必分尊卑。胡培翬《正義》也認爲:

①　張岩:《從部落文明到禮樂制度》,上海:上海三聯書店,2004年,第5頁。

"以受福夫婦同之，故不嘏，統於主人也。"①這種解釋可以解答婦人爲何可以於房外接受外賓之禮，卻不能解釋爲何能居於主人之北。按"北"，《公羊傳》昭公十七年："北辰亦爲大辰。"徐彦疏引《春秋説》云："北者，高也。"因此居於北方之北極星往往被當做帝星。且高含有尊、貴、大之義。《後漢書·禮儀志》上："立高禖祠於城南。"劉昭注："高，尊也。"可見婦人所居之北，亦是尊位，婦人尊於夫人者，太古之事也。則此項禮則亦或爲上古之遺留。《儀禮》經文中多有崇尚太古之痕跡，後世學者亦多有提及，如言及玄酒則言法太古，上文提到《禮記·禮運》疏"此是用上古也"，又《儀禮·士冠禮》"玄酒在西，加勺，南枋"，鄭注曰："玄酒，新水也，雖今不用，猶設之，不忘古也。"可見《儀禮》經文所記録之禮典不成於一時，其間或有遠古之遺留。其他若涉及南北位，皆爲賓居南位北面。《士相見禮》曰："凡燕見於君，必辯君之南面。"足見臣下對君上居南北面這一政治習俗已經融入禮典之中，因此臣下居南之例則爲《儀禮》經文中之常例。如《儀禮·公食大夫禮》："賓，西階東，北面答拜。""贊者北面坐，辯取庶羞之大，興，一以授賓。""賓北面自間坐，左擁簠粱，右執湆，以降。""賓升，再拜稽首，受幣，當東楹，北面。""賓北面揖，執庭實以出。""賓入門左，没霤，北面再拜稽首。""賓之乘車，在大門外西方，北面立。"如此則與傳統之南北尊卑觀念相符合。

　　"南"字甲骨文作 [甲骨字形]、[甲骨字形]、[甲骨字形]、[甲骨字形]、[甲骨字形] 等形，金文演化而有 [金文字形]、[金文字形] 等形。《古文四聲韻》中尚有作 [字形]、[字形]、[字形]、[字形] 者，此説

---

　　① 【清】胡培翬著，段熙仲點校：《儀禮正義》，南京：江蘇古籍出版社，1993年，第2305頁。

明該字演變情況在"四方"方位詞中較其他三字複雜。《説文解字》:"艸木至南方有枝任也。"張舜徽先生引王筠曰:"《白虎通》:'南方者,任養之方,萬物懷任也。'言技任者,其葉蕃滋,枝能任之也。"張先生因此認爲:"南、任古音相近,故漢人恒以任釋南。古讀南乃林切。"①此以聲訓之法解南字,亦只是從語用的角度出發,對於南字之本義没有發揮。蓋南釋讀爲任,任,文獻中有解爲南樂者,《文選·左思〈吴都賦〉》"詠有棘",劉淵林注:"任,南樂名。"又庾信《徵調曲》"懷和則棘任並奏",倪璠注引《周禮》:"任,南樂名。"有釋爲南夷之樂者,《詩·小雅·鼓鐘》"以雅以南",毛傳:"南夷之樂曰任。"《公羊傳》昭公二十五年"以舞大夏",何休注:"南夷之樂曰任。"有解作南夷者,《文選·左思〈魏都賦〉》"棘眜任禁之曲",李善注引《孝經鉤命決》:"南夷曰任。"也有直接訓爲南者,《周禮·春官·鞮氏》"掌四夷之樂",鄭玄注:"南方曰任。"《白虎通義·禮樂》:"南之爲言任也。"可見任與南因語音相同而通用,這是古人在使用語言的一種方法,屬於語用學範疇。但是南之本義的探討即其在《儀禮》經文中的意義卻屬於語義學範疇,這方面仍然需要加以考察。

"南"字,林義光先生釋爲枈,爲柔弱之木之義。郭沫若先生認爲甲骨卜辭中南除作方位詞外,尚有如下之用法:"屮 于祖辛八南,九南于祖辛。""一羊一南",因此南可能是獻於祖廟之器物。並且郭先生根據字形推測南字是鐘鎛之類樂器。② 吴其昌先生認爲南是如牛一類之犧牲,唐蘭先生認爲南本爲瓦製樂器;這些解釋都有一定道理,但均無法解釋南何以器物之詞轉而爲方位之詞。蔣

---

① 張舜徽:《説文解字約注》,武漢:華中師範大學出版社,2009 年,第 1518 頁。
② 《古文字詁林》第 6 册,上海:上海教育出版社,2004 年,第 90 頁。

逸雪先生以南象懸掛之磁鍼，磁鍼指南，故有南之義。亦有學者以暖與南音近，而指南爲暖之假借字，因無第一手材料，不能作出判斷，只能作出假設性猜測。上文所舉傳世文獻中南均有涉及樂、言，又涉及南夷，或者南即爲南方樂舞之器？南夷以是器作樂而歌南音，故南有言之義，又因器而有鐘鎛等樂器之解，遂有南樂之名，因作樂者爲南夷，故假借而爲方位之南，又因方位之南而引申爲具體之南方區域，具體在春秋戰國時代南常常指代南方之楚國，這可以通過大量的文獻予以證明。如《詩·周南·樛木》"南有樛木"，毛傳曰："南，南土也。"《詩·小雅·南有嘉魚》"南有嘉魚"，毛傳曰："南，江漢之間，魚所産也。"朱熹《集傳》："南謂江漢之間。"《詩·魯頌·泮水》"大賂南金"，毛傳："南謂荆揚也。"《詩·魯頌·閟宮》"及彼南夷"，毛傳："南夷，荆楚也。"《左傳》成公九年"南冠而繫者"，杜預注："南冠，楚冠。"《國語·周語》"陳靈公與孔寧、儀行父南冠以如夏氏"，韋昭注："南冠，楚冠。"《公羊傳》定公四年"爲是拘昭公於南郢"，徐彥疏："楚於諸夏差而近南，故謂之南郢。"這些文獻中所言之南，概而言之則爲南方，細言則指荆楚、荆揚、楚。若以方位詞言，南在歷史文獻中尚有尊位之義。蓋古人以坐北朝南爲最適宜之方位，故以尊者居之。帝王諸侯見臣下，卿大夫見僚屬，官吏聽政接見民衆，皆南面而坐，故南面泛指君位、尊位。《易·説卦》："聖人南面而聽天下，嚮明而治。"《論語·雍也》："雍也可使南面。"王引之曰："蓋卿大夫有臨民之權，臨民者無不南面。仲弓之德，可爲卿相大夫以臨民，故曰'可使南面'也。"[1]這也是上

---

　　① 【清】王引之：《經義述聞·通説上》卷三十一，南京：江蘇古籍出版社，1985年，第741頁。

文賓介居南面北事主人之緣由。因此《儀禮》經文凡賓介臣僚見君、兄弟子婦見父均居南而北面之。如《儀禮・士冠禮》："主人立于門東，兄弟在其南，少退，西面，北上。"《儀禮・士昏禮》："舅洗于南洗，姑洗于北洗，奠酬。席於北方，南面。"《儀禮・鄉飲酒禮》："賓坐取爵，適洗南，北面。""主人阼階東南面辭洗。""笙入，堂下磬南，北面立。"《儀禮・鄉射禮》："主人坐取爵，興，適洗，南面坐奠爵於篚下，盥洗。"《儀禮・燕禮》："乃命執冪者，執冪者升自西階，立于尊南，北面，東上。"《儀禮・大射儀》："執冪者升自西階，立于尊南，北面東上。"《儀禮・聘禮》："君朝服出門左。南鄉。"等等，南北尊卑分明之例於《儀禮》經文中甚蕃，此不贅言。

《儀禮》經文中東西北均有超出常例之處，方位詞南之用法亦不例外，但如上文一樣，超出常例之處亦有規律可循。《士冠禮》："將冠者采衣、紒，在房中，南面。""將冠者出房，南面，贊者奠纚、笄、櫛于筵南端。""將冠者采衣、紒，在房中，南面。""冠者興，賓揖之，適房，服玄端爵韠，出房，南面。""冠者立於西階東，南面。"冠者在完成冠禮之前是童子，完成冠禮之後是臣子，於君父爲臣而能北面，這種儀式是《儀禮》中既獨特又符合人類學規律之特點。若以人類學之調查而言，成人禮是普遍存在於人類早期社會的基本禮儀之一，[①]這種禮儀具備的重要性、神聖性是世界各地之成人禮之共性。大部份人類學著作都會談到成人禮、成人儀式的内容，如

---

① 何星亮認爲："成人禮制度的存在非常普遍：除澳大利亞外，成年禮制度的分佈範圍包括：印度尼西亞、巴布亞新幾内亞、斐濟、薩摩亞、新西蘭等太平洋島嶼，南北美洲、非洲、歐亞大陸一些比較'原始'的民族。在我國，畬族的'度身'、瑤族的'度戒'，都是成人禮的殘留；三代禮樂制度中的'士冠禮'也與部落社會的成年禮一脈相承。"見何星亮《中國圖騰文化》，北京：中國社會科學出版社，1992年，第189—194頁。

［法］阿諾爾德范熱内普《過渡禮儀》第六章即爲《成人禮儀》（見［法］阿諾爾德范熱内普著，張舉文譯：《過渡禮儀》，商務印書館，2012年，第69—117頁），［英］馬林諾夫斯基《巫術科學宗教與神話》第三章《生命死亡與歸宿——古代信仰與教儀》也對成人儀式作出了描述："凡此儀式所及的地方，都有很顯然的相似之點……將神聖的神話與傳統有系統地教與青年，漸漸使他知道族中奧秘，使他見到神聖的事物。"①在《儀禮·士冠禮》中，爲了讓達到"社會成熟期"的冠者能够進入另一年齡群體，家族爲冠者準備了神聖的儀式，通過不同的冠冕、服飾、揖讓、祭拜以及象徵尊貴的南面臨與禮者等一系列儀式，冠者瞭解到爲人子、爲人臣的義務和職責，這樣可以使他能够順利地從"年紀較小的等級進入年紀較大的等級"，②並開始承擔相關義務，這種意義自遠古時期就被看得相當重要，直到《儀禮·士冠禮》實施的階段，冠禮也是一個相當重要的禮典，並且逐步下移融入民俗中。又《燕禮》："司正洗角觶，南面坐奠於中庭。""司正降自西階，南面坐取觶，升酌散，降，南面坐奠觶，右還，北面少立，坐取觶，興，坐不祭，卒觶，奠之，興，再拜稽首。""左還，南面坐取觶，洗，南面反奠於其所。"此三處皆爲司正南面坐取觶而奠，胡培翬《正義》曰："《鄉射》司正奠觶皆北面，此獨南面者，立司正所以監衆。君在堂，北面嫌於監至尊，故南面以示監堂下諸臣也。"③因君在堂，以司正主持禮典，監視諸臣，故與君，司正

---

① ［英］馬林諾夫斯基著，李安宅編譯：《巫術科學宗教與神話》，上海：上海文藝出版社，1987年，第30頁。

② ［美］威廉·W·哈維蘭著，瞿鐵鵬等譯：《文化人類學》，上海：上海社會科學院出版社，2006年，第323頁。

③ 【清】胡培翬著，段熙仲點校：《儀禮正義》，南京：江蘇古籍出版社，1993年，第736頁。

居南位爲臣，與衆臣，則司正爲尊者，故南面而坐。奠觶事涉祭祀，乃是侍奉鬼神，以示不忘本，而代君爲之以示尊崇，故南面而奠觶。又胡氏《正義》引張爾岐云：“司正述君之言，以命卿大夫。”①司正代君宣命故亦當南面而臨諸臣。《儀禮》中還有一些器物南陳之記錄，如《儀禮·士冠禮》：“加勺南枋。”《儀禮·士昏禮》：“絲冪，加勺，皆南枋。”《儀禮·大射儀》：“笙磬西面，其南笙鐘，其南鑮，皆南陳，建鼓在阼階西，南鼓應鼙在其東，南鼓。”“西階之西，頌磬東面，其南鐘，其南鑮，皆南陳。”《儀禮·聘禮》：“饔：餁一牢，鼎九，設於西階前，陪鼎當内廉，東面北上，上當碑，南陳。”“腥二牢，鼎二七，無鮮魚、鮮臘，設於阼階前，西面，南陳如餁鼎。”《儀禮·公食大夫禮》：“簋實，實於筐，陳於楹内，兩楹間，二以並，南陳。”等等，南陳現象十分普遍，但是細核經文會發現不僅有南陳，還有其他方位陳列，這需要針對具體情境予以考察，如《儀禮·士冠禮》：“加勺南枋。”南枋，即勺子之柄朝南，按此陳設是冠禮中之醮禮中採取之陳設，酌酒者北面酌酒以獻給南面之冠者，因此勺子之柄朝南是爲了便於酌酒之賓持勺盛酒。這種取便現象在《儀禮》中亦是一個常見之現象，日本人林巳奈夫在《〈儀禮〉與敦》也發現了這一現象，但是他根據《儀禮·少牢饋食禮》中“敦皆南首”之語便斷言《儀禮》成書於楚地，稍嫌武斷。這一類例子還有很多，如《儀禮·士冠禮》：“贊者洗于房中，側酌醴，加柶，覆之，面葉。”賈公彦疏曰：“云‘葉，柶大端’者，謂扱醴之面柄細，故以爲柶大端，此與《昏禮》賓皆云‘面葉’者，此以賓尊，不入户，贊者面葉授賓，賓得面枋授冠者，冠者得之

---

　　① 【清】胡培翬著，段熙仲點校：《儀禮正義》，南京：江蘇古籍出版社，1993年，第737頁。

面葉以扱醴而祭。《昏禮》賓亦主人尊，不入房，贊者面葉以授主人，主人面枋以授賓，賓得面葉以扱祭。至於《聘禮》禮賓，宰夫實觶以醴，加柶於觶，面枋授公者，凡醴皆設柶。《聘禮》宰夫不訝授，公側受醴，則還面枋以授賓，故面枋也。""葉"鄭玄認爲是"柶大端"，就是勺子前端用以盛物之部位。賈公彥詳細介紹了爲何要面葉，如何又面枋，其實就是爲了表示對賓者的尊敬，因此介端上酒，上面扣上勺子，但是柄要朝外，勺子前端朝内，寓意此酒自己不飲，是陳獻給賓，賓則面對柄，以便於持勺取酒。故下文曰："賓受醴於户東，加柶，面枋，筵前北面。"可見取便原則是《儀禮》經文中運用普遍的原則，也可以表達敬意，這一原則即是在現在也仍然適用。通過上述分析可見不能武斷地認爲因爲器物南陳，那即是楚國之陳列方式，至少現在没有第一手材料可以證明楚國器物皆是南陳，他國實施禮典時器物没有南陳現象。且以《儀禮》經文言，方位詞東一共出現 602 次，西出現 924 次，南出現 426 次，北出現 593 次，①方位詞南出現次數在四方中最少，可見林巳奈夫僅憑一語而斷言《儀禮》出於楚地之論點並不能使人信服。

分析《儀禮》經文中之方位詞使用現象，會發現一種空間意識，前後左右，東西南北，都是一個平面空間中之四方，前面分析了這種空間模式是一種以中爲原點引申出的十字型模式，這可能就是原始的宇宙空間觀念的一種體現。同時這種十字型的圖形在中國早期文字中（甲骨文、金文）中也得到了體現：田、田、卍、壬這個字一般釋讀爲"巫"，是一種扮演着與天地鬼神溝通角色的特

---

① 此據劉殿爵先生之統計。見劉殿爵《儀禮逐字索引》，臺北：臺灣商務印書館，1996 年。

殊群體。從巫之甲骨文、金文之寫法看,《説文解字》中對其本義之介紹"女能事無形以舞降神者也"並不准確。但是通過考察《儀禮》方位詞之模式,及禮之本義,巫以溝通天地四方之神靈,以求得其庇佑,趨吉避凶,因此"巫"寫作十字形,即寓意着溝通、交接。上文分析豐之本義亦在於溝通交接,而最早執行、實施禮典者一般認爲是巫,如果把這兩者之間的種種聯繫歸爲某種巧合是不合理和牽強的,至少比認爲其具有聯繫更爲牽強武斷。《儀禮》通過一系列之方位描述,規定實施禮典者、與禮者、器物之相關方位,體現當時的宇宙觀。這種十字型模式是一種十分原始的宇宙空間觀,美國學者艾蘭則將其描繪爲一種"亞"形模式,恐怕是這種空間觀的一種發展階段,原始之宇宙觀仍然以《儀禮》中之十字型模式更爲接近歷史文獻之原貌。而這種宇宙空間觀的具體描繪在《儀禮・覲禮》中也得到了體現:"設六色:東方青,南方赤,西方白,北方黑,上玄,下黃。""設六玉:上圭,下璧,南方璋,西方琥,北方璜,東方圭。"這種與傳統所言的五字結構(如五色、五經)迥異,只能説明《儀禮》經文中體現之宇宙空間觀念十分原始,而《儀禮・覲禮》中對於空間的進一步發揮描述則似乎代表着《儀禮》經文對這種宇宙觀念的進一步詮釋,《儀禮》體現的時空思想也得到了進一步的發展,這一空間觀在以後的歷史裏得到了廣泛的運用和繼續推演,形成了中國傳統文化中獨特的空間觀念。

　　上文立足文本分析,針對《儀禮》經文之語言用韻、方言特色以探討《儀禮》經文之時空特色,接下來考察《儀禮》經文中之名物詞,進一步研究《儀禮》經文本身具有的時空特色,也重點探討了幾個具有符號性質的名物詞如日、月、龍、雁等等對後世產生巨大影響的名物詞。其實《儀禮》經文中具有地域色彩的名物詞還有很多,但是由於過於明顯直白，這裏没有予以討論，比如稻、飯、米這些極具南方色彩的詞彙，因此討論《儀禮》之時空特色會發現《儀禮》確實帶有極大的南方特色。又成書於戰國時期，且現存十七篇不是同時成書，①學界有認爲子游是《儀禮》經文之最後整理者，有一定道理，但是也不能忽略荀子在《儀禮》成書中的重要作用，日本學者武内義雄即認爲《儀禮》可能於荀子時開始有廣泛流傳之本，由此可見將《儀禮》成書與荀子聯繫在一起已引起了學術界的關注。子游雖爲南人，但荀子亦曾出任楚國蘭陵尹。至於具體時期，這裏作出一個推測，那便是子游作出初步整理，荀子最終作出補充，最終形成了今天《儀禮》十七篇之雛形，但他們整理之《禮經》是單篇流傳没有合爲一書，統稱爲《禮》，且不止十七篇之數，這在下文仍會繼續討論。至於討論《儀禮》文體則是分析文本結構的基礎工作，而考察方位詞則爲研究《儀禮》經文藴涵之義理作出鋪墊。

---

① 沈文倬先生認爲《儀禮》成書於公元前五世紀中期至前四世紀中期的一百多年中，由孔門弟子及後學陸續撰作而成，其中有關喪禮的四篇，著作年代約在魯哀公末年至魯悼公初年，即周元王、定王之際。這個判定基本爲學術界公認。根據沈先生的論斷，《儀禮》經文各篇不是成於同一時間，這在上文的論述中也有提及。沈氏觀點見沈文倬《菿闇文存》，北京：商務印書館，2006年。

第三章 《儀禮》經文結構研究

研究歷史文獻之結構一直是文本研究中的一個重要環節,不僅如此,許多學者還在結構研究的基礎上進一步深入討論,將文本結構作爲主體,進而探討文獻之思想價值和哲學意蘊。無論結構研究的目的如何,結構研究本身並沒有隨着結構主義的不再流行而降低熱度。研究文獻之結構或者涉及文獻結構之成果依然十分可觀。如劉笑敢先生的《莊子哲學及其演變》(中國人民大學出版社,2010年)即對《莊子》文本結構有所論述;崔大華先生之《莊學研究》(人民出版社,2005年)具體分析莊子思想之認識結構;[美]艾蘭教授之《世襲與禪讓——古代中國的王朝更替傳説》(余佳譯,商務印書館,2010年)運用結構主義方法分析了古代中國之禪讓傳説,從而分析中國上古史之政體循環模式;[德]瓦格納之《王弼〈老子注〉研究》(楊立華譯,江蘇人民出版社,2008年)分析了老子本文之鏈式結構,在此基礎上分析王弼本人的本體論;劉韶軍教授之《揚雄與〈太玄〉研究》(人民出版社,2011年)亦探討了《太玄》之三分結構,爲瞭解《太玄》之體例提供了一把鎖鑰;賈學鴻教授《莊子結構藝術研究》(學苑出版社,2013年)更是專門研究《莊子》文本之專著。此外高友工、梅祖麟在《唐詩三論:詩歌的結構主義批

評》(李世躍譯,商務印書館,2013 年)中運用結構主義批評方法研
究唐詩,對詩歌的語義變化、節奏轉換、結構繁複等進行了詳實的
分析。這些學術著作的問世,體現了學界對於文本結構這個問題
之熱情,當然還有大量研究著作、學術論文,此不贅述。按照結構
主義之觀點,世界是由各種關係而不是由事物構成的,這種關於世
界的一種思維方式幾乎成爲二十世紀學界最爲流行、運用面最爲
廣泛的方法論之一,儘管當今這個術語已經不再流行,但其提供的
某些方法還是可以借鑒以考察《儀禮》經文。

　　這是因爲《儀禮》經文之結構是獨特的,《儀禮》不像《周禮》《禮
記》那樣具有開放性結構,亦即后兩者的結構都是一種附着結構,
《周禮》附着於政治體制,《禮記》附着於《儀禮》,他們的結構都取決於
其附着之主體,其本身文本並不具有獨特的結構。按照皮亞杰之觀
點,結構應該是封閉的,整體的,《儀禮》之結構恰好具備這些特點,這
在下文之分析中可以得到體現。也就是説儒家經典中《儀禮》與《周
易》一樣,是具備獨立結構之文本,《詩經》《左傳》等作爲主體之文本,
並不具備這種獨立的結構,這也是此處將《儀禮》結構納入考察對象
之原因之一。此外,作爲主體的《儀禮》文本與《儀禮》各篇之間究竟
有没有什麼聯繫,這也是可以通過結構分析得到體現之處。將《儀
禮》結構進行分析,考察其思維結構、具體禮典結構及禮典中體現出
來的政治原則,這種原則體現什麼樣的思想價值、與時代思想界之
關係如何,這些都可以通過解構《儀禮》經文得到一種全新的建構。

第一節　《儀禮》經文文本結構

　　通過上文分析《儀禮》經文不成於一時,因此分析各篇之結構

具備可操作性；但是欲求分析現存《儀禮》文本之結構似乎具有一定之難度，而將《儀禮》作爲儒家文化之一個構成因子，去分析在整個儒家思想體系中《儀禮》扮演何種角色，卻由於實際文獻記錄的不充分而愈發艱難。這就要求此處之研究跳出傳統文獻考證、研究之圈子，大膽假設，將《儀禮》文本設置爲一個主體，作爲本體的《儀禮》經文之思維結構如何，如何表達其語言特質，如何運用這些禮典，而在運用這些禮典的過程中如何體現政治治理思維，這樣一來《儀禮》篇章結構分析之內容就相當豐富具體了。但是在進行這項複雜的工程之前，還是要對各個篇章結構進行分析，考察其體例如何，如何論述禮典，如何體現禮學思想。

一、《儀禮》文體特點

文體研究是一個時興的話題，也是文本研究的基礎工作之一，只是涉及《儀禮》文體的相關研究，除了一些零散的研究著述外，沒有專門的研究成果。這個局面的形成是多方面的，首先仍然是《儀禮》研究尚不充分，許多領域的研究還沒有得到展開。此外，學術界有對《儀禮》遣詞造句用韻進行研究者，實際上已經涉及文體研究的層面（沈立岩教授的著作《先秦語言活動之形態觀念及其文學意義》即有專門一章討論禮辭語言風格），只是沒有全面、系統地進行闡述，這就需要對文體進行一番考察，以便審視目前《儀禮》研究中究竟有哪些研究成果屬於文體研究。郭英德認爲文體的基本含義爲"文本的話語系統和結構體式"。[1] 過常寶進一步解釋"結構

---

① 郭英德：《中國古代文體學論稿》，北京：北京大學出版社，2005年，第1頁。

體式"爲"從載録行爲和話語方式角度可辨識的文本的結構或語氣等方面的特徵"。① 按照過常寶教授的劃分,中國先秦文獻可分爲宗教文獻、政教文獻、史職文獻、諸子文獻四個類别。但是過常寶教授並没有在其著作《先秦文體與話語方式研究》中分析《儀禮》的文體特色,也没有指出《儀禮》在文體類型上屬於上述四類中之何種類型。禮源於原始宗教,似乎輯録禮典的文獻《儀禮》應歸爲宗教文獻,考察《儀禮》文體與内容,其宗教成分鮮少而宗法政治人倫色彩較爲濃厚,似爲政教文獻。過常寶教授對政教文獻的解釋爲:"周公制禮作樂導致了社會文化的劇烈變革,以祭祖爲核心的宗教意識中,包含了越來越多的現實理性内容,形成一種具有過渡性特征的宗法文化。此時的文獻雖依然具有儀式性特征,但其中的宗教因素只是話語權力的依據,而話語本身則着力於新的富有理性意識精神的意識形態建設。"②按照這種解釋,《儀禮》無疑可歸爲政教文獻。特别是經過儒家發揮詮釋,《儀禮》已遠不止是一部局限於對於先代禮典輯録之文獻,禮典中包含的細節包括方位、揖讓、先後等等無不體現了儒家對社會政治倫理教化等方面的全面解讀。因此《儀禮》作爲儒家政教文獻是貼切的。並且,由於禮源於原始宗教,儘管在《儀禮》成書時代,經過儒家的甄别别選,其宗教意味已淡薄,但是一些原始記憶卻在無意中得到了保留,説《儀禮》與宗教文獻完全没有關係也是一個不客觀的提法,這樣一來,《儀禮》經文既屬於先秦文獻中的宗教文獻,又屬於政教文獻,甚至可以説是二者之

---

① 過常寶:《先秦文體與話語方式研究》,北京:中華書局,2016年,第4頁。
② 同上,第3頁。

間的一種過渡性文獻。分析《儀禮》經文的文體特色，對於把握
《儀禮》文本特征提供了又一個進階之基石。

關於《儀禮》經文之文體特色，沈立岩教授在《先秦語言活動之
形態、觀念及其文學意義》中，認爲禮辭的形成經歷了一個由低到
高、由簡單到複雜、由通俗到雅化的過程，這種語言形式最初是在
一般社會交換和互助中作爲禮俗自發產生的。① 實際上不僅僅語
言活動經歷了這樣一個發展過程，推而廣之文體特點的形成也是
一個漫長的過程，這個過程的起源也可以追溯到原始社會的諸種
宗教（甚至更古老的前宗教意識階段）儀式，由這種原始儀式再結
合社會生活習俗，逐漸形成特定的文體風格，包括語言形式，這是
一般事務形成的一個共同的歷史緣由。

《禮記·曲禮上》："太上貴德，其次務施報。禮尚往來。往而
不來，非禮也；來而不往，亦非禮也。"這一耳熟能詳的説法歷來有
多種詮釋，但不論怎麼詮釋，都不能否認上述語句的核心行爲：交
往。上文對禮這個字形的分析，也可以看出禮的核心在於與天之
交往。又郭店楚簡《語叢一》曰："禮，交之行述也。"②可見，交往是
禮這一社會行爲的核心理念。由最初宗教範疇的交往到實際社會
生活中的各種交往，包括軍事、婚姻、普通生活産品交換等，人們積
累了豐富的經驗，亦在特定的社會歷史條件和自然環境中形成了
獨特的交往方式。爲了使交往能夠形成良性的互動，或者説使己
方付出代價最少，獲得的利益最大，又産生了種種策略或方式，如
禮物、儀式等。馬塞爾·莫斯認爲禮物有三個主題："給予的義務、

---

① 沈立岩：《先秦語言活動之形態、觀念及其文學意義》，人民出版社，2005年，第318頁。
② 荆門市博物館編：《郭店楚墓竹簡·語叢一》，北京：文物出版社，2003年，第
58頁。

接受的義務和回報的義務。"①可見餽贈禮物以求得交往行爲順利進行是人類的一種普遍行爲。至於因交往而形成的諸種儀式禮典,則是人類社會中更爲普遍的行爲模式。具體到《儀禮》文體上,與禮者往往先致以謙辭,點明施禮之緣由,然後指出施禮之對象,暫命名爲"指人之辭";再次還需要指出所實施之禮爲何,暫命名爲"明禮之辭";而受禮者則需在與禮者演禮之後表示推辭,然後受禮,具體如《儀禮·士冠禮》:"戒賓曰:'某有子某,將加布於其首。願吾子之教之也。'賓對曰:'某不敏,恐不能共事,以病吾子,敢辭。'主人曰:'某猶願吾子之終教之也。'賓對曰:'吾子重有命,某敢不從!'"這便是《儀禮》典型的禮辭形式。先陳述施禮的對象,句式一般爲:"×有子×"、"吾子"。施禮的緣由爲:"加布於其首",即行冠禮。而謙虛、敬稱對方則不言具體所實施之事,而諱言"教之"。此時與禮者則須謙稱自己才不堪用,不足以承擔"教育"的職責,這自然是謙辭,但也是一種格式化的語句,常見的句式有:"×不敏"、"×恐不能××"、"病(貽誤)××"、"×敢辭"、"×敢不從"。對方面對此程式化的語句,則需要再次邀請與禮者承擔禮典之事,一般語句爲"敢固以請"、"敢再請"、"敢請"、"固請"、"××強爲×",於是與禮者才會應承,一般以"敢不從命"、"×不敢辭"、"敢不承命"作爲應承之答語。當然不是所有的禮辭都以這種格式出現,有的禮辭或者沒有謙辭、或者不指明施禮者,但基本上都具備點明所施之禮"明禮之辭"、推辭謙讓(有時甚至這一環節也缺失)、應承三個環節。如《儀禮·士冠禮》:"宿曰:'某將加布於某之首,吾子將蒞之,敢宿。'賓對曰:'某敢不夙興!'"此例便只有需要與禮者參與禮典的原因和對方的應承。

① ［法］馬塞爾·莫斯:《禮物》,上海:上海人民出版社,2002年,第70頁。

又《儀禮·昏禮》："昏辭曰：'吾子有惠，貺室某也。某有先人之禮，使某也請納采。'對曰：'某之子惷愚，又弗能教。吾子命之，某不敢辭。'"具備謙辭、"明禮之辭"、應承之辭。《儀禮·昏禮》："問名曰：'某既受命，將加諸卜，敢請女爲誰氏？'對曰：'吾子有命，且以備數而擇之，某不敢辭。'"僅具"明禮之辭"、應承之辭。再如《儀禮·士相見禮》："曰：'某也願見，無由達。某子以命命某見。'主人對曰：'某子命某見，吾子有辱。請吾子之就家也，某將走見。'賓對曰：'某不足以辱命，請終賜見。'主人對曰：'某不敢爲儀，固請吾子之就家也，某將走見。'賓對曰：'某不敢爲儀，固以請。'主人對曰：'某也固辭，不得命，將走見。聞吾子稱摯，敢辭摯。'賓對曰：'某不以摯，不敢見。'主人對曰：'某不足以習禮，敢固辭。'賓對曰：'某也不依於摯，不敢見，固以請。'主人對曰：'某也固辭，不得命，敢不敬從！'"相比冠禮和昏禮之禮辭，士相見禮之禮辭更爲複雜，首先士相見禮之禮辭謙辭、事由、應承之辭皆備，但推辭卻是一個分步驟的行爲，而不是如前兩者那般直接推辭謙讓，如此處，先辭見、后辭相見之禮儀，再辭禮物，而對方則一一堅持不允，直到應承爲止，儘管這些辭讓也是固定的程式，但相關儀式卻真可辭讓推掉，這又涉及常見的禮的階級屬性，此處暫時不予討論。總之禮辭的模式基本上可以確定爲：謙辭＋事由＋指人之辭＋明禮之辭＋推辭＋應承。就句式而言，禮辭多爲四字句、多用韻語，這一點學界多有申述，此處不必贅言。① 此外，一般行禮之主體不是直接致辭者，往往中間需要一個使者來進行"專對"，這種模式無疑具有獨

---

① 李炳海認爲："醮辭是整齊的四言詩，用語典雅，莊嚴肅穆，見不到任何戲謔的因素，和《詩經》許多雅詩的風格相近。"見《〈莊子〉的卮言與先秦祝酒辭》，《社會科學戰線》1996 年 1 期。

特的象徵意義，但此處是討論文體特點，其他方面後文再專門討論。至於記録《儀禮》中諸多禮典、儀式的語言具備什麼特點，什麼結構，是否有規律可循，則是下一步進行考察的對象。

　　《儀禮》常見的句式有哪些，句式又有什麼結構、特點，可以通過考察經文文本來作説明。上文研究《儀禮》經文，常列舉《士冠禮》《昏禮》等篇，此處舉《鄉飲酒禮》《大射儀》《公食大夫禮》之文爲例，這並不是因爲這些篇章恰好具備這些獨特性的例子，而是這些例子在《儀禮》經文中隨處可見，爲了避免行文之重複，因此此處考察之對象選擇今本《儀禮》經文篇目靠後的章節。

　　《儀禮·鄉飲酒禮》："主人就先生而謀賓、介。主人戒賓，賓拜辱。主人答拜，乃請賓，賓禮辭，許。主人再拜，賓答拜。主人退，賓拜辱。介亦如之。乃席賓、主人、介。衆賓之席，皆不屬焉。"這一段經文是《儀禮》中最爲普遍的文字之一，施事的主體主要有主人、賓，偶爾有介、衆賓等。拋開所實行之禮典不論，單以施事者的行爲而言，一般爲主人＋V（動詞），賓＋V（動詞）的基本模式。若要細析，則一般爲主人＋V_1（表示一種動作，常見的有"拜"、"揖"等動作），賓＋答＋V_1（以主人的動作行爲回應主人，"答"此處作爲回應的標志，一般情況下，"答"字之後的動作與主人一致），主賓的動作可以重複，因此動作之前可以加以"再"、"復"等副詞加以描述。爲了節省文筆，使文體簡潔流暢，若是重複的動作，會以"×亦如之"加以概括。上述三種句式幾乎遍佈《儀禮》經文文本，[1]如

---

　　① 《鄉射禮》因涉及射箭等特殊禮典，因此句式間夾雜了大量射術、射具之類詞彙；《覲禮》《聘禮》《士喪禮》《既夕禮》《士虞禮》等篇情況與之相似，都是涉及專門禮典術語，因此有別與其他篇章。當然若以文體作爲研究對象，《儀禮》經文中《喪服》又有別於其他篇章，這個特例在後文探討《儀禮》義理時再加以考察、説明。

《儀禮・鄉飲酒禮》："主人速賓（指明、總括整個行爲），賓拜辱，主人答拜（主賓皆"拜"），還，賓拜辱。介亦如之（介與賓動作行爲一致，無須贅述）。"又："主人相迎於門外，再拜賓，賓答拜（主賓皆"拜"），拜介，介答拜（介以拜作爲對主人的回應，動作亦如主賓一致）。"

　　上述句式可以作爲整個禮典之預禮，在賓主等施事者完成見面禮儀之後，便開始進入施禮場所進行主要的禮典儀式。如《儀禮・鄉飲酒禮》中賓主互相酬對的部分，此部分是《儀禮・鄉飲酒禮》禮典的一個高潮部分，詳細描繪了鄉飲酒禮的實施部分過程。儘管禮典比較繁瑣，文字描述也比較冗雜，但是就句式而言無外乎以下幾種：主人＋V（"取"、"奠"）＋爵＋處所；施事者（主人/賓）＋V（降/升）＋洗。如"主人坐奠爵於階前"、"主人坐取爵"、"奠爵於篚下"、"主人坐奠爵"、"坐奠爵"；"賓降"、"主人坐爵，遂拜，降盥"。由於盛酒之器皿多爲爵，於鄉飲酒禮主客酬對中，主人在"座席"上拿出爵以敬酒、敬酒完畢之後又需奠爵，這是《儀禮》經文中所有禮典中的一個基本禮節。因此相關句式也遍及《儀禮》文本。

　　在飲酒之後須下堂在專門清洗酒具的容器（洗）中清洗酒具，故主人或者賓客須降階洗爵（當然具體清洗的工作有專人即"沃洗者"負責，所謂的降只是離座下階，而不是真正要走到堂外，但降洗的用意是至堂外清洗酒具），然後升堂復飲。禮典除了必須至堂外洗爵需有升降之舉動，有時爲了表示誠意、敬重，也往往降階拜揖，成禮后復升座，因此《儀禮》經文中隨處可見賓降/升、主人降/升之句。此外，上文提到的文體規律此處依然適用，那就是辭讓這一重要環節，主人會表示要替賓客清洗酒具，賓客會表示辭讓、在清洗完酒具后也需要表示感謝。因此常有"辭洗"、"拜洗"之語。至於禮典中的拜、揖、讓等禮節則充斥於禮典行爲中，故《儀禮·鄉飲酒禮》也存在大量××拜，××辭，××＋處所＋拜等句式，如："主人壹揖、壹讓，升。賓拜洗"，"賓西階上拜"、"主人阼階上拜送爵"。這些句式也存在於《儀禮》的其他章節中，下面可以看到。

飲酒須具佐酒之食物，故前有奠爵之舉，此復以祭食之禮以應，而《儀禮·鄉飲酒禮》有"薦脯醢"之禮："乃設折俎。主人阼階東疑立。賓坐，左執爵，祭脯醢。奠爵於薦西，興，右手取肺，卻左手執本，坐，弗繚，右絕末以祭，尚左手，嚌之。興，加於俎。坐捝手，遂祭酒。興，席末坐啐酒。"除去一般陳述禮典文辭，如"乃設折俎。主人阼階東疑立"，上文討論過之奠爵禮文辭"奠爵於薦西"及一些賓主互拜應對之辭，此外便是祭祀食物之禮辭。這種禮典一般規定施禮者右手如何、左手如何，即右手＋V＋食物、左手＋V＋食物、祭＋食物。至於手碰過食物之後應擦拭手指，先嘗什麼食物，嘗多少，在哪裏嘗，則都是以相關動詞配以對象這種極爲簡單的句式加以描繪。同樣，這種禮節也存在於《儀禮》之其他禮典中。至於主賓站立的位置，因涉及方位詞，將於《儀禮》之詞彙研究中繼續加以探討。

又如《儀禮·鄉射禮》："主人戒賓。賓出迎，再拜。主人答再拜，乃請。""主人再拜，賓答再拜。""賓朝服出迎，再拜。主人答再拜，退，賓送，再拜。""主人阼階上當楣北面再拜，賓西階上當楣北面答再拜。""主人坐取爵，興，適洗，南面坐奠爵於篚下，盥洗。""賓降，主人辭降，賓對。主人卒盥，壹揖壹讓升，賓升，西階上疑立。"《儀禮·大射禮》："賓以虛爵降。""主人降。""賓洗南西北面坐奠觚，少進，辭降。""賓坐取觚，奠於篚下，盥洗。""主人辭洗。賓坐奠觚於篚，興對，卒洗，及階，揖升。""主人升。""賓降盥，主人降。賓辭降,卒盥,揖升。""主人坐祭,遂飲。""主人降洗,賓降。"《儀禮・公食大夫禮》:"公降盥。""賓降,公辭。""公升,賓升。"等等,皆可按照上文之分析歸入相關句式中。

若以話語方式來分析《儀禮》文本,《儀禮》亦是迥異於先秦經典話語方式的白描性話語體系。《儀禮》經文語言"条段簡樸,章法直截",①《儀禮》是輯録先秦禮典之文獻,用以指導實施禮典,因此《儀禮》的話語方式不需要過多的修飾成分,而只需要採取平鋪直敘的描述,簡潔的語言詳細記録整個禮典即可。爲了達到簡樸的行文風格,在相關禮節一致時,《儀禮》往往以"亦如之"相代替,避免贅述。爲了便於行禮者參考,《儀禮》的語言描繪極具畫面感,爲了讓行禮者能夠正確地實施相關禮典,《儀禮》規定了相關角色的站位方向、禮節動作、祭品規格、儀節配樂等各個細節,儘管因過於詳細而有繁冗之弊端,但是根據《儀禮》經文的語言描繪,后人很容易繪出相關圖形,或復原禮典,這即是由於《儀禮》語言畫面感強、方便操作的原因。

但是《儀禮》並不是因爲具有行文簡潔之風格,就一味求簡、尚樸,在一些需要追求詩化語言之時,《儀禮》仍然會以詩歌式的語言予以描繪。比如《儀禮》還詳細地記録了與禮者在實施禮典的過程中應該念誦的語言,這也從一個側面論證了《儀禮》語言的畫面感,但是這些語言即上文分析過的禮辭,的確是接近於《詩經》語言、或等同於《詩經》語言的韻語,這在分析禮辭時已經得到了論證。對比先秦經典的常見語言方式,如訓誡式、論辯式,《儀禮》體現出的是一種獨特的概括式描述的語言方式。在《儀禮》經文中常常可見

---

① 譚家健:《先秦散文藝術新探》,北京:首都師範大學出版社,1995年,第92頁。

一些總括式語言,這是敘事的實際限制造成的,因爲敘事不可能面面俱到,在能夠概括總結時《儀禮》也往往採取這樣的話語方式。而具體事例則可於《儀禮》經文之"記"中得到體現。如《儀禮·士冠禮》記:"無大夫冠禮,而有其昏禮。古者五十而後爵,何大夫冠禮之有? 公侯之有冠禮也,夏之末造也。天子之元子猶士也,天下無生而貴者也。繼世以立諸侯,象賢也。以官爵人,德之殺也。死而諡,今也。古者生無爵,死無諡。"賈公彥疏"無大夫冠禮……冠禮之有"曰:"此經所陳,欲見無大夫冠禮之事。"又疏"公侯之有冠禮也,夏之末造也"曰:"記人言此者,欲見夏初已上,雖諸侯之貴,未有諸侯冠禮,猶依士禮,故記之於《儀禮·士冠篇》末也。"可見在賈公彥氏眼中,記已經具有總結概括相關特殊情況的功用。記直接概括古代禮典中沒有大夫的冠禮,而有婚禮,因爲五十歲才有爵位,才可成爲大夫,既然名爲大夫,那即爲五十歲之知"天命者",已早過成人之年。這種概括話語方式省卻了許多論證之辭,既節省了文筆,又爲施禮者正確履行禮典提供了規範。

二、《儀禮》內容結構

從歷史文獻流傳的一般形式,結合現存史料出土文獻并考察《儀禮》經文之文體特色,會發現《儀禮》之流傳最早應爲單篇形式流傳,這一點已成爲學術界之共識。因此單獨各篇之禮所具有的結構體例就有探討之必要。

《儀禮·士冠禮》冠凡三加,變禮一則,若粗略劃分結構是冠禮可劃爲四部。而清人張爾岐《儀禮鄭注句讀》考核精審,分割猶詳,故胡氏《正義》以來學者皆從之。按張氏之分部爲:筮日、戒賓、筮

賓、宿賓贊、爲期、冠日陳設、主人以下位置、迎賓贊、始冠、再冠、三
冠、賓醴冠者、冠者見母、字冠者、冠者見兄弟、見君及卿大夫鄉先
生、醴賓、送賓歸俎、醮禮、孤子冠、庶子冠、母不在之冠、禮辭（戒賓
宿賓之辭、加冠祝辭、醴辭、醮辭、字辭）、屨、記（用緇布冠之義、三
加及冠字之義、三代冠之異同、大夫以上冠皆用士禮之義、謚義）。
詳則有餘而不知類，筮日、戒賓、筮賓、宿賓贊、爲期、冠日陳設六
項，冠禮前之準備工作；冠日陳設、主人以下位置、迎賓贊、始冠、再
冠、三冠、賓醴冠者、冠者見母、字冠者、冠者見兄弟、見君及卿大夫
鄉先生、醴賓、送賓歸俎十三項，具體冠禮之實施過程；醮禮、孤子
冠、庶子冠、母不在之冠四項，是冠禮之變禮，用於應對非常規者之
冠禮；至於禮辭、屨、記三項，這都是冠禮補敘部份，因此並不是十
七篇之禮皆在文末具備此三項，因爲需要補記之内容已經在文中
作出交待，毋需贅述。如《儀禮·士冠禮》而言，文中言及冠、服之
制度，但未及鞋履，爲不割斷文氣，故文中不予交待鞋履之相關制
度而於文后加以補充説明。

　　若《儀禮·士昏礼》則記在辭之前，而變禮包涵在昏辭之内。
《士昏禮》結構如下：納采、問名、醴使者、納吉、納徵、請期、親迎豫
陳饌、親迎、婦至成禮、婦見舅姑、贊者醴婦、婦饋舅姑、舅姑饗婦、
饗送者、舅姑没婦廟見及饗婦饗送者、記（婚禮時地辭命用物、笄女
教女、問名對賓、祭醴、納徵庭實、父母授女、婦升車、注玄酒、笄飾
及受笄、醴婦饗婦饌具、婦助祭之期、庶婦禮之不同於嫡婦者）、辭
（納采之辭、問名之辭、醴賓之辭、納吉之辭、納徵之辭、請期之辭、
使者反命之辭、父醮子辭、親迎至門告擯者辭、父母送女戒命之辭、
姆辭壻授綏之辭、使命所出、不親迎者見婦父母之禮）。《昏禮》中
之補敘者有庶婦禮之不同於嫡婦、使命所出，前者在記中，後者見

於昏辭。

《儀禮·士相見禮》文后無記無辭,亦無變禮之敘述,但是禮辭在《儀禮·士相見禮》文中即作出了交待,如《儀禮·士相見禮》首記使者以摯奉主,即順便記錄了使者之言辭,即爲禮辭,曰:"某也原見,無由達。某子以命命某見。"主人之答辭爲:"某子命某見,吾子有辱。請吾子之就家也,某將走見。"若補記之内容亦見於文中,"與君言,言使臣。與大人言,言事君。與老者言,言使弟子。與幼者言,言孝弟於父兄。與衆言,言忠信慈祥。與居官者言,言忠信。"又曰:"凡侍坐於君子,君子欠伸,問日之早晏,以食具告。改居,則請退可也。""凡自稱於君,士大夫則曰'下臣'。宅者在邦,則曰'市井之臣';在野,則曰'草茅之臣';庶人則曰'刺草之臣'。他國之人則曰'外臣'。"這些均拋開了禮典之具體實施過程而轉言如何自稱,又言什麼時候退出,然後又補敘對君如何自稱。至於闡述禮典意義的文辭——記,因《儀禮·士相見禮》文辭直白,其義即在士人之間相見、臣下見上、上見下,至於見之位置尊卑服飾冠冕,則於他禮中可窺一二,此處無需贅言。比較此三篇禮,可見它們的結構都各有各之特點。《儀禮·士相見禮》之結構不屬於線性結構,即如《儀禮·士冠禮》那樣按照禮典實施之過程鋪排行文,其結構亦按照禮前、禮中、禮后之大致順序展開,婚禮亦與冠禮近似,這些禮之結構都是按照事件之發展過程予以建構。但是《儀禮·士相見禮》在大致劃分上屬於一種平行結構,其具體結構如下:士與士相見、士見大夫、士嘗爲大夫臣者見大夫、大夫相見、大夫士庶人見君、他邦之人見君、燕(私)見君、進言之規定、侍坐君子之規定、臣侍坐賜食賜飲及退去之規定、先生異爵者見士、稱謂執玉之儀式(補充成份)。可見士相見禮是各個階層人相見之間實施之禮典,若以等級劃分，君爲最高級設定爲 S，大夫次等 A，先生則爲 A_1，士則爲 B，嘗爲臣之士設置爲 B_1，庶人爲 C，他邦之臣爲 X，於是《儀禮·士冠禮》之結構可推演爲：B→B//B→A//B_1→A//A→A//A、B、C→S//X→S[私下 A、B、C→S]//補充成份//A_1→B。這些被劃分成各個部份之結構之間是平行之關係，而不是禮典進行之線性結構關係。但是若細緻劃分，即具體到每一個構成平行結構之單一成份如 B→B 或 B→A，其中也包涵線性結構。因爲《儀禮·士冠禮》對於每一個單獨之相見類型都作出了描述。因此在概括《儀禮·士相見禮》之結構時籠統而言則爲平行結構，這是《儀禮·士相見禮》異於《儀禮·士冠禮》、《儀禮·士昏禮》之處。就整個《儀禮》經文而言，各篇之間亦首先是一種平行結構（某些禮典除外，下文再予以討論），具體而言這種平行結構也體現在其他篇章之中，如各篇皆存在的變禮，於常禮而言其亦爲一種需從開始進行至結尾之完整禮典，其與常禮是一種平行結構。

禮典之線性結構是《儀禮》之基本結構之一，這使得《儀禮》之結構異於《周禮》《詩經》《春秋》等經典，但與《周易》之結構有類似之處。《周易》述每一卦，皆首言初，然後言二三四五，象徵事物之發展順序，《儀禮》則是按照禮典之進行順序謀篇佈局，皆可視爲一種線性結構。這一結構基本貫徹於《儀禮》經文始末，如接下來之《儀禮·鄉飲酒禮》，首先是主人和一些德高望重的人商討派誰作使者、助禮者，然後開始陳設宴會的席位，然後招賓、主人獻賓、賓酢主人、酬賓、獻介、介酢主人、主人獻衆賓等等具體飲宴過程，包括後文之奏樂、酬獻、送賓等等禮典，皆是按照禮典實施之具體過程安排結構。

若論《儀禮》中結構最爲獨特者則爲《喪服》。胡培翬《正義》

曰："唐石經作'喪服第十一，子夏傳'，與今文同。《釋文》作'喪服經傳第十一'，單疏作'喪服第十一'，皆無'子夏傳'三字。……其題皆曰'喪服經傳'，則此四字乃舊題也。"①則《儀禮·喪服》之結構不同於其他篇章已引起歷代學者之注意。《儀禮·喪服》分經、傳兩部分，傳説傳爲孔子弟子子夏所作。且從文體而言，《儀禮·喪服》是一種典型的問答題語言模式，《儀禮·喪服》傳曰："斬者何？不緝也。……杖者何？爵也。無爵而杖者何？擔主也。非主而杖者何？輔病也。童子何以不杖？不能病也。婦人何以不杖？亦不能病也。……"而傳對於經而言則爲中國歷史文獻中特有之傳注詮釋文體，是對經文的解釋。

又《儀禮·喪服》經文排除傳則爲："斬衰裳，苴絰、杖、絞帶，冠繩纓，菅屨者：父，諸侯爲天子，君，父爲長子，爲人後者，妻爲夫，妾爲君，女子子在室爲父，子嫁，反在父之室，爲父三年，公士、大夫之衆臣，爲其君布帶、繩屨。"交待需要服斬衰三年之禮者，下文則爲齊衰三年之禮，則依照禮服體現悲傷程度之輕重、逝者與生者關係之親疏、服喪期之長短作爲劃分結構之標準。依照《儀禮·喪服》經文之記述，其結構則爲遞減型結構，最初之禮典處於峰值，後則逐步下降，此亦是就大體而言。若具體到《儀禮·喪服》之禮典結構，則恰好與之相反。如《儀禮·喪服》經文在記載衰與大小功之喪服規制時，其規制恰好與上述遞減模式相反，呈遞增型："衰三升，三升有半。其冠六升。以其冠爲受，受冠七升。齊衰四升，其冠七升。以其冠爲受，受冠八升。繐衰四升有半，其冠八升。大功

---

① 【清】胡培翬著，段熙仲點校：《儀禮正義》，南京：江蘇古籍出版社，1993年，第1339頁。

八升,若九升。小功十升,若十一升。"這個規制將輕喪之服之密度定爲高,而重喪之服的密度定爲低。前人於此頗有發揮、闡述,大概多爲言服喪者用以體驗逝者以寄託哀思,因此聯繫上述禮典之遞減模式,《儀禮·喪服》經文之結構呈現出一種交錯型格局。過去學者治禮最重《儀禮·喪服》,蓋以其等差規制最爲顯著,便於抬高統治集團之地位,因此在那個時代官方亦頗爲重視此禮。喪禮以籠絡逝者之親族朋友,亦爲社交之一種禮儀,用以維繫親族關係。逝者生前,其親族朋友尚可團結於其周圍,形成濃厚之血緣群體;逝者殁后,血緣關係逐漸淡漠,若無一必要之社交儀式來維繫關係,則這種群體關係逐漸變得鬆散,最終解體,這是遠古時代之人不願意看到的。上文提到爲尋求生存而形成之結盟制度,需要一系列之儀式予以維持,如士相見禮、婚禮、冠禮、鄉飲酒禮、鄉射禮包括喪禮,這都是遠古時代之遺存,因此《儀禮·喪服》規定一系列服制規定,就是可以保持這種血緣關係。如"斬者何? 不緝也",讓衣服外邊側的斷口露着,不予縫補齊整,以示内心悲痛無心修飾邊幅。後文之服飾等差,關係最近者最爲粗劣,體現這個群體中關係之結構。又君爲至尊,因此諸侯大夫臣下爲君亦需要服重喪,這亦是維繫君權之目的。總之,喪服並不僅僅在於體現階級之等差,亦有維繫群體關係之作用,這一點舊式經學涉及較少,按社會本是一個由多種關係構成的綜合體,維繫關係本來亦是禮之目的,排除這一作用去談喪服,其作用即大打折扣。

前人將禮分爲吉、凶、賓、軍、嘉五禮,喪禮屬於凶禮。但這種禮於親人爲喪親之痛是凶禮,從廣泛之社交意義言,卻是一種化凶爲吉之儀式,賓客前來弔唁逝者,慰問生者,出資出力以助葬祭,這種互相關心幫助使得社會關係能處於一種溫情之中,而不是純粹是一種冷漠之階級關係。《喪服》的重要還在於通過經文體現了一個真實的家庭群落，這與冠禮、婚禮類似，亦可與其陳設之器物禮具見當時之生活面貌。

至於具體禮典之結構，除按照禮典進行之先後排列之線性結構外，還有不同於上述結構者，先看《儀禮・士喪禮》中卜葬日之禮：“卜人先奠龜於西塾上，南首，有席。楚焞置於燋，在龜東。族長蒞卜，及宗人，吉服立於門西，東面南上。占者三人在其南，北上。卜人及執燋、席者在塾西。闔東扉，主婦立於其內。席於闑西閾外。宗人告事具。主人北面，免絰，左擁之。蒞卜即位於門東，西面。卜人抱龜燋，先奠龜，西首，燋在北。宗人受卜人龜，示高。蒞卜受視，反之。宗人還，少退，受命。命曰：‘哀子某，來日某，卜葬其父某甫，考降，無有近悔。’許諾，不述命，還即席，西面坐，命龜，興，授卜人龜，負東扉。卜人坐，作龜，興。宗人受龜，示蒞卜。蒞卜受視，反之。宗人退，東面。乃旅占。卒，不釋龜，告於蒞卜與主人：占曰‘某日從’。授卜人龜。告於主婦，主婦哭。告於異爵者。使人告於衆賓。衆賓，僚友不來者也。卜人徹龜。宗人告事畢。主人絰，入，哭，如筮宅。賓出，拜送。若不從，卜擇如初儀。”參與者有：卜人、宗人、族長、執燋、席者、主人、主婦、異爵者、衆賓。禮典之實施者主要爲卜人、族長、宗人、執燋、席者。又因爲此禮爲主人之親者卜葬日，故主人需與禮，但全程靜處一方不必有言語行爲，主婦亦類似於主人之角色。至於異爵者、衆賓雖然於此禮典不必參與，但是卜得之結果需要告知他們，因此間接上他們也與此禮有關。龜置於西塾，頭朝南，蓋龜神物，故必居西，又尊龜，故南面。族長、宗人吉服與禮，事神故以吉服，居西面東，居南者爲上，異於常，因事神靈。卜人在其南，又以北爲上，異於宗人者，宗人非神職，事神故居西而異於常位，但同時宗人亦是尊者，故卜人居南北爲尊者，以尊世俗之禮。主人因與逝者爲親者，故需着喪服與禮，然卜龜涉神事，故免絰搭於左臂，居於南位北面以侍奉。主婦與主人之角色相同，立於東，需要闔門以避。一切就緒之後，族長改居東，面西，卜人授龜與宗人，因宗人東面，持龜時左手捧頭，故龜西面。族長命龜，這一行爲多見於甲骨卜辭，亦可見禮之源頭甚早。然後宗人傳達命辭與卜人，卜人灼龜占卜，占卜神事結束后，主人主婦復喪服、哭。這應是古代灼龜占卜的詳細記載，其神聖色彩起源相當原始。第一，具備禁忌意味，這在甲骨卜辭中多有體現。甲骨卜辭多有祖先作祟之記載，因此在侍奉祖先之時有許多忌諱，此處以主婦居於闔門之後，而不參與禮典當與甲骨卜辭中之忌諱一脈相承。第二，宗人在卜龜中承前啟後，角色重要，主人爲喪主，主婦有避忌不得與禮，族長位尊職責在與命辭，故事由宗人承擔，宗人需傳達各項辭令，占卜結果，持龜以示族長，這種結構類似於一個中心點輻射於其他各方，各方又反饋於一點。卜人占卜灼龜結果傳達於宗人，宗人傳達於族長、主人；族長命辭傳達於宗人，宗人傳達於卜，故卜人卜龜。

　　以下爲卜葬日之結構圖，以此結構即可清晰體現禮典之方位，亦可於禮典之實施有一簡潔之提示。《儀禮》篇章中其他禮典皆有類似之結構，結構不盡完全一致，但是必然具備線性、平行式、中心輻射型結構，將結構與《儀禮》文體模式相結合，爲把握經文特色提供了一個新的途徑。

　　《儀禮》各篇雖然單獨流傳，但皆是記錄當時禮典之文獻，因此當《儀禮》文本形成后，十七篇之禮作爲一個整體也具有獨特的體例，有學者認爲這種整齊劃一之特質出自後人之改造，這不盡然。

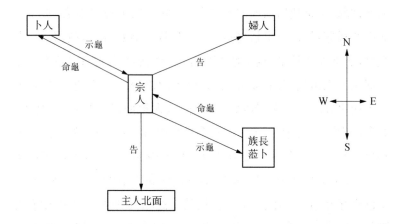

中國歷史文獻經後人改造者甚多，這是傳世文獻本身存在的一個共同特點，但是流傳至今的《儀禮》經文文本中仍然存在某些差異，因此《儀禮》經文經後人改造之處恐較少，應該爲保存原文獻風格最多之文獻之一。

《儀禮》之整體結構劃分亦即内部各篇之間之結構關係，這一問題前人多有探討，如有以吉、凶、軍、賓、嘉五禮模式予以解釋者，《禮記》曰："禮者，履也，律也，義同而名異，五禮者，吉、凶、賓、軍、嘉也。"《儀禮》經文軍禮不具，存吉、凶、賓、嘉四禮，按照今本《儀禮》之篇章順序爲：1 冠禮、2 昏禮、3 士相見禮、4 鄉飲酒禮、5 鄉射禮、6 燕禮、7 大射禮、8 聘禮、9 公食大夫禮、10 覲禮、11 喪服、12 士喪禮、13 既夕、14 士虞禮、15 特牲饋食禮、16 少牢饋食禮、17 有司徹。鄭玄認爲 1 冠禮、2 昏禮、4 鄉飲酒禮、5 鄉射禮、6 燕禮、7 大射禮、9 公食大夫禮爲嘉禮；3 士相見禮、8 聘禮、10 覲禮爲賓禮；11 喪服、12 士喪禮、13 既夕、14 士虞禮爲凶禮；15 特牲饋食禮、16 少牢饋食禮、17 有司徹爲吉禮，則以鄭氏之劃分《儀禮》之篇章歸類爲：嘉、嘉、賓、嘉、嘉、

嘉、嘉、賓、嘉、賓、凶、凶、凶、凶、吉、吉、吉。吉禮、凶禮之歸類與順序符合，而嘉禮、賓禮則歸類與順序突兀不順，因此《儀禮》之篇章順序歷來衆説紛紜，現存之順序有三種：

篇　　名		戴德次序	戴聖次序	劉向《別録》次序	類型
冠昏	士冠禮	1	1	1	嘉
	士昏禮	2	2	2	嘉
喪	士喪禮	4	13	12	凶
	既夕禮	5	14	13	凶
	士虞禮	6	8	14	凶
	喪服	10	9	11	凶
祭	特牲饋食禮	7	10	15	吉
	少牢饋食禮	8	11	16	吉
	有司徹	9	12	17	吉
鄉射	鄉飲酒禮	10	4	4	嘉
	鄉射禮	11	5	5	嘉
	燕禮	12	6	6	嘉
	大射儀	13	7	7	嘉
朝聘	士相見禮	3	3	3	賓
	聘禮	14	15	8	賓
	公食大夫禮	15	16	9	嘉
	覲禮	16	17	10	賓

　　《禮記·昏義》曰："夫禮始於冠，本於昏，重於喪祭，尊於朝聘，和於射鄉，此禮之大體也。"觀今本《儀禮》十七篇，似乎類似於此順序："始於冠"，故以第一篇爲《士冠禮》，"本於昏"，故《士昏禮》爲第二

篇,等等。當然細核二戴之《儀禮》次序,則會發覺其不合理之處甚多,但是其可資參考者亦復不少。朝聘、祭祀、鄉射、喪葬諸禮各篇之順序幾乎無異議,有爭議者則在於冠、婚、喪、祭、聘、射之間之順序。

《儀禮》以冠爲第一,蓋以成人禮爲人生之第一個重要禮典,在此之前人爲童子,不能承擔社會義務,亦不能擔負生産任務,成人之後則可成爲社會之一份子,因此以是禮爲第一,歷代學者亦無異議。成人后須成婚以繁衍後代,亦需要參與維持各種關係,婚禮即爲維繫關係之必要手段,故婚禮與次位,加上士相見禮,直接描繪社會交往之禮節,此皆爲維繫關係之重要手段,因此冠、昏、見三者之順序在最前已成共識。

童子冠、昏后則開始進入社交活動,若要開始入仕則需通過某種途徑,鄭《目録》云:"諸侯之鄉大夫,三年大比,獻賢者能者於其君。"又胡培翬《正義》引孔穎達《禮記正義》曰:"'鄭云鄉飲酒有四事,一則三年賓賢能,二則鄉大夫飲國中賢者,三則州長習射飲酒,四則黨正臘祭飲酒。'總而言之,皆謂鄉飲酒。鄉則三年一飲,州則一年再飲,黨則一年一飲。所以然者,天子六鄉,諸侯三鄉,各有鄉大夫,而鄉有鄉學,取致仕在鄉之中大夫爲父師,致仕之士爲少師,在於學中,名爲鄉先生,教於鄉中之人謂鄉學。每年入學,三年業成,必升於君。若天子之鄉,則升學士於天子,諸侯之鄉,則升學士於諸侯。凡升之必用正月,將升用之,先爲飲酒之禮,鄉大夫與鄉先生謀士,擇學士最賢者使爲賓,次者爲介,又次者爲衆賓,皆鄉大夫爲主人,與之飲酒,而後升之。"[1]胡氏《正義》中介紹了一種士人入仕之途徑,即在諸侯之鄉學學習三年之後,學成者由鄉大夫推薦

---

[1] 【清】胡培翬著,段熙仲點校:《儀禮正義》,南京:江蘇古籍出版社,1993年,第276頁。

給君。而每隔三年舉行的鄉飲酒禮，即是鄉大夫鄉先生爲君挑選賢能者之禮典，寓禮於政事，此禮可謂最直接之轉換禮典之一。故是禮列於第四，亦有深意。

鄉飲酒禮舉辦完之後往往行鄉射禮，或者說鄉射禮之前往往行鄉飲酒禮。前文言鄉射禮三年舉辦一次，但是每年春秋，鄉下之州需要聚會民衆以教習射技，在此之前亦會聚民飲宴，亦爲鄉飲酒禮，其禮典一如鄉飲酒禮。而習射之目的恐亦在於教育民衆，使其知禮讓、習射技，以求賢貢於上。因此從整體結構上考察，鄉射禮與鄉飲酒禮關係密切，前者言求賢之禮、聚民之典，此言具體教民之法，亦寓求賢之意於習射飲宴之中，一方面可敦化民衆形成禮讓之風俗，一方面習射以得技藝出衆之賢士以貢於上，是此禮爲鄉飲酒禮之下級因子，因其舉辦於鄉下之州，且爲教習之典，故其實際上爲求賢之準備工作，故爲鄉飲酒禮之組成因子。此外，還可以從兩者具體禮典之安排上之共同點看出二禮之密切關係。禮典中賓南面之情況雖然有，但較多地集中在《鄉飲酒禮》《鄉射禮》中，《鄉飲酒禮》中並無賓南面之直接記載，但是考核經文，賓南面之義卻蘊含在內。如《鄉飲酒禮》：“主人坐奠爵于序端，阼階上北面再拜崇酒，賓西階上答拜。”主人北面拜者，拜賓以尊賓，故賓不必離席還拜，僅於西階上答拜，主人北面拜，故賓需南面還拜。又《儀禮·鄉飲酒禮》：“主人坐取爵，實之賓之席前，西北面獻賓。賓西階上拜，主人少退。”此爲主人離席至賓席前，因賓不止一位，以東爲首，則西北面者，可向衆賓拜，以示尊敬。[1] 若《鄉射禮》則直接曰：“乃

---

[1] 清人黃以周亦認爲《鄉飲酒》中賓南面，故其所作禮節圖賓多南面。具體見黃以周著，王文錦點校：《禮書通故·禮節圖一》卷第四十八，第 5 册，北京：中華書局，2010 年，第 2112—2121 頁。

席賓，南面，東上。"主人則坐於階阼東，面朝西。這些設置結構，前文已加以分析其寓意。此外，就此二禮而言，主人之身份爲鄉大夫、鄉先生、鄉少師、州長等級別較低之群體，而賓則爲未來賢士，或爲未來之卿大夫，亦有公、大夫爲賓者，處賓於南面，一爲尊賢，一爲實際政治地位之考慮。《燕禮》《大射儀》《公食大夫禮》則爲緊承射禮之禮典。冠昏禮以成人，士相見禮以寓交接，鄉飲鄉射則教士選賢，在士成爲政府之一員後則面臨與上級之關係。因此《儀禮》以《燕禮》講述貴族在行政閒暇之時與下屬飲宴以聯絡感情。此仍爲交接之禮，一方面可以有休閒之時光，一方面可以饗宴招待士人，此既可增進感情，又能增強政治凝聚力。

　　另一方面鄭《目録》云："名曰大射者，諸侯將有祭祀之事，與其群臣射以觀其禮。數中者，得與於祭；不數中者，不得與於祭。"胡氏培翬引孔穎達疏曰："凡天子諸侯及卿大夫禮射有三：一爲大射，是將祭擇士之射；二爲賓射，諸侯來朝，天子與之射，或諸侯相朝與之射；三爲燕射，謂息燕而與之射。天子、諸侯、大夫，三射皆具。士無大射，其賓射、燕射皆有之。此三射之外，有鄉射，有主皮之射。凡主皮之射有二：一是卿從君田獵，班餘獲而射……二是庶人主皮之射……又有習武之射，敖氏曰：此諸侯與其羣臣飲酒而習射之禮也。言大射者，別於賓射、燕射也。"[1]又胡氏《正義》引盛世佐曰："《射義》云：諸侯之射也，必先行燕禮。又云：諸侯君臣盡志於射以習禮樂，此篇所陳是也。蓋古者天子以射選諸侯卿大夫士，即有虞氏侯以明之之遺法。貢士之取捨，諸侯之黜陟皆繫

————————

　　① 【清】胡培翬著，段熙仲點校：《儀禮正義》，南京：江蘇古籍出版社，1993年，第787頁。

焉。故諸侯與其臣相與盡志於此，以求安譽而免流亡也。將祭而擇士，習之於澤，試之於射宮，唯天子之制則然。篇内無擇士之意，鄭乃引《射義》所言天子之制釋之，誤矣。亦曰大射者，别於鄉射也，鄉大夫與其民習射於鄉學，謂之鄉射。諸侯與其臣習射於大學，謂之大射。"①是否以射技之優劣擇士，《大射儀》之經文確實没有明言，但是在《大射儀》之首即明言"大射之儀。君有命戒射。宰戒百官有事於射者"，若經文以與禮者之射技優劣來擇士以與祭祀，則不必言"有事於射者"，既然言此則宰必作出一番挑選，人員名單或經過君上之寓目同意方才公佈，若此時再舉行射禮，優者與祭禮，劣者淘汰，勢必不利於團結政治群體，這在上古時代是難以想像的，故胡氏《正義》復引盛世佐之言以駁斥鄭注。但是鄭注孔疏之解釋亦言及射禮之相關形式：即諸侯與其羣臣飲酒而習射之禮，通過此禮以娱臣下。至於"擇士"之説，鄭氏的注解也不是空穴來風。經文明言射技低劣者罰酒，則是禮有獎勵有懲罰，優劣既辨，則士之賢愚立顯，確乎有擇士之功效，不過挑選出來的賢能之臣卻没有講明即將參與君王之祭祀。

　　既然有諸侯卿大夫與其臣下飲宴射樂之禮以娱其臣下增進感情，則應相應具有天子諸侯與其臣下、諸侯與諸侯之間聯絡感情、交流聘問之禮，由此引申爲邦交義，此爲爲政之大端，於是接下來之禮典則爲《聘禮》。鄭《目録》曰："大問曰聘。諸侯相於久無事，使卿相問之禮。小聘使大夫。"疏引《周禮》曰："'凡諸侯之邦交，歲相問，殷相聘也，世相朝也。'……凡君即位，大國朝焉，小國聘焉。

------

①　【清】胡培翬著，段熙仲點校：《儀禮正義》，南京：江蘇古籍出版社，1993年，第787—788頁。

此皆所以習禮考義,正刑一德,以尊天子也。"胡培翬《儀禮正義》引
《曲禮》曰:"諸侯使大夫問於諸侯曰聘。"①賈公彥、胡培翬皆言《聘
禮》意義即在於邦交,兩國之間之外交溝通是否得當是方國之存亡
安危之一個重要因素,特別於東周時期,邦交之重要性得到了極大
之體現,《聘禮》則詳細記載了邦交之禮典。蓋擇士以用,是擇士之
目的。子曰:"誦詩三百,授之以政,不達;使於四方,不能專對。雖
多,亦奚以爲?"②可見儒家很重視將經典之學習運用於外交之上,
亦可見外交之重要性。

　　《聘禮》分爲命使、授幣、將行釋幣告廟(出使前之準備)、受命
出行、過邦假道、預習威儀(出使之過程中若需假道他國則需實施
之禮典,此則爲補敘之內容)、至竟迎入、入竟展幣、郊勞、致館設
飧、聘享、主君禮賓、私覿、賓禮畢出公送賓、賓請有事卿先往勞之、
歸饔餼於賓介、賓問卿面卿、介面卿、問下大夫、大夫代受幣、夫人
歸禮賓介、大夫餼賓介、主國君臣饗食賓介、還玉及賄禮、公館賓賓
請命、賓行主國贈送(聘禮)、使者反命、使者還禮門奠襧(使者回國
覆命)、遭所聘國君喪及夫人世子喪、出聘後本國君薨、聘賓有私
喪、出聘賓介死(古者交通不便,或憑畜力、或靠水運,若齊之楚,非
"三月聚粮",經時累年者不致,又醫療衛生條件差,故使者出發前
聘國之人或存,比及使者至境,時或經數月經年不等,故人之存歿
皆爲未知之數,此是當時之實際情況之寫照,但不屬於正式之聘
禮,亦屬於補敘之內容)、小聘(小聘之禮只針對國君不針對夫人,
且只獻本國方物不享以玉帛)、記。這些具體儀節幾乎與國家邦交

---

　　① 【清】胡培翬著,段熙仲點校:《儀禮正義》,南京:江蘇古籍出版社,1993年,第
942頁。
　　② 《論語·子路》。

無異，因此《儀禮》之篇章設計均爲環環相扣而來。但是禮典屬於概括性文字，只是記載涉及相關大事件之禮典，若具體之辭、物，經文雖有涉及，但文字有限，實際情況不可能面面俱到，因此《儀禮》經文也有記載不到之處。許子濱在其專著中歸納出《儀禮》缺載之處：1. 過邦誓辭，2. 勞辭、辭致館之辭，3. 請事之辭，4. 俟閑之辭，5. 辭玉之辭。並列舉《左傳》中上述禮辭以補《儀禮》之不足，①可見《儀禮》經文之概括性特點，這些禮典均出自《儀禮·聘禮》，此亦說明《儀禮》在當時的確實施過，真實無疑。

《聘禮》之後爲《公食大夫禮》，前面諸禮皆言及飲宴，按古代款待賓客之形式，據胡培翬《儀禮正義》言："有饗、有食、有燕。燕主於酒，而食主於飯，饗則兼之。鄭云主國君以禮食小聘大夫之禮也者，案經云賓朝服即位于大門外如聘，明先聘後食，此所食之賓即聘賓也。"②胡氏認爲此禮是記述《聘禮》中以飯食招待使者之禮典，因此《儀禮》文本將其排在《聘禮》之後，實際上只要涉及飯食之禮皆可參考該禮，不必專門於聘禮。至於後面記述喪禮者四篇，祭祀之禮者三篇亦是有跡可循。喪禮首言喪服，乃是總起之論述，無論士喪禮抑或爲他角色之喪，喪服之制度先具於前，實際操作中遇到何種情況則具體依照禮典之記載予以執行即可。《士喪禮》《既夕禮》本爲一篇，記載逝者自新亡之卜藏日止，《士虞禮》即載既葬后之相關禮典儀式。有喪故有祖，故有祭祖之禮，《特牲饋食禮》即爲士祭祀祖父、父親之禮；《少牢饋食禮》則爲卿大夫等地位較高者

① 見許子濱：《〈春秋〉〈左傳〉禮制研究》，上海：上海古籍出版社，2012 年，第 169—171 頁。

② 【清】胡培翬著，段熙仲點校：《儀禮正義》，南京：江蘇古籍出版社，1993 年，第 1184 頁。

祭祀祖先之禮典,至於今本《儀禮》之最後一篇《有司徹》乃是《少牢饋食禮》之續篇,記載大夫祭祖禰之後,於堂上儐尸之禮典。由此可見儘管從各篇章結構來分析,《儀禮》或不成於同一時期,但是一旦《儀禮》文本形成,必然經過某些加工改造,這個加工改造使得《儀禮》成為一個意義完整的主體,再經過歷代學者之詮釋發揮,《儀禮》得以充分體現其作為禮經之作用,因此分析《儀禮》之結構方能進一步理解《儀禮》之義理,瞭解歷代學者對《儀禮》之發揮之根源。

從分析的角度看《儀禮》,則至少在經文中體現了四種結構,具體如下:

1. 親屬結構

父子	夫婦	兄弟
《冠禮》	《婚禮》	《鄉飲酒禮》

2. 君臣結構

君臣	賓主
《覲禮》	

3. 社會倫常結構

五服	祭祀
《喪服》	

4. 宇宙結構

以中為原點之十字型結構,上文已分析。

此外,由《儀禮》經文記載之名物制度、政治意義來看,禮典之參與者多為上層人士,即《儀禮》一書並不能適用於整個社會階層,各個篇章之實用性不一,其具體適用之對象也不同,像冠禮、昏禮、士相見禮、鄉飲酒禮、喪禮等與民眾生活息息相關者若加以改良可爲民衆使用，像其他涉及上層治理禮典，其設立之初衷恐未將下民納入考慮範圍，因此其適用性較之上述諸禮要大打折扣，禮典之適用結構亦可表示如下：

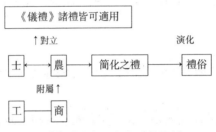

《儀禮》禮典參與者之結構關係

　　一系列複雜行禮的結果爲：民敬（"上好禮，則民莫敢不敬。"蓋繁雜又具有表演性質的儀式，下民不可能予以實施，這種儀式只能掌握在上層手中，對於掌握此種儀式的上層，民衆表現出敬意，是對遠古原始記憶的回應。與此對應的話還有"上好義，則民莫敢不服；上好信，則民莫敢不用情"。這一完整的句子構成了上古時代社會基本結構形式。以禮儀使民衆敬仰，以刑殺使民衆畏服，以信義使民衆感戴），是爲禮之第一層結構。

　　另一方面，上層實施的儀式禮典，下民除了仰望敬仰欽服之外，終望予以實施。但民力有限，《儀禮》所載的禮典下層民衆不可能予以全部遵照。致使禮俗與禮經禮制分離，社會上層與下層斷裂，社會的不穩定性增加。是爲禮之第二層結構。

　　此外，表面的結構形式與《儀禮》內在內容、內涵之間有怎樣的關係，實施禮的結果以及《儀禮》與上層和下民的關係，亦需仔細用資料加以論證，然後才能形成結論，説明爲什麽《儀禮》不能被下民全部執行，而且上層是否全部執行《儀禮》？是否有史料證明上層

與下層如何實施執行《儀禮》？上用禮究竟是怎樣對下民產生影響
和作用的，禮制與禮俗的分離，究竟是怎樣分離的，禮制方面與禮
俗方面與《儀禮》究竟是怎樣的關係，《儀禮》的哪些內容在禮制中
實施與執行，哪些內容在禮俗中未被實施或不能執行，這在下文再
予以論述。

第二節　《儀禮》經文中的國家政體結構

禮本不單純涉及政治，亦不會單純涉及國家政體結構。這一
方面由於二者之起源時間不一致，禮典之起源要早於後者；其次，
的確有一部份禮典並不是爲政體而設置。因此儘管後人對《儀禮》
作出多種解讀，竭力向政治靠攏，或者拉攏《儀禮》與《周禮》之關
係，但是二者之間表現出的差異性恐遠遠大於其相似性，而後者一
般被認爲是國家政體之表現。那麼研究《儀禮》之政體結構又有什
麼必要與意義？這裏還是可以做出一些大膽的假設，如果早於《周
禮》出現之《儀禮》（許多學者認爲《周禮》爲僞書，爲漢人作品而非
周公製作，此觀點之代表者如徐復觀等）記錄了大量關涉國家政體
之內容，《周禮》則是根據《儀禮》的相關記載予以系統化、並加以升
華，最終形成一個完整的政體體制模式，因此將《儀禮》稱爲禮經，
《周禮》則是禮之在政治上的具體運用體現。這一設置實際上在傳
統經學體系中成立，因此研究經學則應該承認二者之關係，否則研
治經學而否定經書則陷入矛盾之中。其次，如果不承認這一體系
之成立，即認爲《周禮》爲僞書，因其記載的政治體系並不能在歷史
文獻中得到完整的證明，或者即使某些《周禮》記載的職官在某些
歷史文獻中可以得到體現，但是亦不能排除《周禮》是後人融前人

作品內容入書，並不能體現《儀禮》時代之政體模式，因此《儀禮》所載之政體結構則爲當時社會之真實寫照，而《儀禮》之真實性已爲學者所證明，即便《儀禮》不可避免有後人改造之嫌疑，其絕大部份禮典可在其他歷史典籍包括甲骨卜辭中得到佐證。基於這些假設，對《儀禮》所載之相關內容進行考察是理解《儀禮》實施時代政治體制的一個途徑，亦是中國政治體制研究的一個新方向，即禮治而不是傳統認爲的君王威權政治模式。

一、《儀禮》經文所載職官及政體模式

若以家庭結構言，《儀禮》構建之家庭結構基本成爲後世中國傳統家族之基本模式，特別於《喪服》一篇記載尤詳。記有父族：族曾祖父母、族祖父母，族父母、族昆弟（族曾祖父者，曾祖昆弟之親也。族祖父者，亦高祖之孫）、祖父母、從祖祖父母、從祖父母，從祖昆弟（父之從父昆弟之子）、父、世父母、叔父母、從父姊妹（父之昆弟之女）、叔父母、姑、姑之子。母族：外祖父母、母、父之妾、繼母（《儀禮‧喪服》傳曰：“妾之無子者，妾子之無母者，父命妾曰：‘女以爲子。’命子曰：‘女以爲母。’”若是，則生養之，終其身如母。死則喪之三年如母，貴父之命也。此主謂大夫士之妾，妾子之無母，父命爲母子者。其使養之，不命爲母子，則亦服庶母慈己之服可也。大夫之妾子，父在爲母大功，則士之妾子爲母期矣。父卒則皆得伸也）、舅、舅之子、乳母（謂養子者有他故，賤者代之慈己）、君母之父、從母（君母，父之適妻也。從母，君母之姊妹）。子：嫡子、嫡婦（嫡子之妻）、長子、姊妹、庶子、庶婦、昆弟、昆弟之子、弟子、女子、女子子適人者、侄、衆子（衆子者，長子之弟及妾子，女子

子在室亦如之）。妻：妻、妻之父母、婦人、娣姒婦（娣姒婦者，兄弟之妻相名也。長婦謂稚婦爲娣婦，娣婦謂長婦爲姒婦）、甥、婿、舅姑。孫：嫡孫、庶孫、外孫、曾孫。此是近親，此外遠親有宗人，還有一層社會關係即朋友，這些角色構成了個體基本社交網絡，乃至於每一個成家立業生有子嗣者皆會在一定時期内建構起上述關係網絡，這也是古代社交模式的基本聯絡譜系，因爲禮用以維繫這種關係，使得這種基本上以血緣爲紐帶之關係得以固定下來，成爲傳統中國之最爲穩定之因素之一，直到當代社會，個體的基本社交譜系，血緣譜系亦是一個重要因素，對於某些區域之個體而言甚至是最爲重要之社交網絡。至於在考察政治體制之前先言血緣結構，則從人類發展之基本脈絡出發，吕思勉先生曰："生民之始……亦一毫無組織之羣而已。稍進乃知有血統。"[1]血緣關係是將人類社會組織起來的第一種紐帶，因此最早之政體亦從此而衍生，於古代中國則有宗法制，即是以血緣關係爲紐帶之政治體制。

中國古代社會中的政治體制一直以君王爲權力中心，即《儀禮》中所謂之天子、君、王。但是扮演這個權力中心角色最初還兼任族長、大祭司，或者本身就是族長祭司。這就是説太古時代之政體一方面以血緣爲紐帶維繫社會成員，一方面神道設教，運用神權維護統治者之權威，以便於自己的統治合法合理，具有無可争辯之力量，因此上古之官職多爲神職人員，甲骨卜辭中多見卜者即是最好之證據。此外，前文討論過《儀禮》之起源甚早，因此今本《儀禮》經文中之官職亦多爲神職人員，而不是後世傳言的三公三師丞相之類，太古時代政治治理不可能具備細緻劃分職官職能之意識，也

---

① 吕思勉：《中國制度史》，上海：上海教育出版社，2005年，第241頁。

不可能對職官職能作出細緻之劃分、設定。從這個角度出發,《周禮》職官之設置必然出現較晚而不是上古之遺。

蓋《儀禮》中之神職有：筮、筮人、祝史、夏祝、商祝、工祝、卜人、卦者、龜。案古者舉必有祭,動必有占。因此作爲占筮工作的主要執行者筮人、卜人、卦者、龜在權力機構中扮演着極爲重要之角色。《儀禮・士冠禮》曰："筮於廟門。"鄭注曰："筮者,以蓍問日吉凶於《易》也。冠必筮日於廟門者,重以成人之禮成子孫也。"在筮者占卜之時,東主需要穿上"玄冠,朝服,緇帶,素韠"等隆重正式之禮服,即位於"門東,西面",即以筮人之位爲神位以尊之。因此鄭玄注曰："筮必朝服者,尊蓍龜之道。"此時有司如作爲筮人之助手,因事神職故也可以穿上同主人一樣之禮服,"即位於西方,東面",以示尊神重筮,這皆體現出《儀禮》經文中重視筮占之處,當然此類例子在經文中還有很多,乃至《儀禮》經文處處可見與占、祭相關之詞彙,此處不必贅述。可見筮者之作用幾乎滲透到生活之各個方面,殷人凡事必占卜以問神意,然後再實施,即是筮人角色重要之最好體現。那麼這些神職人員如筮人、祝、卜人、卦者、龜有何區別？以《儀禮》經文而言,筮者似乎是以蓍草占卜者,而龜人則是灼龜以查看龜甲裂紋以作出判斷,即以龜爲占者;卦者似即以《易》之類卦書進行占卦推斷者,都是占卜人員,其區別應該不大,他們作出占卜之結果后還要共同商議,有時以蓍草進行占卜得出一個結果與龜占之結果不一,則要看如何解釋,這個解釋之權力亦在這一群體之手。因此作爲權力機構之構成群體,筮人集團扮演着極爲重要之角色,以《儀禮》言,冠禮、婚禮之日期確定、喪葬日之確定等皆由這一群體最後作出判斷。但是不能因爲如此,就將這一群體等同於最高權力者,古代占卜有命辭一項,即《儀禮》中亦常見這一現象，如《士冠禮》："宰自右少退，赞命。"又《士喪禮》："涖卜受視，反之。宗人還，少退，受命。命曰：'哀子某，來日某，卜葬其父某甫，考降，無有近悔。'"鄭玄認爲："赞，佐也。命，告也。佐主人告所以筮也。"即主人提出一個日期，由宰或者宗人傳達給筮人，讓他們去占卜這個日期是否吉利，可見筮人群體作出的判斷只能是對主人提出觀點作出吉凶之判斷而不能提出一個決策，即使筮人否定了主人提出的日期，他們也要再行占卜，直到得到一個新的日期爲止，即所謂"若不吉，則筮远日，如初仪"。這對於整個事件之執行影響力就有所減少了，因爲日期往往由君主提出，也就是説事件之發起者還是主人君上而不是筮人。

神職人員第二類則爲夏祝、商祝、工祝、祝史、太史、大祝。鄧國光先生認爲："成書於戰國時代的《儀禮》，在涉及吉凶嘉禮儀式的篇章裏，都縷述了士禮中祝的助祭過程。在祭祀儀式中，祝擔任了重要工作，并導引整項儀式的進行。"[1]也就是説祝即爲掌喪禮、祭祀之具體禮典之人，又因禮分夏禮、殷禮、周禮故有夏祝、殷祝、周祝之分。按鄧國光先生考證，夏祝於《士喪禮》中凡兩見，《既夕禮》中三見，皆與醴酒等食祭有關；而商祝在《士喪禮》中出現之情況則更多，亦是助祭祀之執事，[2]從祝字之形來看，祝事涉祭祀神靈是無疑的，《説文解字》認爲此字是"祭主贊辭者，因此從示從口"，這個解釋應該比較接近祝之本義，因此《儀禮》經文中涉及到

---

[1] 鄧國光：《中國文化原點新探：以三禮的祝爲中心的研究》，廣州：廣東人民出版社，1993 年，第 134 頁。此外鄧國光先生還在該著作中細緻歸納了夏祝、商祝、工祝之具體職能，列舉了《儀禮》中祝之 17 項具體職能，見該書第 139—148 頁。

[2] 鄧國光：《中國文化原點新探：以三禮的祝爲中心的研究》，廣州：廣東人民出版社，1993 年，第 136—137 頁。

祝時皆爲祭祀之事。至若祝史，《儀禮·燕禮》曰："祝史立於門東，北面東上。""祝史、小臣師亦就其位而薦之。"錢玄先生引胡匡衷《儀禮釋官》認爲："祝史即祝官。"亦是掌祭祀告神之祝辭者。大史則執掌之事較爲複雜，按史與巫上古本一體，皆是上古知識群體之一份子，大史以掌祭祀、法典、禮典、星曆、史籍等文書、制度。《儀禮·聘禮》："史讀書展幣。"《儀禮·覲禮》："侯氏升，西面立。大史述命。"鄭注："讀王命書也。"是大史與祝之職能有重合之部份，但是大史執掌典籍制度之職能則爲祝所不備。

　　至於行政官吏，最高級者當爲宰，在《儀禮》中宰扮演者十分重要之角色。如《士冠禮》："宰自右少退，贊命。"鄭注："宰，有司主政教者。"疏曰："知宰是有司主政教者，士雖無臣，以屬吏爲宰，若諸侯使司徒兼冢宰以出政教之類，故云'主政教者。'"可見鄭玄等人即認爲宰在《儀禮》中即是主政教者。又上文舉君以宰監視衆臣，故居南面，亦可見宰之重要地位。除此之外其他官吏統稱則爲有司，分言則涉及具體之事則具體爲何官職，如掌管墓地者稱爲冢人。《士喪禮》："筮宅，冢人，有司掌墓地兆域者。"賈疏曰："此士亦有冢人掌墓地兆域，故云冢人營之。"雍人（雍人掌割烹及陳鼎俎之事）之長，故爲雍正。其他還有圉人、御者、奉槃者、執匜者、執巾者、釋獲者、司樂、膳宰、樂人、司宮、媵爵者、甸人、闇人、鐘人、量人以及執掌武事之司馬等等，以及這些官吏之助手，統稱爲介、擯、佐、贊者等，《儀禮》記載之職官體系反映了上古時代類別概念尚不發達，還不能設置一整套完整之官職制度，只能以具體之事物命以官職。且官職之職能管轄也不完全固定，因此大史掌管之事多與祝重合，宰執掌之事亦有與祝介重合的地方，除非特殊之專門職業，一般所有的官職都是可以執行君主臨時指派之任務。

　　因此按照《儀禮》之記載,可以勾勒出上古職官制度之輪廓結構:

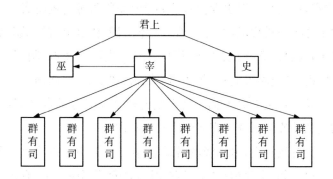

　　但是上述結構只是一種簡單的描述而不是意味着處於君王之下之宰可以掌管一切群有司。他們之間的關係在《儀禮》經文中最爲明顯的只在於宰傳達君命,監督群有司。同樣,從上文所引《儀禮》經文可知宰對於巫也沒有隸屬關係,宰偶爾傳達君王之占卜意願給神職人員,神職人員也偶爾通過宰傳達占卜之結果給君王,而且這一模式也不是完全固定的,從上述結構圖可以看出宰、巫、史處於同一層位,寓意他們都是與君王距離最近者,他們與君王進行接觸,很多時候並不需要藉助其他角色來實現。但是無論如何,史是一個最爲獨立之角色,儘管有時候史也可以充當祭祀之主持者參與禮典,但很多時候史在《儀禮》中表現出來的角色就是讀禮辭,或者禮辭之作者也是這一群體,可見這個群體是當時政治集團中的知識群體和宣傳機構,同時也是君王行爲之記錄者。

　　《儀禮》經文中還出現鄉大夫、鄉先生、士、大夫、下大夫、上大夫、卿大夫、諸侯這些涉及政治體制之名稱。這些與上文所述之職官體制並無抵牾,卿、大夫、上大夫、下大夫、鄉大夫、士皆可爲有司,具體負責某一項君王交待之任務,這些稱號只能體現身份地位,並不能表示他們在政治體系中之具體職責,因此《儀禮》中涉及這些名稱時只是體現出他們身份之尊貴,並沒有描述他們在某些禮典中具體承擔之職責。

二、《儀禮》經文與禮治結構

將《儀禮》與禮治聯繫起來,最早是出於一種歷史的被動。在上古時期,存在原始禮典,運用這些禮典處理各項事務,形成早期之禮治傳統。但是上古時期本不存在治理概念,禮的觀念也處於蒙昧狀態,禮典很多時候都是處於原始宗教與實際事物之間之維繫紐帶,因此這一時間段的禮治是一種被動的政治治理。真正將《儀禮》與政治理念聯繫起來還是經過儒家學派之努力,正是在儒家學派的改造之下,記錄原始禮典的《儀禮》才逐漸擺脫原始文獻檔案之地位而成爲儒家經典。《儀禮》究竟如何體現其禮治結構,則以《儀禮》經文來説明。上文在考察《儀禮》文體時曾發現禮典之實施過程中一般行禮之主體不是直接致辭者,往往中間需要一個使者來進行"專對",使者扮演着溝通、聯結,或者説緩衝作用。一方面禮典是源於上古之宗教、社會生活,一方面也經過後世之改造與詮釋。在禮典中存在之介賓,其擔負之職責本爲下級幕僚承擔的一般雜役。但是出使行禮亦往往由之擔任,這在《儀禮》中多有體現,除開上文分析《儀禮》職官體系所言之政治理念不發達、官職體制不完善之原因外,應該還有其他原因。因爲儘管《儀禮》記錄之禮典起源甚早,但是具體到《儀禮》實施之年代以爲春秋戰國時期,政治理念、社會各種思潮均已相當發達,但是以孔子爲代表之儒家學派仍然將禮經抬至相當高之位置，這必定因《儀禮》經文所載之禮典與儒家政治理念有相合之處，可以爲儒家所採取應用。

　　首先，《儀禮》是十三經中具體規定社會秩序之文獻，由《喪服》而生發出儒家之綱常並使之成爲儒家政治理念之一個維度，在這個角度《儀禮》爲儒家之政治理念提供了基本理論來源。這一點可從遍佈《儀禮》經文之貴賤差別得到體現，此亦是禮治之表層現象。

　　若進一步探討《儀禮》經文體現之深層治理結構，則會發現在每一個權力單位，具體到《儀禮》經文中即指一個禮典實施過程中體現出來的權力發配單位。以《儀禮・特牲饋食禮》爲例，經文可分爲：筮日、筮尸、宿尸、宿賓、視濯視牲、祭日陳設及位次、陰厭、尸入九飯、主人初獻、主婦亞獻、賓三獻、獻賓與兄弟、長兄弟爲加爵、衆賓長加爵、嗣舉奠獻尸、旅酬、佐食獻尸、尸出歸尸俎徹庶羞、嗣子長兄弟餕、改饌陽厭、禮畢賓出、記。這一禮典按照鄭《目録》的介紹是"諸侯之士祭祖禰"，即祭祖、祭父之禮典。故《特牲饋食禮》主人是士，而與之對應者則爲有司、筮人，與《士相見禮》一樣，在禮之發起者與受禮者之間有一個起着聯結作用之個體，在這裏溝通主人與筮人之關係者有宰、宗人。《特牲饋食禮》："及筮日，主人冠端玄，即位於門外，西面。子姓兄弟如主人之服，立於主人之南，西面北上。有司群執事如兄弟服，東面北上。席於門中，闑西，閾外。筮人取筮於西塾，執之，東面受命於主人。宰自主人之左贊命，命曰：'孝孫某，筮來日某，諏此某事，適其皇祖某子。尚饗！'筮者許諾，還，即席，西面坐，卦者在左。卒筮，寫卦。筮者執以示主人。主人受視，反之。筮者還，東面，長占。卒，告於主人：'占曰吉。'若不吉，則筮遠日，如初儀。宗人告事畢。"首先，權力之運用表現在每個角色之位置上，主人及其子姓兄弟們皆處於東位面西以尊筮。與之相對之筮人則處於西方，他們都穿着玄端禮服。作爲下級之有司居於西方，穿戴如同子姓兄弟。有司之作用在於接受主人之命，協助筮人占卜，因此作爲協助筮人之有司，他們從事之工作涉及神事，因此一面處於便利之原則，一面涉神處西方之規律，有司需居西面東。宰則在與禮者各就各位之後開始命辭，即主人所欲筮之內容傳達給筮人。而在衆筮人占卜之時，他們的占卜順序則按照年齡大小之順序，這種方式亦是一種較爲原始之遺留。但是從禮典的橫截面，儒家究竟吸收到什麽原則？這種原則是如何體現儒家之德治理念？要考察這兩者之間關係，恐仍然需要先對德治之相關概念予以考察。

中國歷史上提倡德治不遺餘力者當首推孔子，在《論語》中夫子多次提及德，儘管有些地方夫子提及之德，後世一些學者認爲並不是一種政治理念，而是一種倫理概念，特別是在《論語》中孔子雖然提及德，並指出應該怎樣做才是德，但夫子卻未言明這樣做的必要性。如："爲政以德，譬如北辰，居其所而衆星拱之。""君子怀德，小人怀土；君子怀刑，小人怀惠。""德不孤，必有邻。""中庸之爲德也，其至矣乎！民鲜久矣。""德之不修，學之不讲，闻义不能徙，不善不能改，是吾忧也。""有德者必有言，有言者不必有德；仁者必有勇，勇者不必有仁。""知德者鲜矣。""已矣乎！吾未见好德如好色者也。""故远人不服，則修文德以來之。"這些言論都體現了在孔子的理論體系中德之重要性，但是只能看出孔子多麽重視德，卻不能理解孔子這樣重視德是出於什麽原因。德一般理解爲道德，是"一種在後天社會生活中形成的對他人利益、社會利益的關懷"。[①] 按

---

① 周桂鈿：《中國傳統政治哲學》，石家莊：河北人民出版社，2007年，第372頁。

照周桂鈿先生的解釋，那麼政治上強調、重視道德之社會作用，以道德作爲設立各種社會制度、措施的內在基礎之政治主張即爲德治主義，而德治主義實施的政治措施便是德治。周桂鈿先生還認爲德治一般強調統治階層之道德品質、家庭倫理道德以及功利性措施的輔助作用。從這一解釋出發，不難理解爲何孔子如此重視德，他是意圖以道德作爲治理社會之鑰匙，一個人是道德品質高尚的人，那麼他做的事必然是從道德的角度出發，所做之事必然是道德高尚之事，必然利他不必利己。但是孔子自己也感歎德治面臨的困難，畢竟作爲生命個體存在之人類，趨樂避苦、趨利避害是一種本能，人人如此則會出現背離德治之現象，因此夫子感歎"已矣乎！吾未見好德如好色者也"。孔子一方面感歎德治之難，一方面也要努力實現德治，他改造歷史文獻，使之成爲符合儒家思想體系之經典。嚴格來說以《詩》《書》《禮》《樂》爲代表之儒家經典，《儀禮》很好地體現了儒家德治觀點。但是德治實施之困難的確是存在的，這在上文引用之《論語》言論中可以看出。因此德治之折中而形成一個新的治理理念，那便是禮治。

　　《論語》曰："子所雅言，詩、書、執禮，皆雅言也。"可見即使以德爲根本理念之孔子，其常常掛在嘴邊的卻是詩、書、禮而不是仁德。這其中之原因恐不是孔子放棄其原則，而是很大程度上詩書禮樂確乎體現着夫子之政治理念。因此《論語》中亦可見大量孔子論禮之言論，如："禮之用，和爲貴。先王之道斯爲美，小大由之。有所不行，知和而和，不以禮節之，亦不可行也。""信近於義，言可複也；恭近於禮，遠恥辱也；因不失其親，亦可宗也。""道之以政，齊之以刑，民免而無恥；道之以德，齊之以禮，有恥且格。""生，事之以禮；死，葬之以禮，祭之以禮。""禮，與其奢也，寧儉；喪，與其易也，寧戚。""君使臣以禮,臣事君以忠。""君子博學于文,約之以禮,亦可以弗畔矣夫!"《論語》中之禮一方面也涉及道德品質,但更多卻涉及國家治理,這一點確實比德這一抽象理念便於把握與操作。主人是否有德? 玄端而立乎東方西面,尊神敬祖。拜筮者與有司,使臣以禮,典型之禮治特點。因此禮典記錄之原始儀式,經過儒家改造之後便成爲符合德治目標之禮治手段。《儀禮·士冠禮》曰:"以官爵人,德之杀也。"鄭注:"杀犹衰也。德大者爵以大官,德小者爵以小官。"可見在《儀禮》經文中也有直接按照德之標準解釋禮典隆殺等級之現象存在,這也間接證明孔子重視禮經,以之作爲實現其政治理想之手段。

《儀禮》體現之禮治之最大特點,即在於上對下表現出足够之尊敬,而下對上級也表現出相應的敬意,雙方似乎是在分享各自之權益而不是上級命令下級之冷酷模式。因此要探討《儀禮》之禮治模式,首先確定主位與卑位,這種尊卑最早是出於血緣之劃分而不是體現在職位之高低上,《儀禮》並没有明確之職官制度,所有之官吏皆稱爲有司,即便是總領百官之宰也行使一般祝史之職責,權力之行使是一種協商模式,而不是强迫式。主上欲行一事,必請筮者卜算適合處理事務的日期,占出適合擔任相關事務的人員,而不是直接任命。這樣占卜出來的結果都是出於神意,而不是來自主上之權力。在行事過程中,賓主揖讓互拜,賓至主需迎接,賓見主需攜帶禮物,國家事務都是處於一種互動之結構中達成。

當然,不能排除《儀禮》摻有後人之理念,同時也不能否認經文記載之内容與實際政治之間之差異。在《儀禮》實施之時代,政治理念不發達,不可能提出一套合理的治理模式,因此接近神事、接近宗族倫理之禮典被認爲是最易於取之於用,以維繫社會結構,實現社會之治理。

另一層面，《儀禮》規定了治理層面中各個角色之地位、關係。古代之君臣的關係是一種施禮者與受禮者之關係，在這個禮實施得得當適宜之時，雙方只需要做好符合自己階層之禮儀，處理好相關事務即可。禮十分貼切地維繫着這層關係，也很好地促使了社會的運轉，這就是孔子等儒家學者竭力提倡禮治之緣由之一。《儀禮》以禮作爲維繫各種關係之紐帶，以器、服、儀規定上下等級，處於上級的君王，下級絕對不能在相關禮儀、禮器、服飾上僭越君上，否則便是失禮，失禮即是違背當時公認社會準則，是一個很嚴重的罪行。在強調維繫關係的同時，統治階層逐漸誇大他們應該享受的禮典，淡化忽視他們應該表現出的禮儀。這樣一來，禮儀逐漸由互相溝通、交接、雙方互動之行爲，轉化爲下級對上級之義務，是下級表示對上級服從之儀式，這不是儒家設置禮之初衷，但是在很長一段時間內，這種經過改造的禮典卻被廣大統治階級所接受，形成一種至高無上之君權，君權至上是中國政治理念發展之表現，這一政治模式之發展便成爲大一統統治模式。

此外，就禮治治理之下延而言，禮典體現出之公正平等思想亦有所萌芽。除上文所引之以道德之高下作爲爵位之高低之劃分這一原則（當然很可能這一原則並沒有在當時社會得到運用，但不可避免道德一直是一個重要的衡量標準，至漢代發展出的孝廉制度即本於道德原則而選拔官員）之外，《儀禮》經文反應出的尚賢、崇尚公平亦是其治理思想向下層指向之維度。《儀禮·士冠禮》曰："天子之元子猶士也，天下無生而貴者也。"疏曰："元子尚不得生而貴，則天下之人亦無生而貴者也。"天子之元子即王太子，王太子生而不貴，這在後世威權政治時代簡直是不可理喻之言論，但從中也體現出《儀禮》經文追求公平治理之理想。又："繼世以立諸侯，象賢也。"鄭注："象，法也。爲子孫能法先祖之賢，故使之繼世也。"賈疏曰："諸侯之子亦繼世，象父祖之賢。雖繼世象賢，亦無生而貴者……凡諸侯出封，皆由有德。"雖然諸侯之子得以繼任爲諸侯，但是經文對此還是提出了要求，對於這個要求鄭、賈二人都作出了進一步解釋，使之成爲只有賢明的兒子才能繼承賢明的父親之諸侯爵位，一方面對賢人政治提出了自己的理念，也對當時的社會現實作出了批判。又《儀禮·士冠禮》賈公彥疏："若天子、諸侯冠，自有天子、諸侯冠禮，故《大戴禮》有《公冠》篇，天子自然有冠禮，但《儀禮》之内亡耳。士既三加，爲大夫早冠者，亦依士禮三加。若天子、諸侯禮則多矣。故《大戴禮·公冠》篇云'公冠四加'者，緇布、皮弁、爵弁後加玄冕。天子亦四加，後當加衮冕矣。案下文云：'天子之元子猶士，天下無生而貴者。'則天子之子雖早冠，亦用士禮而冠。"《儀禮》賈疏提出的"天子之元子猶士，天下無生而貴者"的觀點很可能即是儒家重視冠禮的原因。从治理層面而言，爲了限制統治階層的政治權威。儒家不僅僅利用《儀禮》的種種禮典限制統治者作威作福，也規定統治者應該以禮對待臣下，還在《冠禮》中貫徹着"天下無生而貴者"的理念，从人生起點上對統治階層的權威作出了進一步的限制。另外，現代政治學中提出的社會善治思想的另一重要元素即責任性（accountability）。公衆，尤其是公職人員和管理機構的責任性越大，表明善治的程度越高。[①] 儒家通過一系列的冠禮禮典，使得冠者在即將步入仕途前，明白自身責任之重大，因爲冠者在有尊者（父母長輩）在場的情況下亦可以處於南

① 見俞可平《治理與善治》，北京：社會科學文獻出版社，2000年版，第10頁。

面之位，且冠者尚需配合完成冠禮，這是他人生中第一次參與的社會行爲。儘管禮典繁瑣，體現了儒者對社會治理的用心，也凸顯出儒家治理社會的能力。

當然這些文字出自《士冠禮》之記，記很可能是後人所加，因爲上古文辭不可能如此華麗，亦不可能產生如此結構深邃之治理理念，只有在諸子百家爭鳴、各種思想激烈碰撞、政治治理日益混亂的戰國時代，士人才有可能在社會的刺激下激發出這種公平治理之火花。

第三節　《儀禮》經文的思維結構

上文考察了《儀禮》文體形式、官職結構、具體禮治結構，並簡單討論了其與儒家之關係。作爲主體的《儀禮》是如何運用其文體形式表現其官職結構、禮治結構，或者說《儀禮》經文作爲認識之主體是如何針對其意識之對象禮典進行考察？這便是所謂之思維結構。那麼這種結構是怎樣的形式？《儀禮》之思維形式究竟表現出什麼樣之特色，對後世有什麼樣的影響，便是接下來要展開之考察。

一、《儀禮》經文思維之宏觀模式：宇宙方位觀

通過上文之考察，《儀禮》描繪了一個以中爲原點向四方衍射之空間結構，即前後左右，或者東西南北，在空間上進一步推演則納入上下兩個方位，構成一個較爲立體之空間結構。這只是《儀禮》對於方位認識之表層，在《儀禮》經文中還對方位空間做出了進

一步思考。《儀禮‧覲禮》："設六色：東方青，南方赤，西方白，北方黑，上玄，下黃。設六玉：上圭，下璧，南方璋，西方琥，北方璜，東方圭。"歷來學者多以此處經文有誤。鄭玄注曰："六色象其神，六玉以禮之。上宜以蒼璧，下宜以黃琮，而不以者，則上下之神非天地之至貴者也。"鄭玄根據《大宗伯》之文"蒼璧禮天，黃琮禮地，青圭禮東方，赤璋禮南方，白琥禮西方，玄璜禮北方"來解釋上下不用蒼璧黃琮之原因是上下不是指天地。賈疏曰："鄭注：'天地謂日月也。'若然，日月用圭璧者，《典瑞》云'圭璧以祀日月'，故用圭璧也。四方用圭璋之等，案《大宗伯》注云：禮東方以立春，謂蒼精之帝而大昊句芒食焉，餘三方皆據天帝、人帝、人神，則此亦非彼神也。以其下文有日、月、四瀆、山川、丘陵之神迎拜，以爲明神，故知非天帝、人帝之等。……謂日月山川也。覲禮加方明於壇上，所以依之也。'是鄭解方明之神，明日月山川之等，非天帝也。若然，四方禮神還用圭璋琥璜，非天神還用禮玉者，尊此明神而與天神同，故用之也。"可見鄭賈二人認爲上下非天地之至尊，而是指日月。本來鄭賈二人之觀念無所謂對錯，上下東西南北本是古人之宇宙方位觀念，確實可以不指至尊，但是又一定以他處之文彌合此處，強說以指日月，則似乎有所不妥。今人錢玄先生引金榜《禮箋》認爲後文言六玉，若按鄭說上下非指至尊神，故不應用上璧下琮，那應該是五玉而不是六玉，因爲東方亦曰圭，這與上方之圭重複，是設置五玉而不是六玉，因此認爲經文有誤。[1] 經文是否有誤，在未有新材料予以證明之前實在無法判斷，但是即便經文有誤，上下東西南北本指方位，以玉配合並配以六色，這是古人方位觀念的一種

---

① 具體見錢玄、錢興奇編著《三禮辭典》，南京：鳳凰出版社，2014年，228頁。

進步，並不見得就一定事涉祭祀。且下文明言"禮日於南門外，禮月與四瀆於北門外，禮山川丘陵於西門外"。祭祀有專門之禮典，不必以有六面六色之木頭來祭祀。那爲何經文言六玉而東與上皆爲圭？這一點要聯繫上下文來考察，既然東方配以青色，上配以玄色，則二方之圭色或不一致，設爲青圭、玄圭，怎能等同一物？玄這個色彩，許多學者將其解釋爲黑色，這個解釋是與歷史文獻中之其他義項混淆。按《説文解字》對"玄"字的解釋爲："幽遠也。黑而有赤色者爲玄。象幽而入覆之也。"可能將"玄"解爲黑色便是從這裏立論。桂馥認爲"幽遠也"當作"幽也，遠也"。王筠認爲"'玄'字在經文者，只天玄而地黄一義"，因此玄字作顏色講並沒有黑色之義項。張舜徽先生認爲玄有黯之義。① 以現代之科技觀點來看，天本無色，反射而呈藍色，云厚時則爲白色，灰色等等。因此古人無法用單一之顏色描繪天，故用一玄予以概括，因爲玄者，幽也，遠也，就是顏色深邃不可捉摸之意。此外，既然將北方歸爲黑色，那麼天應該是異於黑色之色彩。與玄對應的往往是被認爲是大地色彩的黃色，《説文解字》也認爲黃色是"土色也"，而"在甲骨文中，黃色動物用於祭祀四方神或土地神"，②因此在很早以前，國人即將顏色與考察對象聯繫起來，但是這個聯繫是不固定的，這與《儀禮》中之職官制度一樣。因此天有玄色，亦有蒼天之説。

上文討論過《儀禮》之表層空間結構爲上下東西南北，爲了進一步對抽象之方位進行描述，《儀禮》經文是對其配以色彩：青、朱、白、赤、玄、黃。"東方青，南方赤，西方白，北方黑，上玄，下黃。"

① 張舜徽：《説文解字約注》，武漢：華中師範大學出版社，2009 年，第 954 頁。
② ［英］汪濤著，郅曉娜譯：《顏色與祭祀：中國古代文化中顏色涵義探幽》，上海：上海古籍出版社，2014 年，第 113 頁。

古人色彩與其考察對象相聯繫,並根據考察對象之色彩來劃分顏色。東方是春天風吹來之方向,在這個時節,萬物復蘇,一片青蔥,因此東方被認爲是青色,富有朝氣之方位,因此《儀禮》中往往以生者居東方。《説文解字》:"白,西方色也。陰用事,物色白。從入合二,二陰數。"汪濤認爲:"没有證據能够表明,這個甲骨字的造字初衷就已暗含了後世陰陽學的信息。事實上,單從字形上來看,商周銘文中'白'的早期字形就與許慎的解釋相衝突。"①但是許慎的解釋卻提供了兩個信號:(1)顏色;(2)涉及抽象之事物,神靈、祭祀、陰陽等概念,而這兩點卻在甲骨卜辭中得到了極大的體現。又高田忠周曰:"'白',古魂魄字。《説文》:'魄,陰神也。從鬼白聲。'《左》昭七年傳:'人始化曰魄。'《淮南·説山訓》:'魂魄問於。'注:'魄,陰神,魂,陽神,'又《主術訓》:'地氣爲魄。'夫白爲陰氣,故'從入合二。''二'者,陰數也,即地也,下也,亦入也。魂爲陽氣,故從二,二即上也,陽也,天也。"②也就是説白在歷史文獻中確實與鬼神有關。從更早的歷史文獻看"白",亦與祭祀相關:

貞:侑于父乙白羲,新穀　　　　　　　　　　（《英藏》79）

叀白羲……毓有佑　　　　　　　　　　　　　（《合集》11225）

五白牛,又穀。　　　　　　　　　　　　　　（《合集》203）

貞:侑于王亥,叀三白牛。　　　　　　　　　　（《合集》14724）

……殼……幻侑大甲白牛。用。　　　　　　　（《合集》1423）

乙丑卜……貞:……白人;

燎白人。　　　　　　　　　　　　　　　　　（《合集》1039）

---

① ［英］汪濤著,郅曉娜譯:《顔色與祭祀:中國古代文化中顏色涵義探幽》,上海:上海古籍出版社,2014年,第81頁。

② 《古文字詁林》第7册,上海:上海教育出版社,1999年,第217頁。

壬子卜，賓，貞：叀今夕用三白羌于丁。用。

（《合集》293）

騽……毓（育）……白　　　　　　　　　　　（《合集》18271）

丙午卜，爭，貞：七白馬殟；佳丁取。　　　　（《合集》10067）

丙午卜，貞：佳子弓害白馬。　　　　　　　　（《合集》10067）

貞：佳白彘。　　　　　　　　　　　　　　　（《合集》26030）

丁卯……貞：般……侑羌……白牡。　　　　　（《合集》22575）

甲子卜，旅，貞：翌乙丑础，叀白牡。　　　　（《合集》26027）①

　　上文考證《儀禮》西方爲神靈之位，因此白與西方相聯繫在《儀禮》中便是順理成章之事。“黑”字許慎認爲是“火所熏之色也，從炎上出囱。囱，古窻字。”火熏之色即是黑色。按“黑”字甲骨文多作𤴓、𤴓等形，其本義或不爲顏色，按色彩這樣之表達抽象字義之字，應該與方位字一樣屬於假借之字。北有寒冷之義，古人住處朝南背北，蓋以避北方之寒風，向南方之暖日，因此北與冬聯繫在一起，南與夏聯繫在一起，而一年中最寒冷之時節爲冬季，一天中最寒冷之時候是黑夜，故以黑色象徵冬天、象徵北方，或者從這種角度出發進行考察或可解釋一二。“赤”甲骨文作𤆡、𤆡、𤆡等形，金文作𤆡、𤆡等形，皆似人處於火上之形。人處於火上故備感熾熱，而上文言南方古人以象徵夏、暖，故“赤”《説文解字》釋曰：“南方色也”。

　　以東西南北作爲空間之四維來描繪《儀禮》中的宇宙觀，是思

---

①　轉引自［英］汪濤著，郅曉娜譯：《顏色與祭祀：中國古代文化中顏色涵義探幽》，上海：上海古籍出版社，2014年，第127—133頁。

維之第一步，在聯繫到生活實際時《儀禮》將方位與季節予以配合。
鄭玄在解釋上文"禮日於南門外，禮月與四瀆於北門外，禮山川丘
陵於西門外"時認爲："此謂會同以夏、冬、秋者也。變拜言禮者，容
祀也。禮月於北郊者，月，大陰之精，以爲地神也。"賈疏曰："禮日
於東門之外，已是春會同，明知此是夏、秋、冬也。既所禮各於門外
爲壇，亦各合於其方，是以《司儀》云：將合諸侯，則令爲壇三成，宮
旁一門。"鄭注云："天子春率諸侯拜日於東方，則爲壇於國東。夏
禮日於南郊，則爲壇於國南。秋禮山川丘陵於西郊，則爲壇於國
西。冬禮月四瀆於北郊，則爲壇於國北。"《儀禮·覲禮》"諸侯覲於
天子，爲宮方三百步，四門，壇十有二尋，深四尺，加方明於其上"，
鄭玄注曰："春會同則於東方，夏會同則於南方，秋會同則於西方，
冬會同則於北方。"可見經文將方位配以季節已早爲學者所認同。
又疏云"三時先北後西，不以次第"，亦可證明上文所言之四方方位
東西南北是一個固定之方位，因此疏文才以先北后西爲不以次第。
這是對方位進行的進一步思考與描述，《儀禮》經文甚至將生活實
際抽象化，進一步將方位配上象徵各個方位之色彩，這樣便完成了
一個具有嚴密體系的宇宙世界觀，從而邁出了機械描繪時空的藩
籬，也使《儀禮》之思維結構複雜化，這種方位配以色彩的模式後來
進一步發展，極大地影響着五行觀念的産生。

　　後世之五行觀念起源也較早，陳夢家先生在甲骨卜辭中也找
到了一些五行萌芽之痕跡，可見在商代五行觀念即開始萌芽。[1]
聯繫《儀禮》經文之宇宙觀，愈發可以看出古人對於宇宙之思考一

---

　　① 具體見陳夢家《五行之起源》，《陳夢家學術論文集》，北京：中華書局，2016 年，
第 202—214 頁。

直没有停止,一直試圖以各種方法解釋宇宙時空。《儀禮》方位結構之表層即是十字型結構(亦有人歸納爲"亞"形結構),方位結構思維之第二層則將空間與季節相聯繫,也即將時間納入了考察之對象,也使得思維進一步發展,而思維發展到一定程度時便開始産生抽象之理念,將顯示中具有虛無感之色彩與之配合,産生這種複雜的時空觀念,由此可見《儀禮》不是單純的禮典之記録,它在表達禮典之同時也展現出複雜的思維模式,表現出古人思維的進步。

　　那麽《儀禮》中的方明究竟是指什麽? 按《儀禮·覲禮》:"諸侯覲於天子,爲宮方三百步,四門,壇十有二尋,深四尺,加方明於其上。"鄭注曰:"方明者,上下四方神明之象也。上下四方之神者,所謂神明也。"賈疏曰:"'方明者,上下四方神明之象也'者,謂合木爲上下四方,故名方,此則神明之象,故名明。此樂解得名方明,神之義也。"這些解釋都將方明與神事聯繫起來,這在思維上屬於形而上之層面,但是從治理角度看,方明還具有一定的政治符號意義。在接受來自四方諸侯朝覲之時設立宮殿、壇、方明,前兩者可凸顯王權之威儀,但是陡然將神靈擺在這裏,且以四方之神靈,爲何不是至高之神靈而僅僅只是方位神? 可見方明涉及神事雖有一定道理,但是從《儀禮》思維之角度出發,恐不僅僅只局限於神事。蓋方明六面,以象徵上下東西南北,體現着《儀禮》經文中之天下觀念,配以相應之色彩這一層面之意義上文已加以分析。值得注意者,方明之上還配以六玉,即"上圭,下璧,南方璋,西方琥,北方璜,東方圭"。按"圭"《説文解字》曰:"剡上爲圭,半圭爲璋。"結合出土文物,"圭"爲長條形、上圓或劍頭形下方平直之玉器;"璋"則呈扁平長方體狀,一端斜刃,另一端有孔。《説文》曰:"璜,半璧也。"又:"琥,發兵瑞玉。"即形似老虎的玉器。至於"璧",則在玉器中最爲常見,《說文》曰:"璧,瑞玉,圓器也。"《白虎通》:"璧者,外圜象天,內方象地。"是"璧"爲圓形內有方孔之玉。以這些玉配以方位出於一種什麼目的? 還是無意爲之? 按古人在描述方位時除了上述方式之外,還喜歡將物種配以方位,常見有東方蒼龍、西方白虎、南方朱雀、北方玄武(一種龜類動物,《禮記·曲禮上》:"玄武,龜也。"後來發展爲龜蛇兩種動物,可能是兩種圖騰之合體)。"琥"即虎,且刻爲虎形,可見西方以琥是有所寓意的。"璋"字甲骨文之字形多不從"王",而作"章"。又高鴻縉先生曰:"章,明也。從日,辛聲。"朱芳圃先生也認爲章有明亮之義,他認爲章字"象薪燃燒時光采成環之形。《書·堯典》'平章百姓',鄭注:'章,明也。'《易·豐》六五'來章有慶',虞注:'章,顯也。'"①而前文言及南方象徵陽氣盛、日暖,故亦含明之意義,因此以璋配南方正好適合。以此類推其他之玉當亦同方位有某種牽連,此不贅述。可見爲了進一步描繪宇宙空間,《儀禮》還將相關物候物産動物與方位相聯繫,這樣方位不再抽象化。另一方面,以四方上下配以象徵方位之玉,實質上這亦是一種王權之象徵,即象徵着天下四方一統之寓意。大一統觀念雖然正式提出得較晚,但是不能排除在上古時代就沒有過這種思潮之萌芽,更何況《儀禮》實施之時代已經進入戰國時期,天下戰亂頻仍,大一統之觀念逐漸萌生。故以方面置於諸侯朝拜之時,象徵天下四方皆爲方面之各面,合起來則爲一物,寓意十分深刻。

　　總之由四方而進入時間,進入色彩、物候、治理,由單純之空間演變爲豐富之時空觀念,又由抽象之時空觀念聯繫到具體之政治理念,《儀禮》之思維結構從單一之複雜,由具體到抽象,又由抽象

①　《古文字詁林》第3冊,上海:上海教育出版社,2004年,第142—143頁。

而豐富具體化，形成一種環形之思維結構，這種思維結構體現出
《儀禮》經文豐富之思想水準，也爲後世之相關理論進一步發展奠
定了堅實的基礎。

二、禮器、禮辭、禮典與方法論

　　一些學者提出"仁"作爲儒學之本體，在具體實施過程中又以
道德準則爲衡量之標準。但是這些作爲本體論之觀點只有通過實
踐才能實現儒家的德治，才能表現爲仁。在儒家經典中均含有踐
行之精神，《莊子·天下篇》曰："《詩》以道志，《書》以道事，《禮》以
道行，《樂》以道和，《易》以道陰陽，《春秋》以道名分。"①又司馬遷
引孔子之言曰："六藝於治一也。《禮》以節人，《樂》以發和，《書》以
道事，《詩》以達意，《易》以神化，《春秋》以義。"②這些言論針對儒
家經典作出了評論，儘管其評價不盡相同，但是至少在評論《禮》之
方面，都表現出對《禮》實踐性一面的強調。莊子認爲《禮》是用來
描述行，太史公則認爲《禮》是治理的一種手段，用來節制民衆。可
見《禮》一直被當做實踐性強之文獻看待，在儒家思想體系中禮成
爲表達方法論之介質，具有獨特地位。那麼作爲禮經之《儀禮》如
何體現儒家之思想，或者如何實踐儒家之思想，則是下文進行考察
的内容。

　　《儀禮》文本首先給人之印象，便是方位詞運用之次數極爲繁

---

　　①　【清】郭慶藩：《莊子集釋》，《諸子集成》第 3 册，北京：中華書局，2006 年，第
462 頁。

　　②　【漢】司馬遷著，顧頡剛等點校，趙生群等修訂：《史記·滑稽列傳》，北京：中
華書局，2013 年，第 3857 頁。

多,乃至於考察《儀禮》經文時不得不面對這些方位詞作出思考,探討其背後蘊藏着的意義。另一方面,《儀禮》記録了大量的禮典,禮典是《儀禮》經文之主體,但是這些禮典之表現卻又由衆多繁冗之禮器,如冠服、鼎卣以及賓主間之揖讓拜升組成,同時在進行禮典之時,宰祝賓介史還會進頌禮辭,引導禮典之進行,樂工還會配以符合相關禮典之樂以合禮典之進行。總之,一切行爲之實施,服物禮器之陳列,在上敬下恭之儀式中表現出一種既威嚴肅穆又和諧圓融之象徵儀式。那麼這些現象究竟具有什麼魔力,能够使儒家學派選擇禮經作爲其方法論之媒介?本傑明·史華兹(Benjamin I. Schwartz, 1916—1999)認爲:"禮大致可以設想成理想的、以非強制性紐帶爲基礎的命令體系,並能在扎根於每個活生生的個體的道德衝動中發現其終極根源,那麼,在一個真實的良好社會裏,對於刑法制裁和外在強迫的需要雖不會徹底消除,卻可以減少到最少狀態。"①史華兹的觀點較好地概括了禮在儒家思想體系中之地位,也將禮在社會的具體應用形式和儒家重禮之目的予以表露。

儒家思想常常被看做是維護特權階層統治的政治保守主義,因爲儒家學派的第一位大師孔子常常鼓吹恢復古制,人們也應該在社會生活中各安其位,做到君君、臣臣、父父、子子這樣之模式。孔子爲了實現這一理念,抬出禮經以規範社會行爲,使之能够按照孔子心目中的古制運轉下去,而且以孔子爲代表的儒家學派似乎還運用禮典以維護宗法制度、維護君主之世襲統治。如果從這些層面上審核夫子之思想,他無疑是一個保守主義者,這也可以解釋

---

① 〔美〕本傑明·史華兹著,程鋼譯:《古代中國的思想世界》,南京:江蘇人民出版社,2013年,第439頁。

爲什麽其思想在接下來的幾千年時間内受到東亞統治者們的歡迎。但是從上文所列舉《儀禮》中之例子可以看出,事實上並不能簡單地將儒家思想歸爲維護集權主義之政治思想。上文《儀禮·士冠禮》曰:"天子之元子猶士也,天下無生而貴者也。"又:"繼世以立諸侯,象賢也。"從這些經文出發可以看出儒家學派雖然不反對世襲君主的統治,但是對於世襲制度提出了嚴格的限制,那就是繼任之君主必須具有高尚的道德情操。具有這樣的道德,便是一個有德之士,他可以推己及人地實施德治,從而實現社會的善治。從這一思想出發,儒家維護集權政治是基於維護德治、維護正義之政權。因此在位之君主是道德之楷模,他所推行的政治是德治,這樣的政權儒者應該不遺餘力地加以維護。爲了維護這一德治政權,儒者們將禮典予以詮釋,用以規範政府,使之保持德治之常態。

爲了維護正義之政權,或者爲了規範政府使之正義,孔子運用禮經來勸導統治階層。在具體方法論上,儒家將禮詮釋爲禮經、禮典、禮器、禮辭四個層面,儒家的大師們如孔子、荀子終其一生都在積極奔走呼告、倡導禮學,以謀求政治的道德化,也即是實現德治政府。儒家對於禮經的提倡自不必説,否則《儀禮》也不會成爲十三經之一。具體禮典上文多有涉及,在論述《儀禮》經文義理時還要進一步闡述,此處不做論述。下面從《儀禮》即禮經中之禮器與禮辭出發,考察儒家如何運用這些具體之器物實踐自己的政治理想。

禮器之作用本於禮一樣,屬於祭祀用品,如最爲常見的青銅禮器在青銅時代的社會生活中實際並没有得到廣泛的運用。一方面由於青銅開採的難度、礦產的分佈局限;另一方面也由於當時這些青銅禮器本身屬於貴重物品,只能在貴族群體中得到使用。那麽作爲祭祀用具的禮器其本身的實用價值便被其身上的象徵意義所覆蓋,漸漸形成爲一種神權符號,而在神權削弱、人間王權抬高之時,這些用來與神靈溝通的禮器便漸漸被賦予新的意義。傳說舜運用各方進貢的金屬鑄造了九鼎,這個巨大的鼎成爲國家政權的象徵,被當成無價之寶。九鼎傳說現在並沒有考古發現予以證明其真實性,但是從張光直先生的一些論述中卻可以看到歷史文獻中九鼎傳說的某些合理之處,或者原型。張先生從傳說中夏都位置範圍與錫礦、銅礦出産地圖進行比對,發現二者之間絶大部份是重合的,而在那個時代鑄造 300 公斤左右的青銅器至少需要 50 余噸礦石,因此都城的遷徙便是爲了追逐更多的銅錫礦石,而在都城附近礦石資源逐漸減少時,遠方貢獻礦石亦成爲鑄造青銅器之礦石來源之一,[①]而恰好九鼎就是夏朝的始祖大禹用各方進貢來的金鑄造的,這兩者之間的共同點至少説明了在三代時期青銅器與國家政權之間的密切關係。

《儀禮》中之青銅器蓋有鼎、鑊、爵、角、尊、罍、瓵、觶、罍、鬲、彝、敦、鉶、俎、豐、匕、枋、豆。鼎,按照凌廷堪之解釋爲"升牲體之器",[②]鼎鑊皆爲盛牲之器。《少牢饋食禮》:"羹定,雍人陳鼎五,司馬升羊右胖,脾不升,肩、臂、臑、胳、骼,正脊一、脡脊一、橫脊一、短脅一、正脅一、代脅一,皆二骨以並,腸三、胃三、舉肺一、祭肺三,實於一鼎。"至於鼎與其他青銅禮器的區別,錢玄先生曰:"牲烹於鑊,熟乃升於鼎,和其味;食時,從鼎取出牲體,載於俎。"[③]行禮之時,鼎數越多象徵地位越尊貴。《公羊傳》桓公二年何休注:"禮祭:天子九鼎,諸侯七,卿大夫五,元士三也。"但是爲了表現出東道主之

① 見張光直《中國青銅時代》,北京:三聯書店,2013 年,第 43—70 頁。

② 【清】凌廷堪著,彭林點校:《禮經釋例》,北京:北京大學出版社,2012 年,第281 頁。

③ 錢玄、錢興奇編著:《三禮辭典》,南京:鳳凰出版社,2014 年,第 977 頁。

善待賓客,禮敬士人,使用鼎的數目往往不固定。《儀禮·聘禮》
"飪一牢,鼎九,羞鼎三。"在禮器之數量上,儒家極力強調一定規
制,但是爲了限制統治者的威權,表達出一種對下級的敬意與尊
重,一些本來規定只有比較高地位的角色才可以使用的禮器也可
以賜給下級使用。無論是青銅器還是《儀禮》中常見的"賓如主人
服",即賓客與主人穿戴差不多,都表現出儒家以這種獨特的禮去
追求其德治的努力。下附常見青銅禮器:

春秋晚期俎

戰國早期鼎

戰國早期匕

　　禮器規定了相關階層使用規制,使得不處在某一特定階層的士人不得僭越使用相關禮器,由此而進一步衍生冠冕服裳乃至於涉及禮典的一切數目,基本上享受禮典者身份等級越高,數目越多。儒家通過規定禮器的使用來作爲衡量社會秩序的一個量度,在社會治理思想並不發達,甚至尚未萌芽的時代具有獨特的符號意義。但是禮器的使用並不如以往研究的那樣僅僅只是限制僭越行爲出現,而使社會秩序一成不變,在《儀禮》中體現出的有異於禮數規定的還有相當大的篇幅,這一方面體現儒家對於現實統治階級的不放心,欲使其具有高尚的道德品質,只有如此才會利他,器物、服裳、酒食皆可讓他人享受最好部份,這是一種德治的體現,儘管事實上這種努力的象徵意義要遠遠超過實際效果。

　　此外,儒家對於《儀禮》中相關禮器之詮釋亦具有象徵意義。《燕禮》:"司宮尊於東楹之西,兩方壺,左玄酒,南上。公尊瓦大兩,有豐,冪用綌若錫,在尊南,南上。尊士旅食於門西,兩圜壺。"鄭注曰:"尊方壺,爲卿大夫士也。臣道直方,於東楹之西,予君專此酒也。"爲了時刻灌輸提高道德品質的思想,對於方形之壺儒家亦不遺餘力地予以解釋，方形之方被解讀爲正直、爲人公正，因此禮作爲方法論，確實能够扎根於每個個體生命中。類似的禮器還有很多，比如上文提到的方明，上文解釋爲象徵各方彙聚一堂統於一尊，就像九方貢獻之金屬被熔鑄爲一鼎一樣，四方諸侯均需對天子負責，以其爲尊，從而維護政權的穩定。再比如有一個禮器叫"禁"，亦是具有象徵意義的符號性禮器。《儀禮·士冠禮》："尊于房户之間，兩甒，有禁。玄酒在西，加勺，南枋。"鄭玄曰："禁，承尊之器也。名之爲禁者，因爲酒戒也。"又賈疏曰："醴不言禁，醴非飲醉之物，故不設戒也。此用酒，酒是所飲之物，恐醉，因而禁之，故云因爲酒戒。"禁根據現在出土的青銅器實物來看，其實就是一種承物之器皿，但是儒者對其加以發揮，於是作爲承載物品、使之静止之義的禁，變爲禁止飲酒之勸戒之義。對禮器賦予新的所指，實際上也包涵了古人對於生活的認識，如上文所引以琥象徵西方，琥即虎，虎是自然界最爲威猛之動物，故以其象徵肅殺之秋天。《周禮·大宗伯》鄭注"六器"曰："禮神必象其類：璧圜象天；琮八方象地；圭鋭象春物初生；半圭曰璋，象夏物半死；琥猛，象秋嚴；半璧曰璜，象冬閉藏，地上無物，唯天半見。"也就是説很早開始古人就將自己生活中的觀察認識體現在所鑄造之禮器之上，爲了便於與自然界進行溝通，因此與之溝通之媒介禮器必然象自然之物，這便是《易·繫辭傳下》所載庖犧氏作八卦之模式："古者庖犧氏之王天下也，仰則觀象於天，俯則觀法於地，觀鳥獸之文與地之宜，近取諸身，遠取諸物，於是始作八卦，以通神明之德，以類萬物之情。"詳細地表明了遠古時代人們對於世界的認識方法。但是如果因此便下結論將這些文獻材料與"天人合一"的觀念相聯繫，那未免顯得武斷了。吴十洲先生在其著作《兩周禮器研究》中即認爲禮器體現了

“天人合一”之觀念，①且不説“天人合一”這個觀點在歷史文獻中並没有直接出現，即便有也出現的時代比較晚。在上古時代，人們的思維水平、認識能力能不能達到足夠的水平去提出這樣抽象化的概念，這都無法言明，但是以認識的方式去看待古人取法天地萬物，卻能體現認識過程的基本形式，而這種認識的過程與形式也恰好體現着儒家運用禮器以認識事物的基本形式之一。

　　本來不具備符號所指的器物都被賦予新的意義，那麽作爲闡述禮義之禮辭便被儒家學者賦予了更多的目的指向，因此從現存的《儀禮》文本來看，禮辭具有較濃的勸誡性色彩。儒家學派恰好運用禮辭來表達自己的觀點。通過上文對《儀禮》的文體進行分析，得知《儀禮》各篇均含有禮辭，只是除《士冠禮》《士昏禮》之外，其他篇章之禮辭不是單獨出現，而是間出於記及行文中。《士冠禮》戒賓之禮辭曰：“某有子某，將加布於其首，願吾子之教之也。”疏曰：“吾子，相親之辭。吾，我也者；謂自己身之子，故云吾子，相親之辭也。云子，男子之美稱者，古者稱師曰子。又《公羊傳》云：‘名不若字，字不若子。’是子者，男子之美稱也。今請賓與子加冠，故以美稱呼之也。”“吾子”是春秋戰國時代之習慣用語，賈公彦疏文對之作出了較爲詳細的解釋，作爲敬辭之一種，表達主人對賓客的尊敬。儒家以禮辭表達對他人的敬意，亦求他人能以敬待己，在這種互動的社交中互相敬重，形成和諧的交際狀態，是儒家學派所希望的，但同時也體現了在周代“人”的觀念的逐漸覺醒。這不僅僅表現在對於天道的敬而遠之，也在交往中對他人的尊敬中得到了體現。因此在主人表達敬意之時，賓亦以同樣之敬意表現出謙

---

①　見吴十洲《兩周禮器研究》，北京：商務印書館，2016年，第413—415頁。

和與尊重："某不敏，恐不能共事，以病吾子，敢辭。"鄭注："病猶辱也。"意思是謙讓自己才不堪任，會辜負主人的信任。這種謙讓之辭是社交禮儀的一部份，因此對於這種謙讓主人一般不會予以接受，在主人再次表示邀請之後，賓會以"吾子重有命，某敢不從"、"某敢不夙興"這樣的誓言性質的短句表達接受主人之任務，亦作出一種承諾來完成主人交付的任務。在儒家思想中，如何體現道德情操之高尚，並沒有用十分深奧高深的道理予以論述，孔子以"己所不欲勿施於人"來作爲最低之道德標準，在這個基礎上"己欲立而立人，己欲達而達人"，這即是道德高尚的人。放在禮辭中，主人對身份低下的賓客尊敬，以求得賓對自己的效忠與敬仰，這亦體現出德治之具體實施方法。這樣的處理方式在《士昏禮》昏辭中也有大量表現如："吾子有惠，貺室某也。某有先人之禮，使某也請納采。"對曰："某之子惷愚，又弗能教。吾子命之，某不敢辭。"作爲方法論而言，禮主要從限制、維護、互動行爲實踐儒家德治的思想，這比空喊格物致知、踐行聖人之道要具有意義，或者朱子之晚年即是認識到這一點，才開始以餘生之精力研治《儀禮》。

第四章 《儀禮》經文義理研究

既然禮被儒家看做是實踐其德治思想之方法，那麼作爲禮經之《儀禮》在儒家思想體系中之地位自然十分重要，而儒家學者對於禮經之詮釋也會不遺餘力地進行。中國早期歷史文獻流傳的一般形式爲單篇傳播，因此《儀禮》各篇在文體上表現出不一致之處，此外，《儀禮》行文簡潔，遇有重複之禮典，一般會以"亦如之"代替，以免行文複重，但是很多時候《儀禮》經文不厭其煩地敘述前篇或他篇所見之禮典禮辭，可見其最初爲各篇流傳模式，這也可以解釋爲何漢人極重師法而二戴、劉歆所傳之《儀禮》篇章順序不一。這是從文獻學角度去考察《儀禮》文本的歷史面貌，但是當《儀禮》文本形成之後，特別是在鄭玄注解《儀禮》經文之後，《儀禮》十七篇之順序基本上固定下來，《儀禮》成爲儒家學派一部意義重大的禮學經典，既然是禮經，《儀禮》不可能只扮演記録禮典而不闡述儒家思想的角色，如果僅僅是記録禮典的文獻，那不能被當做禮經，因爲如果只考察禮典，早在在春秋時期就已有人對其嗤之以鼻而作出"是儀也，非禮也"之評價。因此從《儀禮》成爲儒家經典之既定事實出發，它必然被賦予了十分豐富的義理内涵。

第一節　《儀禮》經文中的禮刑義理

　　在上文考察《儀禮》之結構,發現《儀禮》作爲儒家方法論之一體現了儒家之德治思想。如果進一步深入這個問題進行探討,儒家政治思想只是德治嗎? 僅僅依靠道德是否可以實現社會的治理? 如果不能,那麼《儀禮》又如何發揮其作用,闡述儒家對社會的看法? 這便涉及《儀禮》經文與儒家政治思想之關係問題,通過這個問題之探究,進而考察《儀禮》與社會其他治理手段之關係,從而發掘《儀禮》經文中蘊涵的義理,使《儀禮》經文研究得到不同方位之展示。

　　儒家思想是一個博大精深的體系,蘊含着豐富的精神文化養料,值得後世進一步深挖其精髓。學術界對儒家思想的定位,多傾向於道德倫理型思想。把儒家創始人孔子看作一位倫理型的哲人、教育家。儒家重仁義道德,有的學者認爲孔子思想的中心便是仁,這些看法都在一定程度上體現了儒家思想的特點,有一定的道理。考察儒家歷代大師的生平,可以發現無論是仕途上不得志的孔子、①孟子、荀子,還是自身思想學說被統治階層奉爲主流的董仲舒,他們對於政治的参與熱情始終高漲、飽滿。因此儒家思想在一定意義上看作政治思想學說也絲毫不過。②

---

　　①　子禽問於子貢曰:“夫子至於是邦也,必聞其政。求之與? 抑與之與?”子貢曰:“夫子溫、良、恭、儉、讓以得之。夫子之求之也,其諸異乎人之求之與!”(見《論語·學而》,《十三經注疏》,中華書局,2009 年,第 5337 頁。)可見孔子對政治的熱情。

　　②　周桂鈿先生即認爲政治哲學是儒學的中心。參見周桂鈿:《中國傳統政治哲學》,石家莊:河北人民出版社,2007 年,第 15—21 頁。

　　既然儒家思想屬於政治思想，那麼産生於春秋戰國時代的儒家思想，必然包含着豐富的應對社會紛争和社會治理的策略思想與實際處理政治事務的能力。記載孔子、孟子等言行的儒家經典，也處處體現出儒家鮮明的政治思想與治理能力。如《論語·學而》記孔子曰：“道千乘之國，敬事而信，節用而愛人，使民以時。”①正義對此的詮釋是：“此章論治大國之法也。馬融以爲，道謂爲之政教……言爲政教以治公侯之國者，舉事必敬慎，與民必誠信，省節財用，不奢侈，而愛養人民，以爲國本，作事使民，必以其時，不妨奪農務。此其爲政治國之要也。”②這是鮮明的政治思想。孔子在這裏提出的敬、信、愛、時等原則，體現了當代社會治理思想中的良性互動、誠信文本等原則，具有強大的生命力。當代政治學中對公共機構提出的要求，即進行有效的管理，只有臨事敬慎，才有進行有效管理的可能。而要讓民衆信任政府，政府也須拿出誠意，政府與民衆之間的互信是當代社會政治體系保持信息靈通的首要條件，而一個資訊靈通的公共機構，及民衆與政府間的互信又是社會治理中善治的一個重要因素。

　　既然儒家思想處處體現着社會治理思想，那麼作爲儒家思想的主體，禮治思想也應該蘊含着豐富的社會治理思想。《論語》有子曰：“禮之用，和爲貴。先王之道，斯爲美。小大由之，有所不行。知和而和，不以禮節之，亦不可行也。”③正義在此章闡釋了禮樂的關係與功用：“此章言禮樂爲用相須乃美。‘禮之用，和爲貴’者，和，謂樂也。樂主和同，故謂樂爲和。夫禮勝則離，謂所居不和也，

---

① 見《論語注疏·學而》，《十三經注疏》，北京：中華書局，2009年，第5336頁。
② 同上。
③ 同上，第5338頁。

故禮貴用和，使不至於離也。'先王之道，斯爲美'者，斯，此也。言先王治民之道，以此禮貴和美，禮節民心，樂和民聲。樂至則無怨，禮至則不爭，揖讓而治天下者，禮樂之謂也，是先王之美道也。'小大由之，有所不行'者，由，用也。言每事小大皆用禮，而不以樂和之，則其政有所不行也。'知和而和，不以禮節之，亦不可行也'者，言人知禮貴和，而每事從和，不以禮爲節，亦不可行也。"①正義將和闡釋爲樂的特色，認爲禮樂應該配合來使用，不能分離，既指出了禮在社會治理中能够節制民心，使得民心不爭，又指出了禮需要以和來限制。一個和諧的秩序，才是善治的開始。同時，《論語》此章突出"禮之用，和爲貴"，也符合《儀禮》中上下層交接的一切禮典原則。在《儀禮》中，上下層之間雖然保持着嚴格的秩序，但是這種秩序實施的過程是充滿和諧的。因爲在禮典實施之初，先民欲以禮聯絡部衆，維繫族群關係，只有秩序而無和諧的情誼存在，在遠古是難以成功進行社交活動的。儒家思想將禮借鑒過來，用以輔助其核心理念——仁學思想，體現出儒家對待實際社會事務獨特的治理能力。

儒家思想的核心是德治爲主的仁學，這在學術界基本上已達成共識。且德治有着更爲悠久的傳統。"'德治'更早於'禮治'，與'禮治'是不同的範疇。德治主要在於協調氏族間的關係，即所謂協和萬邦'。"②進化倫理學也認爲道德起源於人類的社會本能，是人類與其他靈長類動物共有的社會本能。③ 但是隨着人類社會化

---

① 見《論語注疏·學而》，《十三經注疏》，北京：中華書局，2009年，第5338頁。

② 見姜廣輝《中國經學思想史》第一卷，北京：中國社會科學出版社，2003年，第76—77頁。

③ 見蔡蓁《進化倫理學視野下的孟子》，《復旦學報》（社會科學版）2014年第3期，第27頁。

程度的加深,階級的産生,德治無法維繫與規範部落間諸種關係的發展。特別是周代德治的危機,使得儒家不得不思考以一種新的範式去補救德治思想。於是氏族階段實施的、並在社會上仍然存在的禮典成爲儒家新的手段。《論語》中的一些記載,往往體現出,孔子如何運用禮治思想去限制社會上非禮不德行爲。子貢曰:"貧而無諂,富而無驕,何如?"子曰:"可也。未若貧而樂,富而好禮者也。"子貢曰:"《詩》云'如切如磋,如琢如磨',其斯之謂與?"子曰:"賜也,始可與言《詩》已矣,告諸往而知來者。"①社會上的富者,在那個時代顯然是指上層人士,德治顯然已經無法限制他們,於是孔子倡導富而好禮,企圖以禮去限制上層威權,使得社會權力能夠被限制在一個温和的模式中運行。像這種提倡德治與禮治的言論在《論語》中比比皆是,如子曰:"道之以政,齊之以刑,民免而無恥。道之以德,齊之以禮,有恥且格。"②孔子宣揚德治的力量,並提出以禮作爲補充,這樣治理社會,才能使民衆安服。而且爲了進一步限制威權,孔子對禮也作出了詮釋,以便更好地限制統治階層的權利。"林放問禮之本。子曰:'大哉問! 禮,與其奢也,寧儉。喪,與其易也,寧戚。'"③能夠運用奢華的禮典去進行一系列社會政治活動的無疑只能是社會上層人士。孔子針對他們利用手中權力,維持奢侈腐化的生活提出了評判。又如定公問:"君使臣,臣事君,如之何?"孔子對曰:"君使臣以禮,臣事君以忠。"④在這裏孔子甚至明確規定了統治階層的義務,就是對臣下以禮,只有這樣,臣下才

---

① 見《論語注疏·學而》,《十三經注疏》,北京:中華書局,2009 年,第 5338 頁。
② 見《論語注疏·爲政》,《十三經注疏》,北京:中華書局,2009 年,第 5346 頁。
③ 見《論語注疏·八佾》,《十三經注疏》,北京:中華書局,2009 年,第 5356 頁。
④ 同上,第 5360 頁。

會回報上層以忠。因此,禮在儒家政治思想體系中的地位是相當重要的,亦是一個限制統治階層威權的有力武器。

當代國家治理能力的理念指出,國家治理能力包括社會認同的維繫、國家安全的維護以及國際關係的維持等所有治理過程的能力。① 儒家通過發揮禮的教化作用,建構出一個與宗法社會相契合的禮治模式。從精神層面着手教化社會,使得禮在維繫社會認同、國家安全及國際關係等方面發揮了重大作用。而且禮治在社會治理過程中顯示出的外在限制與內在教化作用,比單純從外部的限制規定約束的法家法治理念更有效,這也是儒家禮治思想的最大優點。

儒家傳說中國古代有五禮之説,最早見於《周禮》。《周禮‧春官‧宗伯》記載大宗伯"以吉禮事邦國之鬼神示","凶禮哀邦國之憂","以賓禮親邦國","以軍禮同邦國","以嘉禮親萬民",由此可見,五禮儼然構成一個龐大嚴密的社會治理體系,也顯示出儒家在社會治理能力方面獨特的智慧。《儀禮》是儒家禮學的本經,儘管這一説法遭到了學術界的一些反對,但《儀禮》中記載的禮典起源甚早,《儀禮》本身也早於《周禮》《禮記》卻是學術界鮮少質疑的。既然作爲最早的禮典記錄文獻,而禮的社會治理功用在上文已有提及,那麼《儀禮》本經體現了儒家什麼樣的社會治理理念? 在實際治理能力上又有哪些特點? 這便是本文接下來要探討的。

記載春秋戰國時期史實的儒家經典《左傳》,記錄下了那個時代各諸侯重視禮典的史料。如《左傳》記載昭公初年,晉國的韓宣

---

① 見鄭言、李猛《推進國家治理體系與國家治理能力現代化》,《吉林大學學報》(社會科學版)2014年3月,第54卷,第2期,第8—9頁。

子聘魯而觀周禮，發出了"周禮盡在魯矣"的感歎，魯國甚至憑藉此文化地位得以在弱肉強食的列國紛爭中延續國祚達七百餘年之久，可見禮在維繫國家安定方面的作用。禮的社會治理作用還在《左傳》的另一則史料得到體現。昭公五年魯昭公訪問晉國，晉國的女叔齊對禮的作用提出了如下看法："禮，所以守其國，行其政令，無失其民者也。今政令在家，不能取也。有子家羈，弗能用也。奸大國之盟，陵虐小國；利人之難，不知其私。公室四分，民食於他；思莫在公，不圖其終。爲國君，難將及身，不恤其所。禮之本末將於此乎在，而屑屑焉習儀以亟，言善於禮，不亦遠乎?"①女叔齊對晉侯僅僅把禮等同於諸種儀式的看法提出了異議，他認爲禮不僅僅是制度、儀式、文化的總體，而且是政治秩序的核心意義，是用來充分地行使國家權力的政治原則。正是由於女叔齊敏銳地看出了禮的政治治理作用，才使得他獲得了知禮的稱號。

上文論述了儒家之德治思想，且德與禮之關係古人亦早有論及，郭店出土之楚簡《語叢一》中即有"德生禮，禮生樂，由樂知型"②之記錄，可見德與禮之關係古人很早就開始留意這個問題。而且以孔子爲代表的儒家將禮作爲其實現其德治的方法，這在後文還要加以論述。此亦見禮在儒家思想之關係，葛瑞漢認爲"孔子思想的一個十分顯著的特徵是，他堅信所有政府職能都可以化約爲禮儀"。③ 那麼禮與儀究竟如何區分?《儀禮》中的記載如何被

---

① 見《春秋左傳正義》昭公五年，《十三經注疏》，北京：中華書局，2009年，第4433頁。

② 荆門市博物館編：《郭店楚墓竹簡·語叢一》，北京：文物出版社，2003年，第58頁。

③ ［英］葛瑞漢著，張海晏譯：《論道者：中國古代哲學論辯》，北京：中國社會科學出版社，2013年，第17頁。

當做禮經？經文又是如何與儒家政治思想聯繫起來，實踐其政治
理念？這便需要進一步考察《儀禮》與治理兩個維度之間的關係，
即《儀禮》與法、義之關係。

一、《儀禮》經文與刑

　　作爲對社會提出種種限制、規範的禮，經常讓人聯想到社會具
體治理方法之一個維度——刑罰。以現代漢語之語義範圍考察，
作爲刑罰語義之上層應爲法律之法，此字許慎釋曰："刑也，平之如
水，從水。廌，所以觸不直者去之，從去。法，今文省。"按照許叔重
之解釋，"法"應寫作"灋"，且他的解釋富有神秘色彩，但具有一定
的文化根源。灋所從之"廌"，許書以爲"似山牛，一角。古者決訟
令觸不直"。關於這一解釋，在今天看來無法令人滿意，楊遇夫先
生在《積微居小學金石論叢》中對此字從史實、文化的角度作出了
解釋，可以參見。廌是否具有此種神奇性，這裏不必贅論，因爲從
"廌"之"灋"在早期文獻中多與"廢"通。郭沫若先生在《兩周金文
辭大系考釋·大盂鼎》中對出現兩處之灋並釋爲"廢"。郭沫若先
生曰："上之'灋保先王'乃'大保先王'，廢，大也。下之'勿灋朕令'
即勿廢朕命。"也就是説灋在早期文獻中並没有法律之義，因此將
灋解釋爲刑之義項應屬於年代較晚之事，從這一角度出發，灋是否
從廌，廌是否能觸不直無關緊要。但是這裏卻提供了另外一個信
息，那便是早期没有法律觀念之説，卻有刑罰之實，刑即充當着後
世法律之相關角色。《説文解字》釋刑爲"剄"，此恐非刑之本義。
按"刑"金文作 ，古文亦有作 、 之形者，這些字形從井、從

土似寓意刑灋之刑與型模之型具有某種聯繫。此外從"井"之字還有陷阱之"阱"，這些字應該均爲同源字，且字義上有某些聯繫。陷阱之阱，入於其中不得出；型模之用亦使金、陶、土等物入於内而固定形態。後世刑灋連用，灋與范音近，且馬敘倫先生即認爲刑灋乃刑范之借字，灋法誤爲一字，法當爲范。范亦有規模之意，因此刑、型、范皆有規範限制之意，引申而刑含殺罰之義，范與犯同音亦通，故後世對觸刑者呼爲犯人。又刑、型皆有不可更改之義。《禮記·王制》："大司徒以獄之成告於王，王命三公參聽之，三公以獄之成告於王，王三又，然後制刑。凡作刑罰，輕無赦：刑者，侀也；侀者，成也。一成，而不可變。"刑又與實際政治事務相關聯，《左傳》昭公六年鄭簡公鑄成文法於刑鼎，晉叔向使詒子産書曰："夏有亂政，而作禹刑；商有亂政，而作湯刑；周有亂政，而作九刑。"杜預注："鑄刑書於鼎，以爲常法。"至於諸子學派之一的法家，也並不是提倡法律之哲學派别，法家所謂之法是嚴刑峻法，是一種暴力統治手段。因此在考察早期歷史文獻中法之概念，倒不如直接以刑來代替法，似乎更加符合歷史之實際。值得注意的是，即使站在儒家對立面的法家也對於社會秩序表現出極大的熱情，甚至法家對於秩序的推崇要比儒家更爲偏執，費正清認爲"法家相信嚴刑峻法雖然爲人民所恨，但卻是能帶來人民所渴望的秩序和安全的唯一手段。……因爲人民愚昧自私，而官僚階層又都是些不可信任的自私自利者，所以統治者不能依靠他們有德行而必須靠賞罰分明來控制一切，換言之就是依靠條文詳盡的刑法典。"[1]在費氏看來，法家不同意

---

① ［美］費正清、賴肖爾編，陳仲丹等譯：《中國：傳統與變革》，南京：江蘇人民出版社，2014年，第49頁。

以道德水準作爲民衆指望的東西，而應該依靠條文法，而條文法則由統治階層製訂。因此儒家對此作出了攻擊，萬一製訂刑罰的統治者並不具備一定的能力，那麼他製訂的法是否能有效治理國家？《孟子·離婁章句上》即表達出儒者的擔憂："惟仁者宜在高位；不仁而在高位，是播其惡於衆也。"很顯然，這兩者之間的區別只能突顯出儒家思想的理想化和法家思想的局限性。

以《儀禮》而言，同刑意義一致的，即在於《儀禮》是一部即爲強調秩序的文獻。在強調秩序的同時，《儀禮》還凸顯出階級分化，並用禮規定階層之間的界線，這一點是刑無法做到的。因此有些學者認爲禮是阻止人們去犯錯誤，而不是像刑罰那樣等到人們犯錯誤之後再去補救，懲罰他們。法家或者是爲了彌補自己的這一短處，因此開始實施條文法，將種種嚴酷的刑罰列舉出來，讓民衆知道，並恐嚇他們讓他們不敢犯錯。只是一直以現實主義標榜的法家，在這一行爲上又表現出理想主義傾向。天下事務繁雜紛擾，怎麼可能用條文全部限制下來？如果遇到由於疏忽没有規定之刑罰，而偏偏有人觸犯了這個刑罰又該如何處理？因此《儀禮》的做法是將規定限制與社會習俗聯繫起來，人皆知愛親、友友、敬長而慈幼，在對處理這些關係的同時，將對待這些關係的態度推而廣之，運用到相關事務上，事事充滿敬意，處處以禮作爲規範，人又怎麼會犯錯誤，社會又怎麼會得不到治理？

從個體成爲一個社會人開始，即在舉行冠禮之時，即有"筮於廟門"之語，鄭玄注曰："冠必筮日於廟門者，重以成人之禮成子孫也。"《禮記·冠義》曰："成人之者，將責成人之禮焉也。責成人禮焉者，將責爲人子、爲人弟、爲人臣、爲人少者之禮行焉。將責四者之行於人，其禮可不重與？故孝弟忠順之行立，而後可以爲人。可以爲人，而後可以治人也。故聖王重禮。"如果一個成人真能達到這些道德標準，並嚴格踐行，那麼由他制訂的條文法確乎可以放之四海而皆準，儒者可因之而言"天下有道不與易也"；但是如果做不到此四者，又需要用那一條刑罰補救呢？又有那一條刑罰規定了不孝不弟者棄市？在規定社會秩序方面，《儀禮》也作出了自己的努力。如《鄉飲酒禮》記載諸侯之鄉大夫三年大比，選拔賢人以貢君上。在這個禮典中，也體現出下層群體中明確的秩序特點。因此《經解》曰："鄉飲酒之禮，所以明長幼之序也。鄉飲酒之禮廢，則長幼之序失，而爭鬪之獄繁矣。"恰好獄常常被當做刑罰之象徵，在以後的社會裏，地方政府常常以獄滿爲患，而以獄空訟息爲善治。這樣一來，《儀禮》之秩序不僅僅在於規定社會階層之所屬，也對於社會運轉提供了最爲便捷的指導模式。

至於表達尊卑已劃定階層之秩序，這是《儀禮》之表像，治禮者最爲常見之論，如：

> 凡迎賓，主人敵者於大門外，主人尊者於大門內。
>
> 凡君與臣行禮皆不迎。
>
> 凡入門，賓入自左，主人入自右，皆主人先入。
>
> 凡以臣禮見者，則入門右。
>
> 凡升階皆讓，賓主敵者俱升，不敵者不俱升。
>
> 凡門外之拜皆東西面，堂上之拜皆北面。
>
> 凡君待以客禮，下拜則辭之，然後升成拜。
>
> 凡君、父、夫皆至尊，其服皆斬，是謂三綱。遞生他服而不爲他服所生，遞殺他服而不爲他服所殺。
>
> 凡父在爲母期，不敢伸其私尊，明父爲子綱。

這些禮規皆在揖讓升降中體現着與禮者之身份地位，也嚴格區分着社會階層，在階級對立明顯的時代，禮典無疑代表着時代的脈絡，體現着最爲尋常的政治道德意識。曹元弼先生歸納《儀禮》之禮典爲親親、尊尊、長長、賢賢、男女有别五倫，五倫統於三綱：君爲臣綱，父爲子綱，夫爲妻綱。曹先生在此基礎上認爲《儀禮》之經十七篇，“親親之禮八，嘉禮二：曰士冠禮，冠禮明父子之親。曰士昏禮，昏禮自親迎以下明夫婦之義，凡分兩大節：曰夫婦之禮，曰婦事舅姑之禮，皆親親也。凶禮三：曰士喪禮，曰既夕禮，曰士虞禮。吉禮三：曰特牲饋食禮，曰少牢饋食禮，曰有司徹。喪祭皆明父子之恩。”[1]此外還有：尊尊之禮爲燕禮、大射儀、公食大夫禮、聘禮、覲禮，長長禮爲鄉飲酒禮、鄉射禮，賢賢禮爲士相見禮、鄉飲酒禮、鄉射禮，男女有别之禮爲士昏禮。這些禮典的劃分將社會生活的各個方面都予以解構，使之成爲日常生活的基本部份，乃至於在揖讓升降、冠婚喪飲之間即以明治術之大端，而社會面臨的危機也逐漸消弭於未然。從這些角度出發，比較《儀禮》蘊涵的治理手段遠遠高於刑罰，歷代政治鄙薄法家思想之處或者可於此窺出大概。

禮高於刑是儒家思想體系之基本原則，但是儒家也並不是如法家想像中的那樣不切實際，盲目空談德治仁義，而忽視刑罰之作用。恰好相反，儒家思想體系中雖然不直接倡導刑罰，但是對於刑這一治理之手段也並不是一味摒棄不用。《論語·堯曰》即云：“謹權量，審法度，修廢官，四方之政行焉。”可見對於法度權量孔子亦

---

[1] 【清】曹元弼著，周洪點校：《禮經學》，北京：北京大學出版社，2012年，第1—2頁。

並不言棄。又出土楚簡中也有談及二者之間之關係,《語叢一》:"知己而後知人,知人而後知禮,知禮而後知行。""德生禮,禮生樂,由樂知型。"又"知禮然後知型。"①就《儀禮》而言,在中國歷史進入中央集權時代之愈晚期,對於禮典之執行愈嚴格,乃至於有因違禮而丟官喪命者。而《儀禮》中規定的服制也逐漸固定下來,成爲區分社會政治地位之標識之一,而《儀禮》中規定的一些名物制度,如上文考證之龍等動物,皆升格而爲帝王之象徵,自此以後,龍不能爲士大夫階層所使用,否則有僭越謀逆之嫌而成天下之大不韙,《儀禮》中並未完全固化的禮典逐漸僵化,偏離了儒家詮釋之道,最終成爲社會發展之藩籬。

二、《儀禮》經文與義

《儀禮》規定了社會秩序,並以宗法關係替代其他社會關係,由此出發而親親、尊尊,最後形成一套完整嚴密的思想體系。儒家學派在實現這一套思想體系中傾注了其獨特的用意,因此在詮釋《儀禮》經文時,如果僅僅只看到《儀禮》記錄的禮典在專制帝國後期形式僵化,對社會階層限制過嚴,而對儒家作出保守主義的批評,那是忽略了儒家選擇《儀禮》作爲詮釋其思想體系的工具之初衷。因此上文在分析了《儀禮》經文所載之禮典與刑之共同點之外,還考察了其異於刑罰之處。如果對儒家詮釋禮典的過程予以考察,會發現對於禮之實施對象或者禮之限制、規範對象全在社會上層。

---

① 荆門市博物館編:《郭店楚墓竹簡·語叢一》,北京:文物出版社,2003 年,第 58、58、59 頁。

《論語·子路》中記載了夫子在冷漠對待樊遲請教農事后提出的一個觀點：“上好禮，則民莫敢不敬；上好義，則民莫敢不服；上好信，則民莫敢不用情。夫如是，則四方之民繦負其子而至矣，焉用稼？”朱子認爲“禮、義、信，大人之事也”，也就是説儒家提倡的禮均是針對上層人士，而具體農、工、商之事則是賤役，是下民所與之務，因此孔子感歎他的學生曰：“小人哉，樊須也！”朱子《集注》：“小人，謂細民。”既然禮針對上層而設置，那麼與之對應之義又作何解？下文將予以考釋。

　　“義”甲骨文作 𦣞、𦐖 等形，至金文時期則發展爲 𦣞、𦐖 之形，逐漸與今之字體接近。許慎《説文解字》認爲義指“己之威儀”。是以“義”爲“儀”，古文獻中存在大量這樣之用法，試舉幾例以證之。《大戴禮記·朝事》“古者聖王明義”，王聘珍《解詁》曰：“義，威儀也。”《書·文侯之命》“父義和”，孔穎達疏曰：“鄭玄讀‘義’爲‘儀’。”《讀書雜誌·餘編上·莊子》“以己出經式義度”，王念孫按：“義，讀爲儀。”《諸子平議·荀子四》“尊主安國尚賢義”，俞樾按：“義，讀爲儀。”《管子·七法》“義也謂之象”，《集校》引何如璋云：“義，字讀作儀。”《周禮·春官·肆師》“治其禮儀”，鄭玄注“故書儀爲義，鄭司農云：‘義，讀爲儀。’”《周禮·地官·大司徒》“以儀辨等”，鄭注“故書儀或爲義”，孫詒讓《正義》：“‘義’、‘儀’古今字。凡威儀字，古正作義，漢以後叚儀度之儀爲之。”由此可見，義在歷史文獻中多作儀度之儀解，此亦是後起之義而非本意，但是這個義項應該比較接近或者直接由義字之本義衍伸而來。由上引之甲金文字形可知，義字之本義當與兵器有關，義似從我從羊，我即爲兵器，以兵器加之於羊，或爲屠宰羊以祭祀，祭祀必有威儀，故引申而得威儀之義。

　　而與儒家思想密切相關之義，如一般與仁禮連稱而作仁義、禮義之義，一般釋讀爲宜。宜甲骨文作 ⬚ 形，金文有 ⬚、⬚、⬚ 之形，《説文解字》曰"宜，所安也，從宀之下一之上。"這個解釋出現較晚，並不能解釋甲金文之字形。按甲金文之形似肉在俎上之形，因此商承祚先生解"宜"爲"肴"，他認爲："'宜'與'俎'爲一字，而'宜'乃'俎'之孳乳。《詩·雞鳴》'與子宜之'，傳：'宜，肴也。'《儀禮·鄉飲酒禮》'賓辭以俎'，注：'俎者，肴之貴者。''宜''俎'皆訓肴，是宜即俎。"①商先生的考據有一定的道理，但是以字義相同即判斷二者爲一字，事涉武斷，且漢語中同義字甚多，若皆可循此例漢字可汰去大半，因此宜不必與俎爲一字。但兩者有關聯確爲一個不争之事實，按以肉置於砧板之上，逐漸孳乳爲肴、爲俎，其本義恐不爲肴。龐樸先生認爲宜在甲骨文中有殺與祭祀之義，他引《殷墟文字綴合》七一："癸卯，宜於义京，羌三人，卯十牛又。"《殷墟書契前編》六二三："己未，宜於义京，羌三人，卯十牛。"這是宜作祭祀之義之例子。龐先生接下來列舉了大量事例，認爲宜有殺義。《殷墟書契後編》上二二七："庚戌貞，辛亥又門方口太牢，宜太牢，兹用。"又宜旁加"刀"，成 ⬚ ，殺的意思更爲明顯，如《甲骨續存》一三四七："貞 ⬚ 羌百……"根據這些例子，龐樸先生認爲宜或有殺俘、殺牲之意思，②又由之而引申爲祭祀，而爲祭祀之肴。

　　再回到上文孔子之論"上好禮，則民莫敢不敬；上好義，則民莫

---

①　《古文字詁林》第 6 册，上海：上海教育出版社，2004 年，第 823 頁。

②　龐樸：《儒家辯證法研究》，北京：中華書局，2009 年，第 21 頁。

敢不服;上好信,則民莫敢不用情。夫如是,則四方之民繈負其子而至矣,焉用稼?"因爲上層人士喜好禮典,並時時運用禮典,因此形成一種互相尊敬之風氣,於是下層民衆跟風而彼此相互尊敬,誰敢不尊敬別人呢?

禮是從實實在在的生活出發、從宗法倫理出發,誰不會對自己親人親呢?因此民不敢不敬。至於"上好義,則民莫敢不服",如果"義"只是解釋爲"宜",而作"適宜"、"應該"講,甚至解釋爲一種道義之"義",那么這句話就不好理解了。因爲按照這樣的解釋,上層人士講道義,下民就不敢不服從上層。爲什麼上層人士講道義具有如此大的威懾力?能够威服下層?難道道德有如此大的力量?從現存史料看,很顯然道德的力量是蒼白的。不然法家也不會攻擊儒家之德治,如果道德之力量真强大到讓下民心悅誠服,那世間之事實在是很好解決了。衆人只需要天天反省自身,努力提升道德水準即可。這才是不切實際之幻想,前文說過儒家學派並不是純粹的理想主義、空想主義者,他們爲了使儒家德治理念能够實現,以《儀禮》之禮典作爲實施德治之方法,從日常之親親尊尊開始,目的是爲了便於衆人能够做到遵循禮典,從而進一步實現德治目標。同時儒家也没有完全排斥其他政治手腕,刑罰即是其中一個强力手腕,若以殺解釋義,那麼這句話就很好理解了:上層人士喜好殺罰,刑罰嚴酷,因此下民不敢不服從上層。當然如果只是專注於殺罰,也不是儒家提倡的政治理念,在倡導禮、義之後,孔子還提出了信這一個補充之維度,上層集團以信義對待下民,與人民交心,這樣做下民又怎麼不會與上層人士交心呢?形成良性互動之後,下民又怎麼不會對上層動之以情,誠心擁護上層呢?可見儒家思想對於禮、義均是認真對待,不可偏廢。而史書也確實記載了儒家主張用刑殺罰之例,如《書·呂刑》:"墨辟疑赦,其罰百鍰,閱實其罪。劓辟疑赦,其罪惟倍,閱實其罪。剕辟疑赦,其罰倍差,閱實其罪。宮辟疑赦,其罰六百鍰,閱實其罪。大辟疑赦,其罰千鍰,閱實其罪。墨罰之屬千。劓罰之屬千,剕罰之屬五百,宮罰之屬三百,大辟之罰其屬二百。五刑之屬三千。"這段文字出現的刑罰有墨刑、劓刑、剕刑、宮刑、死刑,不可謂不重,且墨刑的條目一千,劓刑的條目一千,剕刑的條目五百,宮刑的條目三百,死刑的條目二百,五種刑罰的條目竟然多達三千,其刑罰之密令人髮指,而此文出於《尚書》,是與《儀禮》一樣居於儒家基本經典的文獻,這從側面反映出儒家對於刑罰之態度。

在《儀禮》實施之年代,以今天之歷史文獻來審視同時代之史實,會發現史籍之記載包括禮典、職官制度、①聘問制度要遠遠複雜於《儀禮》經文之記載。上文分析《儀禮》只是記載一般通論,但是作爲禮典之載體,爲何不詳細記錄,而僅錄其大概? 爲何其他史籍又詳細記錄行禮之過程以及職官制度? 這在《左傳》中有較明確的體現,現在還可以《左傳》中之相關記錄補充《儀禮》經文之不足。②《左傳》曰:"國之大事,在祀與戎。"而《儀禮》無軍禮,這些現象如果不是出於故意爲之,那麼只能説明《儀禮》亡佚現象十分嚴重,古有"威儀三千"之説,今禮不具,亦可見《儀禮》經文的確存在大量散佚之現象。而儒者仍然選擇這一殘缺不全的文獻材料作爲

---

① 以職官而言,上文分析《儀禮》之職官制度十分簡略,很多官職職能甚至不確定,這個現象很顯然是上古時期之史實反映。但是《左傳》中出現的大量官職説明當時社會之政治制度已經達到一定規模,這在《儀禮》中並沒有得到體現。

② 許子濱在其著作中列舉《左傳》中大量禮辭以補充聘禮相關禮辭之不足,十分詳備,可參看。許子濱:《〈春秋〉〈左傳〉禮制研究》,上海:上海古籍出版社,2012 年。

闡述其理念之方法論,卻於情理無法言通。若果爲故意爲之,則《儀禮》不具備之典章制度、刑罰威儀可見於他經旁典,故可鑄刑鼎,亦可爲殺罰而不必專以《儀禮》之禮典規範社會之各個方面。《儀禮》是禮經,經者不變之論,若《儀禮》規定各個方面之内容,一旦與禮典相衝突,是敬是殺,與禮者如何取捨? 故《儀禮》設冠、昏、喪、祭、飲、射、朝見之禮,其他禮典規矩可旁見於他經,這樣一來不廢禮經之重,亦不廢旁術之用,儒者經國理民之法足顯其規模恢弘,用意高遠。

第二節 《儀禮》經文中的仁學義理

談及儒家學説還有一個重要之概念,在上述討論中没有被提及,那便是"仁"。仁這個概念有多重要,研讀過《論語》即會對仁産生一個初步印象,仁也是夫子極力提倡的一個重要觀點。前文討論過《儀禮》與德治之關係,認爲《儀禮》以禮典、禮器、禮經作爲方法論,踐行着儒家的德治觀念,規範着社會的種種秩序,亦在某個方面限制着君王的權威。這種做法可以被看做是仁,同樣,在《論語》中還有許多行爲可以被稱爲仁,但是在其他語境中卻不一定能被稱爲仁。那麼仁是什麼? 其與《儀禮》的關係如何? 仁、義、禮、德、智是什麼樣的關係? 這是討論《儀禮》義理與儒家思想體系的一個重要話題。

一、仁學思想概論

儒家思想的核心究竟是不是仁,學術界與此一直存有争議,陳來先生以仁作爲儒家思想之本體,[①]而多以宋學立論而鮮於先秦儒學,若以宋學言,則爲抗争釋、道,儒者不得不將儒學體系化、精細化從而抬出仁作爲理論之本體核心,但是從儒學之源頭來看,將仁作爲儒學之中心似乎存有異議,這需要從記録仁之基本文獻出發,對這些文獻予以梳理,從而對仁之概念有一重新定位。

以仁作爲儒學之本體,面臨之最大挑戰即在於記録這一觀念之文獻經常表現出前後矛盾之處,這也是學界對仁學中心論提出異議之原因。那麼究竟何謂仁? 最簡單的解釋便是孔子對其弟子樊遲作出的回答:"愛人。"又《語叢一》:"愛善之謂仁。"[②]這些解答都過於簡潔,且《論語》中又往往出現其他關於仁之解釋,因此對於仁是否爲儒家思想之核心愈發使人困惑。《論語·學而》:"孝弟也者,其爲仁之本與!"按照有子之意,是將孝悌作爲仁之根本,這是一端,是以孝這種道德品質爲仁之根本。孔子言仁,多以道德立論,而不以才能爲基,因此善言辭者不仁,即"巧言令色,鮮矣仁!"朱子《集注》:"巧,好。令,善也。"又《論語·公冶長》中針對孟武伯問子路是否具備仁之品質,孔子稱讚子路之才能(可使治其賦)卻不言子路之仁;對於另外兩個弟子冉求與公西赤,孔子也同樣肯定他們相關才能,而不言其仁,可見在孔子眼中,具備一定之才能並

---

① 見陳來《仁學本體論》,北京:三聯書店,2014 年。又陳來:《仁學本體論》,《文史哲》2014 年第 4 期,第 41—63 頁。高海波没有將仁作爲儒家思想之本體來對待,卻著重從仁之表現來探討仁在儒家體系中的重要地位。見高海波《論孔子仁學的實踐特性》,《道德與文明》2017 年第 1 期,第 96—103 頁。董衛國認爲孔子仁學不是抽象的理論體系,並提出忠恕之道是仁學最爲根本的實踐方法和詮釋原則。見董衛國《忠恕之道與孔門仁學——〈論語〉"忠恕一貫"章新解》,《現代哲學》2016 年第 4 期,第 96—102 頁。

② 荆門市博物館編:《郭店楚墓竹簡·語叢一》,北京:文物出版社,2003 年,第60 頁。

不能稱爲仁。但是具有一定道德品質也不能遽然稱爲仁,《論語》中被孔子評價具有忠這個品質的子文與具有清這個品質的陳文子都不是仁,①而楚簡《忠信之道》又曰:"忠,仁之實也。信,義之期也。"②可見儒家思想在對於某些道德品質與仁之關係方面之矛盾。同時對於上述具有一定道德品質的人,夫子是讚揚的,但仍然不認爲他們可以稱得上仁,由此可見,夫子對於仁之標準的規定十分苛刻。正式介紹仁則在《論語·雍也》篇中,孔子面對樊遲之問時答曰:"仁者先難而後獲,可謂仁矣。""夫仁者,己欲立而立人,己欲達而達人。能近取譬,可謂仁之方也已。"又《論語·顏淵》:仲弓問仁。子曰:"出門如見大賓,使民如承大祭。己所不欲,勿施於人。在邦無怨,在家無怨。"也就是説仁亦是推己及人,不做自己不願意做、衆人厭惡之事,在考慮自己利益之時亦先考慮別人亦有相同之欲望相同之利益,這就是所謂以道德作爲仁之基本根基。因此《唐虞之道》之"利天下而弗利也,仁之至也。故昔賢仁聖者如此,身窮不均,歿而弗利,躬仁嘻",③恰好可以體現儒家以不利己而利天下爲仁之準則。

---

① 《論語·公冶長》:孟武伯問:"子路仁乎?"子曰:"不知也。"又問。子曰:"由也,千乘之國,可使治其賦也,不知其仁也。""求也何如?"子曰:"求也,千室之邑,百乘之家,可使爲之宰也,不知其仁也。""赤也何如?"子曰:"赤也,束帶立於朝,可使與賓客言也,不知其仁也。"子張問曰:"令尹子文三仕爲令尹,無喜色;三已之,無慍色。舊令尹之政,必以告新令尹。何如?"子曰:"忠矣。"曰:"仁矣乎?"曰:"未知,焉得仁?"又"崔子弑齊君,陳文子有馬十乘,棄而違之。至於他邦,則曰:'猶吾大夫崔子也。'違之。之一邦,則又曰:'猶吾大夫崔子也。'違之。何如?"子曰:"清矣。"曰:"仁矣乎?"曰:"未知,焉得仁?"

② 荆門市博物館編:《郭店楚墓竹簡·忠信之道》,北京:文物出版社,2002年,第26頁。

③ 荆門市博物館編:《郭店楚墓竹簡·唐虞之道》,北京:文物出版社,2016年,第30頁。

在《論語・顏淵》中孔子對如何做到仁還提出了這樣之看法：顏淵問仁。子曰："克己復禮爲仁。一日克己復禮，天下歸仁焉。爲仁由己，而由人乎哉？"至於具體之節孔子提出了著名的"非禮勿視，非禮勿聽，非禮勿言，非禮勿動"之論點，那這可以算作仁還是算作禮？這一段内容與上一則推己及人之觀點有某種程度上之類似，即都要求克制自己。前者要求克制自己，在自己欲立時立他人，自己欲達時達他人，而後者則強調戰勝自己的私欲使自己的言行舉止符合禮之規定。而只有自己的做法符合禮典，於是推及他人最終使得天下都被納入禮治之中，這便是仁，因此要做到這一點，需要努力使自己的行爲舉止處處符合禮制。由此可見孔子並沒有對仁作出一個定義，以《論語・子罕》中的説法就是"子罕言利與命與仁"。而從仁這一品質之功能上，孔子卻提出了不少看法，《論語・里仁》：子曰："不仁者不可以久處約，不可以長處樂。仁者安仁，知者利仁。"又曰："唯仁者能好人，能惡人。"子曰："苟志於仁矣，無惡也。"《論語・泰伯》：子曰："好勇疾貧，亂也。人而不仁，疾之已甚，亂也。"又子曰："知者不惑，仁者不憂，勇者不懼。"《論語・衛靈公》：子曰："知及之，仁不能守之；雖得之，必失之。動之不以禮，未善也。"《大學》："仁者以財發身，不仁者以身發財。仁者散財以得民，不仁者亡身以殖貨。"《孟子・梁惠王上》："未有仁而遺其親者也，未有義而後其君者也。"這些都是以一種訓誡式之語言列舉了正反兩個方面之情況，以説明具備仁和不具備仁之區別。而從這個角度看以孝悌作爲仁之根本是基於仁之功能而言，即具備孝悌，則："好犯上者，鮮矣；不好犯上，而好作亂者，未之有也。"所以《論語・學而》才進一步説："君子務本，本立而道生。孝弟也者，其爲仁之本與！"

　　孔子雖然没有正面回答什麽是仁,但是對於具備仁這個品質和不具仁這一品質的區别作出了闡述。而且在孔子的眼中如果一個人不具備仁的品質,那麽也不會守禮,《論語·八佾》:子曰:"人而不仁,如禮何? 人而不仁,如樂何?"也就是没有仁這一品質就不會有其他的儒家品質。因此從道德上立論,只有具備仁,才能具備其他道德品質。因此《論語·憲問》:子曰:"有德者必有言,有言者不必有德;仁者必有勇,勇者不必有仁。"具備仁即會具備勇敢這一品質,但反過來却不成立。

　　而從個人道德品質的追求上升到社會治理層面,儒家則進一步認爲只有君上具備仁之品質時,社會才會出現良性的馬太效應,即《大學》中提到的:"爲人君,止於仁;爲人臣,止於敬;爲人子,止於孝;爲人父,止于慈;與國人交,止於信。""一家仁,一國興仁;一家讓,一國興讓;一人貪戾,一國作亂。"後者其實是推己及人之觀念的改進説法,而前者則規定了社會各個群體之間應該具備的道德模式,其背後意藴十分豐富。如果以反問式的假設改造這對話,即爲人君不仁,則如何? 爲人臣不敬則如何? 爲人子不孝爲人父不慈? 與國人交不信? 是不是可以再進一步假設上述問句之答案爲:若君不仁,則臣不敬;子不孝則父不慈,而上述情況之後果則會導致失信於國人。這是以文辭之言外之意而推論儒家没有言明之處,這也是爲何儒家常常以訓誡式語言立論而不言原因,因爲其立論之原因往往包涵在語言之内,閲者可以體會文辭言外之意。

　　那麽如何做到仁? 孔子似乎擔心其立論高遠,民衆不敢接受。因此他首先提出了如何實現仁之品質:"仁遠乎哉? 我欲仁,斯仁至矣。"朱子《集注》:"仁者,心之德,非在外也。放而不求,故有以爲遠者;反而求之,則即此而在矣,夫豈遠哉? 程子曰:'爲仁由己,

欲之則至,何遠之有?'"只要努力追求仁,便會具備仁之品質,看來
儒家品質的門檻並不高。這與儒家以《儀禮》中之禮典作爲實現其
德治之方式是一致的。在《論語·陽貨》中夫子還提出了具體實現
仁之品質的做法:子張問仁於孔子。孔子曰:"能行五者於天下,
爲仁矣。"請問之。曰:"恭、寬、信、敏、惠。恭則不侮,寬則得衆,信
則人任焉,敏則有功,惠則足以使人。"按照夫子的意見,具備此五
種品質即可以稱爲仁,但是即便是具備五種品質也是一個比較高
的要求,因此到孟子之時,又對仁之門檻降低了要求,甚至只要具
有憐憫之心,即有了具備仁這一品質之潛能。《孟子·梁惠王上》
記載齊宣王見一頭即將被宰殺的牛害怕的樣子,十分可憐因而不
忍心殺牛,孟子即認爲這便是仁之基礎。朱子《集注》曰:"王見牛
之觳觫而不忍殺,即所謂惻隱之心,仁之端也。擴而充之,則可以
保四海矣。"孟子亦從平常生活出發對於仁之起點作出了進一步之
降低工作:"是乃仁術也,見牛未見羊也。君子之于禽獸也,見其
生,不忍見其死;聞其聲,不忍食其肉。是以君子遠庖廚也。"這本
是一種出於人性之基本情感,每個人皆具備這一情感,孟子正是看
到了這一情感的廣泛性,因此將其挖掘出來作爲仁之根基,按照孟
子的説法,惻隱之心爲仁之端,那麼人人皆可做到仁之術。而一旦
做到了仁,那麼即可"仁者無敵",這一準則可以適用於各個方面。
如《孟子·梁惠王下》:"齊宣王問曰:'交鄰國有道乎?'孟子對曰:
'有。惟仁者爲能以大事小,是故湯事葛,文王事昆夷;惟智者爲能
以小事大,故大王事獯鬻,句踐事吳。'"是仁可運用於外交。又《孟
子·公孫丑上》:孟子曰:"以力假仁者霸,霸必有大國,以德行仁
者王,王不待大。湯以七十里,文王以百里。以力服人者,非心服
也,力不贍也;以德服人者,中心悅而誠服也,如七十子之服孔子

也。《詩》云：‘自西自東，自南自北，無思不服。’此之謂也。”也就是
説運用仁可以稱王稱霸，且比以力服人更具有效果。

因此，仁是儒家思想體系中一個極爲重要的維度，但是若以仁
作爲本體，那説明仁是一切之原點可生發出一切。從上述引文看
出，偶爾仁可以具備這一特徵，但是仁在某些地方卻與儒家其他觀
念處於等同位置，如《中庸》曰：“知、仁、勇三者，天下之達德也。”若
以其中之一德作爲儒學理論之本體，那其他二者是否也可以作爲
中心本體？這也説明儒家早期思想之某些矛盾之處。這樣的例子
在出土文獻中有很多，如《尊德義》曰：“尊仁、親忠、敬莊、歸禮，行
矣而無違，養心於子諒，忠信日益而不自知也。”①《五行》：“仁形於
内謂之德之行，不形於内謂之行。義行於内謂之德之行，不形於内
謂之行。禮形於内謂之德之行，不形於内謂之口口口於内謂之德
之行，不形於内謂之形。聖形於内謂之德之行，不形於内謂之
行。”②《語叢一》：“有仁有智，有義有禮，有聖有善。”③《五行》：“聞
君子之道，聰也。聞而知之，聖也。聖人知天道也。知而行之，義
也。行之而時，德也。見賢人，明也。見而知之，智也。知而安之，
仁也。安而敬之，禮也。”④可見與仁並列之儒家道德準則之多。
又比如上文言仁以道理立論而不以事功，但是《論語》在言及管仲

---

① 荆門市博物館編：《郭店楚墓竹簡·尊德義》，北京：文物出版社，2002 年，第
41 頁。
② 荆門市博物館編：《郭店楚墓竹簡·五行》，北京：文物出版社，2016 年，第
51 頁。
③ 荆門市博物館編：《郭店楚墓竹簡·語叢一》，北京：文物出版社，2003 年，第
57 頁。
④ 荆門市博物館編：《郭店楚墓竹簡·五行》，北京：文物出版社，2016 年，第
52 頁。

之時卻背離了這一原則。《論語・憲問》："子路曰:'桓公殺公子糾,召忽死之,管仲不死。'曰:'未仁乎?'子曰:'桓公九合諸侯,不以兵車,管仲之力也。如其仁! 如其仁!'"又"子貢曰:'管仲非仁者與? 桓公殺公子糾,不能死,又相之。'子曰:'管仲相桓公,霸諸侯,一匡天下,民到於今受其賜。微管仲,吾其被髮左衽矣。'"管仲以事功可被稱爲仁,子路、冉求、公西華等則不能以之稱仁,是否儒家以功之大小作爲衡量之標準? 且《論語》中夫子曾批評管仲之非禮行爲,既然無禮而又能成仁,這不能不説明儒家思想之矛盾之處。可見,以仁作爲重要之維度即可,而不必將其作爲本體中心論去看待。但是仁與德卻具有相關之層次關係,德更爲籠統,一個人具有道德,不一定是仁,但是仁者必有德,而進一步討論仁與《儀禮》之關係則是接下來要進行的話題。

二、《儀禮》經文與仁

郭店楚書《語叢三》曰:"喪,仁之端也。義,德之進也。義,善之方也。"(《語叢一》亦有"喪,仁之端也"之語,見《語叢一》第 61 頁。)又:"喪,仁也。義,宜也。愛,仁也。義處之也,禮行之也。"① 對於喪與仁與禮之關係作出初步之論述,體現出古人對禮與仁之關係問題之關注。不僅出土文獻中具有這樣之內容,傳世文獻中也有大量關於禮與仁之關係之論述。如《荀子・禮論篇》記載了許多禮典設置之意義,這些禮義基本上體現出儒家之仁學思想。上

---

① 荆門市博物館編:《郭店楚墓竹簡・語叢三》,北京:文物出版社,2003 年,第 37、38 頁。

文論述仁之一個基本義項即在於愛，在於親親、尊尊，在於善治。
因此荀子曰：“大饗，尚玄尊，俎生魚，先大羹，貴食飲之本也。”①尊
重飲食的本源，以示不忘本，體現出一種對先民生活的敬意，是仁
也。又《禮論篇》：“凡禮始乎梲，成乎文，終乎悅校，故至備，情文俱
盡。其次，情文代勝；其下復情以歸大一也。”②荀子認爲最完備的
禮，是將感情與禮儀都體現得淋漓盡致；而次一等之禮，則在感情
與儀節上有所減弱，如此遞減下去，則禮節之隆重程度亦隨之遞
減。可見禮設置的原則不僅僅是追求禮節儀式，也在於表達情感
與儀式之配合無隙，這樣以情義爲先之禮典模式自然體現出儒者
愛人重義之思想情感。

　　而具體以《儀禮》經文而言，其與仁之關係則亦是隨處可見。
上文列舉之仁之第一要務即在“愛人”，龐樸先生對此的解釋是：
“仁就是我去愛別人。儒家相信，這是處理人我關係的第一準
則。”③又前言儒家以《儀禮》之禮典維繫各種關係，而人我關係亦
是最初階層之關係，《儀禮》之禮典自然對此大加描繪。

　　《聘禮》：“賓至於近郊，張旜。君使下大夫請行，反。君使卿朝
服，用束帛勞。上介出請，入告。賓禮辭，迎於舍門之外，再拜。賓
揖，先入……授老幣。”賓來出使，必然遣使者郊勞迎接，既體現出
主人對外交禮典之重視，又從實際出發對於鞍馬勞頓之使者予以
慰問，在郊勞完畢之後即在館舍向使者致禮，亦即迎使者進入館
舍，並再次在館舍對其進行慰問。“大夫帥至於館，卿致館。賓迎，

---

　　① 【清】王先謙著，沈嘯寰等點校：《荀子集解》，北京：中華書局，2007 年，第
351 頁。
　　② 同上，第 355 頁。
　　③ 龐樸：《儒家辯證法研究》，北京：中華書局，2009 年，第 16 頁。

再拜。卿致命,賓再拜稽首。卿退,賓送再拜。宰夫朝服設飧,飪一牢,在西,鼎九,羞鼎三;腥一牢,在東,鼎七。堂上之饌八,西夾六。門外米、禾皆二十車。薪芻倍禾。上介,飪一牢,在西,鼎七,羞鼎三;堂上之饌六;門外米禾皆十車,薪芻倍禾。衆介皆少牢。"庭西有九個鼎,另有陪鼎三個,牛羊豕各一,生牛羊豕各一,庭東又設置七鼎,堂上食物以八爲數等等,這些都是不以使者爲臣之禮,因爲使者是代表其主人而來行朝聘之禮,故鼎用數九、而食用太牢,這種形制上超過使者身份的禮典體現了東主對使者的極大尊敬。而至少在周代"在序列表述上具有明顯的'以多爲貴'的特點",①這在上文論及禮器時也曾提到,《周禮·春官·典命》對於數列與等級還作出了規定:"上公九命爲伯,其國家、宮室、車旗、衣服、禮儀,皆以九爲節;侯伯七命,其國家、宮室、車旗、衣服、禮儀,皆以七爲節;子男五命,其國家、宮室、車旗、衣服、禮儀,皆以五爲節。"這些都體現出周代"以多爲貴"的社會風尚,因此東主以此來表達對使者及其主人之尊敬。而《儀禮》表達賓主互敬之例幾乎遍於全書,因此僅舉一例。

考察儒家思想特徵時,發現儒家思想是一個政治思想濃厚的政治哲學思想,又因其重視個人修養、家庭倫理關係而被一些學者當做倫理主義思想。仁作爲儒家思想中極爲重要之一個理論維度,必然也附帶着上述特點,因此上文在考察仁學特徵時,也時而見儒家學者將一些政治事功優異之行爲歸爲仁。而《儀禮》作爲記錄禮典的文獻,又作爲儒家闡明其德治思想之方法論之體現媒介,

---

① 劉嘯、潘星輝:《從以多爲貴到以少爲貴:品秩數列反轉探微》,《經學文獻研究集刊》第十二輯,2014年,第105頁。

其治理意味一直充溢於經文之内。如前文提到的以禮選賢舉能，爲君上選拔賢能亦是一種仁的體現，這在《論語》中也曾言及。《論語·顔淵》："樊遲問仁。子曰：'愛人。'問知。子曰：'知人。'樊遲未達。子曰：'舉直錯諸枉，能使枉者直。'"在這裏夫子將仁與知二者並列，朱子《集注》曰："二者不惟不相悖而反相爲用矣。"至於進一步將這個道理聯繫到舉賢這個層面上，是樊遲與子夏之對話中子夏之詮釋。樊遲問子夏。曰："鄉也吾見於夫子而問知，子曰，'舉直錯諸枉，能使枉者直'，何謂也？"子夏曰："富哉言乎！舜有天下，選於衆，舉皋陶，不仁者遠矣。湯有天下，選於衆，舉伊尹，不仁者遠矣。"因此而引申到選拔賢能親近賢人即爲仁。而恰好《儀禮》記載之《鄉飲酒禮》《大射儀》等均含有選賢舉能之義，且其具體做法無不包涵着儒家之仁義精神。梁蕭統《弓矢讚》："弓用筋角，矢製良工，亦以觀德，非止臨戎，楊葉命中，猿墮長空。"①可見禮以選能之功能已經早爲人所知。又《禮記·射義》孔穎達疏："内志審正，則射能中，故見其外；射則可以觀其内德，故云'可以觀德行矣'。"此外《射義》還通過"求正諸己，己正而後發，發而不中，反求諸己"之語以詮釋射禮之含義。《中庸》中亦有"失諸正鵠，反求諸己身"之言論，這些對射禮的詮釋被後世學者運用起來以詮釋解釋孝道，發揮頗多，此不繁論。

　　至於《儀禮》中體現的尊尊、親親、君君、臣臣、父父、子子這些天下之達道，亦以互敬互愛爲核心，更突出了儒家之仁義精神。到孟子時，對於這些天下之達道強調更多，甚至將群體之間的情感關

_____

① 【梁】蕭統：《昭明太子集》，《景印文淵閣四庫全書》第 1063 册，臺北：臺灣商務印書館，1986 年，第 678 頁。

係上升到責任、義務關係，因此在孟子眼中，君臣之關係應該由一種互動之義務來維繫，而不是一味地由臣對君負責，在這一點上孟子繼承並發展了孔子"君使臣以禮，臣事君以忠"之觀點，因此在孟子思想裏，如果君臣之間没有禮，或者君上不以仁義治國，没有盡到君王之義務，那麽臣下應該極力規勸以實現自己的義務；但是如果君上還是不予改正，那麽臣子可以有過激之行爲。在《孟子·萬章下》有一段齊宣王與孟子之間的對話，即很好地表現了這一思想："孟子曰：'君有大過則諫；反復之而不聽，則易位。'王勃然變乎色。"也就是説，《儀禮》規定之禮是出於仁義德治之目的，以規範社會各階層之義務，維繫群體情感。從方法論上看，儒家從日常行爲、親情倫理出發，努力制訂一套社會秩序，使整個社會得到一種良性的治理。因此若以德爲本體，仁則爲表述何謂德之工具，而禮則爲實現德治之手段。但是仁必有德，不必有禮，而有禮必有德必有仁，同樣有德亦不必有仁，亦不必有禮，德只是一種抽象的道德觀念，將道德觀念融入到治理層面上而成爲德治即是儒家之理想，這一理想即可以仁來描述，而不是亂、淫、暴、昏。但是從另一個角度設想，以《儀禮》記載的禮爲本體，禮典、禮器、禮辭解爲其表層構成元素，禮經、禮典爲其傳播媒介，禮可以生發出仁、德、義嗎？答案是肯定的，如果以禮爲原點，如果以時間來劃分，禮確實早於儒家思想中的仁、德、義這些維度。克己復禮的説法以及禮典儀式的種種規定表明，實施禮典是一個複雜的工作，賓主雖然地位不對等，但是在交接的過程中主人對於賓客的尊重亦得到了極大地體現，以上層敬下層、親親、尊尊、選賢舉能即是仁，動輒中禮不逾矩即爲德，且爲政以禮，與人交接與國交接均以禮敬之原則，在理想上的確可以形成一種和諧之局面。

　　另一方面，《儀禮》亦代表着周代較爲先進的治理思想和仁學思想，前者討論得較多。後者具體而言，其先進性還表現在對於個體人之認識上。禮本源自原始宗教，體現了人侍奉神、從屬於神的歷史。《儀禮》經文中雖然也有敬神崇祖之記錄，但是對於生者，對於個人的解放思想也有了萌芽。首先《儀禮》對於成人禮之記錄，體現出經文對個體的尊重。本來在春秋戰國時代，乃至於整個先秦時代，國家大事應該在“祀與戎”，但是《儀禮》在軍禮的記錄上全然缺失，而祭祀之禮典亦處於全書之最末尾。《士冠禮》居於全書之首篇，雖然《儀禮》之篇目順序人言而異，但是《士冠禮》《士昏禮》《士相見禮》這三個涉及個體的禮節均排在前列，可見《儀禮》文本對於人這一個體的重視，因此才對於成人、成家、交接之禮典予以詳細記錄，站在《儀禮》文本的角度，涉及個人之禮典要重於軍禮，亦重於其他禮典而居於經文前列。其次《儀禮》對於喪禮的重視，也體現了儒家思想對於人之重視，從而體現了人之地位之抬升。在《論語》中孔子對其弟子認爲三年之喪太久的説法作出了猛烈抨擊。關於守孝三年，“在西方人看來，這是一種過度的奉獻。然而，這種觀點並不能結論性地證明，這就是孔子對死後生命的信仰。事實上，孔子僅僅把這種行爲看作是家庭團結的一個方面”。① 顧立雅的説法體現了他對於守喪三年現象的關注，他認識到禮在維繫群體功能方面的作用，這是了不起的發現，但是他没有結合周代之大環境來考慮夫子對於堅守守喪三年之禮制的背後意蘊。生事之以禮，死葬之以

---

① ［美］顧立雅著，高專誠譯：《孔子與中國之道》，鄭州：大象出版社，2014 年，第120 頁。

禮,慎終追遠才是對一個人的真正尊重,因此在荀子《禮治篇》也認爲,如果一個觸犯刑律的人死後不能享受喪禮,這是一種奇恥大辱,即是對逝者本身的羞辱,亦是對其親人的羞辱。可見以喪禮作爲尊重人的一個手段是儒家之共識,這種共識來源於周代個人地位提高這一大的時代思潮。

又《儀禮·士冠禮》:"適子冠於阼,以著代也。醮於客位,加有成也。三加彌尊,諭其志也。冠而字之,敬其名也。"這裏以儀式表達了對一個即將邁向成熟的個體的尊敬,首先尊敬其未來之地位,是一家之主,又尊其名字,這些形式都體現着個人意識的覺醒,也與周代重人事的務實精神相契合。爲了表達對人的尊重,在生時予以足夠之禮節予以尊崇,而在個體歿後,除以喪祭禮哀悼之外,還發明謚的做法對逝者一生作出總結,這也是《儀禮》中之創獲。"死而謚,今也。古者生無爵,死無謚。"鄭注曰:"謚之,由魯莊公始也。"可見早期古人並没有謚號,爲了對個體一生進行總結,而有了謚法,無論這個總結是作出讚美還是批評,都體現出個人地位的提高。此外《儀禮》在重個體的基礎上更進一步提出:"天子之元子猶士也,天下無生而貴者也。"這一點與孟子之仁學思想比較契合,孟子提倡仁政,因此其思想中含有抬高民衆、壓制君權之意味,在《儀禮》中甚至對天子之世子作出"不得生而貴"之規定,則無論是否特權階層,都應納入禮治的規範之内。正是由於上述原因,《儀禮》才認爲君王、爵位的繼承之法應該以道德是否高尚作爲衡量之標準,德大者爵以大官,德小者爵以小官,而不應只憑藉出生地位,故云"繼世以立諸侯,象賢也。以官爵人,德之殺也。"總之,《儀禮》不僅作爲儒家之方法論以闡述其德治思想,亦在具體實施的過程中踐履着仁的精神。

三、《儀禮》經文與儒家思想體系

上文論及《儀禮》與儒家德仁刑等之關係，主要探討其與儒家政治思想之關係，並在本體論的角度闡述《儀禮》之功用，主要從義理角度進行考察。但是《儀禮》作爲儒家經典，在儒家思想體系中處於什麼地位，其與儒家其他思想維度有何關係，禮與儀有什麼關係，而《儀禮》又與儒家其他經典是何關係，這些涉及禮經之内部關係之考察，又涉及禮經與其他經典之橫向比較，只有通過比較考察，聯繫上文作出的研究，才能正確把握《儀禮》在儒家思想體系中之地位。

《禮記·郊特牲》："禮之所尊，尊其義也。失其義，陳其數，祝史之事也。故其數可陳也，其義難知也。知其義而敬守之，天子之所以治天下也。"這段文字首先將禮定位於治理之手段，可見上文以禮作爲儒家實現其德治之手段是有根據之舉。此外，這段文字代表了儒家學派内部對禮的看法，同時這段文字也對以人類學、社會學等方法治禮者提出了告誡。以上述方法治禮，可以對於禮之相關儀式禮典作出探源求本之考察，亦可以之對人類初始狀態作出一番描繪；但這種描繪並不代表儒家之經典中的禮經之觀點，因此考察《儀禮》經文還需要將其置於儒家思想體系之内進行探討，方可不違背歷史之史實。

在進行上述考察之前，還需要注意對於《儀禮》的解讀是否會過度的問題。這是當代運用"時髦的"方法、理論研究中國歷史文獻面臨着的最大考驗。［美］本傑明·史華兹説過一段話："有時候，某些宗教表現形式與物理環境的特徵之間存在着顯然的、可以分辨的聯繫，但是，在另一些時候，這樣的聯繫很不明顯。與其尋求解釋，還不如反思它們的潛在含義（implications）更有實際的成果。"①《儀禮》即表現出這樣的不明顯性，那麼是否可以反思其潛在含義？潛在含義與解釋又有何關係？反思其潛在含義或者對經文作出解釋會不會沾染上過度詮釋的毛病，的確值得深思。因此只有在將《儀禮》置於儒家思想體系的環境中對其進行反思、解釋，因爲其不脫離大的思想土壤，或者可以避免一些詮釋過度的嫌疑。

先對比下面兩則文獻材料

（1）《左傳》昭公二十五年：

子大叔見趙簡子，簡子問揖讓周旋之禮焉。對曰："是儀也，非禮也。"簡子曰："敢問何謂禮？"對曰："吉也聞諸先大夫子產曰：'夫禮，天之經也，地之義也，民之行也。'天地之經，而民實則之。則天之明，因地之性，生其六氣，用其五行。氣爲五味，發爲五色，章爲五聲。淫則昏亂，民失其性。是故爲禮以奉之：爲六畜、五牲、三犧，以奉五味；爲九文、六采、五章，以奉五色；爲九歌、八風、七音、六律，以奉五聲。爲君臣上下，以則地義；爲夫婦外内，以經二物；爲父子、兄弟、姑姊、甥舅、昏媾姻亞，以象天明，爲政事、庸力、行務，以從四時；爲刑罰威獄，使民畏忌，以類其震曜殺戮；爲温慈惠和，以效天之生殖長育。民有好惡、喜怒、哀樂，生於六氣，是故審則宜類，以制六志。哀有哭泣，樂有歌舞，喜有施捨，怒有戰鬥，喜生於好，怒生於惡。是故審行信令，禍福賞罰，以制死生。生，好物也；死，惡物也。好物，樂也；惡物，哀也。哀樂不失，乃能協於天地

---

① ［美］本傑明·史華兹著，程鋼譯：《古代中國的思想世界》，南京：江蘇人民出版社，2013年，第27頁。

之性,是以長久。"簡子曰:"甚哉,禮之大也!"對曰:"禮,上下之紀、天地之經緯也,民之所以生也,是以先王尚之。故人之能自曲直以赴禮者,謂之成人。大,不亦宜乎!"簡子曰:"鞅也請終身守此言也。"

(2)《論語·八佾》:

子入大廟,每事問。或曰:"孰謂鄹人之子知禮乎?入太廟,每事問。"子聞之曰:"是禮也。"

這兩則文獻材料反映了儒家思想體系中禮與儀之區別。但是通過對比這兩則文獻,卻發現文獻記載反映出來的情況處於矛盾狀態。

文獻(1)認爲禮:天之經也,地之義也,民之行也;上下之紀、天地之經緯也,民之所以生也。

文獻(2)認爲禮:入太廟,每事問。

若以文獻(1)之立論思路推衍,則文獻(2)中孔子在大廟中遇到的每一件事都屬於儀,而不是禮。孔子在大廟中遇到的應該是祭祀、祭器乃至於揖讓升降周旋,具體可見於《儀禮》記載之禮典。這是矛盾之一。

若以文獻(1)之推衍思路爲正確,並以文獻(2)中夫子所言之禮爲非禮,是儀,那麼繼續按照這個邏輯推衍,則記録禮典儀式之經典《儀禮》非禮,是儀。簡單來説即禮經非禮,這是矛盾之二。

那麼究竟該如何調和兩部儒家經典之間的矛盾? 如果字面上實在無法着手,亦不能以史實出發去考證文獻材料之真僞,因爲《左傳》幾乎被認爲是信史,更不能懷疑《論語》,考察儒家思想如果將記録孔子之言論之《論語》予以否定,那麼幾乎等於抽離了儒學之根基。因此仍然應該以上文所引史華兹的言論中去尋求解決問題的辦法，探討文獻潛在的意義，從其潛在之意義着手，去彌縫二者之裂痕，從而考證禮儀之關係。

首先分析文獻(1)，按照子大叔的説法，他對於禮的看法源自子產，子產是初鑄刑書者，可爲法家之先驅，以法家先驅者之意見去否定禮儀非禮，本來在立論上就有黨同伐異之嫌疑。

其次子太叔否認儀是禮，但在接下來的論證中卻無疑還是涉及到儀，這需要對儀字之字義作出梳理。儀，《説文解字》曰：“度也。”《易·繫辭上》“儀之而後動”，惠棟《周易述》：“儀，度也。”又《詩·大雅·烝民》云“我儀圖之”。《國語》曰：“儀之於民而度之於羣生。”又曰：“不度民神之義，不儀生物之則。”王引之按並曰：“儀，度也。”是“儀”有度、法度之義。因此“儀”亦有法之義。《孟子·告子下》“享多儀”，焦循《正義》引《淮南子》高誘注：“儀，法也。”又因而有則之義。《文選·張衡〈東京賦〉》“儀姬伯之渭陽”，薛琮注：“儀，則也。”又引申而爲制度，《讀書雜誌·荀子第六·正論》“同服同儀”，王念孫按：“儀，謂制度也。”儀，還指禮儀、容、象。按照子太叔對於揖讓周旋之評推斷，儀在此處不指禮儀，否則即陷入“禮儀不是儀”的邏輯矛盾中；若以儀爲容、爲象，則是指儀爲禮之表象，是承認儀是禮；若以儀爲上文所列舉之法、則、度，則子太叔下文列舉之論證亦有談及法律制度，那愈發會陷入自己製造之語義矛盾中。具體而言，若以天地爲經，六氣、五行即爲之象。再進一步細化，以五味爲經緯，則六畜、五牲、三犧爲具體之儀；以五色爲經緯，則九文、六采、五章爲其表現；以五聲爲經緯，則九歌、八風、七音、六律爲其表現等等，若以禮爲經緯，則揖讓、周旋、禮器、禮辭豈不亦爲其儀？因此疏曰：“禮之與儀，非爲大異，但所從言之有不同耳。禮是儀之心，儀是禮之貌。本其心，謂之禮，察其貌，謂之儀。

行禮必爲儀，爲儀未是禮。”通過考察子太叔之言，在看似嚴密的論證中，實際上仍然没有能使儀擺脱禮而獨立，因爲這兩者其實互爲表裏不可分割，子太叔强調禮，是强調禮之治理功能，而不是將禮局限在表層。這體現著當時禮義之缺失，進一步則説明禮典實際上已經開始爲人遺忘，上層群體中已漸漸找不出既懂禮又知禮義之人。

第三，子太叔所謂禮是天經地義，這並不是解釋什麼是禮，而是道出禮之用，是從禮用之角度去否定什麼是禮，這屬於答非所問。而且類似子太叔的觀念在《左傳》中還有提到，如《左傳》昭公五年："公如晉，自郊勞至於贈賄，無失禮。晉侯謂女叔齊曰：‘魯侯不亦善於禮乎？’對曰：‘魯侯焉知禮？’公曰：‘何爲？ 自郊勞至於贈賄，禮無違者，何故不知？’對曰：‘是儀也，不可謂禮。禮所以守其國，行其政令，無失其民者也。今政令在家，不能取也。有子家羈，弗能用也。奸大國之盟，陵虐小國。利人之難，不知其私。公室四分，民食於他。思莫在公，不圖其終。爲國君，難將及身，不恤其所。禮之本末，將於此乎在，而屑屑焉習儀以亟。言善於禮，不亦遠乎？’"這一則與子太叔之文義類似，皆認爲具體禮典不是禮而是儀，而且他們也有類似的證據，即皆認爲禮應該是一種治國手段，而魯公不知禮的原因，是魯國政治混亂，因而魯公不知禮。這也從側面體現出禮在儒家體系中的作用，那便是一種治理之手段，且這種觀念隨著儒家的宣揚已經深入人心，乃至於禮之原本模式反而不爲人知曉。因此子太叔從禮治禮用的角度去解答何爲禮自然會與文獻(2)的解釋模式迥異。

那麼文獻(2)孔子的做法是不是禮？孔子入於太廟每事問，在太廟裏必是祭祀，孔子所遇到之事也在於揖讓、周旋、升降，遇到之器則無非鼎、盃、豆、俎，聽到之聲則無非鐘、磬、琴、瑟、辭，按照子太叔的意見這些都是儀，而孔子認爲這些是禮，這在上文的分析中已經得到了證實。現在孔子的做法是在他自己明明知曉的情況下，還要每事皆問。歷來對此的解釋均強調夫子對禮的重視謹慎，孔曰："雖知之，當復問，慎之至也。"又疏曰："此章言夫子慎禮也。……以宗廟之禮當須重慎，不可輕言，雖已知之，更當復問，慎之至也。"朱子《集注》也認爲："孔子言是禮者，敬謹之至，乃所以爲禮也。尹氏曰：'禮者，敬而已矣。雖知亦問，謹之至也，其爲敬莫大於此。'"但是既然是重視謹慎，夫子何不明言蓋其慎也？而徑言是禮，可見歷代之注解未能詮釋夫子之義。禮之義在於交，這在上文已經一再予以論證，又在論證《儀禮》之治理原則時強調其互動原則，以此既限制了君權又抬高了下層之地位，使得上下群體之間的交接處於一種良性的關係中。具體交往模式《儀禮》中已經作出了記載，但是除了禮辭儀式之外，是否有忽略未記載之處？這是肯定的，《儀禮》文辭簡潔，遇有細末之事往往不載，觀《聘禮》中許多禮辭不載即是明證。以常理推論，行禮之時宰介唱辭以點明禮典，既可提醒與禮者注意，又可宣告禮典之開始。這在後世實際之禮儀中多有體現。孔子入太廟，見一事即問是何事，蓋欲以介唱辭以告他人，因爲夫子知道禮自不必再問，此問一則以互動，一則以唱辭宣告禮典，這是禮典之完整實施過程，故夫子曰是禮也，當然每事問也確實體現了夫子對禮典的重視謹慎，同時再次反映出當時禮崩樂壞的史實，禮典多不爲人曉。今以儒家典籍中的文獻材料分辨禮與儀之關係，以進一步明確禮在儒家體系中的地位。以上文言，禮已經逐漸發展成爲儒家治理手段之一部份，而不再是禮典儀式，當時社會主流意識都將儀式作爲細枝末葉對待，是過時的禮節，而以禮作爲經天緯地的治理手段，恰好也表現出《儀禮》在儒家思想體系中的地位。

在考察儒家思想體系時，會發現儒家思想經常缺席於某些重大哲學問題之探討，或者説儒家思想没有明確、直接參與這些哲學問題的探討。如宇宙之本源、本體論等問題。孔子也被其弟子認爲是"罕言性與天道"，因此如果以天道作爲宇宙之本體論看待，那麽儒家對於這個問題之探討的確出於選擇性缺失，但這種放棄行爲也在一定程度上顯示了其天道觀念。然而儒家真的對於宇宙本體没有闡述自己的意見嗎？答案顯然是否定的，先秦諸子爭鳴可作爲中國歷史上人之第一階段的覺醒，覺醒的個體面對宇宙、時空、人生都提出了自己的看法和意見，而儒家作爲諸子百家中最有影響力的一個派別，對於重大問題不表達自己的意見於情於理皆不可言通。但一些學者將儒家的本體論歸結爲氣，這個至少在孔子這裏看不到氣論之痕跡。安樂哲提出一種"情景化"的宇宙模式，以概括儒家的宇宙觀①，這一提法能够較好地概括《儀禮》體現出的儒家宇宙模式。以孔子而言，儘管夫子罕言性與天道，但是《論語》中也記載了大量孔子關於天、天命、天道的看法，而某些看法似乎也體現出孔子對於宇宙本體論的相關認識。首先，在孔子的潛意識裏，天命才是本源，才是最高之主宰。《論語·子罕》："天之將喪斯文也，後死者不得與於斯文也；天之未喪斯文也，匡人其如予何！"又《論語·述而》："天生德于予，桓魋其如予何！"這兩則材料都有一個類似的結構，即：如果天命註定了……則人力無法

---

① 楊朝陽編：《孔子文化獎學術精粹叢書·安樂哲卷》，北京：華夏出版社，2015年，第75—77頁。

改變。因此第一則文獻認爲如果天命要讓斯文（文明）斷絕，那麼後來傳播文明的人不可能完成傳播斯文的任務，反之如果天命不絕斯文，那麼作爲傳播文化的代表者，即使面對狂怒的匡人，也不會有什麼損傷。第二則文獻也一樣，如果上天確實將道德降臨給夫子，授予夫子傳播道德的任務，那麼在這個任務沒有完成之前，沒有人可以傷害夫子。可見在孔子眼中最高的本體乃是天，一切都是天在冥冥中主宰。所以個體對於天命是無能爲力的，因此《論語·顔淵》中有"死生有命，富貴在天"之語。

而且孔子還認爲天是宇宙的本源，如果要歸納儒家本體論，那麼便是天。在孔子眼中，一切都是由天生發而來。《論語·泰伯》："大哉！堯之爲君也。巍巍乎！唯天爲大，唯堯則之。蕩蕩乎！民無能名焉。巍巍乎！其有成功也。煥乎！其有文章。"孔子大力讚美堯作爲一個偉大君主的品德，但是堯的品德是從哪裏來的？夫子認爲堯君的高貴品德是模仿天，是從天那裏得來的。因此最大最終極的原則還是天，因此他告誡民衆要有敬畏天之心。《論語·季氏》："君子有三畏：畏天命，畏大人，畏聖人之言。"所以一個道德上合格的人，即孔子所謂的君子，應該時時知道宇宙中的主宰是什麼，有什麼原則，喜好什麼，厭惡什麼，這便是知天命，只有做到這一點，才是一個道德上合格的人，才是一個人生成功的人。而對於一個人的最大譴責亦來自於天。《論語·雍也》："子見南子，子路不悅。夫子矢之曰：予所否者，天厭之！天厭之！"孔子急於向弟子表明自己的心跡，而又找不到合適的理據，只有拿出最重的誓詞，如果不……則天厭之！可見在以孔子爲代表的儒家學派中，天是實際上的最高主宰，亦是其理論體系的來源，如果非要爲儒家思想確立一個本體論，那麼儒家之本體論應該是其天命觀。

　　《儀禮》中究竟有没有體現儒家的天命觀？如果上文論述的天命觀成立，那麽作爲方法論的《儀禮》經文自然會具備以天作爲本體之論述。《儀禮》經文出現"天"字 29 次，語義涉及最高主宰之天者出現 10 次。如《儀禮·士冠禮》："黄耇無疆，受天之慶。""承天之休，壽考不忘。""祭此嘉爵，承天之祜。""承天之慶，受福無疆。""天子之元子猶士也，天下無生而貴者也。"《儀禮·覲禮》："祭天，燔柴。"《儀禮·少牢饋食禮》："來女孝孫，使女受禄于天，宜稼于田，眉壽萬年，勿替引之。"等等。這些均涉及處於最高主宰之天，因此福禄壽護佑等均源自天，而世界亦被稱作天下，寓意受制於天，而人間之最高主宰亦自稱天子，可見在《儀禮》經文中之最高準則亦是天，因此有天子祭祀天之禮典，以示尊崇。而且《儀禮》中的禮器之製作亦有法天而得，由天而引申爲法自然，此在上文亦有論述。從哲學層面上看，《儀禮》製器之原則即是法天敬祖，從人類學的角度看，則出於原始宗教意識，對於自己身邊之物的觀察模仿，天乃人類自身之外最爲顯著之物，故古人很早就將天作爲崇拜之對象，因此無論是《論語》《儀禮》，還是其他儒家經典，法天之原則一直存在，也即將天作爲最高之準則，這種精神也爲後來思想家所繼承發展，如《孟子·萬章上》中即提到："天不言，以行事示之而已矣。"寓意人需要效法天之準則，才能達到與天道之間的和諧關係，獲取天的支持，這在後來即發展爲天人感應之觀念。因此《儀禮》中近觀遠取以製物，祭天敬祖以崇命皆是對儒家天道觀的具體踐履。

　　以上探討《儀禮》與儒家本體論之關係，至於《儀禮》與儒家之宇宙觀，在上文已經作出一個嘗試性的建構，即以中心爲原點向四方有序衍射的十字型模式，這一模式的繼續發展，便是傳統文化中的五行模式。試看五行之構造：金、木、水、火、土，金爲西，木爲東，水爲北，火爲南，因此五行模式仍然是上文歸納的十字型模式，即金(西)→木(東)，水(北)→火(南)。

至於儒家之知識論，香港浸會大學文潔華教授認爲"孔孟常言用心、盡心，是因爲盡心便可知性，知性便可明理"，[①]他還引唐君毅先生之觀點，認爲"人與自然世界與其是一種主體與客體對峙的關係，不如說是一種主賓關係——'心覺之遇之以禮'"。該文對於西方之知識論從新儒家的角度作出了批判，對於禮與儒家知識論之關係也作出了一種描述。首先儒家的知識論不是一種主體去認識客體、將主客體截然分開對立的模式，而是一種主賓關係，即主(心)用禮的方式感知客體、遇到客體，這個觀點化解了西方二元對立論的弊端，那種二元對立的模式強分主體客體，認識主體與被認識的客體之間的關係涇渭分明。但是這個觀點也略顯主觀化，爲什麼以心爲主體？其他皆爲賓？主賓相持以禮，的確禮主敬，這就排除了主賓對峙的嫌疑，但是這隻是借用了禮的觀念去描述主賓之關係，有主賓關係即有從屬關係，以唯物主義的觀點看，客觀事物又豈能全然從屬於心？心又豈能爲主？而且孔孟是否提出這些看法亦不明確，可知上述提法雖然爲探討儒家知識論作出了新的努力，這也是新儒家學派研究之趨勢，但是以《儀禮》經文來看待儒家知識論，究竟是一個什麼局面，還是應該以經文出發進行考察。從儒家孔子的天命觀出發，人只有對天命處於一種敬畏心理，而不能作出逆天之舉，因此對於天命、天道只能進行思考、學習，並將天

① 文潔華：《中國傳統儒家知識論之當代意蘊》，《清華大學學報》(哲學社會科學版)2006 年第 1 期。

道運用到實際事務中，才能達成天人之和諧，因此要論儒家的知識論，其實亦是根源於其天道觀，所謂的知識在孔子看來，亦是源於天，因此才有德由天生、"天生百物"的言論。在儒家思想體系中的知識是宇宙模式的投射，宇宙有中心之北辰，故爲政以德亦效之。宇宙有陰有陽，有八音四季，只有處在一個和諧的狀態下，社會才會風調雨順，物阜民豐，因此"和"這一原則亦因之而生。由對天道的觀察、思考與學習、踐履，便形成了一整套儒家的知識觀。劉媛媛也提出儒家的思考源自於天："中國儒家形成了不同於西方智性思考的道德理性認識，一個重要的途徑就是'思'，即通過'思''觀乎天文以察時變，觀乎人文以化成天下'"。① 既然儒家之知識源於天道，爲何夫子罕言天道？孔子雖然承認最高準則是天，同時也認爲天道遠、人道邇，不言天道實在是一種謹慎之態度，何況天道也無法言明，只有通過儒家的具體行爲德行表現天道，在具體施政理民過程中體現天道的精神，即是對天道的遵從和闡釋。楚簡中亦有"教非改道也，教之也。學非改倫也，學已也。禹以人道治其民，桀以人道亂其民。桀不易禹民而后亂之，湯不易桀民而后治之。聖人之治民，民之道也。禹之行水，水之道也。造父之御馬，馬之道也。后稷之藝地，地之道也。莫不有道焉，人道爲近。是以君子，人道之取先。"②強調人道關乎個人及社會之切身利益，因此人道是最爲緊要之一種規律。此外隨着人這一概念的覺醒和地位的抬升，儒家思想開始重視對人思維、行動之能動性進行挖掘，而

---

① 劉媛媛：《慎思：先秦儒家的道德認識論研究》，《社會科學研究》2016 年 2 月，第 138—142 頁。

② 荆門市博物館編：《郭店楚墓竹簡・尊德義》，北京：文物出版社，2002 年，第40 頁。

不是一味強調天道，而忽視人之作用，因此逐漸發展爲一種重人道的務實精神。《論語·憲問》："古之學者爲己，今之學者爲人。"無論爲己還是爲人，都強調了爲學對人的作用，突出了知識對人的促進作用，因此在瞭解儒家知識論中知識的來源之後，知識的作用便呈現在眼前。儘管儒家將最高之主宰定爲天道，人不可違背最高之準則，同時也提出需要進行思考、實施學習，對於知識之把握要做到持之以恒，才能對知識達到掌握的程度，而知識對人的作用在儒家眼中無疑也是巨大的。在《論語》中孔子多次強調學習的重要性，也多次具體提到學習某一種經典會有什麼樣的功用，這些都是儒家對知識的具體功能表現出的認識。如《論語·述而》："子所雅言，詩、書、執禮，皆雅言也。"《論語·爲政》："子曰：'《詩》三百，一言以蔽之，曰思無邪。'"《論語·八佾》："子謂《韶》盡美矣，又盡善也。謂《武》盡美矣，未盡善也。"《論語·泰伯》："子曰：'興於詩，立於禮，成於樂。'"《論語·述而》："子曰：'加我數年，五十以學易，可以無大過矣。'"這些論述涉及《詩》《書》《禮》《樂》《易》，即是儒家知識體系的基本構成元素。儒家知識論本以天道爲準則，以六藝爲研習之對象，而以成人推己及人，最終實現社會的和諧、循於天道爲終極目的。而遵循天道在道德上即是仁，在具體政治制度上則爲德治，而表現之手段則爲禮。對於一般社會中存在之實際理念，儒家都予以解釋，使之成爲自己知識體系之一部份，如前文列舉之"喪，仁也。義，宜也。愛，仁也。義，處之也，禮，行之也"。① 具體到《儀禮》經文裏，儘管經文多載禮典，且有繁瑣之嫌，但這些都無

---

① 荆門市博物館編：《郭店楚墓竹簡·語叢三》，北京：文物出版社，2003年，第38頁。

妨經文多有體現儒家道德體系之思想之内容。如《儀禮·聘禮》："多貨，則傷於德。幣美，則没禮。"鄭玄注曰："朝聘之禮，以爲瑞節，重禮也。多之則是主於貨，傷敗其爲德。"疏云："以玉比德，故朝聘用之，相屬以德，不取重寶珍美之意。若多之，則是主於貨物，不取相屬以德，是傷敗其爲德。"又鄭注於後一句曰："美之，則是主於幣，而禮之本意不見也。"可見具體到《聘禮》此兩句之禮義上，體現出儒家對於道德的追求。如果過分追求財貨就會損傷君子之道德，若過分追求禮物則會損傷禮之本義。可見對於《儀禮》之詮釋，儒家運用自己的知識體系話語，以禮典作爲闡發其道德倫理之介質。

　　社會上的道德維度，儒家概括爲仁、義、忠、信，禮，同時爲了强調達到這些道德維度之標準，儒家學派將這些納入自己的知識體系中，因此爲學、爲教之對象即在於如何使個體具備這些道德，儒家的具體做法即體現出儒家知識論的踐履部份。首先在知識的功能上，儒家認爲"仁爲可親也，義爲可尊也，忠爲可信也，學爲可益也，教爲可類也"。① 這些觀點區分了社會倫理中的基本維度之功用，就是使社會交往過程能形成親近、互敬、互信之良性互動，而前文分析《儀禮》交接原則也强調形成良性之互動，可見在這個層面上兩者是相通的。

　　上文論述《儀禮》與儒家思想之關係，作爲儒家思想之載體的十三經，他們之間的關係又是怎樣，或者各經都是獨立的文本毫無關係？對儒家思想進行研究，或者説本身即是儒家學者恐怕很難

---

① 　荆門市博物館編：《郭店楚墓竹簡·尊德義》，北京：文物出版社，2002 年，第40 頁。

接受後者。既然可以認爲十三經是一個整體，他們共同承載着儒家思想，那麽作爲載體之一的《儀禮》與其他經典之關係，具體而言《儀禮》與《詩》《書》《周禮》《禮記》《易》《春秋》《論語》《孟子》之關係若何，即爲接下來需要考察之問題。

與《儀禮》關係最密切者當爲《周禮》《禮記》，這三部文獻一起被稱爲三禮，是禮學之主要載體和主要研究對象。而關於三禮之關係，歷來學者多有言及，較爲常見的觀點即認爲《儀禮》是經、《禮記》是傳；《儀禮》爲幹，《周禮》爲末，這些論述形象地表明了三禮之間的關係。若要進一步論述既有禮經何必再有禮傳、禮用之文獻？爲何他經不見此類文獻存在？若禮經存在，如何還需要其他經書記載禮用？這之間體現出何種歷史事實，通過研究這段史實可以發現三禮之間的具體關係。《儀禮》成書大致在戰國時代，作爲《儀禮》之傳的《禮記》亦當産生於戰國時代。歷來懷疑《周禮》真實性的學者很多，許多學者認爲其爲漢人作品，這是很有創見的看法，對比《儀禮》之職官制度以及當時的史籍，都難以看到能够符合《周禮》文本記載的職官制度，而以當時的政治治理現實來看，春秋戰國時期也不可能存在如此複雜嚴密的政治思想。而《儀禮》成書之後，大多數禮典並没有在社會上得到具體之實施，這也是上文所舉事例中每有上層諸侯問禮之緣由。戰國時代禮典經過儒家發掘整理之後，还没來得及實施即遭受秦火之災，因此禮典全面實施①的

---

① 這裏所説的全面實施並不是説《儀禮》記載的禮典在過去没有實施過，根據上文分析這很顯然不符合史實。但是在實施一段時間之後，隨着社會的發展，原始社會或者上古時代的禮典並不能符合當代的社會，因此逐漸出現孔子感歎的禮壞樂崩之局面，因此戰國時期禮幾乎爲社會所遺忘，因此儒家才出來重新拾起古代禮典，予以闡述自己的觀點，專門宣揚禮典的儒家學者爲荀子，其時已爲戰國末期。

時代當在漢代。

　　從上文的分析中可知,《儀禮》作爲實施儒家德治之手段而存在於儒家思想體系中,但是作爲剛平息戰火百廢待興之新王朝漢朝,一時無法從《儀禮》中找到快速恢復社會元氣之強心劑,爲了適應實際政治需要,首先需要對《儀禮》作出詮釋,而詮釋之文本即爲《禮記》,此外,剛推翻秦政之新王朝,在政治上亦極需一套有異於前朝之政治制度,因此對於官職之設置,儒家學者創造出一套新的周官體制,而記載此體制之文本便是《周禮》。這是三者關係在史實中之實際關係。①

　　至於《儀禮》與《春秋》關係亦尤其明確,這在大量存在於《春秋左氏傳》中之禮典中可以得到體現,這説明了儒家禮典在春秋戰國時代具體實施之史實,也記録了禮典在春秋戰國時代對社會之影響逐漸削弱之史實。既然作爲儒家思想體系中之方法論,具體而言是實施德治目標之方法論,那麽其與論述儒家德治思想之《論語》《孟子》之關係就屬於具體規律與實際事例之關係。《論語》《孟子》作爲儒家大思想家之言行載體,記録了大量儒家思想家,主要是孔孟之言行,孔孟二人對於德仁及其他道德維度之追求充分體現在上述兩部文獻中,同時孔、孟還在記録其言行的文獻中對德、仁、禮、知、勇等等道德維度作出了解釋,從而使《論語》《孟子》成爲構成儒家思想體系之基本文獻。《詩》記載大量先秦詩篇,有一些是未經過處理的民間詩歌,有一些則經過儒家學者之改造。由於上古文獻傳播不易,因此韻語傳播方式被當做一個很重要的文獻

---

　　① 這一段歷史亦可參見陳蘇鎮《春秋與漢道:兩漢政治與政治文化研究》,北京:中華書局,2012年。陳蘇鎮教授在該書第二章對漢代統治者採取禮治德治作出了詳細論述,見該書第133—206頁。

傳播形式,這個傳播形式也一定程度上體現在《詩》的形式上,古人
樂誦詩以表達志向,一方面由於詩歌之言志特點,一方面也由於其
便於吟誦,否則表達微言大義的文獻不勝枚舉,何必局限於《詩》?
而一旦《詩》具有言志傳情之功能,又便於吟誦,因此在禮典實施中
便經常有歌詩之環節以促成禮典之進行,可見詩、禮、樂三者是密
不可分的整體。禮本義在於向天交接奉獻,因此需要音樂以促成
莊重肅穆的氛圍,歌詩是與之密切配合以促成儀式之完成,因此在
樂失傳而詩與禮得到保存之情況下,可以考察相關禮典與詩篇之
內容,進一步研究禮典之意義,由此可見儒家思想體系中《詩》與
《禮》之密切關係。

　　《詩》類似於辭,是禮之一部份,實施禮典中經常運用詩歌的表
現手法來娛樂上天,表達志向,以樂君子賓客。《易》本卜筮之書,
無所謂思想內涵,但是卜在禮典中之大量存在,使兩者之關係結合
得較爲緊密。且禮以交接天,《易》以通天,故二者一爲以儀式通
天,一者以龜筮求天意,以禮爲本,則《易》附着於內,以《易》爲本,
則由《易》之神意而行禮典。至於二經之特點本截然相反,《易》主
變,禮重位,是相反相離而不應該有所關聯。但是《易》道陰陽,禮
言賓主,《易》道天地定位,禮言君臣父子,其意義仍有相通之處。
至於《書》在洪範九疇,治國之法後世詮釋愈多,而禮經亦載五行之
雛形,可見《書》以記言,禮以載典,其形式不同而爲治之目的則一,
可見以儒家思想作爲本體而論,十三經本是互爲表裏,互相闡發經
意,《爾雅》是字書,本身即爲解釋經書之字典,故可算一例外,除此
之外經意宏遠結合緊密,儒家之思想亦全靠經書予以表達。

第五章 《儀禮》經文的外在影響

　　沈立岩教授引用人類學觀點，詳細分析《儀禮》中餽贈禮物的動機和象徵意義，並以此爲背景着重分析了禮辭的動機和功能，實際上也在一定程度上展現出《儀禮》經文之相關義理，①亦對《儀禮》之功能從人類學的角度予以分析。從歷史的角度來看，作爲禮經的《儀禮》在成爲儒家經典之後的兩千年間，究竟發揮着什麼樣的功能，在社會生活與政治生活中的具體作用有哪些，産生了什麼影響，又具備什麼價值、什麼弊端？且禮與俗又是什麼關係？這都需要將《儀禮》放入歷史背景中予以考察，方可得出一個接近原始狀態之《儀禮》存在狀態。同時，《儀禮》作爲儒家經典之一，宣揚儒家思想中之禮，這必然招致其他對立學派之攻擊，諸子爭鳴時代互相爭辯是常態，那麼《儀禮》在百家爭鳴中是否與其他諸子産生過交集，在思想之碰撞中，《儀禮》又對諸子思想起到什麼作用？探討這些問題之目的，在於從歷史的背景下對真實的歷史狀態下的《儀禮》經文作出考察，從而爲研究禮與傳統文化之關係作出考察。

----

　　① 具體見沈立岩《先秦語言活動之形態、觀念及其文學意義》，北京：人民出版社，2005 年，第 310—333 頁。

第一節 《儀禮》經文的社會影響

社會意識是一個包涵很廣泛的概念，可以指一切精神現象。探討《儀禮》與一切精神現象的關係，顯然是不可能實現的事情。但是將《儀禮》與社會意識中的幾個具體部分加以比較，也即找一個切入口，查找一個橫斷面，去發現兩者之間的關係，卻也是一個研究《儀禮》的方法。《儀禮》記載着大量禮典，因此被作爲禮經，成爲儒家經典而備受尊崇。但是一旦具體探討《儀禮》之功能，或者説《儀禮》有什麽作用，與具體的社會精神現象有什麽關係，如何體現社會意識中的教育、文學等等具體層面的作用？研究者予以考察的對象往往由"儀禮"這個名詞轉化爲"禮"，轉而討論禮的控制作用、規範作用以及禮教對傳統中國文化中形成的不利因素。問題回到開頭之處，《儀禮》之功能是什麽？僅僅是一個文本載體嗎？這個答案很顯然不能使人滿意，因爲當問到其他儒家經典之功能時，研究者之答案會變得詳實充分，既然《儀禮》同其他儒家經典一樣，上文也分析了它在儒家思想體系中的地位，那麽它所具有的功能也應該予以考察。

一、《儀禮》經文與教育

將《儀禮》與教育聯繫起來，並不是因爲儒家是一個重視教育的學派因而作爲儒家經典之禮經自然也附帶着教育之功能。事實上禮本義即爲交接，從人類學的角度考察，交接是一個表面的具體行爲，交接的目的有很大部份在於傳遞知識、信息，以現在的眼光看，這種傳遞知識信息的行爲即是教育。從《儀禮》經文出發，可見其記載了大量關於教育之行爲，如果好好整理研究，會發現《儀禮》在宣揚儒家德治思想的同時，也發揮着教育之功能。因爲記錄禮典本身即在於教與禮者行禮，禮典因此對於每一個細節都詳細規定，務必使實施者成爲一個懂禮典、明禮義、識禮器、通禮辭者，而具備這些知識，在儒家學派看來即是具備特定之道德，可以治理社會，這是從總體角度闡述《儀禮》之教育功能。又如《士冠禮》中在冠者未完成冠禮之時即以主人之身份接受賓介之拜賀，賓介在冠者身上實施之禮典皆是以冠禮教育冠者，使之明成人之責任。如此類推，《士相見禮》《聘禮》《士喪禮》均用以教與禮者相關之禮典禮義，而儒家之道德如互敬、謙讓、愛人等美德均包涵在禮典之內。儒家以禮、樂、射、御、書、數六藝以教士子，若純粹以字面意思出發，學會此六藝對於成長爲一個合格的士子究竟有何幫助，會禮典祝史之事，樂掌於樂工，御者僕射之事，書小史之掌，數亦疇人祝史之職，這些賤役皆有專門之工人執掌，貴族階層究竟學這些有何必要？可見儒家對六藝作出了超出本身之外的詮釋，禮在於學習禮之敬、愛人以成德，一人有德而推及他人，於是社會籠罩在禮治之下，這是《儀禮》體現出的教育精神。

　　試以《儀禮·鄉射禮》爲例："以爵拜者不徒作。坐卒爵者拜既爵，立卒爵者不拜既爵。"這段文字作爲記錄禮典之文字，出自《鄉射禮》之記，敘述的內容爲禮典中需要注意的事項，敘述的對象爲與禮者，即將要實施鄉飲酒禮者，均是這篇文字針對的對象。例如通過《儀禮》之記敘，凡是飲完后獻酒后拜主人不隨便起立，若起立必酢主人。若遇到坐着喝完爵中酒者需對他行拜禮，而對站着喝完爵中酒者則不拜。……這些禮典以規制的形式教育與禮者、將禮典中要注意之事項傳授給未來之施禮者。

　　上文提到儒家教育以六藝爲主，除《儀禮》《詩經》外，十三經中其他經典中並不見有對六藝之具體、專門介紹。而《儀禮》則首言禮典之實施、禮器之擺放陳設、揖讓升降周旋，事無大小巨細一併記錄，因此學禮捨《儀禮》外，幾無文獻可依。樂經傳，今無從考其原貌，《儀禮·鄉飲酒禮》《儀禮·鄉射禮》等均在飲宴場合有奏樂之規定，對於樂工之進退、位置作出詳細安排，對所奏之樂所配之場合亦有言及，可見古樂是配合《詩》之樂章，用以飲宴等交際場合以表達情懷。《儀禮》之記載對於考察樂制之面貌，具體場合配合哪種樂章都作出了規定，後世治樂考史者於《儀禮》中可窺探其貌，是《儀禮》有樂教。至於《詩》與《儀禮》之密切關係那就更明顯了。袁行霈先生認爲："禮樂文化是周代文化的重要組成部份，《詩經》在很大程度上是周代禮樂文化的載體。燕饗詩以文學的形式，表現了周代禮樂文化的一些側面。不僅祭祀、燕饗等詩中直接反映了周代禮樂之盛，而且在其他詩作中，也洋溢着禮樂文化的精神。"①《儀禮》各篇章均含有禮辭，單獨考察這些禮辭，句式與《詩經》無異，亦有用韻之情況，可見禮辭即爲詩，且上文提及以詩樂輔飲宴禮典，可見於《儀禮》之記載，對於瞭解上古詩歌教育亦有幫助，此是《儀禮》之詩教。至於六藝之射技，《儀禮·鄉射禮》《儀禮·大射儀》均對射禮作出了詳細之描述，對於具體射技、射法都作出了記述，考古者慾求對射禮作出瞭解，只能從《儀禮》中進行研究，是爲《儀禮》之射教。若六藝之改造則爲詩、書、禮、易、樂、春秋，而《儀禮》一經則與五經有關涉，唯《書》記上古政治之言論，與涉及古代禮典之文獻頗有出入，但這也只是形式上之出入，《書》言

---

　　① 袁行霈主編：《中國文學史》第一卷，北京：高等教育出版社，1999年，第65頁。

洪範，述五行，《儀禮》對於五行之具體描繪亦有涉及，這在上文考察《儀禮》之空間模式曾有論及，可見作爲儒家方法論之《儀禮》對於儒家之教育精神貫徹始終，具體禮教、射樂詩教以及五行祭祀均有提及，故通《易》者識陰陽，知《書》者曉五行，明《詩》者達辭對，而守《儀禮》者又能明其禮義，則對於儒家之德治瞭然於心，是以儒家之大師孔子、荀子均對於禮典大肆宣揚，而《儀禮》之用莫大焉。

二、《儀禮》經文與文學

將《儀禮》與文學聯繫起來，除了上文提及《詩》與禮之關係密切，也有研究者確實在進行着這項研究，如陳戍國教授之《中國禮文學史》。在該書中，作者研究了關於禮文學的相關形式、定義，按照年代探討歷代涉及禮學元素之文學作品。只是翻開該著作之先秦卷，涉及《詩》《書》《易》《春秋》及諸子文獻，而未言及《儀禮》，豈其他文獻中皆涉及禮，體現出禮文學之特色，而禮經與文學無關？故專設一節以言《儀禮》與文學之關係特色。

《儀禮·士冠禮》之禮辭若單獨列出，幾乎與《詩經》之詩句完全一致，如禮辭第一次行冠禮祝所言之辭曰：

> 令月吉⃝日，質
> 始加元⃝服。職
> 棄爾幼⃝志，之
> 順爾成⃝德。職
> 壽考惟⃝祺，之
> 介爾景⃝福。職

再加，曰：

> 吉月令辰，文
> 乃申爾服。職
> 敬爾威儀，歌
> 淑慎爾德，職
> 眉壽萬年，真
> 永受胡福。職

三加，曰：

> 以歲之正，耕
> 以月之令，耕
> 咸加爾服。職
> 兄弟具在，之
> 以成厥德。職
> 黃耇無疆，陽
> 受天之慶。陽

醴辭曰：

> 甘醴惟厚，侯
> 嘉薦令芳。陽
> 拜受祭之，之
> 以定爾祥。陽

承天之休，幽
壽考不忘。陽

醮辭曰：

旨酒既清，耕
嘉薦亶時。之
始加元服，職
兄弟具來。之
孝友時格，鐸
永乃保之。之

再醮，曰：

旨酒既湑，魚
嘉薦伊脯。魚
乃申爾服，職
禮儀有序。魚
祭此嘉爵，藥
承天之祜。魚

三醮，曰：

旨酒令芳，陽
籩豆有楚。魚

咸加爾⟨服⟩，職
肴升折⟨俎⟩。魚
承天之⟨慶⟩，陽
受福無⟨疆⟩。陽

字辭曰：

禮儀既⟨備⟩，職
令月吉⟨日⟩，質
昭告爾⟨字⟩。之
爰字孔⟨嘉⟩，歌
髦士攸⟨宜⟩。歌
宜之於⟨假⟩，魚
永受保⟨之⟩，之
曰伯某⟨甫⟩。魚

　　上列之例均附上韻腳韻部，這樣可以直觀看出這些禮辭如果單獨來看與《詩經》中的詩句沒有什麼區別。關於《儀禮》之文學性，錢基博先生認爲：“損益前代之冠、昏、喪、祭、朝、聘、射、饗之禮而記之，名之曰《儀禮》。一王大法，一朝掌故，洪纖畢舉，條理井然。凡後世史誌通典通考等之作，皆此爲其權輿也。惟其辭簡質，不雜偶語韻文，與《易》《書》《詩》不同；則以昭書簡册，懸佈國門，猶後世律例公文，義取通俗，故不爲文也。”①這段文字代表着大多數

---

　①　錢基博：《中國文學史》，上海：東方出版中心，2008 年，第 19 頁。

人對《儀禮》文辭的看法，似乎《儀禮》只是關乎書志六典，而無涉於文。然考禮文並非如錢著所言不雜偶語韻文，《儀禮》經文之用韻情況在第一章已作出交待，且以上文之禮辭看，《儀禮》經文應爲間雜偶語韻文，至於不夾雜韻語就不算爲文之語，後世也不儘然，古文亦不尚文辭，不失爲集部之一要。今以《儀禮》之韻語言，與《詩經》之雅詩類似。如三醮之辭："旨酒令芳，籩豆有楚。咸加爾服，肴升折俎。承天之慶，受福無疆。"①

首先鋪陳酒之芳香，禮器陳列多麼齊整有序，然後進入正題爲冠者加冠服，表達對冠者之熱烈祝賀，願冠者受福無疆，遣詞典雅，語義樸實，感情真摯，讀來可愛清新，不輸三百篇之歌。以《儀禮》經文之韻語言，其亦具備較爲高超的敍事手法。禮典之繁雜是歷來讀禮者之共識，但對於禮典之敍述，《儀禮》仍然做到有條不紊、繁而不雜。前面列舉《儀禮》各篇之結構，即對於各篇之敍述作出了勾勒，以線性結構爲例，《儀禮》在敍述上基本做到了按照禮典之實施過程安排文字，儘管禮典繁多，但是《儀禮》在敍述上不落下一個環節，但是對於相同相似之環節，《儀禮》在敍述上也常常一語帶過，以"亦如之"代替，從而避免文辭雜冗。這些敍事技巧爲後世之古文敍事所吸取並得到了進一步發展。

《左傳》昭公三年晏子出使晉國，其聘辭曰："君若不忘先君之好，惠顧齊國，辱收寡人，徼福於太公、丁公，照臨敝邑，鎮撫其社稷，則猶有先君之適及遺姑姊妹若而人。"②這是從實際使用的角度看禮辭在社交活動中的運用，也可以看出當時的外交辭令都帶

---

① 《儀禮注疏》，《十三經注疏》，北京：中華書局，2009 年，第 2067 頁。
② 《春秋左傳正義》，《十三經注疏》，北京：中華書局，2009 年，第 4409—4410 頁。

有聘禮中禮辭的特點。這樣一來,禮辭爲中國古代外交辭令的發展中不可缺少的一環,在散文史上具有不可替代的作用。這些例子在《左傳》中不勝枚舉。又如《左傳》昭公二十年:

> 齊侯使公孫青聘于衛。既出,聞衛亂,使請所聘。公曰:"猶在竟内,則衛君也。"乃將事焉。遂從諸死鳥,請將事。辭曰:"亡人不佞,失守社稷,越在草莽,吾子無所辱君命。"賓曰:"寡君命下臣於朝,曰:'阿下執事。'臣不敢貳。"主人曰:"君若惠顧先君之好,昭臨敝邑,鎮撫其社稷,則有宗祧在。"乃止。衛侯固請見之,不獲命,以其良馬見,爲未致使故也。衛侯以爲乘馬。賓將揖,主人辭曰:"亡人之憂,不可以及吾子。草莽之中,不足以辱從者。敢辭。"賓曰:"寡君之下臣,君之牧圉也。若不獲扞外役,是不有寡君也。臣懼不免於戾,請以除死。"親執鐸,終夕與於燎。①

又《左傳》襄公二十二年:

> 夏,晉人征朝于鄭。鄭人使少正公孫僑對曰:"在晉先君悼公九年,我寡君於是即位。即位八月,而我先大夫子駟從寡君以朝于執事。執事不禮于寡君。寡君懼,因是行也,我二年六月朝于楚,晉是以有戲之役。楚人猶競,而申禮於敝邑。敝邑欲從執事而懼爲大尤,曰晉其謂我不共有禮,是以不敢攜貳于楚。我四年三月,先大夫子蟜又從寡君以觀釁于楚,晉於是乎

---

① 《春秋左傳正義》,《十三經注疏》,北京:中華書局,2009年,第4542—4543頁。

有蕭魚之役。謂我敝邑，邇在晉國，譬諸草木，吾臭味也，而何敢差池？楚亦不競，寡君盡其土實，重之以宗器，以受齊盟。遂帥群臣隨于執事以會歲終。貳于楚者，子侯、石盂，歸而討之。湨梁之明年，子蟜老矣，公孫夏從寡君以朝於君，見於嘗酎，與執燔焉。間二年，聞君將靖東夏，四月又朝，以聽事期。不朝之間，無歲不聘，無役不從。以大國政令之無常，國家罷病，不虞薦至，無日不惕，豈敢忘職？大國若安定之，其朝夕于庭，何辱命焉？若不恤其患，而以爲口實，其無乃不堪任命，而翦爲仇讎，敝邑是懼。其敢忘君命？委諸執事，執事實重圖之。"

這些聘辭，都可以從《儀禮》中找到對應的描述。如對人的尊稱，對自己的謙稱。以及周旋回環的語言藝術特色，都與聘禮禮辭一脈相承。這些禮辭描述雖然不能説是完全承襲自《左傳》，但是至少是《左傳》外交辭令的提煉和發展。這使得古代散文藝術在《左傳》史傳散文的基礎上與政令文辭相結合，更加豐富了古文的發展脈絡。此外《儀禮》還爲文學的發展提供了素材。清代禮學家、文學家凌廷堪即作《鄉射賦》，以《鄉射禮》作爲鋪排對象，描繪這一歡會場景，新穎別緻，又文辭富麗。

三、《儀禮》經文與諸子思想比較

作爲儒家思想之方法論之一的《儀禮》必然在諸子爭鳴中與其他學派之思想激起火花。在正面衝突中，《儀禮》之思想是否被諸子全面否定？抑或是選擇性支持？在否定與支持的現象中體現了《儀禮》什麼樣的功能與價值？這在仔細比較《儀禮》與諸子思想之後才能找到答案。先秦諸子流派繁多，此僅舉影響較大的幾個派別作爲説明。

　　首先對比道家思想與《儀禮》藴涵的相關思想之異同。道家思想一般被看作清静無爲之自然主義思想，其代表人物老子、莊子皆反對儒家之禮、仁、德、知等理論維度。但是，在極力鼓吹無爲的道家經典《道德經》中，仍然可以找到社會治理思想，可見老子在宣導清静無爲的同時也投射出別樣的政治關懷，這與孔子精心建構禮治體系以維繫社會秩序殊途同歸。

　　老子思想最顯著的特徵即在清静無爲，並建構了一個以"道"爲中心的思想體系。學術界有學者通過研究《道德經》文本發現老子以道爲核心思想的形成有一個歷史過程，丁四新在《〈老子〉〈周易〉"文本"的演變及其與"思想"之相互作用》（見《中國社會科學》2013 年第 2 期）一文中即持此觀點。但道論作爲老子思想體系的理論根基卻並無異議，老子認爲道無所不包，化生萬物，作爲本體論中的穹極之物而存在。道無法用語詞符號來描繪，"道"只是一個暫代的名詞，故而老子用"道可道，非常道。名可名，非常名"，"玄之又玄"①這些近似神秘主義傾向的語句來構建他的道論。

　　老子爲了將道構建成絶對真理，不得不採取這種方式，同時老子也並非全然絶緣於現實世界，而是以道作爲現實世界種種問題的玄妙鎖鑰。首先，作爲儒家的終極追求"聖人"這一象徵符號，老子並沒有絶對反對，而是對聖人的概念加以改造，使之成爲道家的

――――――――――

　　①　老子著，王弼注：《老子道德經》，《諸子集成》本，北京：中華書局，2006 年，第 1 頁。

符號名詞。因此在老子思想體系中，聖人應該"處無爲之事，行不言之教"①，對待民衆聖人應該"虚其心，實其腹，弱其志，强其骨。常使民無知無欲。使夫智者不敢爲也。爲無爲，則無不治"。② 老子改造儒家"聖人"的做法，被他的繼承人莊子很好地繼承下去，在《莊子》文本中出現的儒家聖賢也往往是無爲清淨的道德之士。儒家的聖人崇仁尚禮，以繁瑣的儀禮教化民衆，從而使天下歸仁而得到大治。老子既然反對儒家思想，對於社會動亂格局，清静無爲是否爲一劑良藥呢？至少在使民衆虚心、實腹、弱志、强骨，使民衆無知無欲這兩層面上可以看出老子對人性的關懷。在滿足基本生命條件之後，老子在第二層面即精神層面上提出了清虚無欲，這種觀點如果能實踐，的確可以減少許多不必要的煩勞。只是芸芸衆生不一定願意做到，於是老子提出第三層面的方法：使智者不敢爲。普羅大衆關注的很可能只是生存的問題，也可能存在某種意志無力因素③，總之，若民衆不能實踐老子之道，那麽他就轉而限制多事的智者，讓他們不敢有所作爲，生出事端來疲勞天下。老子對社會的治理手段除了第一、二層面上的清虚無爲之外，還在第三層面上隱晦地使用了"不敢"這一手段，其寓意是深遠的。爲了達到天下大治，對待智者就應使用威刑手段，去恐嚇這一群體使他們不敢生事。智者不生事端，則天下無智巧之物，無浮華之言辭，民衆亦無從受蠱惑，從而虚心弱志。並且老子對於現實政治也提出了要

---

① 老子著，王弼注：《老子道德經》，《諸子集成》本，北京：中華書局，2006 年，第2 頁。

② 同上。

③ 見［美］倪德衛著，［美］萬白安編，周熾成譯：《儒家之道：中國哲學之探討》，南京：江蘇人民出版社，2006 年，第97—111 頁。

求,統治階層的任務就是應該使民衆實腹強骨,在老子所處的時代能够做到這一點極爲不易,可見他並不是如過去學者描繪的那樣是一位單純的垂拱無爲、對現實政治不聞不問的避世之士。

爲了使天下得到大治,老子還強調要講究方法。他認爲"天地不仁,以萬物爲芻狗;聖人不仁,以百姓爲芻狗"。① 又提出"人法地,地法天,天法道,道法自然"。② 道呈現出的最大特徵即是順乎自然。按照這個遞進式的效法結構,聖人應該法天地。王弼注:"天地任自然,無爲無造。"③天地也呈現出順應自然的特質,聖人也應該順應自然,所以若"天地不仁,以萬物爲芻狗",那麼聖人就應該效法天地自然,以芻狗對待萬物。不仁,即無所偏愛,也即下文所謂"不如守中"。④ 至於芻狗的涵義,歷來解釋甚多。林希逸曰:"芻狗之爲物,祭則用之,已祭則棄之。喻其不著意而相忘爾。"錢鍾書亦曰:"芻狗萬物,乃天地無心而不相關,非天地忍心而不憫惜。"因此,所謂的不仁,即是要求聖人無所偏私,即守中;而不是對待親近群體就溺狎,反之則不問不聞,甚至視如草芥。應認識到需關注的群體目前處於什麼位置、所施行爲的時效,該牧民則牧民,該稼穡則使之稼穡,時過境遷,則撤去其役,這才是以萬物、百姓爲芻狗的真正含義,也是老子對於現實政治提出的治理手段。

老子治理思想的另一特徵即在宣揚無爲。他認爲要達到道的境界即至治境界,應該"爲道日損。損之又損,以至於無爲。無爲

---

① 老子著,王弼注:《老子道德經》,《諸子集成》本,北京:中華書局,2006年,第3頁。

② 同上,第14頁。

③ 同上,第3頁。

④ 同上。

而無不爲。取天下常以無事，及其有事，不足以取天下。"①曰損，河上公注曰："情欲文飾，日益消損。"蔣錫昌認爲："'爲道日損'，言聖人爲'無爲'之道者，以情欲日損爲目的。"最終達到無爲境地。無爲不是消極地對待自然，無所事事，而是以積極的態度對待自然、社會，在消損心中妄念後，不妄爲。按照劉笑敢先生的説法就是："實行無爲意味著對其一般行爲或世俗行爲的必需的自我限制。不僅是對外在行爲的限制，而且是對内在心理活動的限制。"②也就是説，在治理層面，要達到天下大治的局面，治理者需要守中無爲，清除心中妄念，不任意妄爲，濫用手中威權，滋擾天下。爲了證明自己所謂的無爲實質上是一種積極的治理手段，老子進一步認爲只有無爲，才能無不爲，做到了不妄爲，才可以治理天下。可見老子宣揚的無爲實際上是一種手段而不是終極目的，運用好這種手段，才能治理天下。爲了論證這一點，老子在《道德經》第 57 章從反面角度進行了論述："天下多忌諱，而民彌貧；民多利器，國家滋昏；人多伎巧，奇物滋起；法令滋彰，盜賊多有。故聖人云：'我無爲而民自化，我好静而民自正，我無事而民自富，我無欲而民自樸。'"③很顯然在這裏老子列舉了一系列多事的舉措：多忌諱、多利器、多伎巧、法令滋彰。應該注意老子在這些"事"之前都加上了修飾詞，可見老子並非一味反對這些"爲"，而是對過分的

---

　　① 　老子著，王弼注：《老子道德經》，《諸子集成》本，北京：中華書局，2006 年，第 29 頁。

　　② 　劉笑敢：《詮釋與定向——中國哲學研究方法之探究》，北京：商務印書館，2009 年，第 366 頁。

　　③ 　老子著，王弼注：《老子道德經》，《諸子集成》本，北京：中華書局，2006 年，第 35 頁。

"爲"作出了抨擊。他認爲民多智巧,則多生事端,國家法令森嚴禁令太多,則國家混亂,盜賊蜂起,這都是妄爲的結果,不是善治。因此要達到天下善治,要運用獨特的治理手段,這個治理手段就是無爲。老子爲了證明無爲是有效的治理手段,結合當時的政治現實來加以說明。如:"民之饑,以其上食稅之多,是以饑。民之難治,以其上之有爲,是以難治。"①當然老子爲了論證自己的觀點有強爲因果之嫌,有一些觀點也頗爲後人詬病。如老子反對智巧,因此鼓吹愚民,"古之善爲道者,非以明民,將以愚之。民之難治,以其智多。故以智治國,國之賊;不以智治國,國之福。"②儘管有學者認爲此處"愚"是指樸質不詐偽,守真順自然之意,但是老子的言論過於抽象,往往抽去諸多論證環節,只表達果報,使得詮釋的過程極易過度,因此老子的社會治理思想往往淪爲陰謀權術之言論伎倆,這也是一個不爭的事實。但是在社會治理理論並不發達的時代,老子針對社會問題提出的種種手段卻體現了中國古代的治理智慧。

如果說老子是以隱士形象呈現在中國傳統文化中,孔子在很多時候則表現爲折中主義者形象,這與孔子大力宣揚"中和"這一德行有一定的關係。如孔子說:"可與言而不與之言,失人;不可與言而與之言,失言。知者不失人,亦不失言。"③這種兩不相失的做法很容易讓人聯想到折中主義者的處事方式。事實上孔子在對待

---

① 老子著,王弼注:《老子道德經》,《諸子集成》本,北京:中華書局,2006年,第44頁。

② 同上,第40頁。

③ 【清】劉寶楠:《論語正義》,《諸子集成》本,北京:中華書局,2006年,第336頁。

社會問題上往往也採取折中主義的方式。

儒家終極目的在於構建一個以"仁"爲中心的天人和諧社會，以政治上而言即爲德治社會。當代學者陳來甚至提出仁學本體論的觀點來取代宋明道學家宣導的理本體論。記録孔子言行的典籍《論語》全書約 15900 字，其中"仁"這一單字出現 110 次，於此可見孔子對"仁"這一理念的重視程度，這在上文考察《儀禮》與德、仁之關係時也作出説明。考察《論語》文本，孔子並没有給仁下一個完整意義上的定義，只是大概劃定了仁的封域：仁以孝悌爲根基；爲政盡職盡責是忠不是仁；能够推己及人；克己復禮；不做無禮之舉動；愛人；具備剛毅、木訥的品質。從這一系列對仁的描述點中，雖然不能清晰地得到仁的概念，但卻大概可以明確仁的指向，那就是愛。孝悌是愛父母兄弟，是對親人的愛，推己及人是愛他人。還可以從先秦典籍中找到佐證：《國語·周語》："仁、文之愛也。""愛人能仁。"《國語·楚語》："明之慈愛，以導之仁。"《墨子·經上》："仁，體愛也。"《莊子·天地篇》："愛人利物之謂仁。"《韓非子·解老》："仁者，中心欣然愛人也。"可見孔子追求的仁在很大程度上是一種道德倫理意義上的範疇，一旦涉及道德層面，其可掌控的程度就變得不可知了，這又使得孔子面臨與老子一樣的問題，即"意志無力"問題。這是人類面臨的一個常見問題。只是孔子没有像老子一樣選擇逃避或者無視，他找到了一個折中的辦法，那就是重新拾起逐漸被人遺忘的禮，並賦予它新的政治意義，讓禮具有限制、規範的作用，從而使社會形成合理秩序，最終實現天下大治，這就是禮治。孔子思想的核心本是仁，仁主德治，但是隨著人類社會化程度的加深，階級的產生，德治無法維繫和規範社會諸種關係的發展。周代德治的危機，使得孔子不得不思考以一種新的範式去補救德治思想。於是,氏族社會階段實施的禮典成爲孔子注意的對象。《論語》中的一些記載,體現出孔子如何運用禮治思想去限制社會上的不德非禮行爲,去實現自己的政治理想。

由仁退而禮行,相信孔子的論敵們一定抓住這一點大做文章。孔子也不得不多次強調"吾道一以貫之",並闡述仁與禮的關係。或者孔子述而不作,對於這個問題詮釋得不够透徹,所以他的繼承者孟子、荀子也不遺餘力地對這個問題作出解釋。《孟子·離婁上》:"仁之實,事親是也;義之實,從兄是也;智之實,知斯二者弗去是也;禮之實,節文斯二者是也。"①按照孟子的解釋,禮不是異於仁的另一範疇,而是仁義的節文,是實現他們的準則,是儒家思想體系之方法論。《荀子·大略篇》也認爲:"君子處仁以義,然後仁也;行義以禮,然後義也,制禮反本成末,然後禮也。三者皆通,然後道也。"②荀子極力抬高禮的地位,但從中也可看出仁、義、禮三者相關相通。

既然仁禮相通,孔子如何闡述其禮治思想? 在爲政的第一步孔子提出正名的觀點。孔子認爲:"名不正,則言不順;言不順,則事不成;事不成,則禮樂不興;禮樂不興,則刑罰不中;刑罰不中,則民無所措手足。"③《儀禮》經文禮器繁多,鼎、爵、盉、籩、豆、洗、重——爲何物? 與禮者需加以辨識,這即是在正名思想的指導下進行的具體事務,通過正名多識禮器,進而知禮義,從而完成禮典,表

---

① 【清】焦循:《孟子正義》,《諸子集成》本,北京:中華書局,2006年,第313頁。
② 【清】王先謙著,沈嘯寰等點校:《荀子集解》,北京:中華書局,2007年,第492頁。
③ 【清】劉寶楠:《論語正義》,《諸子集成》本,北京:中華書局,2006年,第280—283頁。

達儒家之德治思想,這些步驟都緊密銜接在一起。具體而言,正名指名實正當,屬於社會政治倫理生活方面的一種邏輯思想表現。若從現代治理思想的角度考慮,正名思想蘊涵了追求政治合法性的思想,政治合法性是政治學追求的一個高標準,由治理合法性出發而至合理性治理,則又可以在孔子禮治思想中得到體現。"子曰:道之以政,齊之以刑,民免而無恥;道之以德,齊之以禮,有恥且格。"①按照孔子的思想,若用刑罰來治理民眾,會迫使民眾想方設法躲避刑罰,從而喪失道德倫理;但是如果用禮來使他們安守秩序,運用禮治,會使民眾懂得羞恥感,並能自我改正。這是孔子的善治思想很好的體現,也是孔子有別於老子治理思想的部分。在孔子的思想體系裏,治理的手段是教化而不是刑罰,即便使用刑罰,那也是爲了輔助教化,而不是用之以壓制民眾。教化,就是使民眾從生活習俗中得到一種心理認同,這種認同感孔子認爲來自傳統習俗,這些習俗中的種種儀式包涵著神聖的政治教化意義。爲了讓民眾甚至統治階層理解其禮治的作用,孔子不遺餘力地闡述禮的重要價值。他認爲:"恭而無禮則勞;慎而無禮則葸;勇而無禮則亂;直而無禮則絞。君子篤於親,則民興於仁。故舊不遺,則民不偷。"②面對恭、慎、勇、直一系列美德,若無禮加以限制,這些美德都會走向事物的反面,轉化爲有害公共安全的不利因素。孔子甚至認爲如果一個人不知禮,會無以立。"鯉趨而過庭。曰:學禮乎?對曰:未也。不學禮,無以立!鯉退而學禮。"③這樣從個體存在的基本條件出發,凸顯禮的重要作用。

---

① 【清】劉寶楠:《論語正義》,《諸子集成》本,北京:中華書局,2006年,第22頁。
② 同上,第155—156頁。
③ 同上,第363—364頁。

孔子宣導的禮治的治理模式,除了記録在《儀禮》經文之外,還可以從《論語》的記載中得到體現。"定公問:君使臣,臣事君,如之何? 孔子對曰:君使臣以禮,臣事君以忠。"①在魯定公問及君臣之間的關係時,這實際涉及治理的基本層面,即政府的基本運作方面的問題。孔子認爲如果君主以禮對待臣子,那麽臣子就會對君主盡忠。其言外之意不言而喻,盡忠只是一個有條件的行爲,而不是一個無條件的職責。歷來批評者認爲儒家教人愚忠,並由此指責孔子,這是對孔子的誤解。孔子從來没有提出無條件忠於君主的言論,而是對君主提出一定的限制,那即是言行守禮,按照禮的準則治理國家。只有這樣國家才會得到合理的治理,即"上好禮,則民莫敢不敬;上好義,則民莫敢不服;上好信,則民莫敢不用情。夫如是,則四方之民繦負其子而至矣"。② 在春秋時期,諸侯林立,征伐由己,各諸侯都想服四鄰、霸天下。但是威人以兵,並不能得到智者的認可,而且操作起來也具有一定難度。孔子認爲讓四方之民自動前來臣服,這是一種不需要通過武力就可以達到王天下的手段。而要實現這種諸侯都想實現的目標,首要治理手段就是以禮治國,而具體到君王個人就需要行爲符合禮典,在家以禮治家。這樣一來,士大夫就會起而模仿,以禮治家,推而廣之天下各個家庭都以禮治家。家庭得到合理的治理,每個人在家庭裏履行好自己的角色,那麽可以爲國家治理提供參考模式,建立在家庭紐帶上的國家就會得到善治。君王甚至可以垂拱而治,就像傳説中的堯舜賢君一樣。在這裏,孔子提出了禮、義、信三條治理準則,而

---

① 【清】劉寶楠:《論語正義》,《諸子集成》本,北京:中華書局,2006 年,第 62 頁。
② 同上,第 284 頁。

禮居首位，這是從君民互動的角度出發作出的考慮。而站在統治階層的立場，孔子也認爲"上好禮，則民易使也"。如果君王好禮，則民衆較易統治，社會秩序也會更加穩定。針對當時社會禮壞樂崩的實際情況，孔子在強調禮治的重要性的同時，還強調禮需要堅持實施，"君子三年不爲禮，禮必壞"。總之，孔子面對崩壞的政治威權表達出他的敬意，禮是他表達敬意即維持這種威權的手段。孔子認爲維持這種威權就是維持社會的秩序，社會秩序的穩定才能保證暴力戰亂從根本上杜絶。另外禮是天經地義的，是用來溝通天人之媒介，人在遵循禮典、揖讓周旋的過程中體現出敬愛、容忍、包容、盡職盡責等等一系列品德。修習禮典，實際上是在演練諸種處事品質。如果個體因爲禮而成爲道德上的合格者，那麼再由個體推及他人，最後使得天下秩序井然不亂，這就是仁。在這種打了折扣的仁中間，可以容許威權的存在，前提是統治者言行守禮，也可以准許統治階層享受符合其身份的器物服品。甚至爲了維護社會秩序，孔子也容許武力與刑罰的使用，這些都是極容易被人忽略和誤解的地方。孔子的禮治思想歸根結底是一種折中主義思想，在找不到新的思想維繫社會秩序的時候，孔子把目光投向過去，拾起禮典，賦予其神聖性，在君王大臣不能做到仁人愛人時，只需要他們言行守禮即是達到標準，這種折中主義思想比老子的治理思想更爲具體、細緻，從而也産生了更爲深遠的影響。孔子以禮治作爲德治終極目標的手段，爲中國古代治理思想提供了一種參考。這種治理模式在老子看來是典型的有爲多事，是他批判的對象。

　　孔子以禮爲立身之根本，老子卻認爲"吾所以有大患者，爲吾有身，及吾無身，吾有何患？"將立身這一環節都予以否定，從而化解了孔子以禮立身的立論根據。但是老子這一提法過於絕對，將立身的基本要素都予以否定，極易陷入絕對虛無中。老子從春秋時期社會動亂的現實立論，認爲當時的社會是一個無道的社會，"失道而後德，失德而後仁，失仁而後義，失義而後禮"。正是無道才會產生用道德規範社會的思想，而道德淪喪又促使以仁治思想糾正道德淪喪的思想；而一旦仁政不施，就只有退而求其次以禮來規範社會。老子的説法實質上道出了孔子以禮治爲手段治理社會的現實來源，但是他沒有按照孔子的思路去尋找根治社會動亂的方法，而是進一步批評孔子的禮治思想。他認爲："禮者，忠信之薄，而亂之首。前識者，道之華，而愚之始。是以大丈夫處其厚，不居其薄；處其實，不居其華。故去彼取此。"在老子的思想體系裏，只有當忠信消亡時，才會用禮予以限制，維繫社會秩序，即"大道廢，有仁義；慧智出，有大僞；六親不和，有孝慈；國家昏亂，有忠臣"。因此當社會實施禮治之時，往往是亂世的開始。他批評那些自詡爲先知前識鼓吹以禮爲治者，相對於"道"而言實際上是虛浮者、愚昧者。而正確的治理手段應該是摒棄禮治，崇尚道法。

　　那麼老子的道是傳統研究者認爲的一味崇尚虛無的出世主義或神秘主義麼？其實《道德經》呈現出來的老子很大程度上是一個帶有權謀色彩的智者形象，老子並不是一味宣揚出世無爲。比如對於現實世界、政體，老子是認可的。老子曰："絕聖棄智，民利百倍；絕仁棄義，民復孝慈；絕巧棄利，盜賊無有。此三者以爲文不足，故令有所屬：見素抱樸，少私寡欲。"這是老子針對禮治提出的反對思想，從中可以看到老子追求的仍然是民利、民孝、民慈和盜賊無有，這是任何一個政府都追求的理想政治格局，孔子強調仁義禮智信，也是基於上述目的。可見老子對於現實政治格局並不是全然反對的,至少在思想層面上一些概念仍然帶有入世色彩。又如歷來批評老子虛無主義、原始倒退主義傾向是基於《道德經》第80章:"小國寡民。使有什伯之器而不用,使民重死而不遠徙。雖有舟輿,無所乘之,雖有甲兵,無所陳之。使人復結繩而用之,甘其食,美其服,安其居,樂其俗。鄰國相望,雞犬之聲相聞,民至老死,不相往來。"這一章提供的世俗符號是什伯之器、舟輿、甲兵、食、服、居、俗,老子並沒有否定這些符號,所謂的否定只是在於不用,而不是否定其存在。而對於食、服、居、俗這些基本生存資料,老子甚至是鼓勵治理者予以保障。這其實是一種較爲嚴苛的治理要求,而不是聽而任之的虛無主義傾向。此外"衆人熙熙,如享太牢","故道大,天大,地大,王亦大。域中有四大,而王居其一焉。""國之利器不可以示人"。"修之於身,其德乃真;修之於家,其德乃餘;修之於鄉,其德乃長;修之于國,其德乃豐;修之於天下,其德乃普。故以身觀身,以家觀家,以鄉觀鄉,以國觀國,以天下觀天下。""慈故能勇;儉故能廣;不敢爲天下先,故能成器長。"這些充斥於《道德經》文本中的言論都與上引文字類似,體現了老子本人對現實政體格局的認同。老子主張以道治國,此道昏昏、悶悶、頑似鄙,讓民衆無從察覺,因此老子才能"將欲歙之,必固張之;將欲弱之,必固強之;將欲廢之,必固興之;將欲奪之,必固與之"。將天下如小鮮一樣慢慢烹調,而老子道治的實質是一種抽去了現實細節的、帶有濃厚法術色彩的強勢治理手段。老子言:"大上,下知有之,其次親而譽之,其次畏之,其次侮之。"雖然畏之、侮之都是下下之策,但老子並沒有放棄這些策略,即在老子的治理思想體系中這些對民衆實施的威權策略依然有一席之地。老子曰:"民不畏死,奈何以死懼之? 若使民常畏死,而爲奇者,吾得執而殺之,孰敢?"崇尚殺罰也是一種自然，自然界弱肉強食的現象是普遍存在的，老子鼓吹道法自然，而所謂的自然除了無爲而治之外，也承襲了自然嚴酷的一面。但老子身處亂世，深知戰亂帶給民眾的苦難，因此極力反戰，他説："以道佐人主者，不以兵強天下。""大軍之後，必有凶年。""夫佳兵者，不祥之器，"這一點與孔子在某種程度上保持一致，儘管孔子不承諾放棄戰爭，甚至推崇"義戰"。而且在於國家治理層面，孔子還將象徵武力的軍隊作爲立國三要素之一。"子貢問政。子曰：足食，足兵，民信之矣。"當孔子得到陳恒弑君的消息之後甚至要求出兵討伐。"陳成子弑簡公。孔子沐浴而朝，告於哀公曰：陳恒弑其君，請討之。"可見孔子在治理層面並不排斥武力。恰恰相反，老子在治理層面上反對武力，但是在策略層面又崇尚戰藝；孔子雖言義戰，但涉及具體戰鬥方面卻鮮有言論，這些都是與老子相反之處。

禮治上，孔子爲倡明禮的用意，認爲"禮，與其奢也，寧儉；喪，與其易也，寧戚"，有力地反駁了老子對禮治的責難，老子批評孔子崇禮是多事之舉，勞民擾政，孔子認爲真正的禮不是儀，而是追求禮典背後蘊涵的治理意義。而在道德層面上，孔子面對隱士群體的責備也提出"邦有道，則仕；邦無道，則可卷而懷之"的觀點，並且隱晦地批評了老子等不分實際情況一概無爲避世之做法。就治理大方向來看，孔子禮治手段的確高於脱離具體現實的道治，這也是孔子思想在後世備受推崇的原因之一。但老子道治崇尚無爲而宣導計藝，這一方面則顯得智慧，在治理層面也爲當代社會治理提供一定的參考。

同樣，墨家、法家思想也對儒家之禮提出了尖銳的批評。墨家反對厚葬，對《儀禮》中記載的喪服制度、喪禮制度深惡痛絶。法家攻擊儒家之仁學虛僞無用,甚至以儒者爲社會之蠹蟲,是其實施法治之最大障礙。《韓非子·顯學篇》:"無參驗而必之者,愚也;弗能必而據之者,誣也。故明據先王,必定堯、舜者,非愚則誣也。愚誣之學,雜反之行,明主弗受也。"韓非子認爲儒墨都稱道堯、舜,將二者作爲最高之道德標準來推崇。但儒墨之取捨又不同,而各自稱爲真正之堯舜之道。堯和舜距離韓非子時代已經三千多年無法考證,因此韓非子認爲不用事實檢驗而對事物作出判斷,即爲愚蠢;不能正確判斷就引以爲據,那是欺騙。因此宣稱據先王之道,肯定堯舜之道,不是愚蠢,即是欺騙。這在根本上否定了儒墨的道德標準,以攻擊二者之虛僞。針對儒家以禮維繫家族之關係,以仁愛解釋這種禮治,韓非子亦提出了反對意見,他在《韓非子·外儲説左上》中認爲:"夫賣庸而播耕者,主人費家而美食,調布而求易錢者,非愛庸客也,曰:如是,耕者且深耨者熟耘也。庸客致力而疾耘耕者,盡巧而正畦陌畦畤者,非愛主人也,曰:如是,羹且美,錢布且易云也。"也即是否定了人與人之間互敬互愛的可能,從而進一步否定儒家之仁義思想。韓非子還認爲父子之間亦是一種利益關係,從而對儒家之宗法制度、血緣親愛思想提出反對,這樣一來,韓非子對《儀禮》中禮典之基本思想均提出了質疑。當然韓非子的思想有其進步的一面,這就在於《儀禮》中雖然以仁愛表達儒家之德治思想,并以實際之禮典表達互敬互愛之舉動。但是儒家並沒有進一步闡述這些行爲背後之必要性,而僅僅以各種社會關係予以説明,如君臣、父子、夫婦等因爲這些關係之間必然存在互敬互愛之基本情感,從人倫關係出發進而推廣到社會關係、政治治理關係,這是儒家的基本思維結構。但是韓非子否定了儒家的各種社會關係,他認爲君臣之間只有統治與被統治的關係,父子之間也只有利益關係，因此才有生男孩則互相祝賀，生了女孩甚至要遺棄溺斃之現實。否定了這一層關係，自然就否定了《儀禮》中各種禮典實施之必要性。孔子早於韓非子，他沒有辦法對這些質疑予以回擊，這些辯護工作只有留待儒家之後學來承擔。在宋明理學家那裏，強調修身，儒家之道德準則是修身的表現，只有追求道德才能實現個體的意義，才能使被蒙蔽的性得到恢復，從而清楚地表現出來。因此《儀禮》中規定的種種禮典不是一種虛僞的道德説教，或歷史遺留（韓非子以守株待兔的寓言故事來諷刺儒家不知變通，以古禮治今世），"'禮'是人的衝動的圓滿實現，是人的衝動的文明表達——不是一種剝奪人性或非人性化的形式主義。'禮'是人與人之間動態關係的具體的人性化形式。"①此論對儒家禮之批評作出了有力地回擊。韓非子對於《儀禮》之禮治結構、德治思想雖然提出了抨擊，但是對於《儀禮》之空間結構模式還是有所借鑒。《韓非子·揚權》："事在四方，要在中央，聖人執要，四方來效。"從這一段文字的描述，分明就是前文討論過的以中爲圓心，向四方衍射的十字型結構，韓非子對此結構進行了引申，將君王地位處於中心，而臣子、諸侯處於四方，形成了一個由中心控制四方之權力結構，《儀禮》之空間思想得到了進一步闡述發揮，這種思想基本形成了以後之大一統思想結構，而這種中心四方之結構模式幾乎成爲中國集權政治時代之權力結構之基本模式。

此外《儀禮》雖然強調禮典，但是對於禮實施的原則、條件亦沒有忽視，這是韓非子沒有意識到的，儒家並不是一味強調禮之限制

---

① ［美］赫伯特·芬格萊特著，彭國翔等譯：《孔子：即凡而聖》，南京：江蘇人民出版社，2006年，第6頁。

作用、規範作用,互動作用強調的互相承擔義務這一原則是社會形成良性運轉之契機,因此在治理思想上,《儀禮》要比韓非子更爲圓融。

第二節　《儀禮》經文的政治影響

　　《儀禮》作爲禮之本經,其用韻特色、時間地域特徵、相關功能及與其他方面的内容已經在上文作出論述。通過對《儀禮》用韻進行考察,確定了《儀禮》確實屬於戰國時期文獻;而對於《儀禮》經文具有南方方言特點的考察,則可見《儀禮》之地域色彩,即相關篇章之整理者或者具有南方背景。日本學者川原壽市認爲《儀禮》各篇除《喪服》之外均爲子游編輯而成,且子游爲孔門弟子中唯一之南方人士,《儀禮》經文含有大量南方方言或有此原因。但是考察《儀禮》之歷史地域特點而忽視荀子,這是川原壽市的一個極大的疏忽。荀子的活動空間有齊趙,但晚年也歸於蘭陵,其時蘭陵已屬楚,若荀子在蘭陵收得弟子助手以編輯《儀禮》,這也可以解釋《儀禮》經文中之南方方言之來源。而《儀禮》與荀子關係之密切,前輩學者沈文倬先生已作過論述,且漢代之經多傳自荀子,在傳播過程中荀子及其弟子們對《儀禮》經文作出整理,這應屬於情理之中之事,至少《儀禮》與荀子之關係密切爲可信之事。上文提到《儀禮》不成於一人,不成於一時,即以子游、子夏、荀子而言,即已經有作者三人,而游、夏二人同時,荀卿又晚出,是不成於一時之證。考察這些細節可對《儀禮》文本之成書時間、地域色彩作出一接近歷史原貌的復原,可以對經文之文本存在狀況作一背景梳理。在瞭解《儀禮》經文在歷史上之初始狀態之後,接下來便面臨着《儀禮》經文在歷史過程中實際政治生活、社會生活中如何運用,禮典在歷史過程中產生了那些變化,有什麼影響,經文之價值究竟如何之問題。

《儀禮》在西漢時期較其他歷史時期更爲引人注目,杜佑在《通典》中記敘道:"漢興,天下草創,未遑制立,群臣飲醉争功,高帝患之。叔孫通草綿蕝之儀,救擊柱之弊,帝説,歎曰:'吾於今日知爲天子之貴也。'以通爲奉常,遂定儀法,未盡備而通終。高堂生傳《禮》十七篇,而徐生善爲頌。孝文帝時,徐生以頌禮官至大夫,而蕭奮亦以習禮至淮陽太守。"①漢代面對二世而亡之暴秦,不得不改弦更張,在摸索中逐漸轉變對知識階層之態度,劉邦由開始的冷漠變而爲逐漸認可,在挾書令被廢除之後能通一經而爲官者屢見於史籍,如公孫弘以治《春秋》爲丞相,封侯,又如能頌《楚辭》之朱買臣,能通禮之蕭奮,這既體現出漢代統治者在治理理論上的匱乏,也顯現出漢代整個社會對文化的尊重,而《儀禮》之關注度在漢代也臻於極盛。《漢書·禮樂志》:"人性有男女之情,妒忌之别,爲制婚姻之禮;有交接長幼之序,爲制鄉飲之禮;有哀死思遠之情,爲制喪祭之禮;有尊尊敬上之心,爲制朝覲之禮。哀有哭踊之節,樂有歌舞之容,正人足以副其誠,邪人足以防其失。故婚姻之禮廢,則夫婦之道苦,而淫辟之罪多;鄉飲之禮廢,則長幼之序亂,而争鬥之獄蕃;喪祭之禮廢,則骨肉之恩薄,而背死忘先者衆;朝聘之禮廢,則君臣之位失,而侵陵之漸起。"②交待了《儀禮》中婚、鄉飲酒、喪祭、朝覲之禮典的作用。但是《儀禮》雖然在儒家眼中具備經天

---

①　【唐】杜佑著,王文錦等點校:《通典》,北京:中華書局,1992年,第1120頁。
②　【漢】班固著,【唐】顏師古注:《漢書·禮樂志》,北京:中華書局,2014年,第1027—1028頁。

緯地之功能,在漢初亦有通《儀禮》而爲官者,然其原因在於漢初治理理論之缺失,不得不採取兼容並蓄之態度對待九流百家。而當漢代統治逐漸穩定下來之後,統治集團對於儒家之態度又逐漸變得淡漠,因此《儀禮》之用終究停留於口頭上、學術上而没有得到實際之用。《漢書》對於《儀禮》之用廢情況作出了一個描述:漢初叔孫通制訂朝儀,文帝時賈誼論禮治而不爲用,漢武帝鋭志武功、不暇留意禮文之事,宣帝不樂儒術,成帝時欲建辟雍,會劉向、成帝亡,《儀禮》之用又停留於禮節上而無實際政治之用,王莽以《周禮》爲改制建號之根據,不久海内畔之,世祖中興乃營立明堂、辟雍,顯宗即位,躬行其禮,但"德化未流洽者,禮樂未具,群下無所誦説,而庠序尚未設之故也"。可見自西漢至東漢章帝以來,《儀禮》之用多限於口頭上、學術間,或者間用旋廢,或一禮具而他禮不備。雖然漢代統治者認識到禮之作用,如漢武帝曾在元朔五年夏六月下過一道詔書,曰:"蓋聞導民以禮,風之以樂。今禮壞樂崩,朕甚閔焉。故詳延天下方聞之士,咸薦諸朝。其令禮官勸學,講議洽聞,舉遺舉禮,以爲天下先。太常其議予博士弟子,崇鄉黨之化,以厲賢材焉。"[1]但武帝看到的是《儀禮》中聚賢才以爲己用之功能,而不是以行德治之目的。不過即使漢代《儀禮》之用並没有得到廣泛之推行,《儀禮》記録之禮典及其禮義在漢代思想界卻擁有廣泛之市場,發揮着較大之影響力。

　　值得注意的是,雖然《儀禮》在漢代學術界具有影響力,而在政治生活中實用性並不廣泛。前面列舉《通典》《漢書》之例,可見對於實際之政治事務,《儀禮》已經逐漸不能滿足大一統王朝的政治

---

① 【漢】班固著,【唐】顏師古注:《漢書·禮樂志》,北京:中華書局,2014年,第171—172頁。

需要。《通典》記載漢代祭天儀式，在漢武帝之前，漢朝的統治者們就根據《儀禮》的祭天模式加以改變，形成漢代獨特的祭天儀式，來確立中央政權之合法性和政治威權。如《通典》記載劉邦得知秦代祭天祭祀四方之帝時，下令多祭祀一個黑帝，又下令祭祀九天，即在之前的東、南、西、北、中之外，再加上東北、東南、西北、西南四方之天，形成獨特的九天格局。只是這純屬於在帝王的行政命令之下增設之祭祀，而不是根源於《儀禮》之記録。到漢武帝之時代，漢代之最高神太一祭祀形成，從而在祭天儀式之上產生出這一最高國家祭祀儀式，這也是大一統帝國格局形成之後出於政治一統的需要。在五方天、五方帝之上再立一太一神，以壓制各種地方分裂勢力，從而維護大一統政治格局。然而在維護帝王權威、維繫大一統格局方面，《儀禮》之記載至少表現得不明顯，太一祭祀即不出自《儀禮》經文，只是可以在《儀禮》經文中找到源頭。《儀禮・覲禮》："東方青，南方赤，西方白，北方黑，上玄，下黄。……拜日於東門之外，反祀方明。禮日於南門外，禮月與四瀆於北門外，禮山川丘陵於西門外。祭天，燔柴。祭山、丘陵，升。祭川，沈。祭地，瘞。"可見五帝祭祀源於《儀禮》中之五方，而祭祀太一、祭天、祭地，在漢代被稱爲"三一"，即太一、天一、地一，天地這一對在《儀禮》中之最高祭祀對象在漢武帝時期變成與太一並列之祭祀對象。而具體祭天之禮典則爲歷代繼承，皆爲燔、燎以祀天，沉、埋以祭地。

晉代人們認爲"五帝即天，隨時王而殊號耳。名雖有五，其實一神。南郊宜除五帝座，五郊同稱昊天"，不久又恢復南郊五帝位，可見五帝祭祀並不固定。後來又生出感生帝這一祭祀對象，但是對天的祭祀卻從《儀禮》開始一直爲後世統治者繼承。

若具體之禮，如冠禮，則對於《儀禮》之承襲成份最爲明顯。

《儀禮》冠禮三加，首爲緇布冠，次爲皮弁，三爲爵弁，且有醴、醮之禮及相關禮辭。這些禮儀基本爲後世所繼承，只是《儀禮》中無天子之冠禮，因此自漢代開始將天子冠禮改稱"加元服"。據《通典》記載："後漢制正月甲子若丙子爲吉日，可加元服，儀從《冠禮》。"又《通典》引《續漢書》云："加元服，乘輿皆於高祖廟，謁見按世祖廟，始冠緇布冠於宗廟，從古制。"①是爲後世冠禮繼承《儀禮》之證。後世冠禮對《儀禮》之繼承最明顯者表現在對《儀禮·士冠禮》中禮辭文體的承襲，《通典》曰："東晉諸帝冠儀，……太尉跪讀祝文曰：'令日吉辰，始加元服。皇帝穆穆，思弘衮職。欽若昊天，六合是式。率遵祖考，永永無極。眉壽惟祺，介茲景福。'"又"……宗人申誡之曰：'以歲之正，以月之令，兄弟具來，咸加爾服，棄爾幼志，順爾成德，敬慎威儀，惟人之則，壽考維祺，永受景福。'"《南齊書·禮上》："祝曰：'筮日筮賓，肇加元服。棄爾幼志，從厥成德。親賢使能，克隆景福。'醮酒辭曰：'旨酒既清，嘉薦既盈。兄弟具在，淑慎儀形。永屆眉壽，于穆斯寧。'"②從上舉三例中可見，後世之禮辭與《儀禮》中之禮辭句式用韻形式皆一致，幾乎爲全部承襲。不僅如此，後世對於《士冠禮》相關儀式亦有繼承，且賓主之對話也幾乎得到繼承。《通典》引後漢何休《冠儀約制》云："'某之子某若弟某長矣，將加冠於首，願吾子教之。'……賓曰：'敢不從命。'"然而天子之冠禮畢竟《儀禮》中缺載，因此後世對於《士冠禮》並不是一味承襲，也有所改變，如《通典》認爲後漢天子之冠禮"初加緇布進賢，

---

① 【唐】杜佑著，王文錦等點校：《通典》，北京：中華書局，1992 年，第 1573 頁。本節下引《通典》之文依次見該書第 1574、1587、1586、1573、1574、1587 頁。

② 【梁】蕭子顯著，王仲犖點校：《南齊書》，北京：中華書局，2011 年，第 146 頁。下文引《南齊書·禮上》之文字亦出自該書第 146 頁。

次爵弁，次武弁，次通天，冠訖，皆於高廟如禮謁見"。這便異於《士冠禮》之三加次序，且《通典》記載曹魏爲了有別於士冠禮之三加禮節，專門制訂一加之禮典，故"魏氏天子冠一加"以與士大夫之冠禮相區别。《宋書·禮一》："宋冠皇太子及蕃王，亦一加也。"①又《南齊書·禮上》亦有記載皇孫之冠禮："永明五年十月，……宜使太常持節加冠，大鴻臚爲贊；醮酒之儀，亦歸二卿；祝醮之辭，附准經記，别更撰立，不依蕃國常體。國官陪位拜賀，自依舊章。其日内外二品清官以上，詣止車集賀，並詣東宫南門通箋。别日上禮，宫臣亦詣門稱賀，如上臺之儀。既冠之後，克日謁廟，以弘尊祖之義。此既大典，宜通關八座丞郎並下二學詳議。"此禮亦爲《儀禮》所未備之禮典，其中既有"自依舊章"對《儀禮》之傳承，又有新立之禮儀，這也反映出後世禮典對《儀禮》經文禮典之改造與繼承。不過即使後世對於《儀禮》之儀節加以繼承，在具體實施禮典的環節上，某些儀節之實施過程也有所簡化，以便於禮典之操作，因此晉王堪《冠禮儀》云："……此皆古禮也，但以意斟酌，從其簡者耳。"②於此亦可見《儀禮》之具體禮典在後世之運用情形。冠禮自唐代中期逐漸荒廢，柳宗元有冠禮"數百年來人不復行"③之語，朱熹《小學》亦有"冠禮之廢久矣"④之歎，可見雖然唐宋時期皇家依然實施冠禮，但

① 【梁】沈約著，王仲犖點校：《宋書》，北京：中華書局，2011年，第335頁。
② 【唐】杜佑著，王文錦等點校：《通典》，北京：中華書局，1992年，第1587頁。
③ 【唐】柳宗元著：《答韋中立論師道書》，《柳宗元集》卷三十四，北京：中華書局，1979年，第872頁。
④ 《小學》："冠禮之廢久矣。近世以來人情尤爲輕薄。生子猶飲乳，已加巾帽。有官者，或爲之制公服而弄之。過十歲猶總角者蓋鮮矣。彼責以四者之行，豈能知之？故往往自幼至長愚騃如一。由不知成人之道故也。"見朱傑人等編《朱子全書》第13册，上海：上海古籍出版社，2002年，第441頁。

是在下層已經逐漸不復實行此禮。隨着時代的發展冠禮逐漸與婚禮重合，士人成婚即爲成人，因此至清代時，冠禮不再實施。下文具體考察《儀禮》各個禮典在歷代的沿革及禮制與《儀禮》文本之關係。按照《儀禮》經文對禮典性質的劃分，歷來學者都認爲大概可分爲吉、凶、賓、軍、嘉五禮，先看《儀禮》中的吉禮在後世的沿革特點。

　　後世統治者一般將祭祀天地等最高神祇的禮典認作吉禮，此即異於《儀禮》。《儀禮》之言祭祀之禮則爲《特牲饋食禮》《少牢饋食禮》《有司徹》，曹元弼先生將其歸爲吉禮，但此三禮（實爲二禮）僅言祭祖，未及國家祭祀大典。那麼《儀禮》中是否具備祭天地等最高神祇的大典？答案是有的。這個禮典即可以在《儀禮》中找到痕跡。《儀禮·覲禮》：“天子乘龍，載大旂，象日月、升龍、降龍，出，拜日於東門之外，反祀方明。禮日於南門外，禮月與四瀆於北門外，禮山川丘陵於西門外。祭天，燔柴。祭山、丘陵，升。祭川，沈。祭地，瘞。”這一則文字記錄的是在使者來聘時天子實行的一系列象徵威儀的禮典，當然這個禮典與後世的固定的國家祭祀還有很大的距離，最主要的一點就是國家祭祀時間是固定的，而《儀禮》中的祭天禮日這個時間並不固定，但是看得出後世的國家祭典基本上從這裏引申而出。

　　漢高祖定天下，在秦祀四方帝的基礎上增祀黑帝而成五帝祭祀之禮，後又有九天祭祀皆歲時祭祀於宮中。此時國家初立，禮典無暇完備，史不具載。至漢武帝時，國力大增，舊式禮典不再適應大一統國家政治模式，因此國家增設太一祭祀之禮，確立此爲最高祭祀對象。“亳人謬忌曰：‘天神貴者太一，太一佐曰五帝。古者天子以春秋祭太一於東南郊，日一太牢，七日。凡七日祭。爲壇，開八通鬼道.'於是令太祝立祠於長安城東南郊。後人上書言：'古者天子三年一用太牢祠三一。'天一，地一，太一。許之。令太祝領祠之於太一壇上，如其方。"①武帝並不一定真正相信這些術士的言論，但是在五方帝的上面再增設一個最高神，對於國家政體的象徵意義是不言而喻的。或許太一這個概念驟然而起，並不能使人接受，故稍後又興起三一之說，以天地與太一相並列以詮釋太一的地位。漢代的國家祭祀模式至此基本上得到了確定，以後略有增删，大體不變。在國家祭祀層面上，漢代的祭祀儀式似乎與《儀禮》並沒有多大關係，但從具體細節上看，還是可以找到一些兩者之間的淵源。如漢平帝時，王莽對禮典進行了改革，他向平帝奏道："天地有別有合。其合者，孟春正月上辛若丁，天子親合祀天地於南郊，先祖配天，先妣配地。祭天南郊，則以地配，天地位皆南向，地在東，共牢而食。高帝、高后配於壇上，西向，后在北，亦同席共牢。牲用繭栗，玄酒陶匏。天地用牲一，高帝、高后用牲一。天用牲左，及黍稷燔燎於南郊；地用牲右，及黍稷瘞埋於北郊。六律、六鐘、五聲、八音、六舞大合樂。其別者，天地有常位。以冬日至，使有司奉祠南郊，高帝配而遙祀群陽；夏日至，使有司祀北郊，高后配而遙祀群陰。其渭陽祠勿復修。"②王莽不是學者，更不以禮學見長，故其議論必出自其門客好禮者。按此處之祭天，以"黍稷燔燎於南郊；地用牲右，及黍稷瘞埋於北郊"與《儀禮》"祭天燔柴"、"祭地瘞"之禮節基本一致。可見《儀禮》被稱爲禮之根本，並不是一句空話。而且以燎祭天、以瘞祀地的基本禮節得到了後世的繼承，成爲這一

---

① 【唐】杜佑著，王文錦等點校：《通典》，北京：中華書局，1992 年，第 1169 頁。
② 同上，第 1171—1172 頁。

重大國家禮典的重要儀式。如《通典》中記載的關於祭天禮典的例子："魏文帝南巡在潁陰,有司爲壇於繁陽故城。庚午,登壇受籍,降壇視燎成禮。""晉武帝南郊燎告。""陳武帝永定元年受禪,修圜丘,壇高二丈二尺五寸,廣十丈。柴燎告天。""後魏道武帝即位,二年正月,親祠上帝於南郊,……祭畢,燎牲體左於壇南巳地。""北齊每三年一祭。以正月上辛,禘祀昊天上帝於圜丘,……又爲燎壇於中壝外,當丘之丙地,廣輪三十六尺,高三尺,四面各有階。"這些禮典的傳承體現出《儀禮·覲禮》對後世國家祭典的啟發作用。但是《儀禮》沒有談及郊祭天地的場所,這是對這一重要禮典的重大闕失。正因如此,漢代初次實施祭天禮典時,漢高祖竟然將祭天儀式放在宫中進行,後來才漸漸發展到南郊。因天代表着乾健陽剛等意象符號,與南這個方位蘊涵的符號一致。至此祭天處所基本上確定在南方。

《新唐書·禮樂志》記載:"春分,朝日於東郊;秋分,夕月於西郊;夏至,祭地祇於方丘;孟冬,祭神州、地祇於北郊",[①]"古者祭天於圜丘,在國之南,祭地於澤中之方丘,在國之北,所以順陰陽,因高下,而事天地以其類也。其方位既別,而其燎壇、瘞坎、樂舞變數亦皆不同,而後世有合祭之文。則天天冊萬歲元年,其享南郊,始合祭天地。"[②]可見隨着國家統治策略的逐步完善,禮典也朝着服務統治的方向發展,開始配合國家政治,形成了一套嚴密的禮制體系。除了國家禮典的源頭可以在《儀禮》經文中找到痕跡之外,祭祀的步驟也可以看出其步武《儀禮》之處。《新唐書·禮樂一》:"凡

---

① 【宋】歐陽修等撰:《新唐書·禮樂一》第 2 册,北京:中華書局,2011 年,第310 頁。

② 【宋】歐陽修等撰:《新唐書·禮樂三》第 2 册,北京:中華書局,2011 年,第336 頁。

祭祀之節有六：一曰卜日，二曰齋戒，三曰陳設，四曰省牲器，五曰
奠玉帛、宗廟之晨祼，六曰進熟、饋食。"①這個禮典的步驟在介紹
《儀禮》内容結構時經常出現，通過研究《儀禮》結構，發現凡實施一個
禮典之前必定先進行占卜禮典實施日期的儀式。若有禮典，禮器、
禮物必須準備完整，宫室廟宇必須整潔，坐席洗具必須提供、安排，
以供來日禮典之用。若禮典需用牲器，則在陳設完禮器之後檢查祭
牲是否完整等符合祭祀需要之條件。這一點亦見《儀禮·特牲饋食
禮》："宗人視牲，告充。雍正作豕。宗人舉獸尾，告備，舉鼎鼏，告絜。
請期，曰'羹飪'。告事畢，賓出，主人拜送。"在禮典中宗人專門檢查
了將要充當祭祀用的祭牲是否合乎要求，是否肥碩。雍正又撥動
豬，視其是否健康等等，這些禮典即是《新唐書》中提到的省牲。

又《特牲饋食禮》曰："宗人升自西階，視壺濯及豆籩，反降，東
北面告濯具。賓出，主人出，皆復外位。"此即是所謂的省視禮器。
至於奠玉帛、進熟、饋食，都可以在《儀禮》經文中找到大量的描繪，
這裏暫時不再舉例。值得注意的是，通過上述的論述發現，在後世
國家政治生活中，《儀禮》經文實際上發揮作用的内容竟然是《覲
禮》中的一小段話，以及闡述五方、五色的内容，這些内容成爲後來
國家祭祀大典中經常出現的政治符號。《新唐書·禮樂志》曰："冬
至祀昊天上帝於圓丘，以高祖神堯皇帝配。東方青帝靈威仰、南方
赤帝赤熛怒、中央黄帝含樞紐、西方白帝白招拒、北方黑帝汁光紀
及大明、夜明在壇之第一等。"②在這裏五方已經開始具有主宰者，

<hr>

① 【宋】歐陽修等撰：《新唐書·禮樂一》第 2 册，北京：中華書局，2011 年，第
310 頁。

② 【宋】歐陽修等撰：《新唐書·禮樂二》第 2 册，北京：中華書局，2011 年，第
326 頁。

即所謂的五方帝，且五方已經按照《儀禮》中確定的色彩模式予以配合，形成了東青、南赤、中黃、西白、北黑的宇宙政治結構。這一結構又與五行相配合，成爲中國古代哲學體系中最富有生命張力的哲學原點。

《新唐書·禮樂志》又曰："冬至，祀昊天上帝以蒼璧。上辛，明堂以四圭有邸，與配帝之幣皆以蒼，内官以下幣如方色。皇地祇以黃琮，與配帝之幣皆以黃。青帝以青圭，赤帝以赤璋，黃帝以黃琮，白帝以白琥，黑帝以黑璜；幣如其玉。日以圭、璧，幣以青；月以圭、璧，幣以白。神州、社、稷以兩圭有邸，幣以黑；嶽鎮、海瀆以兩圭有邸，幣如其方色。神農之幣以赤，伊耆以黑，五星以方色，先農之幣以青，先蠶之幣以黑，配坐皆如之。它祀幣皆以白，其長丈八尺。此玉、幣之制也。"①這幾乎是《儀禮·覲禮》中文字的某種轉述和發揮，前面已經多次言及《覲禮》，此處不再贅述。這些事例可見在吉禮體系中，儘管具體禮典已經有了很大的發展，生發出許多《儀禮》中不具備的禮典。但是這些禮典的實施模式、語言方式以及禮典的核心政治符號都可以在《儀禮》中找到根源。從這一角度看，如果拋開《儀禮》這些禮典，幾乎無從找到源頭，更談不上進一步深入研究。下面再看賓禮相關沿革情況。

《儀禮》中賓禮爲《士相見禮》《聘禮》《覲禮》，這三個禮典分別記敘士未仕之前互訪、諸侯間聘問及諸侯朝覲天子這三種禮節規制。隨着集權統治的發展，對於下層社會群體之間的自由交流活動的控制已日趨嚴密。以諸侯朝覲天子之禮而言，曹魏時，藩王不

---

① 【宋】歐陽修等撰：《新唐書·禮樂二》第 2 册，北京：中華書局，2011 年，第329 頁。

得朝覲。魏明帝時，除非獲得特恩，諸侯才能入覲天子，但這也不是常例。西晉有懲於魏無強藩支持而亡，加強了分封諸侯王的政治、軍事、經濟方面的特權，使得諸侯王具有強大的政治實力。這樣西晉不再限制諸侯王朝覲天子，但對之也作出了規定，據《通典》記載："諸侯之國，其王公以下入朝者，四方各爲二番，三歲而周，周則更始。臨時有故，則明年來朝；明年朝後，更滿三歲乃朝，不得依恒數。朝禮皆執璧，如舊朝之制。不朝之歲，各遣卿奉聘。"朝見周期等細節不需理會，這涉及具體西晉政治史。注意"朝禮皆執璧，如舊朝之制"。《通典》並沒有記錄之前王朝的諸侯朝見禮典，恐怕這個前朝舊制只有從《三禮》中去尋找了。西晉終因諸侯之亂削弱了國力而亡於外族之手，因此在東晉時代，諸侯王不之國，有實際外任者，則同方伯刺史二千石之禮，無朝聘之制。按南朝除個別特例，如梁代一些情況之外，皆不再有朝聘之禮，至於梁朝，也只有蕭詧的傀儡政權，因爲投靠北周爲藩國，故而有朝聘禮。其具體禮節據《通典》記錄："後周初，梁主蕭詧來朝。入畿，大塚宰命有司致積。其餼五牢，米九十筥，醯醢各三十五甕，酒十八壺，米禾各五十車，薪蒭各百車。既至，大司空設九儐以致館，梁主束帛乘馬，設九介以待之，禮成而出。明日，梁主朝，受享於廟。既致享，大塚宰又命公一人，玄冕乘車，陳九儐，以束帛乘馬致食於賓及賓之從各有差。致食訖，又命公一人，弁服乘車執贄，設九儐以勞賓；梁主設九介，迎於門外。明日，朝服乘車，還贄於公。公皮弁迎於大門。授贄受贄，並於堂之中楹。又明日，梁主朝服，設九介，乘車備儀衛，以見於公。事畢，公致享。明日，三孤一人，又執贄勞於梁主。明日，梁主還贄。又明日，梁主見三孤，如見三公。明日，卿一人又執贄，梁主見卿又如三孤。於是三公、三孤、六卿，人各餼賓，並屬官之長爲使。牢米帛同三公。"①這一段記録可與《儀禮·覲禮》對看，幾乎是按照《覲禮》路數而來，北朝禮學發達於此亦可得到體現。杜佑認爲："自秦平天下，朝覲禮廢。及後周立蕭詧爲梁主，稱藩國，始有此儀。"可見此禮自秦至南北朝幾乎廢除。隋代周后，禮典一承周制，梁亦由北周的附庸順而成爲隋朝的附庸國，其朝覲隋朝的禮典幾乎與北周時期没有差別。只是多了一些時代性的環節，但大的儀節設置均没有什麽異於《儀禮》之處。

　　唐代貞觀二十年，諸侯王朝賀，每春二王入朝，禮畢即還。二十二年十月，又規定百僚朔望服蔥褶以朝。自此成爲正例，以後基本上百僚均朔望朝見天子。如《通典》："天寶三載二月，敕百官朔望朝參⋯⋯"又"六載九月敕：'自今以後，每朔望朝，晚于常儀一刻，進外辦。每坐喚仗，令朝官從容至合門，入至障外，不須趨走。百司無事，至午後放歸，無爲守成。宜知朕意。'"又十二載十一月，"京官朔望朝參，着朱衣蔥褶；五品以上，着珂傘"。② 可見《儀禮》中規定的朝覲之禮逐漸被後世的朝儀所取代，這是隨着政治制度的發展必然帶來的改革，朝覲禮是分封時代的産物，後世分封制度名存實亡，因此朝覲禮逐漸消亡是一個不可逆轉的趨勢。既然諸侯朝見天子之禮逐漸荒廢，同樣，諸侯遣使以聘天子之禮也必定消亡。杜佑認爲"秦漢以降，並無其禮"。這是因爲即使諸侯朝覲之禮在秦漢以後偶爾存在，諸侯的權威也不可與先秦時期同日而語，因此不可能再派一使者前往帝都以行朝聘之禮，這是很容易理解的。不過雖然分封制名存實亡，外藩異族依然存在。對於中原王

① 【唐】杜佑著，王文錦等點校：《通典》，北京：中華書局，1992 年，第 2020—2021 頁。

② 同上，第 2022 頁。

朝而言,異族政權都是外藩,因此朝覲之禮演化爲外藩朝覲禮,在這一層面上《儀禮·覲禮》得到了某種程度上的保留。

如《新唐書·禮樂志》即記載了以賓禮待四夷之君長與其使者的禮典。一般情況與《儀禮·覲禮》大同小異,如蕃國主來朝,或使者來朝,則必先遣使者迎勞。僅録一段即可見其語言形式、禮典形式皆有模仿《儀禮·覲禮》的痕跡:"前一日,守宫設次於館門之外道右,南向。其日,使者就次,蕃主服其國服,立於東階下,西面。使者朝服出次,立於門西,東面;從者執束帛立於其南。有司出門,西面曰:'敢請事。'使者曰:'奉制勞某主。'稱其國名。有司入告,蕃主迎於門外之東,西面再拜,俱入。使者先升,立於西階上,執束帛者從升,立於其北,俱東向。蕃主乃升,立於東階上,西面。使者執幣曰:'有制。'蕃主將下拜,使者曰:'有後制,無下拜。'蕃主旋,北面再拜稽首。使者宣制,蕃主進受命,退,復位,以幣授左右,又再拜稽首。使者降,出立於門外之西,東面。蕃主送於門之外,西,止使者,揖以俱入,讓升,蕃主先升東階上,西面;使者升西階上,東面。蕃主以土物儐使者,使者再拜受。蕃主再拜送物,使者降,出,蕃主從出門外,皆如初。蕃主再拜送使者,還。蕃主入,鴻臚迎引詣朝堂,依方北面立,所司奏聞,舍人承敕出,稱'有敕'。蕃主再拜。宣勞,又再拜。乃就館。皇帝遣使戒蕃主見日,如勞禮。宣制曰:'某日,某主見。'蕃主拜,稽首。使者降,出,蕃主送。"①這段文字無論從用語方式、禮典設置都與《儀禮》經文相似度較高,可見《儀禮》在國家禮典的設置中扮演的重要角色。

---

① 【宋】歐陽修等撰:《新唐書·禮樂六》第 2 册,北京:中華書局,2011 年,第 381—382 頁。

　　上文皆以唐以前之文獻考察歷代典章制度與《儀禮》記錄的禮典之間的關係，爲了使研究具有普遍性，接下來探討的禮制擬採用明清二朝文獻，至於爲何不將所有古代典章制度作爲考察對象，首要原因還是兹事體大，考查起來具有難度；其次一些朝代之間的禮制幾乎變化不大，實在没有必要一一考察舉例予以説明。如考察唐以前的禮制需要一一考察，因爲唐之前屬於禮制不成熟時期，各種禮典還一味取決於《儀禮》等禮學經典。唐代文治輝煌，典章制度也十分發達，《貞觀禮》《開元禮》的出現，使得後世制訂禮制有了較爲可靠的藍本。因此考察唐禮幾乎可以考見以後禮制的發展趨勢。當然這並不是説宋代禮制一依唐禮，這是不符合史實的。宋代《開寶禮》與唐禮之間還是有很多差別，宋人創造出的家禮亦開風氣之先，并直接影響着民俗的發展，這都是很值得研究的内容，但是接下來要討論民俗問題與《儀禮》的關係，因此宋代禮典暫時不做考察。上文討論了《儀禮》中祭天與聘禮部分與唐前禮制的沿革關係，下面再看《冠禮》《士昏禮》《鄉飲酒禮》等其他禮典在明清時代的實際狀況。

　　治中國古代史，特別是政治史，會發現中國古代政治是一部集權主義由産生到發展高潮再到衰落的歷史。而明朝與清朝前期則是集權主義制度發展到頂峰的時代。禮本來産生於原始宗教中的天人交接儀式，儒家以之來闡述自己的德治理想與仁學思想。但是隨着集權主義的發展，其對社會各個方面的控制日益加深。儒家德治思想只能成爲其統治的點綴而不再是其追求的對象。在這種前提之下，《儀禮》代表的禮典注定了消亡的命運。

　　明代爲了加強對整個社會的控制，設置了一系列特務機構對社會進行監視。在禮這個方面規定了上至天子下至庶民的冠、昏、喪、祭、見、鄉等具體禮節及相關階層所應具有的禮制。《明史·禮八》皇帝加元服儀對天子的冠禮作出了規定與描述。本來《儀禮·士冠禮》未涉及天子,但《儀禮·士冠禮》一句"古無生而貴者",對任何集權主義者而言都是極爲大逆不道的言論。讓士庶擁有成人禮,而堂堂天子不具備成人禮,這是不能接受的。因此明洪武三年定天子冠制,規定:"先期,太史院卜日,工部製冕服,翰林院撰祝文,禮部具儀注。中書省承制,命某官攝太師,某官攝太尉。既卜日,遣官告天地、宗廟。前一日,内使監令陳御冠席於奉天殿正中,其南設冕服案及香案寶案。侍儀司設太師、太尉起居位於文樓南,西向,設拜位於丹墀内道,設侍立位於殿上御席西,設盥洗位於丹陛西。其百官及諸執事位次如大朝儀。是日質明,鼓三嚴,百官入。皇帝服空頂幘、雙童髻、雙玉導、絳紗袍,御輿以出。侍衛警蹕奏如儀。皇帝升座。鳴鞭報時訖,通班贊各供事。太師、太尉先入,就拜位,百官皆入。贊拜,樂作。四拜,興,樂止。引禮導太師先詣盥洗位,搢笏盥帨訖,出笏,由西陛升。内贊接引至御席西,東向立。引禮復導太尉盥搢訖,入立於太師南。侍儀奏請加元服。太尉詣皇帝前,少右,跪搢笏。脫空頂幘以授内使,置於箱。進櫛設纚畢,出笏,興,退立於西。太師前,北向立。内使監令取冕立於左,太師祝曰:'令月吉日,始加元服,壽考維祺,以介景福。'内使監令捧冕,跪授太師。太師搢笏,跪受冕。加冠、加簪纓訖,出笏,興,退立於西。御用監令奏請皇帝着袞服,皇帝興,着袞服。侍儀奏請就御座,内贊贊進醴,樂作。太師詣御前北面立,光禄卿奉酒進授太師,太師搢笏受酒,祝曰:'甘醴惟厚,嘉薦令芳。承天之休,壽考不忘。'祝訖,跪授内使。内使跪受酒,捧進。皇帝受,祭少許,啐酒訖,以虛盞授内使,樂止。内使受盞降,授太師。太師受盞興,以授光禄卿，光禄卿受盞退。太師出笏，退，復位。内贊導太師、太尉出殿西門，樂作，降自西階。引禮導至丹墀拜位，樂止。贊拜，樂作。太師、太尉及文武官皆四拜，興，樂止。三舞蹈，山呼，俯伏，興，樂作。復四拜，樂止。禮畢，皇帝興，鳴鞭，樂作。入宮，樂止。百官出。皇帝改服通天冠、絳紗袍，拜謁太后，如正旦儀。擇日謁太廟，與時祭同。明日，百官公服稱賀，賜宴謹身殿。"①《儀禮》中的冠禮充滿着對一個未成年人即將踏入成年世界的殷切希望與德治思想，特別是後者在這裏已經蕩然無存。如在皇帝冠禮之前，專門遣太史院卜日，工部製冕服，翰林院撰祝文，禮部具儀注。這些都是以行政命令的手段令各個部門執行。而且更爲可笑的是太師、太尉這樣的師保角色竟然不是實授，而是命某官攝。冠禮結束還要三舞蹈，山呼，俯伏，第二天還要百官公服稱賀，等級森嚴，毫無禮治的影子，這已經不再是孔子、荀子等儒家大師提倡的禮典。而是封建君王宣揚權威的儀式罷了。

　　再看庶人冠禮。《明史》專門記載了這一條，恐怕也是前無古人後無來者了。張廷玉即在此禮之前寫到："古冠禮之存者惟士禮，後世皆推而用之。明洪武元年詔定冠禮，下及庶人，纖悉備具。然自品官而降，鮮有能行之者，載之禮官，備故事而已。"可見這種徒有其表的表演得不到民衆的擁護，因此只能是"自品官而降，鮮有能行之者。"具體禮節爲："凡男子年十五至二十，皆可冠。將冠，筮日，筮賓，戒賓，俱如品官儀。是日，夙興，張幄爲房於廳事東，皆盛服。設盥於阼階下東南，陳服於房中西牖下。席二在南，酒在服

---

　　① 【清】張廷玉等撰：《明史·禮八》第 5 册，北京：中華書局，2010 年，第 1376—1377 頁。

北次。樸頭巾帽,各盛以盤,三人捧之,立於堂下西階之西,南向東上。主人立於阼階下,諸親立於盥東,儐者立於門外以俟賓。冠者雙紒袍,勒帛素履待於房。賓至,主人出迎,揖而入。坐定,冠者出於房,執事者請行事。賓之贊者取櫛總篦幧頭,置於席南端。賓揖冠者,即席西向坐。贊者爲之櫛,合紒施總,加幧頭。賓降,主亦降,立於阼階下。賓盥,主人揖讓,升自西階,復位。執事者進巾,賓降一等受之,詣冠者席前,東向。祝詞同品官。祝訖,跪著巾。興,復位。冠者興,賓揖之入房,易服,深衣大帶,出就冠席。賓盥如初。執事者進帽,賓降二等受之。進祝,跪,冠訖,興,復位。揖冠者入房,易服,襴衫要帶,出就冠席。賓盥如初。執事者進樸頭,賓降三等受之。進祝,跪,冠訖,興,復位。揖冠者入房,易公服出。執事者徹冠席,設醴席於西階,南向。贊者酌醴出房,立於冠者之南。賓揖冠者即席,西向立。賓受醴,詣席前北面祝。冠者拜受,賓答拜。執事者進饌,冠者即席坐,飲食訖,再拜。賓答拜。冠者離席,立於西階之東,南向。賓字之,如品官詞。冠者拜,賓答拜。冠者拜父母,父母爲之起。拜諸父之尊者,遂出見鄉先生及父之執友。先生執友皆答拜。賓退,主人請禮賓,固請,乃入,設酒饌。賓退,主人酬賓贊,侑以幣。禮畢,主人以冠者見於祠堂,再拜出。"[1] 除了模仿《儀禮》之語言形式、禮典模式之外,賓主互動中體現出的互敬互愛得不到體現,且對庶民品物的描繪充滿着限制與歧視,這不再是士民對成人世界表達嚮往而實施的禮典,而是統治階層整齊劃一的行政命令式的規定,這樣的限制條款又怎能得到深入、廣

---

① 【清】張廷玉等撰:《明史·禮八》第 5 冊,北京:中華書局,2010 年,第 1385—1386 頁。

泛的應用呢？因此在清代冠禮即廢除不再實施，明代是中國歷史上最後一個規定實施冠禮的朝代。其實在唐代中期士冠禮已經逐漸不再實施，儘管期間屢有人呼籲恢復冠禮，但由於德治思想的缺失，冠禮成爲繁瑣的生活限制儀式，這個儀式除了給普通民衆帶來煩擾之外毫無用處。成人禮雖然重要，但民間對於成人的理解已經不再是以戴上幾次帽子來實施，更多地是將其與婚禮結合在一起，形成了獨特的民俗文化形式。

　　至於《鄉飲酒》本用於推薦賢士，明人以八股取士，意味着鄉飲酒亦非儒家之本義，因此也可以想見此禮在明代亦是一徒具其名的限制性儀式而已。明代禮制表現出其控制社會目的最爲明顯者是在規定庶民的相見禮上。《明史・禮十》："洪武五年令，凡鄉黨序齒，民間士農工商人等平居相見及歲時宴會謁拜之禮，幼者先施。坐次之列，長者居上。十二年令，内外官致仕居鄉，惟於宗族及外祖妻家序尊卑，如家人禮。若筵宴，則設別席，不許坐於無官者之下。與同致仕官會，則序爵；爵同，序齒。其與異姓無官者相見，不須答禮。庶民則以官禮謁見。凌侮者論如律。二十六年定，凡民間子孫弟侄甥婿見尊長，生徒見其師，奴婢見家長，久別行四拜禮，近別行揖禮。其餘親戚長幼悉依等第，久別行兩拜禮，近別行揖禮。平交同。"[1]在這裏只有長幼尊卑、有官位者平民無爵位者的區別，並没有體現出《儀禮》中那種平等相交、選拔賢士的歡樂場景，政府甚至還規定敢有逾矩者"論如律"，即以律法對待！可見明代統治者對禮的理解就是律法的一種補充手

---

　　① 【清】張廷玉等撰：《明史・禮十》第 5 册，北京：中華書局，2010 年，第 1428 頁。

段,一部分禮是上層政治制度的一部分,而對於律法無法控制的部分,則推出禮來進行約束,這樣一來《儀禮》中的精神內涵全然喪失,禮徒有其表。

《禮記·曲禮》曰:"禮不下庶人,刑不上大夫。"賈誼《新書·階級》中亦認爲:"故古者禮不及庶人,刑不至君子。"又郭店楚墓竹簡《尊德義》亦有"刑不逮於君子,禮不逮於小人"①之簡文。可見在上古時期,禮本行於貴族階層。考之古史,聯繫人類學對於人類初期社會宗教之描述,上古時期之原始宗教掌握在祭祀群體手中,這一群體被認爲具有與神靈溝通之特異功能,因此逐漸成爲統治階層之組成份子。而禮典源於原始宗教,一部份禮儀源於原始社會事務,因此這些禮典儀式完全沒有行於下層之可能與必要。待中國歷史進入青銅器時代,隨着人類生產能力之提升,禮器日繁,禮節儀式也逐漸完備複雜,這些儀式一方面出於遠古之原始記憶,一方面隨着部落之間的征伐交接,儀式不斷吸收新的儀式,因此很多禮典變得不近情理,因爲其象徵符號遠遠大於實際運用,這也進一步擴大了禮與下層民衆之間的裂痕。另外,面對繁複的禮器、龐雜的禮典、典雅的禮辭與數量可觀的賓介等禮典之客觀組成元素,下民也不可能具有相當之財力物力來承擔這些禮典之構成元素,這也在客觀上造就了禮與下民之間的分歧。因此禮不下庶人實際上是對歷史上《儀禮》在民間之使用情況的一個如實反映,而不單純是一種劃分社會階層的標識。

前文分析《儀禮》經文,認爲在儒家學派的詮釋下,《儀禮》作爲

---

① 荊門市博物館編:《郭店楚墓竹簡·尊德義》,北京:文物出版社,2002年,第42頁。

儒家思想體系中的方法論實踐着儒家之德治思想。禮不下庶人
即禮行於君子，以禮來約束君子、規範君子之行爲，限制他們的
威權，因此才有君使臣以禮。只有當上層統治者實施禮治，對下
層士大夫敬愛有加，不逾矩，臣才能盡到自己的責任，事君以忠。
而這個禮，即指刑不上大夫，在禮典得到很好實施之時即是德治
政治目標的實現，如果德治實現了，刑罰還有什麼用呢？中國傳
統政治經常以刑措來形容理想之清明政治，而以獄滿爲苛政之
象徵，這體現了儒家之價值判斷。但是上文考察《儀禮》在中國
歷史過程中的實際運用，已發現《儀禮》之禮典逐漸不能適應相
關時代之需求。禮本用以交通，最早用以交接神靈，這種儀式性
的禮節在實際政治事務中的作用逐漸降低，後人爲了表達不遵
《儀禮》之行爲亦符合禮義，因此在《禮記·禮器》中還提到："禮，
時爲大，順次之，體次之，宜次之，稱次之。"關於這一論點，《宋
書·禮一》發揮較詳："夫有國有家者，禮儀之用尚矣。然而歷代
損益，每有不同，非務相改，隨時之宜故也。漢文以人情季薄，國
喪革三年之紀；光武以中興崇儉，七廟有共堂之制；魏祖以侈惑
宜矯，終斂去襲稱之數；晉武以丘郊不異，二至並南北之祀，互相
即襲，以訖於今。豈三代之典不存哉，取其應時之變而已。且閔
子譏古禮，退而致事；叔孫創漢制，化流後昆。由此言之，任己而
不師古，秦氏以之致亡；師古而不適用，王莽所以身滅。然則漢、
魏以來，各揆古今之中，以通一代之儀。司馬彪集後漢衆注，以
爲《禮儀志》，校其行事，已與前漢頗不同矣。況三國鼎峙，歷晉
至宋，時代移改，各隨事立。自漢末剝亂，舊章乖弛，魏初則王
粲、衛覬典定衆儀；蜀朝則孟光、許慈創理制度；晉始則荀顗、鄭沖
詳定晉禮；江左則荀崧、刁協緝理乖紊。其間名儒通學，諸所論敍，

往往新出,非可悉載。"①這樣一來,不遵從禮經之做法似乎既披上了合法的外衣,又符合通達之事理,因此後世禮典中不遵守《儀禮》之例不再爲非禮之舉。而《儀禮》也逐漸退出政治生活之舞臺,乃至於韓昌黎有《儀禮》難讀之歎,宋自朱子之外幾無人過問《儀禮》,元以敖繼公作禮書,亦不專言《儀禮》,明郝敬之禮書多爲人詬病,直至清代漢學昌明、小學衰微的局面才得到一定的改善,但《儀禮》已經從政治生活之中心、從儒家禮治之中心位置退下來成爲學者書齋討論研究之對象。

上文論述《儀禮》與禮制的關係,雖然禮典在外表上吸收《儀禮》的地方很多。但是歷代統治者除了在《儀禮》能够體現尊者益尊、貴者益貴這一方面表現出對《儀禮》的讚賞之外,不利於自己統治的部分,要麼撇開《儀禮》另起爐竈,重新制定禮典,要麼予以新的詮釋,從而使得具有儒家德治思想的儒家經典逐漸偏離了原來的政治思想路線。從這一角度而言,真正的《儀禮》在上層的陣地是處於一個逐漸失守的狀態,但在民間卻逐漸出現市場,這並不是説民間出現守禮之德治需要,亦不是民間有能够負擔《儀禮》中之禮器禮典之財力,而是民間逐漸將《儀禮》予以簡化(這種簡化現象在上一節也提及)和改造,以便於自己使用,禮逐漸變成另一個形式出現,那便是由禮典而爲禮俗最終演化爲民俗。《語叢二》曰:"情生於性,禮生於情,嚴生於禮,敬生於嚴,望生於敬,恥生於望,利生於恥,廉生於利,度生於禮。"②禮出於人情,便於實施,禮典才能繼續被運用,一旦禮脱離人情,那麼禮典只能越來越僵化,成爲

① 【梁】沈約撰:《宋書》,北京:中華書局,2011年,第327頁。
② 荆門市博物館編:《郭店楚墓竹簡·語叢二》,北京:文物出版社,2003年,第28頁。

維繫下層秩序之維度。一方面上層統治階層將以前適用於自己群體内部之禮典，逐漸移至下層，用禮之原則要求下層民衆親親、尊尊、父父、子子、君君、臣臣。統治力量無法滲透之處，運用禮治之宗法倫理手段控制起來，從而使社會趨於穩定。只是禮典下移之過程逐漸出現轉變，單純的禮典過於枯燥，同樣不能適應於民間之生活，於是對於《儀禮》禮典之改造逐漸展開，最終形成民俗。如喪禮本適用於民間以表達宗族情感，是親親原則之體現，但是除了逐漸簡化之喪服制度，民間行喪禮多用釋、道之法而少見儒家之喪禮制度，這也體現出禮在下層逐漸轉化的事實。

　　《儀禮》轉化爲民俗的例子十分多，只要是中國人都能體會到《儀禮》對民俗的影響。中國人見面問好、揖讓，儘管現在揖讓互拜的習俗不再實行，但在很長一段時間裏，普通民衆相見揖讓互拜是不可缺少的禮節儀式。這一儀式無疑是來自於《儀禮》的。另外《士昏禮》中對婚姻過程的規定，至今在中國大部分地區依然適用。更不必説喪服、喪禮、鄉飲酒禮中尊敬長輩、愛護幼小這些原則，都已經演變成爲中華道德文明的一部分，成爲傳統文化的一脈而得到延續與發展。今天説中國是禮儀之邦，因爲在《儀禮》的長期影響下，民衆自覺地互敬互愛，對人以誠，以敬，處人以禮，這些都是不可估量的文化價值。

　　《儀禮》的成書年代，據沈文倬先生的考證，其上限爲“魯哀公末年魯悼公初年，即周元王、定王之際；其下限是魯共公十年前後，即周烈王、顯王之際。它是在公元前五世紀中期到四世紀中期這一百多年中，由孔子的弟子、後學陸續撰作的”。[①] 上文也

---

　　① 見沈文倬《菿闇文存》，北京：商務印書館，2006 年版，第 58 頁。

提出《儀禮》成書於戰國時期,撰作者爲子游、子夏與荀子等人。但《儀禮》成爲經典,被立爲官學卻在西漢初期。《儀禮》的復興,體現着儒家學者們強烈的政治治理願望,也是秦漢之際社會變遷的結果。

秦漢之際的社會變遷是一大變局,這是後世學界一直探討的話題。所謂布衣將相之局,打破了先秦時期貴族政治的格局。劉邦集團本處於社會底層,"缺乏治國經驗,更無長治久安的宏謀遠略"。[①] 一旦掌握國家政權,面對龐大的、瘡痍未瘳的社會,劉邦亟需要一種思想或是理念來指導他運營這個龐大的帝國。漢初全盤接收秦政,採用郡縣制,又分封諸侯,上層統治者採取黃老無爲而治的辦法治理社會,而又留意百家之學。實質上都是漢代統治集團面對千頭萬緒的帝國事務,拿不出一個貼切的應對方式而茫然無措的表現。[②] 劉邦在回鄉所發出的"安得猛士兮守四方"的感歎,應該不僅僅只是感歎缺少鎮守四方的戰將,對治理天下的政治國策的渴求也應時刻縈繞在劉邦心頭。

儒家思想本以德治爲終極治國理念,在春秋戰國時期,德治危機之際,孔子積極宣揚禮治,企圖以禮治限制統治階級的威權,自然爲上層統治階層所排斥。後起的孟子在殺人盈城、紛爭不斷、各諸侯國全面拋棄德治的戰國時代仍然高呼德治,曲高和寡,愈發不能被高層採納是可想而知的。因此,荀子採取折中的辦法,不再鼓

---

① 見王紹璽《中國學術思潮史》卷二,《經學思潮》,上海:上海社會科學院出版社,2006 年版,第 61 頁。

② 有的學者認爲:"從漢初開始,統治思想就已經確立,理論已經形成。標誌就是陸賈的《新語》。"見熊鐵基《秦漢新道家》,上海:上海人民出版社,2001 年,第 139 頁。這種説法有一定的道理,但是其思想與理論並沒有爲統治階層採納,劉邦雖對《新語》稱善,但接下來的政治措施卻看不到劉邦究竟採納了《新語》何種觀點。

吹德治，而是直接從孔子的禮治思想入手，以禮治維繫社會秩序，教化社會，而《儀禮》便是荀子用以展開其禮治思想的根據。① 稍後秦朝的文化政策，不利於儒家思想在社會上傳播。禮學也進入相對沉寂的時期。漢興給儒生帶來了儒學復興的希望。余全介將漢初儒生分爲立功、立言、立體、著述、製作五個類別。② 這五個類別的儒生，除立功型儒生對儒學的貢獻最小之外，其他四類儒生都從各自的角度闡述儒學的社會政治價值。陸賈《新語》再次提出儒家的仁義核心説：“夫謀事不立仁義者後必敗，殖不固本而立高基者後必崩。故聖人防亂以經藝，工正曲以準繩。德盛者威廣，力盛者驕衆，齊桓公尚德以霸，秦二世尚刑而亡。”③批評了不以德治仁政爲治國方針的嚴重後果。特別是陸賈把握住時代脈搏，批評秦政，④以秦朝的敗亡警示漢朝當政者，能够收到很好的效果。但是德治在春秋戰國時期即已陷入崩潰境地，隨着專制統治的加深，君王的威權得不到限制，要想統治階層實現德治仁政，實在是儒生們迂闊的念想。“陸賈是位理性主義的儒家思想家”，⑤自然也認識到這一點，因此他提出既有別於秦朝嚴酷的法治，又不同於純粹德

---

① 沈文倬先生認爲：“荀況是戰國後期的禮學大師。《禮論篇》《大略篇》是他的述禮專著，《禮論篇》當屬自撰，《大略篇》則出於弟子雜録，都是論述昏、喪、祭、饗諸禮的。其體裁與《禮記》很相似，往往前引《儀禮》之文而後申以己説，對原文頗多剪裁删節，但並列對照，並疏解其異文，就能看出荀況禮學是依《儀禮》立説的。”見沈文倬：《菿闇文存》，北京：商務印書館，2006 年版，第 31 頁。

② 見余全介《漢初儒生活動研究》，《求索》2013 年第 3 期，第 63—65 頁。

③ 見陸賈《新語·道基》，《諸子集成》本，北京：中華書局，2006 年版，第 3 頁。

④ 兩漢以後，秦朝的形象，定格爲“暴政”，漢人批評秦政爲一時風尚。見王子今《秦漢社會意識研究》，北京：商務印書館，2012 年版，第 1—3 頁。

⑤ 周桂鈿、吳峰：《大儒列傳——董仲舒》，長春：吉林文史出版社，1997 年版，第 6 頁。

治的禮治思想。他認爲:"民知畏法而無禮義,於是中聖乃設辟雍庠序之教,以正上下之儀,明父子之禮,君臣之義,使強不凌弱,衆不暴寡,棄貪鄙之心,興清潔之行。"①通過禮儀教化民衆,使得天下大治。陸賈的禮教思想是一種折中的務實思想。德治的崩壞既由於集權統治的加強而威權無法制約,又由於人們的"意志無力"。② 法家思想源於儒家禮治思想,戰國末期法家思想的代表人物韓非與李斯都是儒家禮學大師荀子的學生,因此法家繼承了禮學在維持社會秩序方面的功用,並加以發揮,成爲嚴酷的法家思想。秦政的失敗,使得社會上人厭秦政,法家思想成爲社會摒棄的對象。陸賈爲了折中德刑,提倡禮教,開創了儒家禮治的新局面。此外,叔孫通通過替劉邦制定朝廷禮儀,確立宗廟禮節,爲起於平民階層的漢朝統治集團樹立了合法地位。而合法性是當代政治學中社會善治思想的又一重要因素,叔孫通運用的禮典,多半出於《儀禮》,在這個大的環境下,《儀禮》日益得到統治階層重視,最終被立爲學官,成爲國家正統意識形態的一部分。

春秋時代,王室衰落,諸侯間互相競争兼併,社會陷入動盪的局面。儒家極力鼓吹禮治,以圖以周禮約束天下,在一定程度上取得了效果。如魯國能够在諸侯兼併的時代得以延續,很大程度上就是周禮發揮着限制其他諸侯入侵的作用。對内,禮的功能和目

---

① 見陸賈:《新語·道基》,《諸子集成》本,北京:中華書局,2006年版,第2頁。

② 倪德衛在《中國古代哲學中的意志無力》一文中指出:"有些人知道他們應該做什麼但做了別的事。他們知道自己的角色是什麼,卻不去扮演他們的角色,或者,他們許下一個諾言卻不去遵守(西方哲學家把這稱之爲'意志無力'的問題……)"見[美]倪德衛著,[美]萬白安編,周熾成譯:《儒家之道——中國哲學之探討》,南京:江蘇人民出版社,2006年版,第99頁。

的是達到上下有則、財用有節、長幼有序、班爵有等的等級秩序及運行良好的政治機構，以實現社會的善治。

隨着春秋後期政治秩序的日益崩壞，作爲維繫政治秩序的禮治的局限性也日益突出。孔子不無憂慮地説：“天下有道，則禮樂征伐自天子出。天下無道，則禮樂征伐自諸侯出。自諸侯出，蓋十世希不失矣；自大夫出，五世希不失矣；陪臣執國命，三世希不失矣。天下有道，則政不在大夫。天下有道，則庶人不議。”[1]禮樂征伐不出於天子，即禮的解釋權在於諸侯、大夫、陪臣。這一切就是孔子當時看到的實際的政治現象。而社會變遷的原因則是一個相當複雜的問題。“春秋後期的社會已經與前期不同，如政治結構和功能開始出現某種變化，如官職由王公的臣僕向司馬、司軍、司政一類職能性官僚轉變，國家職能屬性的職官逐漸被重視。而禮制性職官如太宰等實際地位降低，在結構上顯示出禮樂的禮制國家向政制國家的轉變的開始。與此相聯的，是稅制、賦制、刑書等諸方面也都發生了類似的變化。只是這些變化要積累到戰國其意義才能看得更爲清楚。”[2]在此種情況之下，較爲務實的政治家，如晉國的范宣子和鄭國的子產採取的對策是，公佈成文法，以法的形式規範社會秩序。這爲後來法家思想的興盛奠定了基礎，但是這種做法是儒家學派不願看到的，他們除了批評法治之外，還採取了重提德治仁政的策略。孔子之後的大師孟子，往來列國之間，所到之處宣揚仁政王道，雖然反映出儒家正義思想，卻不能爲各諸侯國認可。之後的荀子再次提出禮治，只是時代的變遷，無論是德治還是

---

　　① 《論語注疏·季氏》，《十三經注疏》本，北京：中華書局，2009 年版，第 5477 頁。
　　② 陳來：《春秋禮樂文化的解體和轉型》，《中國文化研究》2002 年秋之卷，第 30 頁。

禮治都不能符合那個時代的要求。《周易·序卦》："有天地然後有萬物，有萬物然後有男女，有男女然後有夫婦，有夫婦然後有父子，有父子然後有君臣，有君臣然後有上下，有上下然後禮義有所錯。"①這段話構建了一個萬物生成模式，任何事物可以從這裏推衍出來，這是中國傳統思想的一大特點。這段話裏天地男女夫婦父子君臣上下都是相對應的關係，其中天、男、夫、父、君都是處於尊位，即後文提到的上；地、女、婦、子、臣則是後文對應的下，處於卑位。按照這一組句子的結構，則上對應禮，下對應義。考察《儀禮》，禮典繁瑣，名物豐富，下層民衆不可能承擔如此繁雜的禮典，只有上層統治階層才有此財力承擔禮典。義，一般闡釋爲宜，應該之意。上有禮，則下有義，上文曾提到"君使臣以禮，臣事君以忠"，對君上忠誠是臣下的義務，是臣下應該具有的品質，可以概括爲宜，義。因此，禮是儒家政治家們用來限制規範統治階層的手段，只有上層行爲符合禮儀，下層才回報以義。中國傳統上規定禮不下庶人，有着深刻的社會治理意義。

儒家宣揚的禮治，是源於上古氏族階段的種種儀式，盛行於宗法制時代。在宗法制盛行之時，以禮爲治，親親、尊尊，從倫理、血緣入手，較易使士民間、士民與政府之間的關係達到協調、融洽。人類學家科洛克(Bill Crocker)爲研究巴西卡内拉印第安人，獲得了一個親屬身份才得以進入卡内拉社會。② 可見在遠古時代社會的基礎是親屬血緣關係。禮以血緣關係作爲衡量標準之一，符合當時社會心理，使得政權富有合法性，禮治的作用是不可估量的。

---

① 《周易正義》，《十三經注疏》本，北京：中華書局，2009 年版，第 200—201 頁。

② ［美］康拉德·菲力浦·科塔克著，周雲水譯：《文化人類學——欣賞文化差異》，北京：中國人民大學出版社，2012 年版，第 61 頁。

但是,宗法制的崩潰,使得禮治的實施失去了社會根基。另一方面,專制政府威權的強大已遠不能爲過時的禮典制衡。隨着統治階層集權主義的加深,禮治越來越成爲政府裝潢門面的工具,歷代專制政府在建立之初,必定改訂舊禮,確定新儀,向天下昭示自己統治的合法性。社會分裂爲上層與下層兩個對立階層,上層流行的是規定的種種禮節,而民間由於傳統禮教與風俗習慣的影響形成了一系列俗禮、俗儀,更加深了社會的分裂。《儀禮》在西漢初年叔孫通改革朝儀廟典期間,得到了重視。但是要運營整個帝國卻又不合時宜。因此儒家又抬出《禮記》《周禮》,彌補《儀禮》的不足。另一方面,神學化的儒學開始崛起,慢慢成爲了社會的主流意識,使得《儀禮》在儒家十三經中的地位也越來越低,直至儒士集團再度崛起的宋代,才在朱熹的倡導下展開《儀禮》研究。朱子的《儀禮》研究,企圖恢復禮教,以彌合上層禮典與下民俗禮的斷裂局面,從而化解社會危機,達到社會善治。只是朱熹不久即謝世,南宋也旋即滅亡。《儀禮》的研究再也沒有提高到社會治理的層面。

　　《儀禮》作爲儒學中重要的一部分,在千百年流傳過程中體現出濃厚的文化色彩,與強大的政治滲透力。它通過正式的政治規範化即社會教化途徑和禮典儀式相配合,形成了縱橫交錯的政治社會網絡,把儒家政治文化灌輸、滲透到社會生活的方方面面,在一定的歷史時期對限制統治階層威權,教化社會,達到合理的社會治理起到了很好的作用。漢代雖然是神學化儒學興盛的時期,但是,由於對《儀禮》的研究,使得漢代社會也重視家庭、家族及其他社會團體在政治互動中的作用。大力提倡禮儀教化,引導人們實踐儒家倫理道德規範。使社會運營模式較長時期保持和諧狀態,

促進了漢王朝的長治久安。從這一層面上看,《儀禮》作爲儒家政
治思想的精髓之一,體現了儒家在某一個階段先進的治理能力,這
種治理思想仍然值得當代社會借鑒。

結　論

　　研究《儀禮》如果不首先從文本出發，那很可能將從虛空導向虛空，很難得到一個正確的結論。出於這個原因，本文首先開始文本研究，從《儀禮》經文的語言文字着手分析其語言特色，從而尋找蘊涵在文字背後的信息。通過語言分析，具體而言通過對《儀禮》某些篇章的用韻分析，發現《儀禮》用韻具有戰國時期特點，特別是戰國晚期的特點，這表現在《儀禮》中具有冬韻相押的用韻現象，而王力先生認爲這個韻部在戰國時期才開始出現。此外還有文部與耕部押韻的現象，這一語言現象在《詩經》《楚辭》中皆找不到用例，但是這兩部字在馬王堆帛書中卻有大量的通假現象，説明在馬王堆帛書的時代，這兩部字關係十分密切，而《儀禮》語言特色與這些具有戰國時期語言的特點近似，説明這部經書最終成書於戰國晚期。這是本研究提出的第一個結論。

　　在考察韻部特征的同時，還可以發現《儀禮》用韻特點多與《楚辭》楚地簡帛文獻、《方言》楚語等南方音系關係密切，是不是《儀禮》也與上述幾種文獻一樣具有南方語言特色？通過比對北方出土文獻，發現《儀禮》的確具有南方方言，這樣就證明了國外一些學者的論斷。《儀禮》既然成於戰國晚期，編輯者又具有南方背景。

除《喪服》後世學者多言爲子夏所著外，與《儀禮》關係最爲密切的還有孔子、子游、荀子。孔子述而不作，或者《儀禮》經過孔子講述、由其弟子記録而成，但由於孔子生活的時代在春秋時期，孔子同時的文獻多不引用《儀禮》，加上《儀禮》具有的戰國語言特點，《儀禮》作者爲孔子實際上並不成立，只是不能因此而排除二者之間存在密切關係這一論斷。既然《儀禮》不爲孔子所作，那必爲其後學所作，這一點是可以説得通的，而孔門弟子中唯有子游爲南方人，海外學者有人認爲子游爲《儀禮》的作者即是基於這一點。但是禮學史上還有一個非常重要的代表人物荀子，如果談《儀禮》而不及荀子，恐怕是不合情理的。荀子晚年投靠春申君，在春申君門客的幫助下整理《儀禮》，或者荀子爲其門客講解《儀禮》，由春申君的楚國門客予以記録下來最終成書，也是合乎情理的推測。加上荀子去世的時候已經是戰國晚期，正好與上文論述相合。《儀禮》經文中用字有時候前後不一致，這説明經文並不成於一時，不成於一手。若以傳説中子夏、子游加上荀子或荀子後學而言，確乎滿足《儀禮》不成於一時、不成於一手而成於戰國晚期的楚地這一推斷。當然這是本書根據《儀禮》語言特色作出的推斷，中國歷史文獻的作者問題是一個非常複雜的問題，如果沒有第一手材料的話，經常很難判斷具體作者是誰？或是哪一群人？《儀禮》的作者問題也是這樣，但是以語言爲背景作出合理的推斷，這是學術研究允許的做法，在這個基礎上提出《儀禮》的歷史時空背景，爲進一步研究《儀禮》打下基礎。

　　爲了研究《儀禮》經文的内容，本書對《儀禮》經文的文本結構、内容結構、職官結構、思維結構、禮治結構都作出了探討與考察，爲進一步分析《儀禮》思想内涵作出研究。通過這些考察，發現《儀禮》最具特色的即是揖讓拜迎送這些表示謙讓的詞彙和動作，這些動作不僅表現在下級對待上級的時候，也表現在上層人士對待下層人士的時候，這與儒家的仁義思想不謀而合，不能因爲《儀禮》純粹記錄原始禮典，就否認儒家學派對它進行儒家思想詮釋的可能。如果不是這樣，《儀禮》又如何能成爲儒家經典？① 通過對《儀禮》進行的結構研究發現，《儀禮》是作爲儒家德治政治的方法論的一種存在，經文中體現出的謙讓敬愛、互動揖讓都是一種表達"善治"的儒家國家治理的方法，而這種方式的實現就可以被稱爲仁，這是本書探討的儒家仁德禮關係時提出的一個初步模式。

　　在研究《儀禮》文本的同時，本書考察了龍、天、地、日、月、首、鼻等名物詞，這些名物詞看似非常簡單，但對後世社會政治意識的產生具有相當重要的影響。龍，作爲後世君王的象徵，在儒家十三經中，只有《儀禮》將其作爲政治符號來加以描述，可以説龍作爲一種政治象徵符號，第一次是在《儀禮》中出現的，後世政治都遵循這一模式對龍這種生物進行集權化的描述和神化，最終使它成爲中國文化中最爲神秘的"生物"。天地日月是後來國家禮制中重要的國家祭祀對象，這些祭祀對象的確立，其實是對國家政權、更進一步説是集權政體的一種表現，因爲只有中央政權才有資格去祭祀天地日月。《儀禮》中另外一個十分普遍的現象就是經文中充斥着大量的方位詞。古人研究《儀禮》即苦於方位詞過多，常使人處於

---

　　①　秦平在其著作《〈春秋穀梁傳〉政治哲學研究——以秩序爲中心的思考》中曾作出類似的論述。在書中他認爲《穀梁傳》無疑是一部具有哲學思想的著作，不能因其蘊涵的哲學之體例、模式和表達方式不同於西方哲學模式，就否認其作爲哲學著作或否認其具有哲學意蘊。《儀禮》作爲禮的本經，也同樣具有深刻的哲學意蘊，這是本書重點論述的內容之一。秦平觀點具體見《〈春秋穀梁傳〉政治哲學研究——以秩序爲中心的思考》，北京：商務印書館，2018 年版，第 55—61 頁。

雲霧中,因此往往作禮圖以表明《儀禮》禮典。其實《儀禮》方位詞是儒家宇宙觀的一種體現。中國儒家思想強調大一統,即強調中位,在中這個原點上,向四防輻射,形成東西南北中的五方結構,並配以五色、五味、五官、五帝、五玉等等概念以加以描述,直至最終形成五行觀念。而五行觀念又是中國文化史上一個最爲重要的宇宙生成模式之一。由這個生成模式可以解釋宇宙的生成、生命的構成、政治王朝的更迭。而這些都可以在《儀禮》中找到源頭,這些都是研究《儀禮》文本推論出來的《儀禮》義理,也是本書的另一結論。

爲了避免將《儀禮》研究歸爲純粹的義理推論,本書還將《儀禮》置於歷史中,去考察在實際歷史中《儀禮》的真實狀態,這就是要考察《儀禮》與歷代禮制的關係。按照一般的理解,《儀禮》被稱爲禮經,如果這個論斷成立,那麼《儀禮》與禮制的關係幾乎不用考察,既然是經,那麼就不應改變。事實上,經常有一些解釋性的著作跳出來爲歷代政治制度的"不合禮"性進行辯護。什麼"禮之用,時爲大"即是最著名的一種辯護口號。還有人批評《儀禮》不合情理等等。這些都是不站在歷史的視角去考察《儀禮》得出來的論斷,儘管在很大程度上他們反映出《儀禮》經文的一些特點,但是並不全面。《儀禮》是對古禮的輯錄,成書於戰國晚期,其最初流傳方式爲單篇流傳,只有這樣解釋,才可符合今天一些考古發現與傳世文獻的特點。既然是對古禮的輯錄,那麼以今天的眼光來審視《儀禮》,何必要求其符合情理? 不符合今天的情理,就一定不符合古代社會的情理嗎? 另外,本書通過對"禮"的字形進行考察,認爲禮的本義爲交接,"豊"本來就是人與天交接產生的一種儀式,因此要禮,或者説《儀禮》成爲不變的經,以歷史唯物主義的眼光來看根本是不符合情理的幻想。正是因爲《儀禮》不能滿足後世實際政治生活的需要，才會出現《周禮》《禮記》這樣的禮學典籍。才會出現《大唐開元禮》《貞元禮》《開寶禮》等歷代所修的禮典，這些禮典的出現都是對《儀禮》的補充和進一步發揮，使得禮成爲一種制度的同時，也因爲其自身特點發揮嚴密的社會控制作用。

就《儀禮》與歷代禮制而言，後世郊天祭祀日月等神祇，都可以從《儀禮·覲禮》中找到源頭，因此可以說國家禮典層面上，《覲禮》要遠遠重要於《喪服》，但是由於《覲禮》文字簡陋，許多人僅僅將其當做賓禮看待，從而降低了其在整個經書中的身份與地位。其次，《聘禮》《鄉飲酒禮》等賓禮在《儀禮》最初實行的時代是一種爲君主求賢的禮典，隨着國家權力的加強、文官詮選制度的完善，這些禮典的作用逐漸朝着社會控制的方面發展。而《冠禮》在中唐以後也實施者少，明代雖然以行政命令的方式強行全天下實施冠禮，但是統治者欲強行推行禮的原因也還是在於社會控制。冠禮消亡的主要原因在於社會意識的轉移，因爲作爲一個最原始的禮典——成人禮，隨着宗法制的深入，血緣血脈被認爲是最爲重要的社會紐帶。一個人由幼年孩童成爲一個完整的社會人，他的重要任務即在於能够爲家族延續血脈，因此冠禮逐漸與婚禮重合，這是社會發展的一個趨勢，而不是僅僅靠行政命令即可扭轉過來的社會現象。總之，歷代禮制均可以在《儀禮》中找到源頭，將《儀禮》稱爲禮經是恰當的。但是《儀禮》的精華並不在於禮辭、禮典，而是在於其表現出來的人人互敬互愛的仁義精神，在於其上下互動揖讓的德治思想。捨棄這些思想，《儀禮》中記載禮典只能朝着兩個方向發展，其一，轉化爲社會控制的手段，這一點使禮在"五四"運動時受到猛烈抨擊；其二，即向下發展，轉化爲習俗。今天中國人身上表現出的種種敬老愛幼、互敬互愛、謙和平靜的美德，都是從《儀禮》中的揖讓升降中轉化而來的。研究《儀禮》即是要發揮其精華，而摒除其糟粕。

最後，本書名爲《〈儀禮〉經文研究》，實在是一種不得已的權宜之法。若僅名爲《〈儀禮〉研究》，那麼歷代關乎是書的注疏早已與經文本身融爲一體，不能不納入考察對象。若要全部加以研究，以鄙人之淺薄，恐非短時即可完成，故權以“《儀禮》經文”爲號，亦以鞭策自己繼續《儀禮》的研究。

參 考 文 獻

古籍類：

C

1. 曹元弼：《禮經校釋》,《續修四庫全書》第 94 册,上海：上海古籍出版社,2002 年。

2. 曹元弼著,周洪點校：《禮經學》,北京：北京大學出版社,2012 年。

3.【宋】陳振孫著,徐小蠻等點校：《直齋書録解題》,上海：上海古籍出版社,2016 年。

D

4.【唐】杜佑著,王文錦等點校：《通典》,北京：中華書局,1992 年。

5.【清】段玉裁著,鍾敬華點校：《經韻樓集》,上海：上海古籍出版社,2009 年。

G

6.【清】顧廣圻著,王欣夫輯：《顧千里集》,北京：中華書局,2014 年。

H

7.【清】胡培翬著,《儀禮正義》,師顧堂影印本,桂林:廣西師範大學出版社,2018 年。

8.【清】胡培翬著,段熙仲點校:《儀禮正義》,南京:江蘇古籍出版社,1993 年。

9.【清】黃丕烈著,余鳴鴻等點校:《黃丕烈藏書題跋集》,上海:上海古籍出版社,2015 年。

10.【清】黃以周著,王文錦點校:《禮書通故》,北京:中華書局,2007 年。

J

11.【清】江永:《禮書綱目》,《景印文淵閣四庫全書》第 133. 134 册,臺灣商務印書館,1986 年。

12.【清】江永:《深衣考誤》,《景印文淵閣四庫全書》第 128 册,臺灣商務印書館,1986 年。

13.【清】江永:《儀禮釋宮增注》,《景印文淵閣四庫全書》第 109 册,臺灣商務印書館,1986 年。

14.【清】江永:《儀禮釋例》,《續修四庫全書》第 88 册,上海:上海古籍出版社,2002 年。

L

15.【清】凌廷堪著,彭林點校:《禮經釋例》,北京:北京大學出版社,2012 年。

16.【清】凌廷堪著,王文錦點校:《校禮堂文集》,北京:中華書局,2006 年。

M

17.【元】馬端臨:《文獻通考》,北京:中華書局,1986 年。

P

18.【清】皮錫瑞:《經學通論》,北京:中華書局,1954 年。

19.【清】皮錫瑞著,周予同注釋:《經學歷史》,北京:中華書局,2008 年。

Q

20.【清】錢繹著,李發舜等點校:《方言箋疏》,北京:中華書局,1991 年。

R

21.【清】阮元編:《十三經注疏》,北京:中華書局,2009 年。

S

22.《十三經古注》,北京:中華書局,2014 年。

23.【宋】司馬光著,劉韶軍點校:《太玄集注》,北京:中華書局,2013 年。

24.【清】孫希旦著,沈嘯寰等點校:《禮記集解》,北京:中華書局,2012 年。

W

25.【清】王先謙著,沈嘯寰等點校:《荀子集解》,北京:中華書局,2007 年。

26.【清】王引之:《經義述聞》,南京:江蘇古籍出版社,1985 年。

X

27. 徐世昌點校：《清儒學案》，北京：中華書局，2008 年。

Y

28.【漢】揚雄著，【晉】郭璞注：《方言》，北京：中華書局，2016 年。
29.【清】永瑢等：《四庫全書總目》，北京：中華書局，1965 年。
30.《儀禮注疏》，《十三經注疏》武英殿本，同治十年廣東書局重刊。

Z

31.【漢】鄭玄注，【唐】賈公彥疏，王輝點校：《儀禮注疏》，上海：
上海古籍出版社，2008 年。

32.【宋】朱熹著：《儀禮經傳通解》，《朱子全書》，上海：上海古籍
出版社，2010 年。

33.【清】朱彬著：《禮記訓纂》，北京：中華書局，1996 年。

34.【清】朱彝尊著，林慶彰等點校：《經義考新校》，上海：上海古
籍出版社，2010 年。

35.【宋】鄭樵著，王樹民點校：《通志二十略》，北京：中華書局，
1995 年。

近人、今人著作：

A

36.［法］阿諾爾德·范熱内普著，張舉文譯：《過渡禮儀》，北京：
商務印書館，2012 年。

37. ［英］安東尼·吉登斯著,李康譯:《社會學》(第五版),北京:
北京大學出版社,2012 年。

38. ［美］艾蘭著,楊民等譯:《早期中國歷史思想與文化》,北京:
商務印書館,2011 年。

39. ［美］艾蘭著,汪濤譯:《龜之謎:商代神話、祭祀、藝術和宇宙
觀研究》,北京:商務印書館,2010 年。

40. ［美］艾蘭著,張海晏譯:《水之道與德之端:中國早期哲學思
想的本喻》,北京:商務印書館,2010 年。

41. ［美］艾蘭著,余佳譯:《世襲與禪讓:古代中國的王朝更替傳
説》,北京:商務印書館,2010 年。

42. ［美］艾蘭著,蔡雨錢譯:《湮没的思想:出土竹簡中的禪讓傳
送與理想政制》,北京:商務印書館,2016 年。

B

43. ［美］本傑明·史華兹著,程鋼譯:《古代中國的思想世界》,南
京:江蘇人民出版社,2013 年。

C

44. 晁福林:《春秋戰國的社會變遷》,北京:商務印書館,2011 年。

45. 晁福林:《天命與彝倫:先秦社會思想探研》,北京:北京師範
大學出版社,2012 年。

46. 陳夢家:《陳夢家學術論文集》,北京:中華書局,2016 年。

47. 陳槃:《左氏春秋義例辨》,上海:上海古籍出版社,2009 年。

48. 陳戍國:《先秦禮制研究》,長沙:湖南教育出版社,1991 年。

49. 陳戍國、陳冠梅著:《中國禮文學史·先秦秦漢卷》,長沙:湖

南大學出版社,2012 年。

50. 陳來:《從思想史到歷史世界》,北京：北京大學出版社,
2015 年。

51. 陳來:《古代宗教與倫理：儒家思想的根源》,北京：三聯書店,
2009 年。

52. 陳其泰、郭偉川、周少川:《二十世紀中國禮學研究論集》,學苑
出版社,1998 年。

53. 陳蘇鎮:《〈春秋〉與"漢道"：兩漢政治與政治文化研究》,北
京：中華書局,2011 年。

54. [澳]陳慧、廖名春等:《天、人、性：郭店楚簡與上博竹簡》,上
海：上海古籍出版社,2014 年。

55. 陳致:《詩書禮樂中的傳統》,上海：上海人民出版社,2012 年。

56. 陳侃理:《儒學數術與政治：災異的政治文化史》,北京：北京
大學出版社,2016 年。

57. 崔大華:《儒學引論》,北京：人民出版社,2001 年。

58. 崔大華:《莊學研究》,北京：人民出版社,2005 年。

D

59. 戴龐海:《先秦冠禮研究》,鄭州：中州古籍出版社,2006 年。

60. [日]渡邊信一郎著,徐冲譯:《中國古代的王權與天下秩序》,
北京：中華書局,2012 年。

61. 丁四新:《郭店楚墓竹簡思想研究》,北京：東方出版社,
2000 年。

62. 丁四新:《先秦哲學探索》,北京：商務印書館,2015 年。

63. 鄧國光:《中國文化原點新探：以三禮的祝爲中心的研究》,廣

州：廣東人民出版社，1993 年。

64. 鄧國光：《經學義理》，上海：上海古籍出版社，2011 年。

65. 丁鼎：《〈儀禮·喪服〉考論》，北京：社會科學文獻出版社，
2003 年。

66. 鄧聲國：《清代〈儀禮〉文獻研究》，上海：上海古籍出版社，
2006 年。

F

67. ［美］費正清、賴肖爾編，陳仲丹等譯：《中國：傳統與變革》，江
蘇人民出版社，2014 年。

68. 方立天：《中國古代哲學》，北京：中國人民大學出版社，
2006 年。

69. 馮友蘭：《中國哲學史新編》，北京：人民出版社，2007 年。

70. 馮友蘭：《中國哲學史》，北京：商務印書館，2011 年。

G

71. 高華平：《楚簡文字與先秦思想文化》，北京：中國社會科學出
版社，2016 年。

72. 高華平：《先秦諸子與楚國諸子學》，北京：北京師範大學出版
社，2016 年。

73. 甘懷真：《皇權、禮儀與經典詮釋：中國古代政治史研究》，上
海：華東師範大學出版社，2008 年。

74. ［英］葛瑞漢著，張海晏譯：《論道者：中國古代哲學論辯》，北
京：中國社會科學出版社，2013 年。

75. 葛兆光：《中國思想史》第一、二、三卷，上海：復旦大學出版

社,2000 年。

76. 過常寶:《先秦文體與話語方式研究》,北京:中華書局,
2016 年。

77. 過常寶:《制禮作樂與西周文獻的生成》,北京:中國社會科學
出版社,2015 年。

78. 郭齊勇主編:《儒家文化研究:禮學研究專號》,北京:三聯書
店,2010 年。

79. 郭齊勇主編:《儒家文化研究:儒家政治哲學研究專號》,北
京:三聯書店,2016 年。

80. 郭于華:《死的困擾與生的執著:中國民間喪葬儀禮與傳統生
死觀》,北京:中國人民大學出版社,1992 年。

81. 〔美〕顧史考著:《郭店楚簡先秦儒書宏微觀》,上海:上海古籍
出版社,2012 年。

82. 〔日〕穀中信一著,孫佩霞譯:《先秦秦漢思想史研究》,上海:
上海古籍出版社,2015 年。

83. 勾承益:《先秦禮學》,成都:巴蜀書社,2002 年。

84. 〔日〕溝口雄三、小島毅著,孫歌等譯:《中國的思維世界》,南
京:江蘇人民出版社,2012 年。

H

85. 〔德〕漢斯・格奧爾格・伽達默爾著,洪漢鼎譯:《詮釋學:真
理與方法》,北京:商務印書館,2010 年。

86. 洪漢鼎:《當代西方哲學兩大思潮》,北京:商務印書館,
2010 年。

87. 黃侃:《黃侃論學雜著》,上海:中華書局上海編輯所,1964 年。

88. 黃俊傑編：《中國經典詮釋傳統（通論篇）》，上海：華東師範大學出版社，2008 年。

89. 黃俊傑主編：《東亞儒學：經典與詮釋的辯證》，上海：華東師範大學出版社，2012 年。

90. 黃人二：《戰國楚簡研究》，上海：上海古籍出版社，2012 年。

J

91. ［美］J.希利斯・米勒著，郭英劍等譯：《重申解構主義》，北京：中國社會科學出版社，2011 年。

92. 賈海生：《周代禮樂文明實證》，北京：中華書局，2010 年。

93. 賈學鴻：《〈莊子〉結構藝術研究》，北京：學苑出版社，2013 年。

94. 景海峰主編：《經典、經學與儒家思想的現代詮釋》，北京：人民出版社，2015 年。

95. 景紅艷：《〈春秋左傳〉所見周代重大禮制問題研究》，北京：中國社會科學出版社，2015 年。

96. ［美］傑拉德・普林斯著，徐強譯：《敍事學：敍事的形式與功能》，北京：中國人民大學出版社，2015 年。

97. ［英］傑西卡・羅森著，鄧菲等譯：《祖先與永恒》，北京：三聯書店，2011 年。

98. 金春峰：《漢代思想史》，北京：中國社會科學出版社，2012 年。

99. 姜廣輝：《中國經學思想史》，北京：中國社會科學出版社，2010 年。

100. 荊門市博物館編：《郭店楚墓竹簡》，北京：文物出版社，2002 年。

101. ［韓］具隆會：《甲骨文與殷商時代神靈崇拜研究》，北京：中國社會科學出版社,2013 年。

K

102. 科大衛著,卜永堅譯:《皇帝和祖宗》,南京: 江蘇人民出版社,2010 年。

103. [美]克利福德・格爾茨著,韓莉譯:《文化的解釋》,南京: 譯林出版社,2014 年。

104. [美]克里斯多夫・博姆著,賈擁民等譯:《道德的起源: 美德、利他、羞恥的演化》,杭州: 浙江大學出版社,2015 年。

105. [法]克洛德・列維-斯特勞斯著,周昌忠譯:《神話學: 餐桌禮儀的起源》,北京: 中國人民大學出版社,2007 年。

106. [法]克洛德・列維-斯特勞斯著,張祖建譯:《結構人類學》,北京: 中國人民大學出版社,2006 年。

107. [美]柯馬丁著,劉倩譯:《秦始皇石刻: 早期中國的文本與儀式》,上海: 上海古籍出版社,2016 年。

108. [美]夸梅・安東尼・阿皮亞著,張容南譯:《認同倫理學》,南京: 譯林出版社,2013 年。

L

109. [美]蘭德爾・柯林斯著,林聚任等譯:《互動儀式鏈》,北京: 商務印書館,2009 年。

110. 雷聞:《郊廟之外: 隋唐國家祭祀與宗教》,北京: 三聯書店,2009 年。

111. [美]李惠儀著,文韜等譯:《〈左傳〉的書寫與解讀》,南京: 江蘇人民出版社,2016 年。

112. 李明輝、黃俊傑編:《儒家經典詮釋方法》,上海:華東師範大學出版社,2008 年。

113. 李幼蒸:《儒學解釋學》,北京:中國人民大學出版社,2009 年。

114. 李振興:《王肅之經學》,上海:華東師範大學出版社,2012 年。

115. 林存陽:《清初三禮學》,北京:社會科學文獻出版社,2002 年。

116. 林存陽:《三禮館:清代學術與政治互動的鏈環》,北京:社會科學文獻出版社,2008 年。

117. 林富士:《禮俗與宗教》,北京:中國大百科全書出版社,2005 年。

118. [日] 林巳奈夫著,常耀華等譯:《神與獸的紋樣學——中國古代諸神》,北京:三聯書店,2009 年。

119. 劉殿爵:《儀禮逐字索引》,臺北:臺灣商務印書館,1996 年。

120. 劉惠恕:《論“禮”的精神》,上海:上海人民出版社,2011 年版。

121. 劉韶軍:《揚雄與〈太玄〉研究》,北京:人民出版社,2011 年。

122. 柳肅:《禮的精神——禮樂文化與中國政治》,長春:吉林教育出版社,1990 年。

123. 劉笑敢:《詮釋與定性:中國哲學研究方法之探究》,北京:商務印書館,2009 年。

124. 劉興均等著:《三禮名物詞研究》,北京:商務印書館,2016 年。

125. 劉耘華：《詮釋學與先秦儒家之意義生成——〈論語〉〈孟子〉〈荀子〉對古代傳統的解釋》，上海：上海譯文出版社，2002 年。

126. 梁家榮：《仁禮之辨：孔子之道的再釋與重估》，北京：北京大學出版社，2010 年。

127. 梁啟超：《清代學術概論》，《梁啟超論清學史二種》，上海：復旦大學出版社，1985 年。

128. 梁啟超：《中國近三百年學術史》，上海：復旦大學出版社，1985 年。

129. 陸建華：《先秦諸子禮學研究》，北京：人民出版社，2008 年。

130. 羅常培、周祖謨：《漢魏晉南北朝韻部演變研究》（第一分冊），北京：中華書局，2013 年。

131. 吕思勉：《中國制度史》，上海：上海教育出版社，2005 年。

132. 吕思勉：《先秦史》，上海：上海古籍出版社，2013 年。

M

133. ［美］瑪格麗特·米德著，周曉虹等譯：《薩摩亞人的成年》，北京：商務印書館，2013 年。

134. 毛漢光：《中國中古政治史論》，上海：上海書店，2002 年。

135. 蒙思明：《魏晉南北朝的社會》，上海：上海古籍出版社，2007 年。

136. 孟天運：《先秦社會思想研究》，北京：人民出版社，2012 年。

N

137. ［美］倪德衛著，［美］萬白安編，周熾成譯：《儒家之道：中國哲學之探討》,南京：江蘇人民出版社,2006 年。

P

138. 龐樸：《儒家辯證法研究》,北京：中華書局,2009 年。
139. 彭林：《中國古代禮儀文明》,北京：中華書局,2004 年。
140. 彭林譯注：《儀禮》,北京：中華書局,2012 年。
141. 彭林等編：《禮樂中國：首屆禮學國際學術研討會論文集》,
   上海：上海書店出版社,2013 年。

Q

142. ［美］瞿同祖著,邱立波譯：《漢代社會結構》,上海：上海世紀
   出版集團,2007 年。
143. ［美］喬納森・卡勒著,陸揚譯：《論解構》,北京：中國社會科
   學出版社,2011 年。
144. 錢基博：《經學通志》,北京：中華書局,2010 年。
145. 錢穆：《中國近三百年學術史》,北京：中華書局,1987 年。
146. 錢穆：《國史大綱》,北京：商務印書館,1996 年。
147. 錢穆：《先秦諸子繫年》,石家莊：河北教育出版社,2002 年。
148. 錢穆：《朱子新學案》,北京：九州出版社,2011 年。
149. 錢穆：《兩漢經學今古文平議》,北京：商務印書館,2015 年。
150. 錢玄：《三禮辭典》,南京：江蘇古籍出版社,1991 年。
151. 錢玄：《三禮通論》,南京：南京師範大學出版社,1996 年。
152. 錢玄：《三禮名物通釋》,南京：江蘇古籍出版社,1987 年。
153. 邱衍文：《中國上古禮制考辨》,臺北：文津出版社,1990 年。

R

154. 任繼愈:《中國哲學發展史・先秦》,北京:人民出版社,
1998 年。

S

155. 沈立岩:《先秦語言活動之形態觀念及其文學意義》,北京:
人民出版社,2005 年。

156. 沈文倬:《菿闇文存》,北京:商務印書館,2006 年。

157. [瑞士] 索緒爾著,高名凱譯:《普通語言學教程》,北京:商務
印書館,1980 年。

158. 孫機:《中國古輿服論叢》,上海:上海古籍出版社,2013 年。

159. 孫欽善:《中國古文獻學史》,北京:中華書局,1994 年。

160. 宋鎮豪:《商代社會生活與禮俗》,北京:中國社會科學出版
社,2010 年。

T

161. 唐君毅:《中國哲學原論・原性篇》,北京:中國社會科學出
版社,2014 年。

162. 湯勤福、范立舟主編:《中國禮制變遷及其現代價值研究》,北
京:三聯書店,2015 年。

163. 湯一介編:《中國儒學史》,北京:北京大學出版社,2011 年。

W

164. 王葆玹:《西漢經學源流》,臺北:東大圖書股份有限公司,

2008 年。

165. 王鍔：《三禮研究論著提要》(增訂本)，蘭州：甘肅教育出版社，2007 年。

166. 王力：《詩經韻讀・楚辭韻讀》，北京：中國人民大學出版社，2004 年。

167. 王力：《王力語言學論文集》，北京：商務印書館，2014 年。

168. 王琦珍：《禮與傳統文化》，南昌：江西高校出版社，1994 年。

169. [英] 汪濤著，郅曉娜譯：《顏色與祭祀：中國古代文化中顏色涵義探幽》，上海：上海古籍出版社，2014 年。

170. 王志平等：《出土文獻與先秦兩漢方言地理》，北京：中國社會科學出版社，2014 年。

171. 王中江：《簡帛文明與古代思想世界》，北京：北京大學出版社，2011 年。

172. 王子今：《秦漢社會意識研究》，北京：商務印書館，2012 年。

173. [美] 巫鴻著，鄭岩等譯：《禮儀中的美術》，北京：三聯書店，2005 年。

174. [美] 巫鴻著，李清泉等譯：《中國古代美術和建築中的紀念碑性》，上海：上海人民出版社，2009 年。

175. 吳建偉：《戰國楚音系及楚文字構建系統研究》，濟南：齊魯書社，2006 年。

176. 吳麗娱主編：《禮與中國古代社會》，北京：中國社會科學出版社，2016 年。

177. 吳十洲：《兩周禮器制度研究》，北京：商務印書館，2016 年。

178. 吳樹勤：《禮學視野中的荀子人學——以"知通統類"爲核心》，濟南：齊魯書社，2007 年。

X

179. ［美］夏含夷：《興與象：中國古代文化史論集》，上海：上海古籍出版社，2012 年。

180. ［法］謝和耐著，黃建華等譯：《中國社會史》，南京：江蘇人民出版社，1995 年。

181. 熊鐵基：《秦漢新道家》，上海：上海人民出版社，2001 年。

182. 徐復觀：《兩漢思想史》，北京：九州出版社，2014 年。

183. 徐復觀：《中國經學史的基礎：〈周官〉成立之時代及其思想性格》，北京：九州出版社，2014 年。

184. 徐復觀：《中國人性論史（先秦篇）》，北京：三聯書店，2001 年。

185. 胥仕元：《秦漢之際禮治與禮學研究》，北京：人民出版社，2013 年。

186. 許子濱：《〈春秋〉〈左傳〉禮制研究》，上海：上海古籍出版社，2012 年。

Y

187. 閻步克：《士大夫政治演生史稿》，北京：北京大學出版社，2015 年。

188. 葉純芳、喬秀岩編：《朱熹禮學基本問題研究》，北京：中華書局，2015 年。

189. 葉國良：《經學通論》，臺北：大安出版社，2009 年。

190. 葉國良：《禮制與風俗》，上海：復旦大學出版社，2012 年。

191. 楊華：《楚國禮儀制度研究》，武漢：湖北教育出版社，

2012 年。

192. 楊華：《古禮新研》，北京：商務印書館，2012 年。

193. 楊寬：《西周史》，上海：上海人民出版社，2016 年。

194. 楊寬：《戰國史》，上海：上海人民出版社，2016 年。

195. 楊寬等編：《戰國會要》，上海：上海古籍出版社，2005 年。

196. 楊樹達：《漢代婚喪禮俗考》，上海：上海古籍出版社，2000 年。

197. 楊天宇：《鄭玄三禮注研究》，天津：天津人民出版社，2007 年。

198. 楊向奎：《宗周社會與礼樂文明》，北京：人民出版社，1992 年。

199. 楊雅麗：《禮記研究》，西安：三秦出版社，2002 年。

200. 楊朝陽編：《孔子文化獎學術精粹叢書·安樂哲卷》，北京：華夏出版社，2015 年。

201. 揚之水：《古詩文名物新證合編》，天津：天津教育出版社，2012 年。

202. ［以］尤銳著，孫英剛譯：《展望永恒帝國：戰國時代的中國政治思想》，上海：上海古籍出版社，2014 年。

203. 于省吾：《甲骨文字釋林》，北京：中華書局，2009 年。

204. 袁祖亮編：《中國人口通史》，北京：人民出版社，2007 年。

Z

205. 趙彤：《戰國楚方言音系》，北京：中國戲劇出版社，2006 年。

206. 浙江大學古籍所編：《禮學與中國傳統文化》，北京：中華書局，2006 年。

207. 張昌平：《商周時期南方青銅器研究》，北京：商務印書館，2016 年。

208. 張立文、陸玉林：《中國學術通史·先秦卷》，北京：人民出版社，2004 年。

209. 張立文：《中國哲學思潮發展史》，北京：人民出版社，2014 年。

210. 章權才：《兩漢經學史》，廣州：廣東人民出版社，1990 年。

211. 張仁善：《禮·法·社會——清代法律轉型與社會變遷》，北京：商務印書館，2013 年。

212. 張壽安：《十八世紀禮學考證的思想活力：禮教論爭與禮秩重省》，北京：北京大學出版社，2005 年。

213. 張舜徽：《廣校讎略》，武漢：華中師範大學出版社，2004 年。

214. 張舜徽：《周秦道論發微》，武漢：華中師範大學出版社，2005 年。

215. 張舜徽：《中國古籍校讀法》，武漢：華中師範大學出版社，2004 年。

216. 張舜徽：《説文解字約注》，武漢：華中師範大學出版社，2009 年。

217. 張舜徽：《鄭學叢著》，武漢：華中師範大學出版社，2005 年。

218. 周桂鈿：《中國傳統政治哲學》，石家莊：河北人民出版社，2007 年。

219. 周予同著，朱維錚編：《周予同經學史論》，上海：上海人民出版社，2010 年。

220. 周振鶴、游汝杰：《方言與中國文化》，上海：上海人民出版社，2015 年。

221. 鄭開：《德禮之間：前諸子時期的思想史》，北京：三聯書店，2009 年。

期刊論文類：

1. 段熙仲：《禮經十論》，《文史》第 1 輯，北京：中華書局，1962 年。

2. 洪誠：《讀〈周禮正義〉》，《孫詒讓研究》，杭州：杭州大學語言文學編輯室，1963 年。

3. 沈文倬：《孫詒讓周禮學管窺》，《孫詒讓研究》，杭州：杭州大學語言文學編輯室，1963 年。

4. 沈文倬、陳戍國：《孫詒讓〈周禮正義〉平議》，《孫詒讓紀念論文集》，(《溫州師範學院學報》增刊)，1988 年。

5. 楊向奎：《讀胡培翬的〈儀禮正義〉》，《孔子研究》1991 年第 4 期。

6. 李中生：《讀武威漢簡本〈儀禮〉劄記四則》，《暨南學報》(哲學社會科學)1991 年第 4 期。

7. 舒大剛：《逸禮考略》，《四川師範學院學報》(哲學社會科學版)1992 年第 5 期。

8. 周絢隆：《試論中國古代的冠禮》，《西北師大學報》(社會科學版)1993 年第 4 期。

9. 楊志剛：《中國禮學史發凡》，《復旦學報》1995 年第 6 期。

10. 華友根：《叔孫通爲漢定禮樂制度及其意義》，《學術月刊》1995 年第 2 期。

11. 黃浩：《昏禮起源考辨》，《歷史研究》1996 年第 1 期。

12. 高明：《據武威漢簡談鄭注〈儀禮〉今古文》,《傳統文化與現代化》1996 年第 1 期。

13. 蔡方鹿：《朱熹之禮學》,《朱子學刊》1996 年第 1 輯（總第 8 輯）。

14. 金景芳：《談禮》,《歷史研究》1996 年第 6 期。

15. 詹子慶：《對禮學的歷史考察》,《東北師大學報》（哲學社會科學版）1996 年第 5 期。

16. 王鍔：《〈儀禮注疏〉版本考辨》,《古籍整理研究學刊》1996 年第 6 期。

17. 王鍔：《三禮研究文獻概述》,《圖書與情報》1997 年第 3 期。

18. 彭林：《論清人儀禮校勘之特色》,《中國史研究》1998 年第 1 期。

19. 吳予敏：《巫教、酋邦與禮樂淵源》,《北京大學學報》（哲學社會科學版）1998 年第 4 期第 35 卷（總 188 期）。

20. 楊天宇：《〈儀禮〉的來源、編纂及其在漢代的流傳》,《史學月刊》1998 年第 6 期。

21. 史傑鵬：《〈儀禮〉今古文差異釋例》,《古籍整理研究學刊》1999 年第 3 期。

22. 楊天宇：《略述中國古代的〈周禮〉學》,《南都學壇》1999 年第 4 期。

23. 王鍔：《漢代的〈儀禮〉研究》,《西北師大學報》（社會科學版）2000 年 9 月第 37 卷第 5 期。

24. 林存陽：《張爾岐與〈儀禮鄭注句讀〉》,《齊魯學刊》2001 年第 1 期。

25. 金尚理、陳代波：《從神道到人道——談禮在原始宗教階段的

演化及其對早期民族精神的影響》,《復旦學報》(社會科學版)
2001 年第 3 期。

26. 丁鼎:《試論〈儀禮〉的作者與撰作時代》,《孔子研究》2002 年第
6 期。

27. 馬增強:《〈儀禮〉研究及其意義》,《長安大學學報》(社會科學
版)2002 年 12 月第 4 卷第 4 期。

28. 馬增強:《〈儀禮〉與禮學研究》,《西北大學學報》(哲學社會科
學版)2003 年 5 月第 33 卷第 2 期。

29. 楊世文、李國玲:《宋儒對儀禮的注解與辨疑》,《四川大學學
報》(哲學社會科學版)2004 年第 4 期總第 133 期。

30. 張學智:《王夫之對禮樂的理學疏解——以〈禮記·樂記〉爲中
心》,《中國哲學史》2005 年第 4 期。

31. 姚再儒:《朱彬〈禮記訓纂〉管窺》,《華中師範大學研究生學報》
2006 年第 3 期。

32. 鄭傳斌:《論禮對巫術的改造——以〈儀禮〉士喪禮中的巫術因
素爲中心》,《孔子研究》2006 年第 5 期。

33. 林存陽:《三禮館與清代學術轉向》,《南開學報》2007 年第
1 期。

34. 張學智:《明代三禮學概述》,《中國哲學史》2007 年第 1 期。

35. 王文東:《乾隆"三禮"研究興盛論》,《滿族研究》2007 年第
2 期。

36. 丁鼎:《"禮"與中國傳統文化範式》,《齊魯學刊》2007 年第 4 期
總第 199 期。

37. 錢慧真:《〈周禮正義〉中的"散文"、"對文"研究》,《寧夏大學學
報》2008 年第 3 期。

38. 錢慧真:《論〈周禮正義〉在辭書修訂中的價值》,《漢字文化》2008 年第 5 期。

39. 丁鼎:《儒家禮樂文化精神在中國傳統文化中的地位及其現代意義》,《孔子研究》2008 年第 6 期。

40. 張玉春、王禕:《由〈四庫提要〉看經學變古時代的〈周禮〉學》,《史學月刊》2009 年第 4 期。

41. 楊天宇:《從漢簡本〈儀禮〉看〈儀禮〉在漢代的傳本》,《史林》2009 年第 4 期。

42. 詹子慶:《先秦禮學研究芻議》,《社會科學戰線》2009 年第 5 期。

43. 鄧聲國:《戴震校勘〈儀禮〉鄭注論析》,《井岡山大學學報》2010 年第 1 期。

44. 陳曉東、田漢雲:《顧炎武〈儀禮〉學探析》,《南京社會科學》2010 年第 4 期。

45. 鄧聲國:《戴震校勘〈儀禮〉經文淺議》,《齊魯文化研究》(年刊),2010 年。

46. 孫顯軍:《論清代的〈大戴禮記〉研習——兼談傳統經典與科舉》,《南京農業大學學報》2010 年第 3 期。

47. 黎虎:《周代交聘禮中的對等性原則》,《史學集刊》2010 年 3 月第 2 期。

48. 陳功文:《胡培翬〈儀禮正義〉引〈詩〉探析》,《安徽大學學報》2011 年第 2 期。

49. 陳功文:《胡培翬〈儀禮正義〉版本述略》,《蘭台世界》2011 年第 28 期。

50. 章可:《〈禮記·王制〉的地位升降與晚清今古文之爭》,《復旦學報》2011 年第 2 期。

51. 謝乃和：《〈儀禮〉所見周代等級臣僚形態述論》，《東北師大學報》（哲學社會科學版）2011 年第 5 期總第 253 期。

52. 楊毓團：《黃道周禮學思想探論》，《湖北大學學報》（哲學社會科學版）2012 年 3 月第 39 卷第 2 期。

53. 殷慧：《宋代儒學重建視野中的朱熹〈儀禮〉學》，《湖南大學學報》（社會科學版）2012 年 11 月第 26 卷第 6 期。

54. 曹勝高：《由聘禮儀程論季札觀樂的性質》，《黃鐘》2013 年第 2 期。

55. 蘭甲雲、陳戍國、鄒遠志：《古代禮學文獻的分類及其學術意義》，《湖南大學學報》（社會科學版）2013 年 9 月第 27 卷第 5 期。

56. 孫邦金、陳安金：《論儒家的禮物觀》，《哲學研究》2013 年第 10 期。

57. 張光裕：《從新見材料談〈儀禮〉飲酒禮中之醴柶及所用酒器問題》，《文物》2013 年第 12 期。

58. 關長龍：《禮器略説》，《浙江大學學報》（人文社會科學版）2014 年 3 月第 44 卷第 2 期。

59. 胡新生：《禮制的特性與中國文化的禮制印記》，《文史哲》2014 年第 3 期（總第 342 期）。

60. 孫克誠：《論儒門哭禮及其情與理》，《孔子研究》2014 年第 3 期。

61. 曹建墩：《上博竹書〈天子建州〉"禮者義之兄"章的禮學闡釋》，《孔子研究》2014 年第 3 期。

62. 楊念群：《影響 18 世紀禮儀轉折的若干因素》，《華東師範大學學報》(哲學社會科學版)2014 年第 3 期。

63. 李澤厚:《由巫到禮》,《中國文化》2014 年第 39 期。

64. 張世君:《"三禮"方位符號域的文化模式》,《中國文化研究》
2014 年夏之卷。

65. 李宜蓬:《從禮器到禮教: 禮樂文化推衍的内在邏輯》,《孔子
研究》2014 年第 4 期。

66. 田君:《論"禮"的字源、起源、屬性與結構》,《四川大學學报》
(哲學社會科學版)2014 年第 5 期。

67. 丁進:《從小盂鼎銘看西周大獻禮典》,《學術月刊》2014 年第
10 期第 46 卷。

68. 楊華:《中國古代禮儀制度的幾個特徵》,《武漢大學學報》(人
文科學版)2015 年 1 月第 68 卷第 1 期。

69. 劉柏宏:《大射典禮的政教意義與流衍》,《經學文獻研究輯刊》
第十四輯,2015 年 10 月版。

70. 王寧玲:《〈儀禮・士喪禮〉之"重"簡議》,《經學文獻研究輯刊》
第十四輯,2015 年 10 月版。

71. 田君:《論禮學脈絡與禮學史分期》,《孔子研究》2016 年第
3 期。

學位論文類:

1. 林存陽:《清初三禮學》,中國社會科學院博士論文,2000 年。

2. 馬增強:《〈儀禮〉思想研究》,西北大學博士論文,2003 年。

3. 張言夢:《漢至清代〈考工記〉研究和注釋史述論稿》,南京師範
大學博士論文,2005 年。

4. 曾軍:《清前期〈禮記〉學研究》,華中師範大學碩士論文,
   2005 年。

5. 萬麗文:《孫希旦〈禮記集解〉研究》,南京師範大學碩士論文,
   2007 年。

6. 李江輝:《晚清江浙禮學研究》,西北大學博士論文,2007 年。

7. 蓋志芳:《民國禮學的歷史考察》,山東師範大學碩士論文,
   2007 年。

8. 曾軍:《義理與考據》,華中師範大學博士論文,2008 年。

9. 周忠:《〈禮記質疑〉研究》,南京師範大學碩士論文,2008 年。

10. 胡麗静:《〈大戴禮記解詁〉之研究》,福建師範大學碩士論文,
    2008 年。

11. 錢慧真:《〈周禮正義〉所見孫詒讓名物訓詁研究》,山東大學博
    士論文,2009 年。

12. 陳功文:《胡培翬〈儀禮正義〉研究》,揚州大學博士論文
    2011 年。

13. 劉金鑫:《〈禮記正義〉解經研究》,南京師範大學碩士論文,
    2012 年。

後　　記

　　本書由我的博士論文修改而成。我於 2008 年 9 月至 2011 年
6 月在華中師範大學歷史文化學院劉韶軍教授門下攻讀碩士學
位，又於 2014 年 9 月至 2017 年 6 月隨劉老師攻讀博士學位，加上
碩士畢業後我在華中科技大學文華學院工作，與劉老師同處一城，
也能隨時請教問候，可以説在劉老師身邊問學幾近十年。他對我
求學、爲人之道的影響不可謂不大，我曾在博士論文後記中對劉老
師對我的訓練做過描述，現移録於下：

　　　劉師恐予沉於世務而廢學業，乃課予獨撰一書，名曰《兵
　　禍連天：長江流域的軍閥與兵燹》，凡二十萬字，又删改潤色
　　者再三，終至予復入文獻所求學之歲付之梨棗，後聞是系圖書
　　入選"十二五"國家重點出版專案，書成之日亦感劉師教徒方
　　法之高卓，此其一例也。
　　　方吾工作之暇，亦擔文學院《大學語文》《國學概論》課業
　　兩種，師獲知，乃賦予撰寫《國學教材》之一節《國學歷史》，凡
　　十五萬言，書雖未付梓，然經此役，吾於國學亦有一較深之印
　　象。是劉師授業解惑之又一法也。

　　及謀博士業於桂子山，凡選材、排比乃至遣詞造語，師一一爲予詳道，惟恨不能親爲耳。博士論文初成，復紹介師兄彭韜於臺灣蒐集史料，亦數十種，終以成事。此再一例也。

　　是三者，前日促學，磨礪意志；後日成業，教學相長；三日導學，示之途徑，授人以漁，豈不美哉？壬辰年予試博士業於華師，不售。志頹唐，氣萎靡，茫然不知前路何之，每以張陶庵小品以自娛，師復诚而勉之。其時文華學院謀脫華科大之轄，評估事繁，亦無暇自憐，惟於日務之餘重操舊業以待來年。居一歲，吾得復入文獻所聆聽衆師教誨，既幸矣，又復當感念劉師及衆師之德，師之美意，又豈片紙隻字可得而盡道哉！

　　這些文字今天看來雖然稚嫩可笑，但其間蘊涵的感情卻是真摯的。我本學文，偶得古漢語教師表揚，便以爲自己於古學頗有天分，故碩士時轉至歷史系，專門攻讀歷史文獻學碩士，然後攻讀博士。但這些年的學習，卻發現歷史文獻學這個學科初學很難，學進去了很簡單，等到學深了又發現這個專業其實很難。我想這一感悟應該能够引起業界共鳴。

　　初學不知道門徑，看到文字、音韻、訓詁、版本、目錄、校勘、輯佚這些名號，又望見前輩大師們的偉業巨著，怎能不膽戰心驚？等到初通門路，讀得幾頁書，遇到一些先賢觀點言論與自己的想法一致、相合，哪能不得意忘形，遽以爲自己已達到古人境界了。這個時候覺得原來歷史文獻學、古籍整理不過如此，假以時日我輩未嘗不能躋身俊彥之列。等到書越讀越多，才發現自己知道的原來是那麼的淺薄，才發現還要讀的書實在是太多了，要讀完這些書時間實在是不够用。加上我資質駑鈍，這個專業的難度也使我得到了重新的認識。這時也是劉老師從旁鼓勵、疏導,終於能够順利畢業,既是運氣,也是他鼓勵、教育的結果。

儘管博士答辯順利通過,但是我倆對於博士論文都不滿意!我們之前商量的,可以從本書中得到體現。可以説本書只是搭建了一個框架,很多内容還要予以充實。禮與諸子思想的比較、禮典在歷代的變遷,禮典與《儀禮》的關係,都有大量的史料可以參考,而沒有來得及參考。劉老師看到我的博士論文初稿後,甚至建議我延期畢業繼續充實博士論文内容。後來也是在劉老師的指導下予以修改,博士業才告一段落。

2017年8月我來到廣西,就職於中共廣西區委黨校文史教研部,10月又赴上林縣人民政府掛職辦公室主任,從書齋走向行政,走向基層,也看到了書齋外的世界原來與之前的所聞所感是那麼的不同,這一年也確實讓我受益匪淺。回黨校後,學校校委經過商議,願意資助我們出版博士論文。我本認爲論文尚未及修改,表示暫時不予出版。但是學校校委委託科研處多次勸解,我想學校校委也是一番好意,再者學校校委特意請了五位匿名專家再次對博士論文予以審核、提出修改意見,有些意見切中要害,也具有操作性,對我幫助很大,我根據匿名評審專家們的意見予以修改,能收事半功倍之效。謝謝校委領导們! 谢谢這些匿名的評委們!

我又讀到王奇生教授的一段話,學界批評其《黨員、當權與黨争:1924—1949年中國國民黨的組織形態》一書最大的敗筆:一個個案不具代表性,但同時也有人認爲找出一隻黑天鵝,足以推翻天鵝皆白的結論。這段話對我無疑是一個最大的寬慰,我一直苦於博士論文中相關史料不充分,但是考慮到先秦史料本來就稀少,等找到足够多的文獻時,先秦所謂問題還需要研究嗎? 一些個案的存在也能反映問題。

秦平教授也介紹了笛卡爾關於"途中道德"的思想,人們不能因爲暫時没有堅實的倫理房屋,就只能風餐露宿,這時也可以臨時搭建一頂帳篷。且把這本書作爲我學術路上的一頂帳篷,由此繼續前行不是很好嗎?

因此,我欣然接受校委規勸,修改後出版論文。幸又得劉老師紹介,能與上海古籍出版社余鳴鴻先生屢通尺書,交流出版事宜。是書得以立項出版,余先生出力甚多,在此深表謝意!此書即將出版之際,一時感慨良多,要感謝的人實在太多,以至於不知道該從何説起,首先要感謝自己的親人,遠在故鄉的父母,身邊相伴的妻子蘇曉潔(她如今也隨我來到了廣西,供職於廣西文聯)。還有我的兄弟朋友們,這些年我外出求學,他們都在我身邊默默支持,爲我打氣,是他們的大力支持才使我堅持完成博士學業。此外,四川大學古籍整理研究所田君博士、深圳社科院關萬維博士、貴州師範大學廉政文化理論研究中心白林文博士、鄭州師範學院文學院武勇博士等同門師兄弟们,還有華中師範大學中國農村研究院李華胤博士、安徽大學社會學系李鵬飛博士、平頂山學院馬克思主義學院張勇博士等人都是我學術路上的良朋益友,他們的言傳身教也對我打開思路、拓展視野提供了很大的幫助,也一併感謝!書齋生涯清苦,我亦樂得其中,博士論文結尾曾記有二件趣事,亦移於此,並以爲結:

　　蘇氏來,吾觀書,氏丹青,或鐫刻作書,皆吾不能之技也。吾曾戲倩蘇氏以朱欄半頁十行之册頁爲予抄書一部,慨然應諾。問:"是何書?"乃曰:"《四庫全書》!"絕倒。又旬日,賓主相約出遊，飲酒而無射，愧之。然飲必謙讓者三，乃至於不飲，方合夫子之意，乃中禮學之要，必於是乃可言治禮。而禮者交也，後遂爲治，今士喜言治理，禮豈不稱是名乎？故予言禮及乎治，或可避空疏之罵，而收刊文之利與？噫！士大夫學不致用，人恒醜之，學專功用則又懼鄒聖"何必言利"之責，故夫子有中庸之道，並以是求諸天下同好。

　　　　　　　　　　張　弓
　　　　　　己亥年九月於邕城泰寧園